MEMORIAS DE IDHÚN

Tríada

Libro III: Despertar

LAURA GALLEGO GARCÍA

fundación sm

La Fundación SM destina los beneficios de las empresas SM a programas culturales y educativos, con especial atención a los colectivos más desfavorecidos.

Si quieres saber más sobre los programas de la Fundación SM, entra en
www.fundacion-sm.org

LITERATURA**SM**•COM

Primera edición: noviembre de 2009
Decimotercera edición: mayo de 2025

Dirección editorial: Berta Márquez
Dirección de arte: Lara Peces

© Laura Gallego García, 2005
  www.lauragallego.com
  www.memoriasdeidhun.com
© Ediciones SM, 2009
  Impresores, 2
  Parque Empresarial Prado del Espino
  28660 Boadilla del Monte (Madrid)
  www.grupo-sm.com

ISBN: 978-84-675-3595-2
Depósito legal: M-47082-2009
Impreso en España / *Printed in Spain*

El papel utilizado para la impresión de este libro está calificado como papel ecológico y procede de bosques gestionados de manera sostenible.

Cualquier forma de reproducción, distribución, comunicación pública o transformación de esta obra solo puede ser realizada con la autorización de sus titulares, salvo excepción prevista por la ley. Diríjase a CEDRO (Centro Español de Derechos Reprográficos, www.cedro.org) si necesita fotocopiar o escanear algún fragmento de esta obra.

Para Marinella,
con todo mi cariño y agradecimiento
por haber creído y confiado en esta historia,
por acompañarme en este viaje a través de Idhún,
por hacer también suyo este proyecto,
que estoy encantada de compartir con ella.
El viaje continúa...

Entonces los ojos y el corazón del guerrero empiezan a acostumbrarse a la luz. Ya no lo asusta, y él pasa a aceptar su Leyenda, aunque eso signifique correr riesgos.

El guerrero estuvo dormido mucho tiempo. Es natural que vaya despertando poco a poco.

Todos los caminos del mundo llevan hasta el corazón del guerrero; él se zambulle sin pensar en el río de las pasiones que siempre corre por su vida.

El guerrero sabe que es libre para elegir lo que desee; sus decisiones son tomadas con valor, desprendimiento y –a veces– con una cierta dosis de locura.

El guerrero de la luz a veces actúa como el agua, y fluye entre los obstáculos que encuentra. En ciertos momentos, resistir significa ser destruido; entonces, él se adapta a las circunstancias.

En esto reside la fuerza del agua. Jamás puede ser quebrada por un martillo, ni herida por un cuchillo. La más poderosa espada del mundo es incapaz de dejar una cicatriz sobre su superficie.

PAULO COELHO, *Manual del guerrero de la luz*

Prólogo

A serpiente entornó sus ojos irisados, pero no hizo el menor movimiento ni denotó ninguna emoción especial cuando dijo telepáticamente:

«Ya están aquí».

–Lo sé –respondió en voz baja Ashran, el Nigromante, desde el otro extremo de la habitación. Estaba asomado al ventanal, como solía, contemplando la salida de la tercera de las lunas por el horizonte de su mundo.

La serpiente alzó la cabeza y desenroscó lentamente su largo cuerpo anillado. Era inmensa, y ni siquiera había desplegado las alas. Cada escama de su cuerpo irradiaba un poder misterioso y letal, un poder ante el que cualquier mortal temblaría de terror. Pero Ashran, el Nigromante, no era un hombre corriente.

Tampoco aquella era una serpiente corriente, ni siquiera entre las de su raza. Se trataba de Zeshak, el señor de los sheks, la más poderosa de las serpientes aladas.

«El dragón y el unicornio», enumeró. «Dos hechiceros: un humano y una feérica. Y un caballero de Nurgon, medio humano, medio bestia».

–Deben de formar un grupo singular –sonrió Ashran–. Tengo ganas de verlos en acción. Pero eso no es todo, ¿verdad? Hay una sexta persona.

Hubo un breve silencio.

«El traidor está con ellos», dijo Zeshak con helado desprecio. «Ese a quien llamabas tu hijo es ahora el sexto renegado de la Resistencia».

Ashran hizo caso omiso del tono irritado de su interlocutor. Desde que Kirtash los había traicionado, ningún shek había vuelto a pronunciar su nombre.

–Sé que quieres verlo muerto –dijo el Nigromante–. Y tendrás esa satisfacción. Pero el dragón y el unicornio son más importantes ahora.

Zeshak no dijo nada, pero Ashran percibió su escepticismo.

–La profecía se está cumpliendo –le espetó el hechicero–. ¿O es que crees poder luchar contra el destino?

«No existe el destino», replicó el shek. «Los dragones nos condenaron a vagar por los límites del mundo durante toda la eternidad, y míranos, estamos aquí. Somos dueños absolutos del planeta, y de nuestro propio destino. Y hemos acabado con todos los dragones».

–No con todos –le recordó Ashran.

En los ojos tornasolados del shek brilló un breve destello de ira.

«Y, a pesar de todo, los sheks deseamos más la muerte del traidor que la de ese dragón que se nos ha escapado».

–Pero, en cuanto os topéis con él, volveréis a sucumbir al odio –sonrió Ashran–. Como ha sido siempre. Un dragón, aunque sea uno solo, aunque sea el último, sigue siendo un enemigo peligroso.

El shek dejó escapar un airado siseo.

«¿Cómo es posible que consideres peligroso a un dragón que está tan contaminado de humanidad?».

–¿Cómo es posible que los subestimes, Zeshak? No son criaturas corrientes. Son parte de una profecía, y detrás de las profecías está la mano de los dioses.

«Entonces, no deberías haberlos dejado volver», opinó Zeshak.

Ashran se encogió de hombros.

–En la Tierra habrían quedado lejos de mi alcance. Además, hiciera lo que hiciese, mientras pudieran refugiarse en Limbhad estarían a salvo –alzó la cabeza para clavar en la serpiente la mirada de sus ojos plateados–. Ahora ya no lo están.

«Siempre pueden volver atrás».

–No –replicó Ashran–. Ya no pueden... pero todavía no lo saben.

Zeshak asintió lentamente.

«Ya veo», dijo. «Si es verdad que esa profecía puede cumplirse, si es cierto que pueden derrotarnos, no deberías enfrentarte a ellos. Ahora están aquí, en Idhún. Ahora nosotros, los sheks, podemos encargarnos de aplastar a la Resistencia».

Ashran meditó la propuesta. En virtud de un antiguo conjuro, hacía siglos que ni los sheks ni los dragones podían atravesar la Puerta interdimensional hacia la Tierra. Por eso los hechiceros renegados de la Torre de Kazlunn, aquellos que se oponían al poder del Nigromante, se habían visto obligados a enviar allí solo los espíritus del dragón y el unicornio de la profecía, para que se reencarnasen en cuerpos humanos. Por eso el propio Ashran había tenido que mandar tras ellos a Kirtash, una criatura híbrida, un shek camuflado en el cuerpo de un muchacho que, desgraciadamente para ellos, había conservado buena parte de sus emociones humanas y había acabado por unirse a sus enemigos.

Pero ahora, ellos estaban en Idhún, habían acudido allí a presentar batalla. Nada impedía a los sheks atacarlos en su propio terreno.

—¿Sabes dónde están? —preguntó.

Los ojos de la serpiente presentaron, por un momento, un cierto brillo siniestro.

«Sé dónde están. Un solo mensaje telepático mío, y mi gente atacará».

Ashran asintió.

—Quizá no podáis vencerlos —dijo sin embargo.

El shek se envaró, ofendido. No habló, pero dejó que Ashran notara su irritación.

—Hay una extraña fuerza en su interior. Mira esta torre, Zeshak. No era más que un edificio muerto y abandonado, y ahora rebosa poder por los cuatro costados. Y eso lo hizo la muchacha... ella sola. No es solo un unicornio. Es el último unicornio, toda la fuerza de su raza reside en ella.

Percibió el resentimiento de Zeshak, y supo lo que estaba pensando. El shek había sido partidario de acabar con la vida de la joven que se hacía llamar Victoria al hacerla prisionera, pero Ashran había optado por utilizar su poder... y aquella chica, cuyo cuerpo albergaba el espíritu del último unicornio, había acabado por escapar de ellos. Ahora ella y su compañero, el último dragón, eran lo único que amenazaba la estabilidad de su imperio.

—También el dragón será un adversario temible, en cuanto aprenda a emplear su poder.

«Entonces, debemos acabar con ellos antes de que eso suceda».

—Llevamos más de quince años intentando acabar con ellos, Zeshak. Y no lo hemos conseguido.

«¿Estás empezando a pensar que no podemos evitar el cumplimiento de la profecía?», siseó Zeshak en su mente.

–No; estoy empezando a pensar que no hemos seguido la estrategia adecuada.

La serpiente no dijo nada, pero clavó en el Nigromante sus hipnóticos ojos tornasolados, esperando una explicación.

–Desgraciadamente, Zeshak, no los conozco tanto como quisiera. Conozco bien a Kirtash, mucho mejor de lo que él mismo cree; empiezo a conocer a Victoria, porque tuve ocasión de tratar con ella, y creo que puede ser una pieza importante para mis planes futuros, aunque ella no lo sepa. Pero el muchacho, el dragón, sigue siendo un completo extraño para mí. Y eso no me gusta. Ahora que están aquí, en Idhún, voy a tener ocasión de observarlos, de estudiarlos, de conocerlos y comprenderlos... y de encontrar su punto débil.

Zeshak lo miró, con la boca entreabierta, dejando ver su larga lengua bífida. Casi parecía que se reía.

«Estrategia básica shek», comentó.

Ashran asintió.

–De todas formas, no me opongo a que vosotros ataquéis primero. Pocas cosas pueden escapar a la mirada de un shek, y sospecho que, vayan a donde vayan, terminaréis por encontrarlos. Quizá logréis acabar con ellos entonces, con uno solo de ellos, al menos, y entonces no habrá más que hablar. Pero, si fracasáis, al menos habré tenido la ocasión de estudiar a la Resistencia con más detalle, y puede que para entonces ya se hayan confirmado mis sospechas.

El shek entrecerró los ojos y aguardó a que el Nigromante siguiera hablando. Ashran lo miró y sonrió.

–Tal vez –dijo el hechicero con suavidad– la clave para su destrucción no esté en nosotros, sino en ellos mismos.

Zeshak comprendió. Lentamente, su rostro de reptil esbozó una sinuosa sonrisa.

I
La Torre de Kazlunn

Cuando Victoria abrió los ojos, tardó un poco en recordar todo lo que había pasado. Imágenes confusas se entremezclaban en su mente, imágenes fantásticas que parecían producto de un hermoso sueño o de una extraña pesadilla.

Se incorporó un poco, y vio junto a ella un rostro familiar. Jack estaba tendido a su lado, con los ojos cerrados. A Victoria le dio un vuelco el corazón; sin embargo, se dio cuenta casi enseguida de que el muchacho estaba dormido o inconsciente, pero no herido. Su expresión era tranquila, y su respiración, regular. Victoria alzó la mano para acariciarle el rostro con cariño. El joven sonrió en sueños, pero no se despertó.

Se habían conocido tres años antes, cuando los sicarios enviados por Ashran, el Nigromante, habían asesinado a los padres de Jack. Entonces él no sabía nada de Idhún, nada de la Resistencia a la que Victoria pertenecía, y se había visto obligado, de la noche a la mañana, a asumir que, de alguna manera, estaba implicado en la guerra por la salvación de un mundo que no conocía. Se había unido a la Resistencia, que luchaba por liberar Idhún del dominio de Ashran y los sheks, las monstruosas serpientes aladas; había tenido que aprender a pelear, a defenderse, a sobrevivir.

Pero también había conocido a Victoria. La chica sonrió, evocando su primer encuentro. Entonces ellos eran unos niños todavía, pero ahora habían crecido, y la amistad que los unía se había convertido en algo más, en un sentimiento más intenso y más profundo, que se había afianzado cuando los dos habían averiguado, apenas unas semanas antes, que su destino estaba escrito incluso antes de su nacimiento, y que ellos dos eran los elegidos para derrotar al Nigromante y salvar a Idhún. Porque en su interior latían los espíritus de Yandrak y Lunnaris, el último dragón y el último unicornio, los únicos que, según la profecía de los Oráculos, serían capaces de acabar con el poder de Ashran.

Victoria se estremeció y alzó la mirada hacia las estrellas. No quería hacerlo, porque sabía lo que iba a encontrar en aquel hermoso cielo violáceo. Pero también sabía que habían dado un paso definitivo y que no había vuelta atrás.

Contempló con resignación, casi con odio, las tres lunas que brillaban en el firmamento. Las tres lunas de Idhún, el mundo al que acababan de llegar, un mundo que en teoría era el suyo, pero que ella, cuyo cuerpo humano había nacido y crecido en la Tierra, no recordaba ni había aprendido a amar. Era un espectáculo bellísimo, porque los tres astros presentaban sombras y tonalidades que harían palidecer de envidia al satélite terrestre, pero, aunque una parte de su corazón se sentía conmovida por tanta belleza, la otra era dolorosamente consciente de que habían ido allí a luchar... y tal vez a morir.

Las observó un momento más. Ninguna de las tres estaba llena; la mediana parecía decrecer, mientras que a la más pequeña le faltaba poco para el plenilunio, y la grande también estaba creciente. Victoria dedujo que cada una de ellas tenía un ciclo distinto; se preguntó si alguna vez coincidirían los tres plenilunios en la misma noche, y si ella llegaría a verlo.

Se sentó en el suelo y miró a su alrededor. Acababan de atravesar la Puerta interdimensional; en principio, deberían haber aparecido en la Torre de Kazlunn, el bastión de los hechiceros que se oponían a Ashran, pero se encontraban en el claro de un bosque. No parecía haber nada peligroso o amenazador en el paisaje y, sin embargo, Victoria se sintió inquieta. Los árboles eran inmensos y tenían formas extrañas, de raíces torcidas, y ramas que se entrelazaban entre ellas formando intrincados diseños; había arbustos que alcanzaban varios metros de altura y enormes y bellísimas flores cuyos pétalos se abrían en ángulos y siluetas inverosímiles, y que envolvían a Victoria en embriagadores perfumes. Todo era muy diferente a lo que ella conocía y, no obstante, no sentía nada anormal en aquel lugar. Era como si la naturaleza hubiera encontrado de pronto la inspiración y la fuerza necesarias para llevar a cabo sus más atrevidas quimeras. Y, teniendo en cuenta la enorme cantidad de energía que vibraba en el ambiente, Victoria se dijo a sí misma que no era de extrañar.

Buscó a sus amigos con la mirada. Vio a Shail, Allegra y Alexander, que, como Jack y como ella misma, habían quedado inconscientes durante el viaje interdimensional. Victoria frunció el ceño. No recordaba gran cosa de ese viaje, aparte de haber cruzado la brecha... una luz intensa... todo daba vueltas y, de pronto, perdió el sentido de la orientación, no sabía dónde estaba arriba y dónde abajo... se mareó... soltó sin quererlo la mano de Jack... y la mano de Christian.

Christian.

Victoria se puso en pie de un salto y miró a su alrededor, pero no vio la esbelta silueta del joven por ninguna parte. Y, sin embargo, presentía que él estaba cerca, lo cual la tranquilizó un poco. Cerró los ojos, se llevó a los labios la piedra de Shiskatchegg, el anillo mágico que él le había regalado, y se dejó guiar por su intuición. Sabía que no debía adentrarse sola en un bosque desconocido, pero nunca atendía a razones cuando se trataba de Christian.

Algo se movió entre las ramas más altas, y Victoria dio un respingo, sobresaltada. Pero solo resultó ser algún animal, probablemente un pájaro. La muchacha sonrió, nerviosa, y prosiguió su camino.

El claro no estaba muy lejos del límite del bosque. Los árboles se abrían un poco más allá y dejaban entrever las formas suaves de una llanura, iluminada por las tres lunas.

Y allí estaba Christian. Victoria descubrió su figura apostada en la última fila de árboles, en tensión, vigilando el horizonte. Como cada vez que lo veía, su corazón se debatió en un océano de sentimientos contradictorios.

Christian era Kirtash, un joven asesino enviado por Ashran a la Tierra para acabar con la Resistencia y con el dragón y el unicornio que amenazaban su imperio. Victoria había luchado contra él, lo había temido, lo había odiado... pero también se había sentido atraída por él casi desde el principio, y aquella atracción había aumentado más y más en cada encuentro, hasta transformarse en una emoción difícil de reprimir... y que, sorprendentemente, era correspondida. Victoria no había dejado de quererle al enterarse de que él era el hijo de Ashran el Nigromante, su enemigo..., tampoco al saber que Kirtash no era del todo humano, sino que albergaba en su interior el espíritu de un shek, una de las letales serpientes aladas que habían conquistado Idhún. Ni siquiera había sido capaz de odiarle cuando su parte más oscura había aflorado de nuevo, haciéndole daño de forma dolorosa y cruel. A cambio,

Christian había acabado por traicionar a los suyos y se había unido a la Resistencia. Por ella. A pesar de que, como ambos sabían muy bien, Victoria jamás sería capaz de elegir entre Jack y Christian porque, de alguna manera, estaba enamorada de los dos.

La muchacha no sabía cómo iban a resolver aquello, pero sí tenía muy claro que tendría que esperar. Reprimió sus dudas y sus sentimientos al respecto y se obligó a sí misma a centrarse y a actuar no como una adolescente enamorada y confusa, sino como una guerrera de la Resistencia.

Se acercó a Christian sin hacer el más mínimo ruido. Pero él supo que ella estaba allí sin necesidad de verla ni oírla.

–¿Ya habéis despertado?

Victoria negó con la cabeza y se colocó junto a él.

–Solo yo –dijo–. Los otros siguen inconscientes. ¿Qué nos ha pasado?

–Chocamos con una barrera –explicó él a media voz–. Tuve que reorientar el destino de la Puerta sobre la marcha.

–¿Dónde estamos ahora?

–No muy lejos de nuestro destino. Mira.

Señaló un punto en el horizonte, y Victoria contuvo el aliento.

Contra el cielo nocturno se recortaba la alta figura cónica de una torre, una torre de sólidos cimientos, acabada, sin embargo, en un esbelto picacho que parecía pinchar la más grande de las tres lunas. Se encontraban demasiado lejos como para que Victoria pudiera apreciar los detalles de la estructura, pero a primera vista se le antojó hermosa... y siniestra. No obstante, había algo en ella, en su silueta, que le resultaba familiar.

–¿Eso es la Torre de Kazlunn? –preguntó en voz baja.

Christian asintió.

–No nos han dejado entrar. Por una parte, no es de extrañar, puesto que los magos protegen la torre con un conjuro muy poderoso, y en todos estos años, ni yo, ni mi padre, ni los sheks hemos conseguido conquistarla. Pero, por otro lado... os están esperando desde hace años como a los héroes de la profecía. Deberían haber detectado que procedíamos de Limbhad. Deberían haberos dejado pasar.

Victoria miró a Christian, insegura. Si él no sabía qué era lo que estaba pasando, nadie lo sabría. El shek solía ir por delante de todos a la hora de comprender las cosas.

—Puede ser que hayan detectado mi presencia —siguió diciendo Christian—. Quizá hayan pensado que se trata de una trampa. Pero...

—No hay luces en las ventanas —dijo Victoria de pronto—. Es como si dentro no hubiera nadie.

—Ya lo había notado —asintió Christian, tenso—. Aquí hay algo que no marcha bien.

Se llevó la mano atrás en un movimiento reflejo, pero la detuvo a medio camino, al recordar de pronto que ya no llevaba la vaina de Haiass, su espada, prendida a la espalda. Victoria vio que sus dedos se crispaban y lo miró, un poco preocupada.

—Deberíamos despertar a los demás. Tal vez mi abuela sepa lo que está pasando.

Christian asintió. Victoria dio media vuelta para regresar al claro, pero se detuvo en seco al ver que Christian no la seguía, sino que había comenzado a deslizarse con movimientos felinos en dirección a la torre. Victoria volvió sobre sus pasos para detenerlo.

—¿Adónde se supone que vas?

Él la miró un momento, entre molesto y divertido.

—A reconocer el terreno. Si hay algo raro en esa torre, desde aquí no puedo percibirlo.

—Ni hablar, Christian. No vas a ir solo, ¿me oyes? No quiero que te maten.

Christian no dijo nada, pero sostuvo su mirada. El corazón de Victoria empezó a latir desenfrenadamente, y la joven sintió que las tres lunas que brillaban sobre ellos alteraban sus sentidos y hacían que aquel momento pareciese aún más mágico de lo que era. Pero se sobrepuso y, cuando Christian se acercó más a ella, con intención de besarla, Victoria se separó de él con suavidad.

—Tenemos que despertar a los demás —le recordó.

Christian alzó la cabeza y vio entonces una sombra que los observaba un poco más lejos, y reconoció a Jack. Victoria fue a reunirse con él, con naturalidad, haciendo caso omiso del semblante sombrío de su amigo.

—Estamos cerca de la Torre de Kazlunn —le explicó—, pero Christian no sabe por qué la Puerta no nos ha llevado hasta el interior. ¿Se han despertado ya todos?

—Sí —respondió Jack; la retuvo por el brazo y dejó que Christian se adelantara hasta que quedaron los dos solos—. No vuelvas a hacerme esto —le susurró, irritado.

–¿El qué? –se rebeló ella–. No me digas que estás celoso; ya sabes que...

–Si lo estuviera, no te lo diría ni actuaría en consecuencia, Victoria –cortó Jack, un poco dolido–. Ya te dije una vez que jamás intentaré controlar tus sentimientos. No, me refiero a lo de desaparecer de repente y quedarte a solas con él. ¿Y si se vuelve loco, como la última vez? ¿Tienes la menor idea de lo que supone para mí despertarme y no verte por ninguna parte? ¿Después de lo que pasó entonces?

Victoria titubeó, entendiendo los sentimientos de su amigo.

–No va a hacerme daño, Jack –dijo en voz baja.

–Eso no puedo saberlo, Victoria. Y tú, tampoco.

–Estoy dispuesta a correr el riesgo.

Él la miró a los ojos, muy serio.

–Pero yo, no.

Victoria fue a replicar, pero no encontró las palabras apropiadas. Buscó su mano y la estrechó con fuerza, y así, cogidos de la mano, regresaron al claro.

Encontraron a sus compañeros ya despiertos, y escuchando con semblante grave lo que Christian les exponía clara y sucintamente.

–Deberían habernos dejado pasar –resumió Allegra los pensamientos de todos.

Victoria se dio cuenta de que, por lo visto, ella había decidido prescindir de su camuflaje mágico, porque ya no parecía una anciana humana, sino que mostraba su verdadero rostro, el rostro etéreo de un hada de edad incalculable, de cabellos de plata, rasgos exóticos y delicados y ojos completamente negros, todos pupila, que parecían contener toda la sabiduría del mundo. A la muchacha todavía le resultaba extraño pensar que aquella a quien había creído su abuela era en realidad una poderosa hechicera idhunita.

Shail, el otro mago del grupo, negó con la cabeza.

–No saben que logramos rescatar a Victoria de la Torre de Drackwen –dijo–. Si no me equivoco, el Nigromante consiguió lo que quería, y la torre vuelve a ser inexpugnable –miró a Christian, quien asintió, confirmando sus palabras–. Puede que los magos piensen que Victoria murió en la torre, y en tal caso habrán perdido toda esperanza.

–¡Pero no pueden dejarnos aquí! –dijo Alexander–. La Torre de Kazlunn es el único lugar seguro para nosotros. Aquí somos vulnerables...

–... por no mencionar el hecho de que lo más probable es que Ashran ya sepa que hemos llegado –añadió Christian.

Alexander soltó un juramento por lo bajo. Jack se irguió.

–Yo voto por acercarnos a la torre y averiguar qué está pasando.

–¿Y si es una trampa? –dijo Christian.

Shail lo miró.

–¿Una trampa de quién? Tu padre no controla la Torre de Kazlunn. Es imposible que la haya conquistado en el tiempo que ha pasado desde que me marché, y más teniendo en cuenta que no lo ha conseguido en quince años.

Christian no dijo nada, pero Victoria descubrió en su rostro una sombra de duda.

La Torre de Kazlunn se alzaba junto al mar, al fondo de una altiplanicie salpicada de pequeñas arboledas como la que acababan de abandonar. Había un largo camino que llevaba hasta la entrada, bordeando el acantilado.

El ascenso fue largo y penoso. Cuando el camino los acercó un poco al barranco, Jack quiso asomarse al borde, para ver qué había más allá, pero Christian lo retuvo.

–¿Estás loco? –le dijo en voz baja–. Está subiendo la marea.

–¿Y? –preguntó Jack, sin comprender–. No entiendo qué...

No había terminado de decirlo cuando una violenta ola se estrelló contra el borde del precipicio con un sonido atronador. Jack jadeó y retrocedió, empapado y sin aliento. Sus compañeros también se alejaron de la escollera, con prudencia.

–Habría jurado que era mucho más alto, unos quince metros como poco –murmuró el chico, perplejo.

–Lo es –repuso Shail, sonriendo.

Victoria cogió a Jack del brazo y le señaló el cielo en silencio. Jack comprendió lo que quería decir. Las tres lunas de Idhún tenían que provocar, por fuerza, unos movimientos oceánicos mayores que las mareas de la Tierra. Tragando saliva, se alejó aún más del acantilado, y no se sintió seguro hasta que ascendieron hasta los mismos pies de la torre.

La Resistencia se detuvo ante la puerta, que estaba cerrada a cal y canto. No se veía a nadie por los alrededores, ni tampoco percibieron actividad alguna en el edificio.

—Esto no me gusta —murmuró Shail—. Ya deberían habernos visto llegar.

—Nadie puede habernos visto llegar, Shail —dijo Allegra, sombría—, porque no queda nadie en la torre.

—¿Qué...?

—Abrid esa puerta —dijo Christian entonces—. Tenemos que entrar en la torre cuanto antes.

—¿Por qué? —preguntó Alexander, mirándolo con desconfianza.

—Porque Christian tenía razón —respondió Jack, escudriñando las sombras mientras desenvainaba su espada—. Es una trampa. ¿No lo notáis?

No había terminado de pronunciar aquellas palabras cuando docenas de pares de ojos brillantes se alzaron en las sombras. Enormes cuerpos ondulantes y alargados surgieron del fondo del acantilado chorreando agua, y se movieron sinuosamente, rodeándolos; y algunos de ellos extendieron sus alas, cubriendo de oscuridad el cielo nocturno. Victoria se estremeció de frío y se preguntó cómo no los habían detectado antes; pero los sheks eran criaturas astutas y muy inteligentes, y habían logrado ocultarse de ellos, esperando pacientemente hasta tenerlos acorralados contra el muro. Ahora los observaban con fijeza, a una prudente distancia, como evaluándolos, pero no cabía duda de que no tardarían en atacarlos, y que sería una lucha muy desigual en la que la Resistencia no podría vencer. La única posibilidad que tenían de escapar con vida era refugiándose en la torre, pero Victoria comprendió, antes de que Allegra y Shail unieran su magia para tratar de derribar la puerta, que no lo lograrían. Hubo un violento chispazo de luz y la magia que protegía la torre repelió el poder de los dos hechiceros con tanta fuerza que los lanzó hacia atrás.

Una de las serpientes siseó con furia, proyectando la cabeza hacia adelante, mostrando unos colmillos letales. Jack, Christian, Victoria y Alexander retrocedieron unos pasos, con las armas a punto, cubriendo a los magos sin dejar de vigilar a los sheks, buscando protección en el enorme y elegante pórtico que abrigaba la entrada.

—¡Abrid esa puerta o estaremos perdidos! —susurró Alexander con voz ronca.

—No reconozco esta magia —murmuró Allegra—. La puerta ha sido sellada con un poder distinto al de los hechiceros corrientes.

—Es la magia de mi padre —musitó Christian.

No dijo más, pero todos entendieron lo que ello implicaba.

La Torre de Kazlunn había caído. De alguna manera, Ashran había logrado conquistarla. En cuanto a qué había sido de los hechiceros que vivían allí... solo podían tratar de adivinarlo. Y las posibilidades no eran precisamente tranquilizadoras.

Entonces, los sheks atacaron.

Se abalanzaron sobre ellos, las fauces abiertas, los ojos reluciendo en la oscuridad, sus largos cuerpos anillados ondulando tan deprisa que apenas podían seguirse sus movimientos.

Jack tuvo que hacer frente a dos emociones tan intensas como terribles. Por una parte, el horror irracional que sentía hacia todo tipo de serpientes lo atenazó otra vez; por otra, un sentimiento nuevo y siniestro se adueñó de su alma: un odio tan oscuro y profundo como el corazón de un abismo. Tratando de reprimir su miedo y de controlar su odio, lanzó un grito y se enfrentó a la primera serpiente, enarbolando a Domivat, su espada legendaria, cuyo filo se inflamó enseguida con el fuego del dragón. El shek retrocedió un poco, siseando, enfurecido, y observó la espada con odio y desconfianza. Jack golpeó de nuevo, pero en esta ocasión la criatura se movió deprisa y se apartó con un ligero y elegante movimiento. Antes de que pudiera darse cuenta, la cabeza de la serpiente estaba casi encima de él. Jack interpuso la espada entre ambos, consciente de que el shek había reconocido el arma como obra de los dragones, los ancestrales enemigos de aquellas criaturas. Pero tuvo que retroceder de nuevo, incapaz de acertar a la serpiente, cuyo cuerpo se movía a la velocidad del pensamiento.

Sus compañeros también estaban teniendo problemas. Shail había creado un campo mágico de protección en torno a ellos, pero las serpientes estaban intentando traspasarlo, y Jack sabía que no tardarían en conseguirlo. Victoria y Alexander peleaban con sus propias armas. El báculo de la muchacha no solo resultaba más letal que de costumbre, puesto que podía canalizar mucha más energía en Idhún que en la Tierra, o incluso que en Limbhad, sino que también parecía más efectivo que cualquier espada, incluyendo la de Alexander. Porque, gracias al báculo, Victoria podía proyectar su magia a distancia y atacar a las serpientes sin necesidad de acercarse demasiado a ellas; pero Alexander se encontraba con los mismos problemas que Jack a la hora de luchar contra aquellas formidables criaturas. Sin embargo, el combate había despertado en él de nuevo la furia animal que lo poseía las noches de luna llena, pero también cuando se veía incapaz de controlarla. Los ojos del líder de la Resistencia relucían en la oscuridad, y Jack lo oía gruñir, y lo veía golpear con fiereza y saltar de un lado para otro con una agilidad sobrehumana.

Mientras, Allegra seguía intentando echar abajo la puerta, y su voz sonaba sobre ellos, serena y segura, recitando sus conjuros más poderosos. Pero la puerta resistía.

Jack percibió un movimiento sobre él y alzó la espada por instinto. Oyó un siseo furioso y olió la carne quemada cuando el filo de Domivat alcanzó el cuerpo escamoso de uno de los sheks. Lo vio retirarse un momento y sonrió, satisfecho, pero se le congeló la sonrisa en los labios al mirar hacia arriba.

Había docenas de sheks. Tal vez medio centenar. Sobrevolaban aquel lugar en círculos, como buitres, esperando simplemente que la Resistencia se rindiera o fuera destruida, preparados para descender hasta ellos en el improbable caso de que sus compañeros fueran derrotados. El terror invadió al muchacho cuando comprendió que no tenían ninguna posibilidad de vencer, y que la única salida era escapar... hacia el interior de la torre, cuyos muros los protegerían, o hacia cualquier otra parte... Jack se preguntó, desesperado, por qué Shail y Allegra no habían empleado todavía el hechizo de teletransportación. En cualquier caso, no había nada que pudiera hacer.

–¡Jack! –gritó entonces Christian.

Jack se volvió, como en un sueño, y lo vio allí, de pie, desarmado. Había perdido su espada tiempo atrás, y se había negado a empuñar otra. Pero no parecía asustado.

–¡Transfórmate, Jack! –le gritó Christian–. ¡Así no puedes luchar contra ellos!

Jack comprendió. En su interior albergaba el espíritu de Yandrak, el último dragón, y en teoría podía transformarse en él, si así lo deseaba. En teoría. Porque no lo había conseguido aún. Ni una sola vez.

Lanzó a Christian una mirada dubitativa.

–¡Hazlo, maldita sea! –insistió el shek–. ¡Te necesitamos!

Jack asintió. Vio cómo Christian le daba la espalda e iniciaba su propia transformación. Apenas un instante después, ya no había allí un chico de dieciséis años, sino una enorme serpiente alada. Christian lanzó un chillido de ira y libertad y alzó el vuelo para enfrentarse, como shek, a los que antes habían sido sus compañeros, su familia, su gente. Jack apretó los dientes y se esforzó por encontrar al dragón en su interior.

Victoria lo vio, y corrió hacia él para cubrirle mientras se concentraba. El campo de protección de Shail seguía allí, pero estaba empezando a fallar, y de vez en cuando algún shek lograba traspasarlo. Victoria y Alexander peleaban para hacerlos retroceder.

Mientras, en el aire, Christian tenía todas las de perder. Como shek era poderoso, pero se enfrentaba a muchos como él, y estaba en inferioridad de condiciones.

—¡No puedo! —exclamó entonces Jack, desalentado—. ¡No sé lo que he de hacer!

—¡No te distraigas, chico! —gritó Alexander—. ¡Pelea aunque sea con la espada!

Jack asintió, aliviado, y se dispuso a obedecer. Era cierto que, como dragón, habría tenido más posibilidades de derrotar a algún shek, pero lo de luchar con la espada al menos sabía hacerlo. Oyó la voz de Allegra, retumbando sobre ellos, pero la puerta seguía sin abrirse.

—¡Christian! —gritó entonces Victoria; Jack vio el largo cuerpo de azogue del shek ondulando sobre ellos; lo reconoció porque era el único que peleaba contra los demás—. ¡Vuelve! ¡Ven aquí!

Jack dudaba de que Christian pudiera haberla oído; pero, de alguna manera, lo hizo, puesto que realizó un quiebro en el aire y descendió en picado, esquivando a dos serpientes que se abalanzaron sobre él. Cuando se posó junto a Victoria, Jack apreció que estaba herido.

La muchacha corrió hacia él y trepó a su lomo.

—¡Victoria! —la llamó Jack, perplejo—. ¿Qué haces?

Ella no contestó. Jack vio, impotente, cómo Christian alzaba de nuevo el vuelo, llevando a Victoria sobre su lomo. La vio pelear desde el aire, con el extremo de su báculo iluminado como una estrella. Era una imagen hermosa, pero aterradora, la joven del báculo resplandeciente, como una heroína de leyenda a lomos de la serpiente alada. Christian y Victoria. Luchando juntos, volando juntos.

Jack percibió entonces lo sólido y real que era el vínculo que los unía a ambos, e intuyó lo mucho que debía de haberle costado al Nigromante forzar a Christian para que traicionara a Victoria. Seguro que había puesto en juego todo su poder; y, sin embargo, ahí estaba, el shek, el hijo de Ashran, luchando junto a la Resistencia... solo para proteger a Victoria.

Jack se sintió pequeño e insignificante comparado con ellos, y por primera vez deseó, ardientemente y de todo corazón, poder transformarse en un dragón.

Pero seguía sin conseguirlo.

Varios metros por encima de ellos, Victoria se sentía inmersa en un extraño sueño. Por un lado, la presencia de las serpientes aladas la aterrorizaba; por otro, volar sobre el lomo de Christian era una experiencia única, mágica, y lamentaba no poder disfrutar de ella.

Se dio cuenta de que algunos de los sheks habían abandonado la lucha contra los otros miembros de la Resistencia y volaban ahora tras ellos. Victoria percibió el intenso odio que alentaban los ojos de hielo de aquellas formidables criaturas, por lo general impasibles como rocas.

—¿Qué les pasa? —murmuró, alzando el báculo por encima de la cabeza—. ¿Por qué están tan furiosos?

Le bastó desearlo para que el extremo del artefacto dejase escapar un anillo de energía que alcanzó a varios sheks y los hizo retroceder, siseando de dolor y furia.

«Soy yo», respondió Christian telepáticamente. «Me consideran un traidor a nuestra raza, he cometido un crimen imperdonable para los sheks, y por ello están deseando acabar conmigo. No debería haber permitido que montaras sobre mi lomo. Estabas más segura con Jack y los demás».

—No se trata de mí —respondió ella casi con fiereza—. Tenemos que distraerlos todo lo que podamos para que Shail y mi abuela abran esa puerta.

«La puerta no se abrirá, Victoria, y lo sabes».

Victoria sintió un escalofrío y apretó los talones contra el cuerpo del shek, consciente de que tenía razón, de que se enfrentaban a un enemigo demasiado formidable y que, casi con toda seguridad, ambos morirían allí.

Pero, si había de morir, decidió, lo haría luchando. Para que, si existía la más mínima posibilidad de que sus amigos escaparan, pudieran tener la oportunidad de ponerse a salvo. Para que al menos Jack saliera con vida de aquella locura.

—No lograremos entrar —anunció entonces Allegra—. Es inútil: mi magia no puede, ni podrá, romper el sello de esta puerta.

Había hablado a media voz, pero Jack, que enarbolando a Domivat peleaba contra un shek que había traspasado la barrera, la oyó y sintió como si sus palabras fueran una sentencia de muerte.

—¡Entonces tenemos que marcharnos de aquí! —rugió Alexander, enseñando los colmillos; la pelea había desatado su fuerza animal, y estaba a mitad de transformación: su rostro se había alargado, como un hocico, y estaba casi completamente cubierto de vello. Sus manos como zarpas blandían a Sumlaris, su espada, como si fuera una pluma.

—Pero ¿cómo? —preguntó Shail, con esfuerzo; estaba empleando toda su energía para mantener el campo mágico de protección, pero se estaba quedando sin fuerzas—. Somos demasiados; si los teletransportamos a todos, no llegaremos muy lejos.

—Pero es la única salida —dijo Allegra.

Oyeron entonces un chillido agónico, y Jack alzó la mirada, justo para ver a Christian retorcerse de dolor en el aire, mientras Victoria intentaba mantenerse firme sobre su lomo. Nada estaba atacando al shek, al menos no en apariencia, y, sin embargo, la criatura parecía estar sufriendo una terrible agonía. Jack comprendió que los otros sheks habían logrado traspasar sus defensas mentales y lo estaban sometiendo a un ataque telepático.

—¡Christian, baja de ahí! —gritó Jack, temiendo sobre todo por la seguridad de Victoria; todavía no estaba seguro de apreciar lo bastante al shek como para llegar a lamentar su muerte, si esta llegara a producirse.

Christian lo intentó. Esquivó como pudo a las serpientes que se abalanzaban sobre él y descendió en un vuelo inestable. Victoria se esforzaba por mantener el equilibrio, pero no había abandonado la lucha. Jack vio cómo la punta del báculo que portaba se iluminaba de nuevo, y oyó el chillido de una de las serpientes, que había sido alcanzada por la energía generada por el artefacto.

Pero Christian no lograba mantener el vuelo. Jack lo vio precipitarse al mar, estrellarse contra la cresta de una ola, desaparecer bajo las aguas, y gritó:

—¡Victoria!

Algo se encendió en su interior, como un volcán en erupción, como una estrella a punto de estallar, y sintió que el dragón deseaba ser liberado, para luchar contra los sheks y rescatar a Victoria. Corrió hacia el borde del acantilado, pero tuvo que detenerse porque dos sheks le cortaron el paso. Jack alzó a Domivat, furioso, y lanzó una estocada que dejó escapar una violenta llamarada. No alcanzó a ninguna de las serpientes, pero las hizo retroceder un tanto.

Después, se sintió extrañamente vacío, y comprendió que había canalizado demasiada energía a través de la espada. Y supo que ya no tenía fuerzas para despertar al dragón en su interior.

En aquel momento, vio a Christian emergiendo del agua coronada de espuma, y desplegando de nuevo sus alas bajo las tres lunas. Victoria seguía sobre su lomo, parecía que estaba bien. Jack golpeó otra vez, hizo retroceder a los sheks un poco más y entonces vio que Alexander acudía a cubrirle la retirada. Los dos se replegaron hacia la torre.

Cuando, por fin, Christian aterrizó estrepitosamente junto a ellos, todavía con Victoria bien sujeta entre sus alas, Allegra ya estaba preparándose para teletransportarlos a todos lejos de allí, mientras Shail se esforzaba, más que nunca, por mantener activa la protección mágica.

La voz telepática de Christian se oyó en las mentes de todos.

«No podréis llevarnos a todos. Allegra, llévate a Jack y Victoria a un lugar seguro».

–¡No! –gritó Jack, volviéndose hacia él–. Nos vamos todos.

–El shek tiene razón –gruñó Alexander–. Si la magia no puede salvarnos a todos, es mejor que os vayáis vosotros dos. La profecía...

–¡Al diablo con la profecía! –gritó Jack–. ¡No voy a dejar atrás a mis amigos!

–¿Y vas a dejar morir a Victoria?

Jack se volvió para replicar a la pregunta de Christian, que se había transformado de nuevo en humano y lo miraba con seriedad. Pero no fue capaz de encontrar una respuesta a aquella cuestión.

–Nos vamos todos –declaró Victoria con firmeza, apartándose el pelo mojado de la frente.

Avanzó hasta situarse junto a Allegra y la tomó de la mano, mientras el extremo de su báculo palpitaba como un corazón henchido de energía. La maga comprendió, y absorbió la magia que Victoria le proporcionaba.

–¡Ahora! –gritó Shail–. ¡Daos prisa!

Jack y Alexander corrieron hacia Allegra y Victoria. Jack volvió sobre sus pasos para ayudar a Christian, que cojeaba. Las serpientes sisearon, furiosas, al comprender sus intenciones. Jack percibió en su mente los ataques desesperados de las criaturas, que sabían que sus presas estaban tratando de escapar, pero la barrera todavía los protegía. Sin embargo, el muchacho miró a Shail, solo ante los sheks, manteniendo la protección mágica hasta el final, e intuyó lo que iba a pasar, segundos antes de que el mago diera media vuelta y echara a correr hacia ellos con todas sus fuerzas.

La barrera se desmoronó, y los sheks se abalanzaron sobre él.

—¡SHAIL! —chilló Victoria, al ver que se había quedado atrás.

Allegra ya iniciaba el hechizo de teletransportación.

Todo fue muy rápido. Jack, Christian, Victoria y Alexander se habían aferrado a ella, pues debían estar en contacto físico con la maga para que el conjuro los transportase a ellos también. Pero no podían apartar la mirada del joven hechicero que corría hacia ellos, y vieron cómo la primera de las serpientes se lanzaba sobre él y lograba aprisionar su pierna entre sus letales colmillos. Shail gritó y cayó al suelo cuan largo era. Victoria se desasió del contacto de Allegra y trató de correr hacia él, pero Jack la retuvo cogiéndola del brazo cuando ya se alejaba de ellos, y Allegra atrapó la mano del chico en el último momento. Victoria no se rindió, y tendió el báculo hacia su compañero caído. Shail logró aferrar la vara justo cuando el shek ya retrocedía, arrastrándolo consigo.

En aquel momento, Allegra finalizó el conjuro, y la Resistencia desapareció de allí.

II
Refugio

ACK chocó contra el suelo con estrépito. Su instinto le dijo que había peligro, y se levantó de un salto, ignorando el sordo dolor de sus costillas.

El hechizo de Allegra los había llevado a todos lejos de la Torre de Kazlunn.

A todos. Incluyendo al shek que se había aferrado a la pierna de Shail, y que ahora había soltado a su presa para alzarse sobre ellos, amenazadoramente.

Jack no se anduvo por las ramas. Blandió a Domivat y, aprovechando que la serpiente tenía la vista fija en Christian, que la observaba con cautela, en tensión, descargó un golpe, con toda su rabia, sobre el cuerpo escamoso de la criatura, que chilló de dolor.

La Resistencia en pleno acudió a ayudar a Jack y, con una fuerza nacida de la desesperación, lograron acabar por fin con el enorme reptil. Todos suspiraron aliviados, y Jack cerró los ojos y sonrió para sí. Algo en su interior había disfrutado lo indecible con la muerte de aquel shek. Pero, por alguna razón, no le pareció correcto exteriorizar sus sentimientos al respecto. Una parte de él se horrorizaba de que la muerte de otro le produjera tanta satisfacción; aunque ese otro fuera un shek.

Christian había permanecido aparte, sin intervenir en la lucha; y, cuando el cuerpo muerto del shek cayó a sus pies, se quedó mirándolo, pensativo, con una expresión indescifrable.

Victoria intuyó qué era lo que pasaba por su mente. Se detuvo junto a él y colocó una mano sobre su hombro.

–Lo siento –susurró.

–Da igual –respondió él, encogiéndose de hombros–. Tengo que ir acostumbrándome a esto.

Pero había visto a Jack hundiendo su espada de fuego en el corazón del shek, y ambos sabían que, aunque Christian entendía y aprobaba aquella actitud, su instinto lo empujaba a enfrentarse al muchacho, el dragón, su enemigo, para defender a la serpiente. Y el instinto era algo muy difícil de reprimir.

Jack había notado también la mirada que le había dirigido Christian entonces. Al pasar junto a él, aún con la espada desenvainada, lo miró a los ojos, como retándolo a hacer algún comentario al respecto. Pero Christian no dijo nada, y Jack tampoco percibió odio en su mirada. Solo... una honda y sincera comprensión que no era propia de él, y que dejó a Jack sorprendido y confuso.

Victoria se había inclinado junto a Shail, preocupada por la herida de su pierna. El joven mago había perdido el conocimiento y deliraba, como atacado por una fiebre especialmente virulenta.

–Veneno shek –dijo Christian en tono neutro–. Tendrá suerte si sale con vida.

–Me sorprende que no sea un veneno de efecto instantáneo –dijo Jack, con un sarcasmo que pretendía enmascarar su rabia y su impotencia.

Christian le dirigió una breve mirada.

–Lo es –dijo–. La magia de Victoria lo ha protegido de una muerte inmediata, pero si no recibe tratamiento, no tardará en morir.

–¿Dónde estamos? –preguntó Victoria, angustiada, mirando en torno a sí, en busca de un refugio.

–En los límites de Shur-Ikail –respondió Alexander, con gesto torvo–. No muy lejos de la Torre de Kazlunn.

Señaló en una dirección determinada, y sus compañeros vieron, más allá de la amplia planicie de color púrpura a la que habían llegado, una fina aguja recortada a lo lejos, en el horizonte.

Allegra movió la cabeza, con un suspiro.

–No he podido llevaros más lejos. Lo siento.

–No importa –dijo Jack–. Por lo menos nos hemos alejado de ellos.

–No por mucho tiempo –intervino Christian, sombrío–. Habrán detectado ya la muerte de este shek. Saben dónde estamos y es cuestión de tiempo que nos alcancen.

–Poco tiempo –asintió Alexander, que iba, lentamente, recuperando su fisonomía humana–. No estamos en condiciones de avanzar muy deprisa.

–¿Avanzar hacia dónde? –dijo Victoria de pronto–. La Torre de Kazlunn ha sido conquistada por Ashran. Era el único refugio con el que podíamos contar –alzó la mirada y añadió–: ¿Por qué no volvemos atrás, a Limbhad?

Alexander iba a responder, pero Christian se le adelantó:

–No podemos. Ya lo he intentado, traté de abrir la Puerta interdimensional cuando nos rodearon los sheks al pie de la torre, pero no lo conseguí.

–¿Por qué? –preguntó Jack, inquieto ante la posibilidad de haberse quedado atrapado en aquel mundo.

–Porque Ashran ha bloqueado la Puerta, incluso para ti –intervino Allegra mirando a Christian–. ¿No es así?

El joven asintió, sombrío.

–Nos ha dejado volver porque sabe que, sin mí, no tiene ninguna posibilidad de acabar con la Resistencia en la Tierra. No puede enviar sheks a través de la Puerta, y tardaría años en crear a otro híbrido como yo. Pero ahora que estamos en Idhún, un mundo que él controla totalmente, no quiere dejarnos escapar.

–Entonces, no nos queda donde ir –murmuró Jack.

–Queda el bosque de Awa –dijo Christian a media voz.

Allegra asintió.

–El bosque de Awa resiste todavía –dijo cerrando los ojos un momento–. Puedo sentir que mi gente nos llama desde allí.

–El bosque de Awa está demasiado lejos –objetó Alexander, frunciendo el ceño.

–Ya lo sé. Pero ¿qué otra opción tenemos?

–Vanissar, el reino de mi padre, está mucho más cerca. Tal vez allí...

–Vanissar no es un lugar seguro para Victoria –cortó Christian rotundamente.

Para él, todo se reducía a aquello: proteger a Victoria. Jack pensó que Christian podría ver morir a todos y cada uno de los miembros de la Resistencia sin lamentarlo ni un ápice, mientras la muchacha estuviera a salvo.

Victoria, ajena a la discusión que mantenían sus compañeros, se esforzaba por emplear su magia curativa con Shail.

–No puedo –dijo por fin, desalentada–. He conseguido paralizar la acción del veneno, pero no he podido hacerlo desaparecer. Estoy demasiado cansada. No sé si Shail aguantará el viaje –añadió, con un nudo en la garganta.

Christian, Allegra y Alexander cruzaron una mirada de circunstancias. Jack se dio cuenta de que dudaban de que Shail fuera a sobrevivir a la terrible herida infligida por la serpiente, pero no querían decirlo en voz alta. Y, a pesar de lo cansado que estaba, algo se rebeló en su interior ante la idea de rendirse tan pronto.

–Tenemos que intentarlo –dijo–. Tenemos que luchar hasta el final. Cuanto antes nos pongamos en marcha, antes llegaremos... a Vanissar o al bosque de Awa, me da igual. Lo importante es alejarnos de aquí.

Alexander lo miró un momento, pero finalmente asintió.

Comenzaron a caminar hacia oriente, Jack y Alexander cargando con Shail, pero avanzaban muy lentos, y pronto incluso Jack comprendió que no lograrían escapar. Sobre todo porque, tras ellos, el horizonte comenzaba a cubrirse de largas siluetas amenazadoras.

Los sheks los perseguían, y no tardarían en alcanzarlos. Jack lo sabía, pero sencillamente no podía rendirse, no podía parar, a pesar de lo agotado que estaba, y esperar la muerte. De modo que seguía caminando, mientras las sombras del horizonte se hacían más grandes.

Christian y Victoria avanzaban tras ellos. Christian todavía cojeaba, y a veces tenía que apoyarse un poco en Victoria para poder andar. Jack evitaba volver la cabeza atrás para mirarlos. Intuía que la muchacha ya había elegido entre los dos y, por desgracia, no lo había elegido a él. Por eso se quedó sorprendido cuando Victoria apresuró el paso para colocarse junto a él, y le tomó la mano que tenía libre. Jack la miró, un poco perplejo. Victoria le devolvió la mirada, como intentando decirle algo importante, pero estaban rodeados de gente y aquel no parecía el momento más oportuno. Y, sin embargo, la sombra de las alas de los sheks cubría el horizonte, lo cual significaba que, probablemente, no habría otro momento para ellos. Nunca más.

Alexander echó una breve mirada atrás y dijo:

–No podemos seguir así. No tardarán en alcanzarlos. Tenemos que plantar cara y pelear, porque...

–... Es mejor que darles la espalda –completó Jack con una sonrisa.

Los miembros de la Resistencia cruzaron una mirada. Sabían lo que eso significaba. Si seguían caminando, los sheks los alcanzarían y los matarían. Si se detenían a luchar, los sheks acabarían por matarlos de todos modos. Hicieran lo que hiciesen, había llegado el fin para ellos.

–Es mejor que darles la espalda –repitió Victoria, alzando la cabeza con orgullo.

Los demás asintieron, sombríos. Sabían que aquella batalla sería la última, pero estaban dispuestos a librarla. De modo que prepararon las armas y esperaron a sus enemigos, y cuando los sheks se abatieron sobre ellos, las manos de Jack y Victoria se buscaron y se estrecharon, con fuerza, quizá por última vez.

Victoria alzó el báculo, lista para pelear. Sus ojos se detuvieron un momento en Christian, que aguardaba un poco más lejos, con la vista fija en los sheks que descendían sobre ellos. El joven percibió su mirada y se volvió hacia ella.

«Lo siento muchísimo, Christian», pensó Victoria. «Es culpa mía». Él captó aquel pensamiento y le dedicó una media sonrisa.

«Fui yo quien tomé la decisión de traicionar a los míos, Victoria», respondió telepáticamente. «Y estoy aquí porque así lo he querido».

A Victoria se le encogió el corazón. Por Jack, por Christian, por Shail, Allegra y Alexander, y por ella misma. Y alzó el báculo, dispuesta a morir luchando.

Pero entonces Christian entrecerró los ojos, alzó la cabeza, como escuchando algo que solo él pudiera oír, y se volvió hacia el este, donde aparecían las primeras luces del alba.

–¡Allí! –exclamó.

Sus compañeros miraron en la dirección que él señalaba, y vieron unas formas doradas que volaban hacia ellos. Los ojos de Allegra se llenaron de lágrimas.

–Estamos salvados –dijo solamente.

Los momentos siguientes fueron muy confusos. Victoria solo recordaría que la maga los había reunido a todos en torno a ella para realizar, una vez más, el hechizo de teletransportación. No llegarían muy lejos, y en otras circunstancias solo habría servido para retrasar unos minutos más el enfrentamiento contra los sheks; pero la salvación se acercaba desde la línea del alba, y si tenían una oportunidad de alcanzarla, debían aprovecharla.

Victoria hizo funcionar el báculo, forzándolo a extraer toda la magia posible del ambiente, y ella y Allegra combinaron su poder para arrastrar a la Resistencia lo más lejos posible, en dirección al este. La muchacha recordaría haberse mareado, haber sentido que las fuerzas la abandonaban, haberse materializado un poco más lejos, un kilómetro o dos, tal vez, y unas fuertes garras que la aferraron con fuerza y la levantaron en el aire. Victoria vio que el suelo se alejaba de ella... y perdió el sentido.

Cuando despertó, volaba a lomos de un enorme pájaro dorado. Tras ella montaba Jack, sujetándola entre sus brazos, lo que impidió que la muchacha se cayera del susto al verse en aquella situación. Tardó un poco en situarse; cuando lo hizo, se volvió para mirar a su amigo.

–¿Jack? ¿Qué ha pasado?

El muchacho la miró, sonriente a pesar del cansancio que se adivinaba en sus facciones. El viento revolvía su pelo rubio, y parecía claro que a Jack le encantaba aquella sensación.

–Volamos lejos de la torre. Han venido a rescatarnos, y hemos dejado atrás a los sheks. Mira.

Victoria miró a su alrededor. Había visto antes aquellos pájaros dorados, semanas atrás, cuando los magos idhunitas habían intentado rescatarla del Nigromante en la Torre de Drackwen. Ahora había cerca de una docena de aquellas aves, montadas por hechiceros de distintas razas. El pájaro que montaban Allegra y Alexander volaba cerca de ellos, y Victoria descubrió, un poco más allá, al ave sobre la que cabalgaba Christian, completamente solo.

–¿Dónde está Shail? –preguntó, inquieta, recordando que su amigo se debatía entre la vida y la muerte.

–Allí, míralo. Va montado en el pájaro que guía la bandada.

Victoria estiró el cuello para mirar hacia adelante, y Jack instó a su montura a volar un poco más rápido, para llegar más cerca del primer pájaro. Victoria vio entonces a Shail, mortalmente pálido, inconsciente, en brazos de la persona que guiaba al ave, y que vestía una túnica verde y plateada. El jinete detectó su presencia, porque se volvió para mirarlos, y Victoria vio que se trataba de una mujer de piel de un suave color azul celeste y cuyo cráneo, ligeramente alargado, carecía de cabello. Sus ojos, de un violeta intensísimo, se clavaron en Victoria un breve instante, y después descendieron hacia el rostro inerte de Shail. La joven no sabía quién era ella, pero sí supo, de alguna manera, que su amigo estaba en buenas manos.

Volvieron a quedar un poco más rezagados, y Jack respondió a la muda pregunta de Victoria:

–Ella ha guiado a los magos hasta aquí. Me imagino que es una hechicera importante.

–No, no es una hechicera –negó Victoria, que había estudiado las costumbres de los distintos pueblos idhunitas con más interés que

Jack–. Es una sacerdotisa, y por los colores de su túnica, creo que sirve a Wina, la diosa de la tierra.

–¡Una sacerdotisa celeste! Creía que el dios de los celestes era Yohavir, el Señor de los Vientos, ¿no?

–Sí, pero Yohavir pertenece a la tríada de dioses, y las mujeres no pueden entrar como sacerdotisas en la Iglesia de los Tres Soles.

Mientras hablaba, Victoria buscó de nuevo a Christian con la mirada. Lo vio un poco más allá. Detectó que el pájaro dorado que montaba no parecía muy satisfecho con el jinete que le había tocado en suerte, pero no se atrevía a desobedecerlo. La muchacha se estremeció; el ave había adivinado que cargaba con un shek, uno de sus enemigos. Y por primera vez se preguntó qué sucedería cuando los magos, y especialmente los sacerdotes de los seis dioses, descubrieran la verdadera naturaleza de Christian.

Jack se había dado cuenta de que Victoria estaba mirando a Christian y, una vez más, se sintió fuera de lugar. Recordó cómo había intentado transformarse en dragón, sin conseguirlo, y quiso comentarlo con Victoria, hablarle de sus dudas, de su miedo a no estar a la altura de lo que se esperaba de él y, sobre todo, de no merecerla. Pero no dijo nada. A pesar de que Victoria todavía parecía sentir algo muy intenso por él, en el fondo Jack estaba convencido de que era demasiado tarde; de que, no importaba cuánto se esforzara, Victoria terminaría marchándose con Christian, antes o después. Y era algo de lo que no quería hablar con ella porque, por mucho que le doliera, si tenía razón, no debía poner trabas en su camino, no debía retenerla a su lado contra su voluntad.

Desvió la mirada, incómodo. Victoria lo notó.

–Jack, ¿qué te pasa? ¿Estás bien?

–Sí –mintió él–. No es nada, solo estoy un poco cansado. En serio –insistió, al ver que ella no estaba convencida–. Relájate y disfruta del viaje –añadió con una sonrisa.

Victoria asintió, sonriendo a su vez. Se recostó contra Jack, cuyos brazos rodeaban su cintura, y echó un vistazo al cielo, donde relucían los tres soles de Idhún. Sus nombres eran Kalinor, Evanor e Imenor, tres esferas clavadas en el firmamento como joyas refulgentes. El más grande, Kalinor, era una enorme bola roja, casi el doble de grande que el sol que iluminaba la Tierra. Evanor e Imenor eran estrellas gemelas, blancas, y se situaban debajo del sol rojo, de manera que los tres formaban un triángulo en el cual Kalinor ocupaba el extremo superior.

–Da calor solo de mirarlos –opinó Victoria, sobrecogida–. ¿Cómo es que no nos achicharramos todos?

Jack contempló los soles, pensativo.

–No sé mucho de estas cosas –reconoció–, pero el sol más grande parece una estrella vieja. Leí en alguna parte que las estrellas se vuelven grandes y rojas cuando envejecen, y justamente por eso calientan menos. O puede que estén más lejos de lo que creemos, ¿quién sabe? O quizá es por la composición de la atmósfera. Tal vez protege el planeta de los rayos solares con más eficacia que la atmósfera de la Tierra.

–El aire es más... pesado –asintió Victoria–. No sé qué tiene. De todas formas... me gusta. No sé cómo explicarlo. Huele muy bien.

Jack sonrió.

–Se respira muy bien –admitió–. Es como si cada bocanada que dieras te «alimentara», como si te llenara por dentro. Es raro, ¿verdad?

–¿Piensas que Idhún gira en torno a uno de los tres soles? –preguntó Victoria–. ¿O alrededor de los tres a la vez?

–Si no fuera así, nunca se haría de noche, ¿no te parece?

Victoria alzó la cabeza hacia los astros, con aire soñador.

–Quizá no tenga sentido intentar aplicar a este lugar las leyes del universo que conocemos –comentó–. Tal vez, al atravesar la Puerta, llegamos no solamente a otro mundo, sino también a otra realidad, otro universo. ¿No crees?

Jack sonrió.

–Sinceramente, me intrigan más otras cosas, como el misterio de cómo un espíritu puede introducirse en un cuerpo que no es el suyo, y hacerlo cambiar físicamente para adaptarlo a su verdadera esencia. Por ejemplo, tu cuerpo humano puede transformarse en el cuerpo de un unicornio. ¿No contradice eso todas las leyes físicas?

–Supongo que sí –sonrió Victoria.

Segura entre los brazos de Jack, se atrevió a asomarse un poco para contemplar el paisaje.

Sobrevolaban una inmensa llanura encajonada entre dos sistemas montañosos. Al norte, una ciclópea cordillera gris cuyos altos picos nevados aparecían envueltos en turbulentas nubes violáceas. Al sur, una cadena de montañas pardas de caprichosas formas, que se elevaban hacia el cielo como los pináculos de un gigantesco palacio. Entre ambas discurría un río que regaba una tierra fértil salpicada de poblaciones, pequeños bosques y campos de cultivo.

–Nandelt –dijo Victoria, recordando los mapas que había visto en Limbhad–. La tierra de los humanos. ¿Vamos a Vanissar?

Jack se encogió de hombros, pero fue Victoria quien respondió a su propia pregunta:

–¡No, mira aquello! ¡Esto no puede ser Nandelt!

Jack miró en la dirección indicada y vio una gran masa verdosa en el horizonte, envuelta en una bruma misteriosa. Parecía un enorme bosque, y la bandada se dirigía hacia él.

–¿No puede ser eso el bosque de Awa? –preguntó, sin entender la extrañeza de su amiga.

Victoria negó con la cabeza.

–Si no recuerdo mal, el bosque de Awa está muy lejos de la Torre de Kazlunn. No podemos haber atravesado Nandelt tan deprisa. Incluso volando, se necesitarían varios días para alcanzarlo.

Jack sonrió ampliamente.

–Claro, no te has dado cuenta porque estabas dormida. Los hechiceros nos han hecho avanzar más deprisa gracias a la teletransportación. No han podido llevarnos hasta nuestro destino, pero sí han acortado el viaje. De lo contrario, no habríamos podido dejar atrás a los sheks.

Victoria asintió, pero no dijo nada. Ambos contemplaron, sobrecogidos, el paisaje del bosque, que se abría ante ellos, salvaje y magnífico. Pronto se dieron cuenta de que, aunque desde lejos se presentaba como una difusa línea verde, en realidad el bosque de Awa era una sorprendente explosión de colorido. Todo allí parecía enorme y, a la vez, delicado como el cristal. Había árboles cuyas copas adoptaban extrañas formas: árboles en punta, árboles en espiral, árboles entrelazados unos con otros como un brillante tejido multicolor, árboles de hojas tan inmensas que un dragón podría haberse posado en ellas. Y había muchísimas flores, flores del tamaño de árboles, flores más pequeñas que se agrupaban formando racimos que de lejos semejaban una única flor; flores que se abrían como sombrillas, flores que parecían erizos, flores esponjosas, flores de todos los colores, blancas, azules, rojas, violáceas, anaranjadas, jaspeadas e incluso flores transparentes como el agua. Había cascadas de plantas semejantes a enredaderas que caían desde los árboles más altos, y lechos de musgo tendidos entre las ramas umbrías. Había colonias de hongos del tamaño de hombres, tan extensas que se distinguían claramente desde el aire, y de tal variedad polícroma que mareaba a la vista. Y había torrentes de aguas cristalinas, cascadas que se adivinaban entre el exuberante follaje, y cuyo sonido llegaba hasta ellos como una refrescante promesa de vida nueva.

Los pájaros iniciaron la maniobra de descenso, y Jack y Victoria se sujetaron con fuerza a las plumas del ave para no caer. Jack llegó a ver algo que se elevaba desde los árboles como un surtidor de agua dorada, y se dio cuenta de que la bandada torcía el rumbo para dirigirse hacia allí, por lo que dedujo que se trataba de una especie de señal. Al acercarse más, vio que era en realidad un chorro de polvo dorado, polen tal vez, que se alzaba hacia las alturas. Pero sí era una señal, porque el primer pájaro, con un graznido, se zambulló entre las copas de los árboles, justo en el lugar indicado. «Por ahí es por donde tenemos que entrar», entendió Jack. Pronto, todas las aves siguieron a la primera, sumergiéndose en el bosque. A Jack y Victoria les pareció que bajaban durante mucho rato entre el follaje de los árboles, y en más de una ocasión tuvieron que apretarse contra el lomo del ave para no ser derribados por las ramas. Parecía imposible que la bandada encontrara huecos para atravesar aquel laberinto vegetal y, sin embargo, lo estaban haciendo con sorprendente facilidad. Minutos después, aterrizaron en un claro del bosque que se abría junto a un arroyo.

Jack bajó del lomo del pájaro de un salto, todavía sonriendo exultante tras el vuelo, y tendió la mano a Victoria para ayudarla a descender. Cuando ella lo hizo, y ambos miraron a su alrededor, se quedaron sin aliento.

Varias docenas de personas se habían reunido en torno a ellos y los miraban en un silencio sepulcral, casi con adoración. Había humanos entre ellos, pero también hadas, celestes, silfos, gnomos, duendes, varios yan, los habitantes del desierto, y dos varu, la raza anfibia, que los observaban desde el río, asomando únicamente sus cabezas escamosas fuera del agua. Muchos de ellos eran magos; vestían túnicas bordadas con símbolos místicos y se adornaban con diversos abalorios; pero algunos eran también sacerdotes, como la mujer celeste que había organizado su rescate, y había también un buen grupo de guerreros y mercenarios. Sin embargo, Jack vio a otros muchos que parecían, simplemente, refugiados: campesinos, granjeros, mercaderes o artesanos, que habían huido de sus tierras, temerosos de los sheks, para ir a ocultarse en el bosque de Awa.

Entonces, tres personajes se adelantaron y se detuvieron ante ellos: un hechicero humano y dos sacerdotes: un celeste y una varu. Ambos ceñían sus sienes con diademas doradas. Jack y Victoria detectaron enseguida que se trataba de gente importante, porque se movían con autoridad y cierta majestuosidad, y porque todo el mundo parecía estar conteniendo el aliento, a la espera de que hablaran. Jack se dio cuenta de que hasta Alexander, que en Idhún era el príncipe heredero de un gran reino, había bajado la cabeza ante ellos. Cambió el peso del cuerpo de una pierna a otra, incómodo. El mago los miraba fijamente; era de mediana edad, y llevaba el cabello, de un extraño color verde-azulado, recogido en una larga trenza detrás de la cabeza. Sus ojos oscuros parecían haber visto mucho, y los observaban con cierta suspicacia.

–¿Sois vosotros aquellos de quienes habla la profecía? –preguntó con algo de brusquedad.

Jack no supo qué decir. Victoria se adelantó unos pasos, sujetando el Báculo de Ayshel, y respondió con suavidad:

–Soy Lunnaris, el último unicornio.

Hubo murmullos entre los presentes. Jack respiró hondo antes de decir.

–Yo... soy Yandrak.

No añadió más. No hacía falta. Su auténtico nombre ya llevaba implícita su condición, su verdadera identidad.

Los murmullos aumentaron en intensidad. El mago asintió, pero no dijo nada. Fue la sacerdotisa varu quien tomó la palabra:

«Bienvenidos al bosque de Awa, Yandrak y Lunnaris», dijo en las mentes de todos; pues los varu, como los sheks, carecían de cuerdas vocales, y se comunicaban por telepatía. «Mi nombre es Gaedalu, Venerable Madre de la Iglesia de las Tres Lunas. Me acompañan Qaydar, el Archimago, y el Venerable Ha-Din, Padre de la Iglesia de los Tres Soles».

Victoria tragó saliva y cruzó una rápida mirada con Jack. La expresión de él le indicó que había comprendido lo que estaba sucediendo. La Orden Mágica y las dos Iglesias eran los tres poderes que habían gobernado Idhún, por encima de reyes, príncipes y nobles... hasta la llegada de Ashran y los sheks. Y sus líderes estaban allí, ante ellos. Jack y Victoria llegaban a Idhún como los salvadores anunciados por la profecía, y el hecho de que los recibieran Qaydar, Ha-Din y Gaedalu era una señal de hasta qué punto esperaban grandes cosas de ellos. Y no era un sentimiento agradable; al fin y al cabo, solo eran dos adolescentes, y solo hacía tres semanas que se les había revelado su verdadera identidad.

–¿Habéis venido a hacer cumplir la profecía? –quiso saber Qaydar.

Ha-Din posó suavemente una mano sobre el brazo de su compañero para tranquilizarlo.

–Calma, Archimago. Habrá tiempo para hablar de la profecía... después. Estos jóvenes acaban de llegar de un largo viaje y han escapado de la muerte hace apenas unas horas. Sin duda estarán cansados.

El Archimago pareció relajarse un tanto.

–Tienes razón, Padre Venerable –dijo–. Perdonad mi rudeza, muchachos. Solo hace cinco días que cayó la Torre de Kazlunn, y todavía no nos hemos recuperado del golpe que eso supuso para nosotros. Ya habíamos perdido toda esperanza.

–También hablaremos de ello más tarde. Debemos atender a nuestros invitados.

Sus ojos violáceos se posaron en el grupo de recién llegados... y, de pronto, su expresión apacible se congeló en un gesto severo que no parecía habitual en él.

–Tú –dijo solamente.

Victoria sabía a quién se refería incluso antes de volverse y encontrar la mirada de Ha-Din clavada en Christian. El joven no dijo nada, ni hizo el menor gesto. Se limitó a sostener su mirada, impasible.

–Eres un shek –concluyó el Padre a media voz.

Hubo nuevos murmullos entre la multitud y alguna exclamación ahogada. Varios guerreros avanzaron con la intención de atacar a Christian, pero Ha-Din alzó la mano, pidiendo silencio, y todos lo obedecieron.

–Soy un shek –admitió Christian. Pero no dijo nada más.

El Archimago se volvió hacia los recién llegados, irritado:

–¿Cómo os habéis atrevido a traer a una de estas criaturas al bosque de Awa?

–Él no... –empezó Victoria, pero el pensamiento de Gaedalu inundó las mentes de todos, y no admitía ser ignorado:

«¡Este era el último lugar seguro para nosotros! Ahora que los sheks han conseguido entrar en él, nada podrá salvarnos. Ni siquiera la profecía».

—¡No, esperad! —gritó Victoria, al ver que las palabras de Qaydar y Gaedalu empezaban a sublevar a la multitud—. Él no es como los demás. Nos ha ayudado a llegar hasta aquí. ¡Escuchadme todos! Christian es de los nuestros. Me ha... salvado la vida en varias ocasiones —concluyó en voz baja—. Los otros sheks lo consideran un traidor por eso.

Ha-Din avanzó hasta ella y la miró a los ojos. Victoria sostuvo su mirada, resuelta y serena, esperando tal vez un sondeo telepático, o algo parecido, porque no le cabía duda de que el celeste estaba intentando averiguar si decía la verdad. Pero no notó ninguna intrusión en su mente. Y, sin embargo, el Padre concluyó su examen anunciando en voz alta:

—Es cierto lo que dice. Y no debemos olvidar que la profecía hablaba también de un shek.

Gaedalu asintió, de mala gana. El Padre se aproximó entonces a Christian, que no se movió.

—¿Estás con nosotros, muchacho?

—Estoy con ella —respondió el joven señalando a Victoria con un gesto—. Si eso implica estar con vosotros, entonces, sí, lo estoy.

Hubo nuevos murmullos, algunos indignados e incluso escandalizados. Jack detectó enseguida lo que estaba sucediendo, y quiso advertir a Victoria, pero no tenía modo de hacerlo sin que lo oyesen Qaydar y Gaedalu, que seguían junto a ellos.

—A mí me basta con eso —anunció Ha-Din.

«A mí, no», dijo Gaedalu. «Nos has recordado la profecía, Ha-Din, y si es cierto que este joven es el shek de quien hablaron los Oráculos, entonces su papel ya se ha cumplido. Sería innoble por nuestra parte ejecutarlo, es verdad, pero también sería una locura acogerlo entre nosotros. Ya no lo necesitamos, y dudo que haya dejado de ser lo que es».

—El shek debe marcharse —concluyó el Archimago.

—¡Pero no puede marcharse! —gritó Victoria, para hacerse oír sobre el gentío—. ¡Si lo expulsamos de aquí, lo estamos condenando a muerte de todas formas! ¡Los otros sheks lo matarán!

Se oyeron exclamaciones que pedían la muerte para Christian. Gaedalu negó con la cabeza; el semblante de Qaydar seguía siendo de piedra. Victoria se volvió hacia sus amigos, buscando apoyo, pero ni Allegra ni Alexander parecían dispuestos a llevar la contraria a los líderes de su mundo.

—No puedo creerlo —murmuró la chica, exasperada.
—Victoria, espera —la llamó Jack, pero ella no lo escuchó. Se plantó delante de Christian, alzó la cabeza con orgullo y declaró:
—Si él se marcha, yo me voy también.
De pronto, reinó un silencio sepulcral en el claro.
—Eso no está bien, muchacha —murmuró el Padre moviendo la cabeza, apesadumbrado.
Victoria se mordió el labio inferior. Sabía que no podía pedir a aquella gente que confiara en un shek, cuando llevaban más de una década sometidos a aquellas criaturas. Y que tampoco debía amenazarlos con arrebatarles su única esperanza de salvación.
Pero no daría la espalda a Christian. No, después de todo lo que había pasado.
—Vaya donde vaya, yo iré con él —dijo con suavidad, pero con firmeza—. Y si lo enviáis a la muerte, yo lo acompañaré.
Ante su sorpresa, vio cómo algunos parecían decepcionados, horrorizados o incluso furiosos ante sus palabras.
La Madre avanzó hacia ella y le dirigió una fría mirada.
«Jamás pensé que un unicornio pudiera actuar de esta forma».
Jack cerró los ojos un momento, respiró hondo y dio un paso al frente.
—Y si ellos se van, yo también —declaró en voz alta.
Todos lo miraron, incrédulos, pero Jack se mantuvo firme. Victoria le echó una mirada de agradecimiento. «No lo estoy haciendo por él, lo estoy haciendo por ti», quiso decirle Jack. Aquella gente la había esperado como a la heroína de la profecía, la que los salvaría de Ashran y los sheks. Jamás aceptarían la simple posibilidad de que Lunnaris se hubiera enamorado de uno de ellos; es más, la sola idea les resultaría repugnante. Y Jack no quería ni imaginar cómo podrían reaccionar los más extremistas. Sin embargo, si él intervenía, si hablaba en favor de Christian... apartaría de ellos la sospecha de que existiera una relación especial entre Victoria y el shek. O, al menos, eso esperaba.
Pero tendría que explicárselo a Victoria más tarde, cuando estuvieran a solas.
—Hemos pasado quince años en el exilio —dijo el muchacho, en voz alta y clara—. Hemos sobrevivido en un mundo que no era el nuestro. Este shek —añadió señalando a Christian— traicionó a Ashran y a los suyos y fue duramente castigado por ello. Escapó de Ashran y se unió

a nosotros. Nos permitió volver a Idhún cuando estábamos atrapados en la Tierra. Ha peleado a nuestro lado. Ha demostrado que es un miembro de la Resistencia.

»Hemos regresado a Idhún con la intención de desafiar a Ashran y hacer cumplir la profecía. Hemos llegado a este bosque esperando encontrar apoyo por vuestra parte. ¿Y qué es lo que hacéis? ¡Condenar a muerte a nuestro aliado!

Hubo nuevos murmullos. Pero Jack percibió que ya no miraban a Victoria con desconfianza.

–El shek se queda con nosotros –declaró el muchacho–. Si no estáis de acuerdo, nos marcharemos para situar nuestra base en otra parte.

–¡Pero es un shek! –exclamó alguien entre la multitud.

–Y yo soy un dragón –dijo Jack fríamente–. El último dragón. Y digo que él debe quedarse con nosotros.

Sintió la mirada de hielo de Christian clavándose en su nuca, y se preguntó qué pensaría él de todo aquello.

–¿Cómo sabemos que eres un dragón? –dijo alguien, y varios corearon la pregunta.

El Archimago alzó una mano para acallar las protestas.

–Es un dragón –dijo–. Es la criatura que enviamos a través de la Puerta hace quince años. Pero es más que eso, ¿no es cierto? También tienes un alma humana.

Jack no respondió, pero sostuvo la inquisitiva mirada del hechicero.

–Tampoco el shek es solo un shek –intervino Ha-Din con suavidad–. ¿Tengo razón?

–Soy humano en parte –admitió Christian. Pareció que iba a añadir algo más, pero lo pensó mejor y permaneció callado.

–Estamos cansados y heridos –añadió Jack–. Hemos escapado de la muerte por muy poco. Uno de nuestros amigos está vivo de milagro y necesita atención urgente. ¿Vais a acogernos... o tendremos que buscar otro lugar donde poder descansar?

El Archimago y los Venerables cruzaron una mirada. Qaydar dejó caer los hombros, derrotado. La Madre dejó escapar un leve suspiro. También ella parecía cansada, y Jack apreció que su piel escamosa comenzaba a cuartearse, seguramente por estar demasiado tiempo fuera del agua. Ha-Din clavó en Jack y Victoria la mirada de sus ojos azules y dijo:

–Bienvenidos al bosque de Awa –se volvió hacia Christian y añadió, con una sonrisa–: Todos vosotros.

El joven lo agradeció con una leve inclinación de cabeza. Victoria respiró hondo, aliviada.

«Han escapado», dijo Zeshak.

–No esperaba menos de ellos –sonrió Ashran–. Están destinados a enfrentarse a mí. Me decepcionaría mucho descubrir que son fáciles de matar.

«Se han refugiado en el bosque de Awa», informó el shek.

–No me sorprende. Es el único lugar en todo Idhún en el que estarían seguros. O, al menos, eso es lo que piensan –se volvió hacia el rey de las serpientes–. ¿Has hecho lo que te pedí?

Por toda respuesta, Zeshak entornó sus ojos irisados y volvió la cabeza lentamente hacia la puerta. Una breve orden mental bastó para que la criatura que aguardaba al otro lado entrase en la habitación. Se trataba de un szish, uno de los hombres-serpiente que constituían las tropas de tierra de Ashran, y portaba un objeto alargado que depositó, con una reverencia, a los pies del shek.

«Aquí la tienes», dijo Zeshak con indiferencia. «Completamente muerta. Como pediste».

El Nigromante se acercó para contemplar lo que había traído el szish.

–Haiass –murmuró–. Es una pena.

La magnífica espada mágica que había empuñado Kirtash, que encerraba todo el poder del hielo en su mortífero filo, ahora no era más que un vulgar acero. Aquel destello blanco-azulado que la había caracterizado, y que sugería la fuerza mística que atesoraba, se había apagado, tal vez para siempre.

Zeshak había enrollado su largo cuerpo y había apoyado la cabeza sobre sus anillos, y contemplaba a Ashran con gesto desinteresado.

«Jamás debería haber sido forjada», opinó. «Es un error entregar a un humano un arma que contiene el poder de los sheks y, por otro lado, tampoco nosotros necesitamos esas ridículas espadas humanas».

–Entonces no te pareció tan mala idea –le recordó Ashran.

Se volvió hacia una figura que había estado aguardando en silencio, en un rincón en sombras.

–Acércate –le dijo.

Ella lo hizo. Era un hada de belleza salvaje y turbadora, de ojos negros, y largo y suave cabello color aceituna. Ashran le entregó la espada, que ella aceptó con una inclinación de cabeza.

—Ya sabes lo que has de hacer con ella, Gerde.

El hada esbozó una aviesa sonrisa.

—No te fallaré, mi señor.

Zeshak contempló la escena sin mucho interés. Cuando Gerde abandonó la estancia, llevándose consigo a la inutilizada Haiass, comentó:

«Dudo mucho de que eso funcione».

—Esto no es más que el principio, amigo mío. La intervención de Gerde solo es la primera parte de mi plan. Por supuesto que no espero que caigan con la primera maniobra. Sería demasiado fácil. Pero olvidas un detalle muy importante, Zeshak.

«¿Cuál?».

—El hecho de que, por mucho que te pese, Kirtash todavía es un shek. Y ya sabes lo que eso significa.

Los refugiados del bosque de Awa habían construido, con el paso de los años, una población entera entre las raíces y las ramas más bajas de los enormes árboles que se alzaban en el corazón de la floresta. En un sector cercano había un grupo de curiosas viviendas redondeadas, hechas de un suave material, parecido a la seda; cuando las vio, Jack no pudo evitar pensar en los capullos en los que algunos gusanos se envolvían para transformarse en mariposas. Pero, en aquel caso, aquellas cabañas deberían haber sido construidas por orugas gigantescas, del tamaño de un ser humano.

A una de aquellas extrañas viviendas se habían llevado a Shail para curarlo, en cuanto los pájaros dorados aterrizaron en el claro del bosque donde habían recibido a la Resistencia. Victoria sabía que debía dejar trabajar a las hadas curanderas, pero le costaba estarse quieta en la cabaña que le habían asignado, de modo que salió a dar un paseo.

Encontró a Jack, Allegra y Alexander reunidos no lejos de allí. Qaydar y Ha-Din estaban con ellos. Gaedalu se había ido, sin duda, a tomar un baño.

—Los feéricos han tejido un fuerte conjuro de protección en torno al bosque —estaba diciendo el Padre—. Es un poder que ni siquiera Ashran puede contrarrestar. Aquí hemos estado a salvo durante quince años... y espero que sigamos estándolo en el futuro.

—¿Qué sucedió con la Torre de Kazlunn? —preguntó Allegra.

—Fue todo tan repentino que ni siquiera podría explicar cómo ocurrió —respondió el Archimago con amargura—. Nos atacaron los sheks, y nuestras defensas mágicas cayeron... Parecía que ya no tenían suficiente fuerza como para resistir al poder del Nigromante. Pero fue, sencillamente, que la magia de Ashran se hizo más fuerte. Sin duda la revitalización de la Torre de Drackwen tuvo mucho que ver con ello.

Victoria desvió la mirada, incómoda. De alguna manera, era culpa suya. Ashran la había utilizado para renovar el poder de la torre, que hasta entonces había sido un bastión muerto y abandonado. Evocar aquella experiencia hizo que el estómago se le encogiera de angustia, y se esforzó por centrarse en el presente.

–Algunos hechiceros lograron escapar, pero la mayoría murieron en el ataque. Sobre todo, aprendices. Eran los más vulnerables.

»Pensamos que destruirían la torre, tal y como habían destruido las demás. Pero la mantuvieron en pie. Respetaron cada piedra, y lo único que hicieron fue enviar a esos repugnantes hombres-serpiente a saquearla para depositar sus tesoros a los pies de Ashran.

–Nos tendieron una trampa –murmuró Alexander–. Por eso dejaron la torre intacta.

–¿Las otras dos han sido destruidas? –preguntó Allegra, aunque ya sospechaba la respuesta.

–La Torre de Awinor cayó la primera, como ya sabes. El mismo día de la conjunción astral. La Torre de Derbhad no tardó en correr la misma suerte –concluyó el Archimago tras una pausa.

Allegra entrecerró los ojos. Victoria comprendió cómo se sentía. La Torre de Derbhad había estado a su cargo tiempo atrás, pero ella la había abandonado poco después de la conjunción astral para acudir a la Tierra a buscar al dragón y al unicornio de la profecía.

–También los Oráculos –añadió Ha-Din–. Los sheks no dejaron piedra sobre piedra. Solo respetaron, por alguna razón que se me escapa, el Oráculo de la Clarividencia, que aún se yergue en lo alto de los acantilados de Gantadd.

–Sagrada Irial... –murmuró Alexander, y sus ojos despidieron un destello de ira.

–Por lo demás, los sheks no han causado demasiados destrozos –prosiguió el Padre–. Han dejado vivir en paz a la mayor parte de la población... de los reinos cuyos gobernantes les han jurado lealtad. Aquellos que se han rebelado contra ellos han recibido castigos ejemplares –miró a Alexander significativamente, y el joven se irguió, inquieto–. Hace mucho que nadie se opone a la voluntad de Ashran y los sheks. Se diría que la gente se está acostumbrando a su mandato. Como ya has visto, los refugiados de Awa no somos muchos.

–¿Y Vanissar? –preguntó Alexander de inmediato–. ¿Qué ha sucedido en el reino de mi padre?

Shail le había dicho que había caído bajo el gobierno de los sheks, pero no le había dado más detalles; Alexander había dado por supuesto que, o bien no sabía nada más, o bien las cosas no habían cambiado demasiado. De todas formas, enterarse de que en realidad habían transcurrido quince años desde su partida, en lugar de los cinco que él había contado, había supuesto para él un golpe que todavía estaba asimilando, y casi había preferido no preguntar más. Pero ahora consideraba que ya estaba preparado para saber.

–Muchos reyes acudieron a luchar contra los sheks después de la invasión, príncipe Alsan. El rey Brun fue uno de ellos –Ha-Din hizo una pausa antes de proseguir–. Por desgracia, murió en la batalla.

Alexander cerró los ojos un momento. Jack colocó la mano sobre el brazo de su amigo, ofreciéndole apoyo.

–A ti también te daban por desaparecido –continuó el Padre–, de modo que fue tu hermano menor, Amrin, quien subió al trono tras la muerte del rey Brun.

–Él no fue educado para gobernar –murmuró Alexander–. Tampoco estaba preparado para afrontar una crisis como esta.

–Lo primero que hizo fue rendirse a los sheks y aceptar sus condiciones.

El joven desvió la mirada.

–No se lo reprocho. Supongo que no podía hacer otra cosa, dadas las circunstancias.

–Sus súbditos sí se lo reprocharon al principio, pero ahora encontrarás a pocos que se quejen. Vanissar disfruta de paz gracias a esa alianza con los sheks.

–Pero ¿no se unirán a la Resistencia? Las cosas han cambiado; ahora que el dragón y el unicornio han regresado a Idhún, tenemos alguna posibilidad de vencer.

–Tendrás que hablarlo con tu hermano, muchacho. Nunca me ha parecido muy dispuesto a ir a la guerra.

–O tal vez no haga falta –intervino el Archimago–. Alsan, tú eres el legítimo heredero del reino. Cuando vuelvas a Vanissar, podrás reclamar el trono.

Alexander vaciló, y Jack comprendió su dilema. Ya no era la misma persona que había abandonado Idhún, años atrás. Un conjuro fallido lo había transformado en un ser semibestial, y su lado salvaje todavía afloraba en ocasiones. Hacía tiempo que el joven había abandonado la idea de ser rey de Vanissar algún día, simplemente porque no se veía digno de ello. No importaba cuánto le insistiera Jack en que él era digno de aquello y de mucho más, Alexander sentía que no podía presentarse como príncipe en aquel estado.

En aquel momento llegó volando un pequeño silfo. Se detuvo jadeando ante ellos, indeciso. Por un lado parecía que traía noticias urgentes; pero, por otro, temía interrumpir la conversación, y se sentía cohibido ante la presencia del Archimago, los Venerables, el príncipe de Vanissar y, por supuesto, los héroes de la profecía.

–Habla –dijo el Padre con amabilidad–. ¿A quién venías a buscar?

El silfo se posó en el suelo, todavía nervioso; sus alas aún vibraban cuando se inclinó ante Victoria con profundo respeto.

–Dama Lunnaris –dijo–. Me envía a buscarte Zaisei. Necesitan de tu magia para curar al joven hechicero.

–¿Shail? –exclamó Victoria, preocupada–. ¿No está bien?

–Las hadas temen por su vida, dama Lunnaris.

III
¿QUÉ DARÍAS A CAMBIO?

Victoria entró como una tromba en la cabaña y miró a su alrededor. Shail estaba tendido sobre un jergón, y junto a él se encontraba la sacerdotisa celeste que los había rescatado cerca de la Torre de Kazlunn. Tenía cogida la mano del joven mago, y con la otra refrescaba su frente con un paño húmedo. Cuando la mujer celeste alzó hacia ella sus profundos ojos violetas, Victoria tuvo la sensación de haber interrumpido algo muy íntimo, y reprimió el impulso de dar media vuelta y salir de allí.

–Dama Lunnaris –dijo la sacerdotisa, levantándose con ligereza. Era más alta que Victoria, y, a pesar de que carecía completamente de cabello, como todos los de su raza, sus rasgos suaves y armónicos poseían una delicada belleza–. Me llamo Zaisei, y soy una sacerdotisa al servicio de la diosa Wina.

–¿Qué le pasa a Shail? –preguntó Victoria, sin rodeos.

Zaisei levantó, sin una palabra, la sábana que cubría el cuerpo de Shail. Victoria lanzó una pequeña exclamación ahogada al ver que la pierna izquierda del mago se había vuelto completamente negra.

–Es veneno shek –dijo Zaisei–. Las hadas han conseguido evitar que el veneno se extienda al resto del cuerpo, pero me temo que su pierna ya está muerta.

Victoria la miró, horrorizada.

–No puedes estar hablando en serio.

Se apoyó contra la sedosa pared de la cabaña, sintiendo que le faltaban las fuerzas. Zaisei inclinó la cabeza. Parecía tan afectada como ella.

–Las hadas curanderas han ido a buscar lo necesario para la operación y volverán enseguida, pero, mientras tanto, necesitaremos que sigas transmitiéndole parte de tu magia.

–Claro –musitó Victoria, con el corazón encogido.

No cabían todos en el interior de la cabaña, de modo que Jack, Allegra y Alexander aguardaron fuera mientras Victoria entraba a ver a Shail. Ha-Din se acercó a Jack y le dijo en voz baja:

—Yandrak, ¿tienes un momento? Hay algo de lo que quiero hablar contigo.

—Pero Shail... —empezó Jack; se interrumpió, dándose cuenta de que él no podía hacer nada por su amigo, y aceptó—. Claro.

Ha-Din lo guió hasta un rincón más apartado. Jack, inquieto, cambiaba el peso de una pierna a otra, y volvía la mirada, casi sin darse cuenta, al lugar donde estaban los demás.

—No te entretendré mucho, Yandrak.

—Jack —corrigió el muchacho automáticamente—. Mis... mis amigos me llaman Jack —añadió al ver la expresión confusa de su interlocutor.

—Jack —repitió Ha-Din—. Solo quería decirte que sé lo de Lunnaris y ese shek.

Jack se quedó helado.

—También sé que ese muchacho no es una serpiente cualquiera. Es Kirtash, el hijo del Nigromante. ¿Me equivoco?

Jack se apoyó contra el tronco de un árbol y apretó los dientes. No dijo nada, pero Ha-Din leyó la verdad en su rostro.

—¿Por qué le proteges, hijo?

Jack llevaba tiempo haciéndose la misma pregunta, de modo que tenía varias respuestas preparadas. Aunque ninguna lo convenciera de verdad.

—Supongo... que porque lo ha dejado todo por unirse a nosotros. Supongo que... porque todos merecemos una segunda oportunidad —aventuró.

El Padre movió la cabeza, preocupado.

—Es un shek. No ha dejado de ser un asesino, y dudo de que se arrepienta de los crímenes que cometió. Él mismo afirmó que, si está con nosotros, es por Lunnaris. Solo por eso.

—Quizá sea esa la razón —murmuró Jack—. No puedo entender por qué hace todo lo que hace, no puedo ponerme en su lugar. Pero sí puedo comprender que sienta algo por ella.

Enseguida se arrepintió de haber dicho aquello, de estar abriendo su corazón a un perfecto desconocido.

Sin embargo, había algo en Ha-Din que inspiraba confianza; el celeste irradiaba una extraña paz que relajaba y reconfortaba a Jack profundamente.

–Lo sé –asintió el Padre–. He visto el lazo que une a Kirtash y Lunnaris, he visto también el vínculo que os une a ti y a ella. Una extraña alianza.

–A mí me lo van a contar –sonrió Jack.

–La profecía hablaba de esto –prosiguió el sacerdote–. No deberíamos sorprendernos.

Jack alzó la cabeza.

–Es verdad, Shail nos contó algo acerca de eso. Todos pensaban que la profecía se refería solo a un dragón y un unicornio, pero Shail nos dijo que también había un shek implicado. ¿Es eso verdad?

El Padre asintió, con un suspiro.

–Los Oráculos hablaron de un shek también. Yo era partidario de hacer pública la profecía completa, pero la Madre Venerable no estaba de acuerdo. Ya te habrás dado cuenta de que no confía en los sheks. Estaba convencida de que debía de tratarse de un error de interpretación, de que era imposible que un shek pudiera salvarnos. Al final accedí a mantener en secreto esa parte de la profecía, pero por razones muy diferentes. Si era cierto que los sheks volverían a invadirnos, si la profecía se cumplía, y un shek iba a estar implicado en ella, nuestros enemigos no debían saberlo. Nadie debía saberlo. Sería nuestra baza secreta en el caso de que llegara a suceder lo peor. Sería un elemento que golpearía a nuestros enemigos desde dentro.

Jack no dijo nada. Seguía con la mirada perdida en el vacío, serio, pero escuchando atentamente las palabras del Padre.

–Es él, ¿verdad, Jack? Kirtash, el hijo de Ashran, es el shek de la profecía.

–Supongo que sí.

–Pero no es por eso por lo que lo proteges.

–No –admitió Jack de mala gana–. Es que... una vez pensamos que él había muerto, y Victoria... quiero decir, Lunnaris... –se corrigió; dudó un momento antes de proseguir–. Lo pasó muy mal. Fue como si algo muriera dentro de ella. No quiero volver a verla así, nunca más. Yo... no sé, no entiendo muy bien qué pasa entre ellos, pero a veces... me da la sensación de que no soy quién para estropearlo.

Hubo un breve silencio.

–Te subestimas, Yandrak –dijo Ha-Din por fin, utilizando a propósito el nombre del dragón que dormía en el interior del muchacho–. Eres el otro extremo del triángulo, el tercer elemento de la tríada. Eres tan importante como ellos dos. El vínculo que te une a Lunnaris es igual de sólido e intenso que el que los une a ella y a Kirtash.

Jack desvió la mirada, incómodo. Estaba empezando a descubrir cuál era el secreto poder de Ha-Din. Tal vez no fuera capaz de leer en las mentes de las personas, como hacían los sheks o los varu más poderosos; pero sí podía leer en sus corazones. Jack se preguntó si eso era algo que solo podía hacer Ha-Din, como Padre de la Iglesia de los Tres Soles, o, por el contrario, era una capacidad que todos los celestes poseían.

–Sois tres –prosiguió Ha-Din–. Tres, como los soles, como las lunas, como los dioses y las diosas. En ese vínculo que hay entre vosotros está vuestra fuerza... pero también vuestra mayor debilidad.

–Yo soy el eslabón débil de la cadena –dijo Jack, sin poder quedarse callado por más tiempo–. Todavía no he sido capaz de transformarme en dragón. Es como si Yandrak no quisiera despertar en mi interior.

El Padre clavó su mirada violácea en los ojos verdes de Jack. El muchacho esperaba un reproche por su parte, y por eso su pregunta lo desconcertó:

–¿De qué tienes miedo, Yandrak?

–De quedarme solo –respondió Jack inmediatamente; una vez lo hubo dicho, ya no pudo parar–. De ser el único. El último. De no encontrar mi lugar en el mundo. De ser... el elemento que sobra...

–... en la vida de tu amiga –adivinó el celeste.

Jack le dio la espalda, mordiéndose el labio inferior, lamentando haber hablado más de la cuenta.

–¿Qué sabes de los dragones, muchacho? No gran cosa, ¿no es cierto?

–¿Y qué más da? –replicó Jack, con más amargura de la que pretendía–. Están todos muertos.

–Te equivocas. Tú eres el último, hijo, y eso significa que todos los dragones que han existido en el mundo viven ahora en ti. No vas a estar nunca solo, ¿comprendes?

No, Jack no lo comprendía. Pero no se sentía cómodo con aquella conversación, de modo que cambió de tema:

—Lo de Christian... –empezó, pero Ha-Din lo interrumpió con un gesto.

—No lo sabrá nadie por mí, no temas. Aunque es cuestión de tiempo que se descubra su verdadera identidad. Es una lástima... –añadió para sí mismo.

—¿El qué?

—Es paradójico –dijo el Padre–. Ese chico rebosa amor, Jack, y el amor, según tengo entendido, es una emoción que los sheks no pueden experimentar.

—Es por su parte humana. Él...

—Eso es lo que me preocupa. Está aquí gracias a su parte humana, pero, cuanto más intenso se hace ese amor, más deprisa agoniza el shek que hay en él. Los sentimientos humanos son veneno para esas criaturas.

—¿Agoniza? –repitió Jack, sorprendido–. ¿Qué significa eso?

—Significa que una parte muy importante de Christian está muriendo sin remedio, Jack. Y, cuando eso suceda, es muy posible que él muera con ella.

—Entiendo –murmuró Jack, aunque solo llegaba a intuir las implicaciones de las palabras del Padre–. Entonces, tal vez deberíamos decírselo, ¿no?

—No es necesario, hijo. Porque él ya lo sabe desde hace mucho tiempo.

Tres pequeñas hadas llegaron en aquel momento y aguardaron a la puerta de la cabaña de Shail. Zaisei y Victoria salieron para dejarlas entrar.

Fuera las esperaba el resto de la Resistencia, excepto Christian, a quien nadie había visto en varias horas. Victoria se volvió hacia la entrada de la vivienda, mordiéndose el labio inferior, preocupada. Estaba al tanto de lo que iban a hacer las hadas y una parte de ella deseaba impedirlo; pero en el fondo sabía que debía dejarlas hacer su trabajo, porque solo así salvaría la vida de su amigo.

Cerró los ojos, cansada de todo aquello, de aquella guerra. Shail no se merecía un sufrimiento así, pensó. Y, de pronto, recordó la pierna ennegrecida de su amigo, y recordó a Christian transformado en un shek, y que sus colmillos inoculaban el mismo veneno que había estado a punto de matar a Shail.

Sacudió la cabeza para apartar de su mente aquellos pensamientos, y se reunió con Jack. Su presencia siempre la hacía sentir mejor.

–¿Cómo está? –preguntó Alexander enseguida; Shail y él habían sido los líderes de la Resistencia en Limbhad, y, aunque al principio habían tenido sus diferencias, habían acabado por hacerse amigos.

–Saldrá de esta –murmuró Victoria–. Pero las hadas dicen que ha perdido la pierna derecha.

Sobrevino un breve silencio, solo interrumpido por una maldición que soltó Alexander por lo bajo.

–No es justo –resumió Jack los pensamientos de todos. Nadie añadió nada más. No había palabras que pudieran expresar lo que sentían.

Shail seguía sumido en un sueño profundo cuando las hadas curanderas entraron a hacer su trabajo. Pertenecían a una raza poco común dentro de la gran familia feérica. Eran tres, de baja estatura, cabellos como pelusa de diente de león y piel rugosa, como corteza de árbol, que las hacía parecer más viejas de lo que eran en realidad. Jamás habían salido del bosque de Awa, pero conocían las propiedades de cada semilla, cada árbol, cada hierba y cada hoja que crecía en él. Y sabían cómo utilizar las ramas de sinde, un árbol que crecía en lo más profundo del bosque, de ramas tan finas como los cabellos de un niño, que caían en torno a él formando una cascada hasta el suelo, ocultando el tronco. Pero aquellas ramas estaban dotadas también de una dureza extraordinaria; nada podía romperlas. Y, empleadas correctamente, podían segar casi cualquier superficie.

La mayor de las hadas sacó de su zurrón una de las ramas de sinde que había traído. Era tan tenue que había que mirarla a contraluz para poder verla. Rodeó con ella la pierna de Shail, un palmo por encima de la rodilla, un poco más arriba del lugar donde terminaba la zona de carne ennegrecida por el veneno del shek. Mientras, las otras dos entonaban cánticos a Wina, la diosa de la tierra. El hada aseguró el lazo y entregó un extremo a cada una de sus compañeras. Ellas aguardaron un momento, mientras la mayor preparaba la cataplasma de hierbas que iba a necesitar después.

Entonces, a su señal, las dos tiraron de los extremos, a la vez, con fuerza y seguridad. El hilo se hundió en la carne de Shail, cortándola con tanta facilidad como si fuera mantequilla, limpiamente. Un nuevo tirón más y la rama de sinde, más afilada que la hoja de cualquier cuchilla, segó también el hueso.

El mago no se despertó en todo el proceso. Las hadas siguieron trabajando, aplicando en la herida la cataplasma de hierbas para detener la hemorragia, sellándola con su propia energía feérica, mientras sus melódicas voces continuaban entonando himnos en honor de su diosa. No vacilaron en ningún momento, ni mostraron pena por el joven al que estaban mutilando. Porque era la única manera de mantenerlo con vida, y las hadas amaban la vida sobre todas las cosas.

Pronto, la herida se cerró. Shail se agitó en sueños, pero una de las hadas acercó a su rostro un puñado de flores anaranjadas, y el mago, tras aspirar su embriagador perfume, se sumió de nuevo en un profundo sopor.

Las hadas recogieron sus cosas y salieron en silencio de la cabaña. Sabían que haber perdido una pierna sería un duro golpe para el joven, pero ellas no estarían allí cuando despertara. Su labor ya había terminado.

–A los sheks no les gusta luchar en grupo –dijo Christian–. Normalmente cazan mejor en solitario, así que eso nos dice algo muy importante acerca de la emboscada que nos tendieron en la Torre de Kazlunn: o bien están desesperados, o nos consideran enemigos muy peligrosos. Yo me inclino más bien por la segunda opción.

Hizo una pausa, por si alguien quería comentar algo al respecto, pero nadie dijo nada.

Jack, Victoria y Alexander se habían reunido en torno a una cálida hoguera que sus anfitriones habían encendido junto al río. Allegra se había marchado hacía algunas horas, en busca de supervivientes de la Torre de Derbhad que se hubieran refugiado en el bosque tiempo atrás; o de alguien que pudiera informarle acerca de la gente que había estado a su cargo. Hacía quince años que no sabía nada de ellos.

Habían pasado el resto del día esperando a que Shail despertase de su sueño, poniéndose al corriente de la situación en Idhún, recuperándose de las emociones pasadas y haciendo planes para el futuro inmediato. Alexander había propuesto viajar a Vanissar para entrevistarse con su hermano; Allegra, en cambio, parecía reacia a abandonar el bosque tan pronto. Se la notaba inquieta por alguna razón, pero no compartió sus temores con sus compañeros, aunque Jack la había visto hablando en privado con Alexander, comunicándole algo que, a juzgar por el gesto serio de los dos, debía de ser muy grave.

Por fin habían optado por posponer aquella conversación hasta que Shail estuviese en condiciones de participar en ella y exponer su opinión.

Al caer la tarde, Christian había regresado al campamento de los refugiados, y después de la cena, compuesta por distintos tipos de frutas, bayas y raíces, Victoria había aprovechado para pedirle que les enseñara cómo enfrentarse a los sheks. Todos se esforzaban ahora por prestar atención a lo que el joven les estaba diciendo, pero sus pensamientos estaban lejos de allí... con Shail.

–Cabría pensar –prosiguió Christian– que, con lo grandes que son, prefieren atacar en lugares descubiertos. Pero, al contrario, se sienten más cómodos en lo más profundo del bosque, donde pueden camuflarse entre la espesura; o en las montañas, para ocultarse en las grietas, cuevas y quebradas, y atacar cuando su víctima está desprevenida.

–Ya sabíamos que son tramposos y traicioneros –gruñó Alexander–, y que prefieren atacar por la espalda a dar la cara y pelear con honor.

Christian se le quedó mirando un momento, pero no respondió a la provocación.

–No tienen garras ni nada que se le parezca –prosiguió–, y las alas les estorban a la hora de pelear en tierra. No están preparados para luchar contra humanos y similares, porque estos son pequeños en comparación con ellos y les cuesta clavarles los colmillos. De modo que son buenos en la lucha cuerpo a cuerpo, siempre y cuando esta se desarrolle en el aire, y contra adversarios de su tamaño, o incluso mayores.

–Los dragones, por ejemplo –dijo Jack a media voz.

–Exacto –asintió Christian con suavidad.

–¿Tienen algún punto débil? –quiso saber Alexander.

–Odian... odiamos el fuego –admitió Christian–. Y lo tememos. Es algo contrario a nuestra naturaleza, que no podemos controlar. Por eso los dragones –añadió mirando a Jack– pueden vencernos en ocasiones. Y por eso es importante que aprendas a usar tu fuego de dragón.

Jack desvió la mirada, entre incómodo y molesto. No le hizo gracia que Christian le recordara que como dragón no valía gran cosa. Victoria entendió lo que sentía y cambió de tema:

–¿Qué nos puedes contar acerca de los poderes telepáticos de los sheks? –preguntó; aquello siempre le había fascinado. Christian la miró con una media sonrisa, adivinando lo que pensaba.

–Que son peligrosos para otros seres telepáticos –respondió–. Las ondas telepáticas de los sheks solo pueden ser captadas por otros seres telépatas, con mentes lo bastante sensibles como para percibirlas.

–Pero tú puedes leer las mentes de las personas, ¿no es así? –preguntó Victoria, sin poderse contener–. Incluso puedes obligarlas a hacer cosas que no quieren hacer...

–... Mirándolas a los ojos –completó Christian, asintiendo–. Es lo que os iba a explicar a continuación. Los ojos son la puerta de la mente de las criaturas no telépatas. Un shek puede comunicarse con vosotros por telepatía, puede hacer sonar su voz en vuestra mente, pero no puede manipularla, a menos que os mire a los ojos. Con criaturas como los szish o los varu, más sensibles al poder mental, esto no es necesario.

–¿Y los propios sheks? –preguntó Jack–. ¿Puede un shek controlar a otro de esta manera?

–Nosotros conocemos maneras para proteger nuestra propia mente de las intrusiones –respondió Christian a media voz–. Aunque no nos hace falta protegernos contra los de nuestra especie... normalmente.

Jack comprendió lo que quería decir, y se abstuvo de añadir nada más. Su preocupación por el estado de salud de Shail le había impedido pensar en lo que Ha-Din le había dicho, pero ahora lo recordó, y observó a Christian con un nuevo interés. Era cierto que había en él algo diferente. Su mirada parecía más cálida que de costumbre, y Jack se preguntó si era debido a que él era cada vez más humano... o se trataba, simplemente, del reflejo del fuego de la hoguera en sus ojos.

Christian percibió su mirada y se volvió hacia él. Jack volvió a sentir que algo se estremecía en el ambiente. Ambos pertenecían a dos razas poderosas que se habían odiado desde el principio de los tiempos, y hasta entonces siempre les había costado mucho reprimir el instinto que los empujaba a luchar el uno contra el otro... hasta la muerte. Pero, en aquel momento, Jack descubrió que cada vez le resultaba más difícil odiarlo.

Christian pareció comprenderlo también. Jack creyó detectar en sus ojos un breve destello de tristeza.

Alexander volvía a la carga:

—Es decir, que los sheks matan con la mirada. Eso me resulta familiar.

Christian se volvió hacia él, con una expresión indescifrable. Todos entendieron enseguida a qué se refería Alexander. Christian había asesinado a mucha gente mediante Haiass, su espada mágica, pero otros muchos habían encontrado la muerte en sus ojos de hielo.

—También a mí —respondió sin alterarse.

Alexander lo miró un momento. Un salvaje fuego amarillo relucía en sus pupilas, y Jack temió que fuera a perder el control. Hacía rato que las tres lunas brillaban en el firmamento; aunque, en teoría, los cambios de Alexander seguían las fases del satélite de la Tierra, el muchacho no pudo evitar preguntarse hasta qué punto las lunas de Idhún podían tener poder sobre él. Por otro lado, el joven estaba furioso por lo de Shail, y tenía que descargar su frustración con alguien. Era lógico que atacase a Christian.

Pero Alexander logró controlarse. Sacudió la cabeza, se levantó y se alejó de ellos, sin una palabra.

Jack, Christian y Victoria se quedaron solos. Jack y Victoria estaban sentados el uno al lado del otro, muy juntos, y el brazo del muchacho rodeaba la cintura de ella. Los tres se dieron cuenta enseguida de que aquella situación era muy incómoda, pero fue Christian quien reaccionó primero. Se despidió de la pareja con una inclinación de cabeza... y desapareció entre las sombras.

Jack y Victoria cruzaron una mirada. Jack se preguntó si debía decirle a su amiga lo que Ha-Din le había contado acerca de Christian... pero no tuvo ocasión de hacerlo, porque en aquel momento llegó un hada con la noticia de que Shail había despertado de su sueño.

Cuando Shail abrió los ojos, solo Zaisei estaba junto a él. Le pareció que debía de ser un sueño; el rostro de la sacerdotisa desapareció un momento de su campo de visión, y la oyó decirle a alguien que fuera a avisar a sus amigos. Se esforzó por despejarse.

—¿Qué... dónde estoy?

—En el bosque de Awa —dijo la celeste con suavidad—. A salvo.

Shail intentó recordar lo que había sucedido. Las imágenes de la desesperada batalla junto a la Torre de Kazlunn le parecían confusas, y más propias de una pesadilla que de una experiencia real.

—¿Zai... sei? —murmuró al reconocerla.

Ella sonrió con cariño.

–Me alegro de volver a verte.

Shail le devolvió una cálida sonrisa. La había conocido al regresar a Idhún, dos años atrás; eran amigos desde entonces.

–También yo –confesó.

Los ojos de ella estaban llenos de emoción contenida, y Shail fue consciente de que él la estaba mirando de la misma forma. Incómodos, ambos desviaron la mirada.

–¿Están bien los demás? –dijo Shail entonces.

–Tus amigos están bien –respondió Zaisei–. Era por ti por quien temíamos.

La sonrisa de Shail se hizo más amplia.

–Estoy bien. Solo un poco cansado, pero creo que puedo levantarme.

Y antes de que Zaisei pudiera detenerlo, retiró las mantas que lo cubrían e hizo ademán de incorporarse.

El tiempo pareció congelarse durante un eterno segundo.

Jack y Victoria llegaron a la cabaña de Shail, siguiendo al hada, justo cuando salía Zaisei. El bello rostro de la sacerdotisa estaba dominado por la pena. Sus ojos estaban húmedos.

–No quiere ver a nadie –dijo en voz baja; le temblaba la voz.

–¿Qué? –se sorprendió Jack–. Nos habías mandado a buscar...

–Está... Quiere estar solo –simplificó Zaisei; no tenía sentido contarles la reacción de Shail, no serviría de nada preocuparlos más–. Ha sido un duro golpe para él.

Victoria sintió que se le encogía el corazón.

–Pero a nosotros puedes dejarnos pasar. Somos sus amigos...

–Marchaos, por favor –se oyó la voz de Shail, cansada y rota, desde el interior de la cabaña–. No quiero ver a nadie.

–Pero...

–Victoria, por favor. Dejadme solo.

Jack y Victoria cruzaron una mirada y, lentamente, dieron media vuelta. Jack pasó un brazo en torno a los hombros de Victoria, para reconfortarla.

–Es normal que esté así –le dijo–. Piensa en lo que le ha pasado. Necesita hacerse a la idea...

Pero ella, desolada, fue incapaz de hablar.

–Voy a buscar a Alexander –decidió Jack–. Tal vez Shail sí quiera verlo a él. ¿Vienes?

Victoria negó con la cabeza, todavía conmocionada.

–Tengo un mal presentimiento –dijo de pronto.

–¿Acerca de Shail?

–No, acerca de... Es igual –concluyó, desviando la mirada, incómoda.

Jack la miró y adivinó lo que pensaba. Estuvo a punto de decir algo, pero lo pensó mejor. Oprimió suavemente la mano de su amiga y le susurró al oído:

–Ten cuidado.

Después, dio media vuelta y se alejó hacia el arroyo, en busca de Alexander. Victoria lo vio marchar, suspiró y, tras dirigir una mirada apenada a la cabaña de Shail, se fue en dirección contraria, internándose en la espesura.

Christian se había alejado del poblado porque necesitaba estar solo. Se sentía cada vez más confuso, y no estaba acostumbrado a experimentar ese tipo de sensaciones.

Era la gente. No le gustaba estar rodeado de gente, pero, desde que se había unido a la Resistencia, encontraba difícil hallar un momento para estar a solas. Echaba de menos la soledad... No obstante, y esto era lo que más le preocupaba, al mismo tiempo la temía, cada vez más.

Encontró una roca solitaria sobre el río, y se sentó allí, para reflexionar.

Percibió entonces una presencia tras él, y se volvió a la velocidad del relámpago para acorralar al intruso contra un árbol. Apenas unas centésimas de segundo después, el filo de su daga rozaba la garganta de un hada de seductora belleza.

Christian la reconoció. No le sorprendió que hubiera logrado traspasar la principal defensa del bosque de Awa, un escudo invisible tejido por feéricos, que solo podía ser contrarrestado por ellos. A nadie le había parecido que eso pudiera ser un problema, dado que a ningún feérico se le habría ocurrido venderlos a Ashran.

Era obvio que nadie se había acordado de Gerde.

–¿Es así como recibes a los amigos, Kirtash? –preguntó ella con voz aterciopelada, sin parecer en absoluto preocupada por su situación de desventaja.

Christian ladeó la cabeza y la miró con un destello acerado brillando en sus ojos azules.

–Dame una sola razón por la que no deba matarte –siseó.

–En el pasado, Kirtash, no habrías detenido esa daga; me habrías matado sin vacilar. Si no lo has hecho es porque te recuerdo a lo que eras antes... esa parte de ti que esa chica te está robando poco a poco... y que, en el fondo de tu alma, añoras.

El filo del puñal se clavó un poco más en la suave piel de Gerde.

–¿Qué es lo que quieres?

–Te he traído un regalo.

Christian no dijo nada, pero tampoco retiró la daga.

–Sabes de qué se trata –prosiguió Gerde, con suavidad–. La dejaste abandonada en la Torre de Drackwen, cuando saliste huyendo... cuando nos traicionaste para protegerla a ella.

–Haiass –murmuró Christian.

–¿Es eso lo que has venido a buscar, ¿no es cierto? Porque, de lo contrario, no comprendo cómo te has atrevido a regresar a Idhún. Ashran ha puesto un precio muy alto a tu cabeza.

Christian retiró el puñal y se separó de ella.

–No lo dudo. Por eso me sorprendería que hubiera decidido devolverme mi espada. Sería todo un detalle por su parte... un detalle que no creo que esté dispuesto a tener conmigo, dadas las circunstancias.

–Y, sin embargo, aquí está. Mírala. La has echado de menos, ¿no es verdad?

Gerde alzó las manos, y entre ellas se materializó la esbelta forma de una espada que Christian conocía muy bien. A pesar de que la vaina protegía su filo, el joven la reconoció inmediatamente. Miró a Gerde con desconfianza.

–¿Qué me vas a pedir a cambio?

El hada dejó escapar una suave risa cantarina. Se acercó más a él, y el muchacho percibió su embriagador perfume.

–¿Qué estarías dispuesto a darme? –susurró.

Christian entrecerró los ojos.

–No voy a traicionar a Victoria. No la entregaré a Ashran otra vez.

Gerde rió de nuevo.

–Qué patético que no seas capaz de dejar de pensar en ella ni un solo momento, Kirtash. Estás perdiendo facultades. Tiempo atrás, habrías adivinado enseguida cuáles son mis intenciones.

—No pongas a prueba mi paciencia. Dime qué quieres a cambio de mi espada.

—Nada que no puedas darme —Gerde se acercó más a él y alzó la cabeza para mirarlo directamente a los ojos—. Bésame.

—¿Cómo has dicho?

—No es tan difícil de entender. Bésame, y la espada será tuya.

Christian enarcó una ceja.

—¿Solo eso? ¿Solo me pides un beso a cambio de Haiass?

—Ya te he dicho que estaba a tu alcance.

—¿Y dónde está el truco?

—Lo sabes muy bien —respondió ella, con una risa cruel. Christian se separó de ella con un suspiro exasperado.

—A estas alturas ya deberías haber aprendido que tus hechizos no pueden afectarme, Gerde.

—Entonces, ¿por qué dudas?

Él la cogió del brazo y la atrajo hacia sí, casi con violencia.

—Sé cuál es tu juego —le advirtió—. Conozco las reglas.

—Entonces deberías saber que no puedes perder —sonrió ella—. A no ser, claro... que hayas perdido ya.

Christian entornó los ojos. Entonces, sin previo aviso, se inclinó hacia ella y la besó, con rabia.

Gerde echó los brazos en torno al cuello del muchacho, pegó su cuerpo al de él, enredó sus dedos en su cabello castaño. Christian sintió el poder seductor que emanaba de ella. Lo conocía, lo había experimentado en otras ocasiones, aunque nunca se había dejado arrastrar por él.

Aquella vez, sin embargo, el contacto de Gerde lo volvió loco. Trató de resistirse, pero, cuando quiso darse cuenta, estaba bebiendo de aquel beso como si no existiera nada más en el mundo, había cerrado los ojos y se había rendido al deseo. Sus brazos rodearon la esbelta cintura del hada, sus manos acariciaron su cuerpo, con ansia, buscando fundirse con él.

Fue entonces cuando oyó una exclamación ahogada a sus espaldas, y se dio cuenta, de pronto, de lo que estaba sucediendo. Furioso porque, por primera vez, Gerde había conseguido envolverlo en su hechizo, Christian la apartó bruscamente de sí y se dio la vuelta, sabiendo de antemano a quién iba a encontrar allí.

Se topó con la mirada de Victoria, que los observaba, profundamente herida. Christian le devolvió una mirada indiferente.

La muchacha recuperó la compostura y se volvió hacia Gerde, con los ojos cargados de helada cólera.

–¿Qué estás haciendo tú aquí?

Gerde la obsequió con su risa cantarina.

–¿No es evidente?

Victoria miró a Christian, esperando ver algo parecido a culpa o arrepentimiento en su expresión, pero el rostro de él seguía siendo impasible. Intentó borrar de su mente la imagen de Christian besando a Gerde, acariciando su cuerpo...

Pero la imagen seguía allí, atormentándola. Y se entremezclaba con recuerdos que habría preferido olvidar, recuerdos que tenían que ver con una torre en la que ella estaba prisionera, con un hechicero que la había utilizado de forma salvaje y cruel, con Kirtash viéndola morir, impasible, mientras besaba a Gerde.

Se sintió enferma de pronto, solo de recordarlo. La angustia de lo que había sufrido entonces volvió a oprimir sus entrañas como una garra helada. Las náuseas la hicieron tambalearse y tuvo que apoyarse en el tronco de un árbol para no caerse. Cerró los ojos un momento y trató de sobreponerse. No era posible que él la hubiera traicionado otra vez. Tan pronto...

–Es una lástima que nos hayan interrumpido –comentó Gerde–. Pero en fin, has cumplido tu parte del trato, así que...

Victoria vio cómo Gerde depositaba la espada en manos de Christian, y entendió lo que había pasado.

–Lárgate –dijo Christian solamente.

Gerde se puso de puntillas para besarlo otra vez, pero Christian se apartó de ella y la miró con frialdad.

–No abuses de tu suerte.

–Eras mío, Kirtash, te guste o no –susurró Gerde, con una encantadora sonrisa–. No lo olvidarás fácilmente.

El hada desapareció entre las sombras. Victoria le dio la espalda a Christian, temblando, esperando una disculpa o, al menos, una explicación. Pero casi enseguida comprendió que él no iba a darle ninguna de las dos cosas, de modo que fue ella quien habló primero:

–Así que ha venido a devolverte la espada. ¿Gerde también venía en el lote?

—Lo que yo haga o deje de hacer es asunto mío, Victoria —replicó Christian.

Ella se volvió hacia él, furiosa.

—Al final va a resultar que Alexander tenía razón, y que no podemos confiar en ti. ¡Te pierdo de vista un segundo y te encuentro en pleno arrebato pasional con esa... furcia de pelo verde!

—Victoria...

—¡Por poco me mata, maldita sea! —gritó ella—. ¡Sabes lo que ella y Ashran me hicieron, lo viste con tus propios ojos, estabas allí mientras la... la besabas! ¡Y vuelves a hacerlo ahora! ¿Cómo quieres que me sienta después de esto? ¿Qué quieres que piense de ti? ¡Te importa más esa condenada espada que yo!

Le dio la espalda de nuevo para que él no la viera llorar. No pensaba darle esa satisfacción.

Sintió la presencia de Christian muy cerca de ella. Deseó por un momento que la abrazara, que la consolara, que le susurrara palabras de amor al oído, pero sabía, en el fondo, que no iba a hacerlo.

—No intentes controlarme, Victoria —le advirtió Christian con cierta dureza—. No pretendas ser la dueña de mi vida. No me digas qué es lo que he de hacer. Nunca.

Ella se esforzó por reprimir las lágrimas.

—Entonces, es verdad que los sheks no podéis amar —dijo a media voz.

—¿Eso es lo que crees?

La voz de él la sobresaltó, porque había sonado muy cerca de su oído. Victoria se apartó de él, molesta, pero todavía herida en lo más hondo.

—He renunciado a todo cuanto conozco —prosiguió Christian tras ella—. A todo el poder que me pertenecía por derecho. He dado la espalda a mi gente, a mi padre... incluso he renunciado a mi identidad... a mi nombre... por ti. Dime, ¿qué más he de hacer? Quizá cuando me veas caer a tus pies, muriendo por tu causa, seas capaz de comprender por fin hasta qué punto soy tuyo.

Había hablado con calma, sin levantar la voz, pero Victoria percibió la profunda amargura que se ocultaba tras sus palabras, y ya no pudo aguantarlo por más tiempo. Se volvió hacia él, queriendo decirle, con el corazón en la mano, lo mucho que significaba para ella... pero Christian ya se había marchado.

Gerde debería haberse ido tras entregar la espada a Kirtash, pero no pudo evitar la tentación de acercarse al poblado de los renegados.

No era la primera vez que entraba en el bosque de Awa a espiar para su señor. Aunque su poder no bastaba para hacer caer las defensas feéricas y franquear a los sheks la entrada en el bosque, sí le permitía penetrar en él sin problemas. Había comprendido que, después de su conversación con Kirtash, la Resistencia estaría advertida de aquello, y en lo sucesivo le sería mucho más difícil infiltrarse en el poblado. Por eso quería aprovechar al máximo aquella incursión, antes de que Victoria los pusiera a todos sobre aviso.

Pero sabía que tenía tiempo todavía. No dudaba que la chica le montaría a Kirtash una escena de celos, y eso convenía a sus planes. De momento, estaría demasiado trastornada como para alertar a la Resistencia.

Suspiró, exasperada. Había conseguido seducir a Kirtash, lo cual significaba que Ashran tenía razón, y su hijo se estaba volviendo cada vez más humano... y perdiendo poder. Si Victoria no hubiese intervenido, Gerde lo habría recuperado aquella noche, habría podido devolverlo a su padre... que se habría encargado de extirpar de él aquella molesta humanidad... para siempre.

Pero las cosas no habían ido mal del todo. Ahora, Gerde sabía que Kirtash era vulnerable... Ashran lo sabría también... y, sobre todo, el propio Kirtash se había dado cuenta de ello. No tardaría en adivinar por qué Ashran le había devuelto la espada... y, lo mejor de todo, sabría que no tenía más opción que hacer con ella lo que todos esperaban que hiciera.

Por no hablar del hecho de que Victoria no le perdonaría fácilmente lo que había visto aquella noche. Gerde frunció el ceño. Estúpida Victoria. No comprendería nunca lo que implicaba amar a alguien como Kirtash. No lo aceptaría jamás tal y como era. El hada se preguntó, una vez más, qué habría visto él en ella.

Se detuvo cuando el resplandor de la hoguera fue ya claramente visible entre los árboles. Se ocultó en la maleza, consciente de que nadie podría verla ni aunque mirasen fijamente al lugar donde se encontraba, porque en el bosque las hadas eran casi tan difíciles de sorprender como los unicornios. Echó un vistazo, con curiosidad, y entre los renegados que descansaban en torno a la hoguera descubrió a Jack.

Lo observó con interés. El muchacho contemplaba el fuego, sumido en profundas reflexiones. Gerde entrecerró los ojos para observar su aura, y descubrió que, a pesar de lo abatido que parecía, su poder se había incrementado mucho desde su último encuentro. Valía la pena recordarlo.

Dio media vuelta para marcharse... y se topó con unos ojos tan negros como los suyos propios, pero más viejos, sabios... y llenos de disgusto.

–¿Otra vez enredando, pequeña arpía?

Gerde retrocedió unos pasos.

–¡Aile! –pudo decir.

Allegra d'Ascoli avanzó hacia ella, muy enfadada.

–¿Qué andas tramando esta vez? Si te has atrevido a acercarte a mi protegida...

Gerde levantó la cabeza, serena y desafiante. Ya había alzado todas sus defensas mágicas en torno a ella y, aunque sabía que Allegra era una rival peligrosa, también intuía algo que ella había intentado mantener en secreto.

–¿Qué? –le espetó–. ¿Me matarás? ¿Te arriesgarás a enfrentarte a mí?

Allegra entrecerró los ojos.

–No lo dudes, Gerde.

–¿De verdad? –rió ella–. ¿Lucharás contra mí... en tu estado? Sé que esos quince años que has pasado en la Tierra han menguado tu poder, Aile. Y que aún tardarás mucho tiempo en recuperarlo.

Allegra vaciló; fue solo un breve instante, pero bastó para que Gerde adivinara que había acertado.

–Lo sabía –se rió el hada–. No puedes hacerme daño.

Pero entonces la mano de Allegra salió disparada y abofeteó la mejilla de Gerde, que chilló y retrocedió, furiosa.

–Puede que mi magia no sea la que era, pero mis reflejos siguen siendo excelentes, niña –le advirtió Allegra con frialdad.

–Te mataré por esto –susurró Gerde–. Y también a esa chica a la que tanto proteges.

–Eres una maga, Gerde –replicó Allegra, reprimiendo su ira–. Fue un unicornio quien te entregó el poder que tienes, quien te hizo como eres. ¿Cómo te atreves a levantar la mano contra el último de ellos?

Los bellos rasgos de Gerde se contrajeron en una mueca de odio.

–Porque, cuando la miro... no veo en ella a un unicornio.

–Entiendo. Ves en ella a la mujer que te ha robado a Kirtash. ¿Actúas así por celos... o solo por ambición? ¿Qué significa para ti ese muchacho? ¿Es para ti algo más que el hijo de tu señor, el que podría haber sido el futuro soberano de Idhún?

El hada dejó escapar una risa cantarina.

–Dejaré que te quedes con la duda, Aile.

Aún sonriendo, Gerde dio un paso atrás... y desapareció.

IV
Humanidad

ICTORIA se dejó caer junto a Jack, sombría. El muchacho la miró.

—¿Qué te pasa?

—Nada —gruñó ella—. Que ha sido un día espantoso.

—Y que lo digas —suspiró Jack; hizo una pausa y añadió—: Parece que Shail sigue de mal humor. Alexander ha estado hablando con él. Le ha contado todo lo que ha pasado, creo que para distraerlo y darle otras cosas en qué pensar.

El corazón de Victoria dio un vuelco.

—Tengo que ir a verlo.

—Ahora no, Victoria. Está con Zaisei, parece que ella quería decirle algo importante.

Victoria apretó los puños.

—¿Y qué va a decirle? ¿Que es un héroe por haberse sacrificado por la Resistencia? ¡Maldita sea! Ninguno de nosotros quiere ser un héroe. Y él menos que nadie.

Jack se quedó mirándola, un poco sorprendido por la rabia que reflejaba su rostro. Intentó pasarle un brazo por los hombros, pero ella se apartó de él, volviendo la cabeza bruscamente y encogiéndose sobre sí misma. Jack se dio cuenta de que había estado llorando. Era evidente que había tratado de disimularlo, secándose los ojos y lavándose bien la cara con agua del río. Pero a Jack no podía engañarlo. Con un suspiro, la abrazó, venciendo la débil resistencia de ella.

—¿Qué te ha hecho esta vez? —le preguntó en voz baja.

Victoria parpadeó para retener las lágrimas, y Jack supo que había dado en el clavo. Se dio cuenta de que ella trataba de hablar, pero no podía porque tenía un nudo en la garganta.

—No quiero hablar de ello —logró decir.

–¿No confías en mí?

Ella bajó la cabeza. Seguía sin mirarlo. Jack sospechaba que, si sus ojos se encontraban, Victoria no sería capaz de retener las lágrimas. La abrazó con más fuerza, maldiciendo en silencio al shek por seguir haciendo daño a la muchacha.

–Claro que confío en ti –susurró ella–. Es solo que no quiero molestarte con estas cosas. No tienes... no tienes por qué aguantarlo. No es justo.

«No es justo que yo tenga que curar las heridas que él le causa», comprendió Jack.

–No me importa –dijo, atrayéndola hacia sí–. Llora, si es lo que necesitas.

–No quiero llorar.

Pero era tan evidente que tenía el corazón roto que Jack no le hizo caso, y guió el rostro de ella hacia su hombro. La sintió temblar un instante; luego, su cuerpo sufrió una pequeña sacudida... y Victoria comenzó a llorar, suavemente y en silencio, como si se sintiera avergonzada de su propio dolor. Jack la dejó desahogarse un rato, y luego le preguntó en voz baja:

–¿Es por algo que te ha dicho?

Sabía que no debía preguntar, pero no pudo evitarlo. Sentía una siniestra curiosidad por saber qué había motivado la caída de su rival.

Victoria titubeó. No podía contarle a Jack que había visto a Christian con Gerde. Porque, a pesar del dolor que eso le había causado, tenía la esperanza de que el joven no los hubiera traicionado, de que siguiera con la Resistencia... a su manera, claro. Pero tal vez Jack no lo entendiera como ella.

Comprendió entonces, de golpe, que no le había molestado tanto el hecho de ver a Christian con otra mujer, como el detalle de que esa otra fuera Gerde.

«Puedo entender que se vaya con otra», reflexionó, mientras la mano de Jack acariciaba su cabello con suavidad, calmándola. «Puedo asimilarlo y no tengo derecho a reprochárselo, puesto que yo sé, mejor que nadie, lo que significa amar a dos personas a la vez. Pero, ¿por qué Gerde?».

Gerde había tratado de matarla en varias ocasiones, y volvería a hacerlo, si se le presentaba la oportunidad. La había torturado brutalmente, había disfrutado viéndola sufrir.

Y no era la primera vez que Victoria veía a Christian besando a Gerde. La vez anterior había sabido que lo había perdido; que, independientemente de lo que el shek hiciera con su cuerpo, su corazón había dejado de pertenecerle. En cambio, ahora...

«Quizá seas capaz de comprender por fin hasta qué punto soy tuyo», había dicho él.

Victoria se estremeció. ¿Lo había dicho en serio? Si de verdad la quería, ¿por qué la había traicionado, por qué estaba tan a buenas con la aliada de Ashran?

Sacudió la cabeza, confusa.

—Odio que te haga daño —dijo entonces Jack, interrumpiendo sus pensamientos.

—No es culpa suya...

Jack dejó escapar un suspiro exasperado.

—¿Cuántas cosas más vas a perdonarle?

Victoria cerró los ojos y recostó la cabeza en su hombro.

—No lo sé, Jack. De veras, no lo sé. Quizá debería haber aprendido la lección hace ya mucho tiempo, debería haber sabido que somos muy diferentes y que lo nuestro no puede funcionar. Sí, me ha hecho daño, y soy tan estúpida que solo puedo pensar en que ya lo estoy echando de menos, en que tal vez lo haya perdido para siempre...

Se le quebró la voz.

—Debes de quererlo mucho —comentó Jack en voz baja.

—Sí, Jack. Lo siento.

Hubo un breve silencio.

—Vale —dijo Jack entonces—. Puedo asumirlo. Lo veía venir, de todas formas.

Victoria entendió de golpe lo que el chico le estaba diciendo, y se separó bruscamente de él.

—Pero...

—No, no digas nada. Está claro lo que sientes, está claro que es a él a quien quieres. Pero ojalá tuviera la certeza de que esa serpiente puede hacerte feliz; me quedaría mucho más tranquilo.

—Pero...

—Sigo sin entender cómo eres capaz de perdonarle tantas cosas, pero si puedes hacerlo, eso solo puede ser amor, de forma que no me queda más remedio que...

—¡Pero es que no lo entiendes! —casi gritó Victoria.

Cerca de la hoguera había un grupo de yan que jugaban a un extraño juego con piedras pintadas, hablando muy deprisa y gesticulando mucho, pero se callaron todos a una y se volvieron para clavar en ellos sus ojos brillantes como carbones encendidos. Victoria enrojeció.

–No lo entiendes –repitió, bajando la voz; los yan reanudaron su juego–. Te quiero a ti también. Con locura. No quiero que pienses ni por un segundo que no siento nada especial por ti, porque...

No fue capaz de seguir hablando. Bajó la mirada, confusa. Sintió que Jack le acariciaba el pelo, y se dejó llevar por su caricia. Antes de que pudiera darse cuenta, se estaban besando, con suavidad, con dulzura. Se separaron, respirando entrecortadamente, e intercambiaron una mirada llena de cariño y complicidad.

–No quiero hacerte daño –suspiró Victoria, apoyando la cabeza sobre su hombro.

Jack se había quedado sin habla, maravillado. Ninguna palabra, ninguna mirada podían revelarle tanto acerca del corazón de Victoria como aquel beso que habían compartido.

Ahora sabía que ella no fingía, no estaba jugando, iba en serio. Lo que sentía por él seguía estando ahí, era real y verdadero. Y muy intenso.

–Todavía me quieres –dijo, feliz.

–Y tanto –sonrió ella, ruborizándose un poco–. Todo sería mucho más sencillo si pudiera quererte solamente a ti, ¿verdad?

Jack calló, pensando, al mismo tiempo que la abrazaba con fuerza y acariciaba su cabello oscuro. El corazón le latía muy deprisa mientras terminaba de asimilar el hecho de que Victoria todavía lo amaba.

–Creo que aún no estás preparada para elegir –dijo por fin.

–¿Entonces...?

Jack dudó. Era su oportunidad, no debía dejarla escapar. Pero Victoria sufría por Christian, lo echaba de menos, lo quería de veras. Igual que él a ella. Suspiró para sus adentros. «Qué diablos», pensó.

–... Entonces, deberías ir a hacer las paces con Christian –concluyó–. Además... –titubeó un poco antes de seguir–, no está pasando por un buen momento.

Por la mente de Victoria cruzó de nuevo, fugaz, el recuerdo de Christian besando a Gerde. Frunció el ceño, preguntándose si aquella era la manera que tenía él de conjurar los malos momentos; pero Jack no había terminado de hablar.

–... No sé lo que ha pasado entre vosotros, pero lo único que sé acerca de Christian, lo único que comprendo... es que está loco por ti. Creo que eso no debes dudarlo jamás.

Victoria se quedó mirándolo un momento.

–Jack, ¿cómo...? –no le salieron las palabras, y probó otra vez–: ¿Por qué me dices esto? ¿Precisamente tú?

–Porque soy tu mejor amigo, y tengo que cuidar de ti –sonrió él.

Victoria sonrió otra vez. Lo abrazó con todas sus fuerzas, lo besó de nuevo, con cariño.

–Gracias, Jack –susurró.

Después, se levantó y se alejó hacia la espesura, en busca de Christian. Jack se quedó de nuevo solo junto a la hoguera, contemplando el lugar por donde se había marchado, preguntándose si había hecho bien, y sintiéndose tremendamente estúpido por haber dejado pasar la oportunidad.

Recordó lo que el Padre le había contado acerca de Christian. El shek tenía una forma muy particular de demostrar su amor... pero amaba intensa y dolorosamente a Victoria. Cada día que pasaba, Jack estaba más convencido de ello.

Los dos eran muy diferentes, y se habían hecho mucho daño el uno al otro. Y volverían a hacérselo, una y otra vez, aunque no lo quisieran. Pero nunca dejarían de amarse, por mucho dolor que pudiera causarles aquella relación. Jack suspiró, cansado. Sabía que Christian había herido a Victoria en varias ocasiones, pero sabía también lo mucho que el shek había sufrido por ella. Y, sin embargo, separarlos sería peor para ambos, mucho peor... Jack conocía lo bastante bien a Victoria como para saber esto, y la quería lo suficiente como para no desearle tanto sufrimiento.

«Quizá es ese mi problema», se dijo, abatido.

De camino, Victoria pasó junto a la cabaña de Shail, y se le ocurrió que, si Zaisei ya se había marchado, podría intentar hablar con su amigo. Se acercó en silencio, preguntándose qué podía decirle...

–... tienes que hablar con ella –dijo entonces una voz desde el interior–. Tienes que convencerla de que deje atrás al shek.

Victoria se detuvo en seco y se arrimó a la pared de la cabaña, ocultándose entre las sombras. Había reconocido aquella voz: era la suave voz de la sacerdotisa celeste. Y la chica estaba segura de que hablaban de Christian.

—Ese muchacho la ha protegido de Ashran mucho mejor que cualquiera de nosotros —respondió la voz de Shail, y Victoria detectó un tono amargo en sus palabras—. ¿De verdad crees que podéis sacarla de aquí, separarla de sus amigos, llevarla al Oráculo y pensar, siquiera por un instante, que estará más segura o será más feliz?

—El Oráculo está protegido por las diosas —replicó Zaisei, y su voz, habitualmente dulce, sonó ahora fría y severa—. Ellas lo han guardado de Ashran y los sheks para que fuera un refugio seguro para Lunnaris.

Shail resopló, malhumorado.

—No me hagas reír. Los dioses nos abandonaron hace mucho tiempo, y lo sabes. Si el Oráculo sigue en pie es porque los sheks tienen interés en que así sea.

—¿Cómo te atreves a dudar de los dioses? —le reprochó ella, sin levantar la voz—. Oh, los magos sois tan arrogantes... Creéis que vuestro poder superior os da derecho a cuestionar a los Seis. Y es vuestra ambición y descreimiento lo que ha amenazado tantas veces la paz de Idhún.

Shail suspiró, y Victoria adivinó que no era la primera vez que él y la sacerdotisa mantenían aquella discusión.

—¿Y qué hay de Jack? —preguntó el mago, cambiando de tema—. ¿También vais a separarla de él?

—El dragón vendrá con nosotras, por supuesto. Pero de ninguna manera podemos permitir que ese shek se acerque a Lunnaris, nunca más.

Victoria sintió como si un puñal de hielo le desgarrara el corazón. Comprendió que no soportaría que la apartaran de Christian, que la obligaran a romper su relación con él.

«¿Cuántas cosas más vas a perdonarle?», había dicho Jack.

Victoria sonrió con tristeza. «Al menos una más», pensó.

Prestó atención a la conversación de la cabaña, porque Shail seguía hablando.

—Sabes lo que Victoria siente por él. Sabes que él la corresponde. Lo sabes, Zaisei, lo has leído en su corazón. ¿Y aun así hablas de separarlos?

—Es una relación que solo les causará dolor a ambos... y a Yandrak.

Hubo un breve silencio. Victoria cerró los ojos.

Shail dijo entonces:

—Es un error. No podéis presentarlos en el Oráculo y esperar que los dioses hagan el resto. Tenemos que luchar, organizar una rebelión, desafiar a Ashran en una guerra abierta.

—¡Luchar! ¡Guerra! —repitió Zaisei, horrorizada—. Sin duda no será necesario nada de todo esto, ahora que Yandrak y Lunnaris han regresado, ¿verdad?

—No seas ingenua —replicó Shail con dureza—. ¿Por qué crees que Gaedalu quiere llevarse a Victoria al Oráculo? Los varu siempre se han sentido a salvo en sus ciudades submarinas, pero eso se ha acabado. ¿Crees que no lo sé? Los sheks han conquistado el continente, pero también pueden moverse bajo el agua y ahora quieren conquistar el mar. Atacaron Dagledu y paralizaron a todos sus habitantes con su poder telepático. Y otras ciudades del Reino Oceánico se están rindiendo también. El Oráculo de la Clarividencia está junto al mar, cerca de la capital de los varu.

—Eres retorcido, Shail —le echó en cara la sacerdotisa—. ¿Cómo puedes hablar así de la Madre? ¡Ella actúa por el bien de todo Idhún! Siempre estás pensando mal de todo el mundo.

—Y así es como la Resistencia ha logrado sobrevivir —respondió Shail con sequedad—. Vosotros lleváis quince años bajo el dominio de los sheks y os estáis acostumbrando a ellos... pero para nosotros ha pasado mucho menos tiempo y todavía tenemos fuerzas para luchar. Y eso es lo que haremos, ¿entiendes? Nuestra fuerza radica en que peleamos todos juntos. No debemos separarnos. Christian es de los nuestros; me salvó la vida en una ocasión, y sus sentimientos por Victoria son sinceros.

Victoria tembló un momento, recordando que acababa de ver juntos a Christian y Gerde. Intentó no pensar en ello.

—Es un shek, Shail —dijo Zaisei suavemente—. No, no dudo de sus sentimientos por Lunnaris, porque todos los celestes hemos podido percibirlos. Pero, dime, ¿cuánto tardará en aflorar de nuevo esa parte de su ser que rinde adoración al Séptimo? ¿Cuánto tardará en dejarse llevar por su instinto y atacar a Yandrak?

Shail guardó silencio, y Victoria no lo consideró una buena señal.

—Has hecho un gran trabajo, amigo mío —dijo ella con dulzura—. Los habéis traído de vuelta, sanos y salvos. Ahora, vuestra misión ha concluido. Dejad que otros más poderosos y más sabios cuiden de ellos en vuestro lugar.

—Quería estar a su lado cuando se enfrentase a Ashran —dijo Shail en voz baja.

—Son el último dragón y el último unicornio. ¿De verdad crees que es una buena idea enfrentarlos a Ashran, correr el riesgo de perderlos?

–Pero la profecía...

–La profecía se cumplirá de todas maneras, porque es la voluntad de los dioses. En el Oráculo, sin duda, se nos revelará cómo...

–¡Deja de hablar de los dioses! –casi gritó Shail–. ¡Los dioses no hicieron nada el día de la conjunción astral, no nos ayudaron a enviarlos a otro mundo, y tampoco nos pusieron las cosas fáciles para encontrarlos y traerlos de vuelta! Dime, Zaisei, si existen los dioses... ¿dónde estaban el día que Ashran exterminó a todos los dragones y todos los unicornios? ¿Por qué nos abandonaron?

Hubo un silencio tenso. Entonces, Victoria, conteniendo el aliento, oyó el suave murmullo de la túnica de la sacerdotisa, y se pegó aún más a la pared. La vio salir de la cabaña de Shail, y le pareció que había lágrimas brillando en sus bellos ojos violetas.

Esperó a que se perdiera de vista, y entonces entró ella en la vivienda. Se detuvo un momento en la puerta, indecisa.

Shail estaba tendido sobre el jergón; una suave manta le cubría hasta la cintura, por lo que Victoria no pudo ver los resultados de la intervención. Pero sí apreció el gesto de amargura de su amigo, y el brillo febril de sus ojos castaños, que destacaban en su pálido rostro.

–Hola, Vic –dijo él–. Pasa.

Ella lo hizo, llena de remordimientos por haber estado espiando.

–Qué cara traes –sonrió Shail–. ¿Por casualidad no estarías escuchando conversaciones ajenas?

Victoria se ruborizó.

–Yo... bueno, me pareció que, a pesar de ser una conversación ajena, me incumbía bastante.

–Y tenías razón –asintió Shail.

Victoria se sentó junto a él.

–Creo que has sido un poco duro con ella –opinó en voz baja.

La expresión del mago se suavizó un tanto.

–No puedo evitarlo –admitió–. A veces tengo la sensación de que los celestes no deberían existir en este mundo; es demasiado malvado para ellos.

–El Padre de la Iglesia de los Tres Soles es un celeste –le recordó Victoria.

–Sí, y lo ha pasado muy mal, pobre hombre. Ser Venerable no es más que otro puesto de poder, igual que tener a cargo una de las torres de hechicería, igual que ser rey de algún país. Ha-Din está en contra de todo tipo de violencia. Imagina lo que supone para él ser el líder de una Iglesia en tiempos de guerra.

—Me da la sensación de que Gaedalu le come terreno —opinó Victoria.

—Por supuesto que es así. Y no ayuda el hecho de que tanto el Oráculo de los Pensamientos, que pertenecía a la Iglesia de los Tres Soles, como el Gran Oráculo, que era un centro compartido por ambas Iglesias, hayan sido destruidos. El que queda en pie, el Oráculo de la Clarividencia, es la sede de la Iglesia de las Tres Lunas. Muchos fieles han interpretado que las diosas tienen más poder que los dioses, que ellas pueden protegerlos mucho mejor que la tríada solar. Gaedalu ha ganado mucho poder últimamente.

—Quiere llevarnos a Jack y a mí al Oráculo, ¿verdad? Quiere separarnos de vosotros.

—No es la única que tiene planes para vosotros. Alexander me ha contado que Allegra ha estado hablando con él acerca del Archimago. Por lo visto, está muy trastornado.

—¿Por qué?

—Es el último Archimago que queda. El último de los que se formaron en la Torre de Drackwen. Sabes lo que eso significa.

Victoria asintió. Conocía la historia. Las Iglesias tenían tres Oráculos, los magos tenían tres torres de hechicería, y así se mantenía el equilibrio entre el poder sagrado y el poder mágico. Pero tiempo atrás, la Orden Mágica había edificado una cuarta torre en el corazón de Alis Lithban, el bosque de los unicornios, el lugar más poderoso de Idhún. El equilibrio entre ambas fuerzas se había roto. Los hechiceros que habían recibido allí su educación sobresalían por encima de los magos de las otras torres; con el tiempo, se demostró que habían desarrollado su poder más allá del de los magos corrientes, y se les llamó Archimagos. Cuando, debido a la presión de los sacerdotes, la Orden Mágica accedió a clausurar la Torre de Drackwen, había ya cerca de una veintena de Archimagos en Idhún. Ninguno de ellos tenía especial interés en reabrir la escuela de la Torre de Drackwen; no les convenía que esta generara más Archimagos que pudieran disputarles el poder.

Así, con el tiempo, los Archimagos, a pesar de su extraordinaria longevidad, fueron desapareciendo poco a poco. En los tiempos de la conjunción astral, ya solo quedaban tres. Dos de ellos gobernaban la Torre de Kazlunn y la Torre de Awinor. El tercero era Qaydar.

—A Qaydar le ofrecieron el gobierno de la Torre de Derbhad —le explicó Shail—, pero lo rechazó porque no le interesaba la política, solo el estudio de la magia. Así que fue tu abuela quien se encargó por fin de la escuela.

»Pero las tres torres han caído, y Ashran ha resucitado la cuarta torre, aquella que jamás debería haber sido edificada. Hasta hace poco, los tres Archimagos dirigían lo que quedaba de la Orden Mágica desde la Torre de Kazlunn. Sabes que hace menos de una semana que Ashran la conquistó. Alexander me ha contado que los otros dos Archimagos murieron en el ataque, y que solo Qaydar sobrevivió.

—Entiendo —susurró Victoria, inquieta.

—La Orden Mágica está a punto de desaparecer, Victoria. Sus símbolos de poder han sido destruidos o conquistados por el enemigo. La responsabilidad de salvar la Orden ha caído sobre los hombros de Qaydar, el último Archimago... y me temo que se la va a tomar muy en serio. Parece ser que se le ha ocurrido la genial idea de organizar un ataque para recuperar la Torre de Kazlunn.

Victoria se quedó de piedra.

—¡Qué! —pudo decir.

—Está seguro de que, si vosotros lideráis esa batalla, nada puede salir mal —gruñó Shail—. Se han vuelto todos locos, Victoria. Os ven como los salvadores que liberarán Idhún, pero, como nadie tiene ni la menor idea de cómo ni cuándo sucederá eso, todos están convencidos de que, hagáis lo que hagáis, os va a salir bien, porque sois aquellos de los que hablaba la profecía.

—Pero eso es... absurdo —musitó ella—. Además, ¿por qué todo el mundo planea nuestro futuro sin consultárnoslo? ¿No tenemos bastante con ser parte de un destino que ninguno de nosotros ha elegido?

El semblante de Shail se endureció de pronto.

—No importa que haya o no un destino —dijo—. Todos los días tomamos decisiones sobre cosas que nos parecen banales... y que pueden cambiar nuestra vida para siempre. Por ejemplo, a mí hace unos años mis maestros me concedieron unos días de asueto. Pensé en ir al bosque de Alis Lithban a renovar mi magia. Pensé también en visitar a mis padres en Nanetten. Al final... fui a Alis Lithban.

Victoria entendió. La conjunción astral que había aniquilado a dragones y unicornios había sorprendido a Shail en Alis Lithban... donde había descubierto a una pequeña unicornio que, milagrosamente, todavía sobrevivía a la destrucción. Y había optado por rescatarla. Y sus vidas habían quedado ligadas desde entonces, tal vez para siempre.

—Muchas veces —prosiguió Shail, como si estuviera pensando lo mismo que ella—, las decisiones que tomas, por muy correctas que te parezcan, te conducen directamente al desastre.

Hubo un breve y pesado silencio. Victoria cerró los ojos un momento, algo desconcertada por el brusco cambio de humor de su amigo, pero sintiéndose herida y muy, muy culpable.

—Lo siento mucho, Shail —susurró; el mago volvió hoscamente la cabeza—. Nunca te he dado las gracias por todo lo que has hecho por mí. Por haberme salvado el día de la conjunción astral, por haberme enseñado tanto... por haberte jugado la vida por mí tantas veces. Si pudiera...

—Pero eso ya pasó —cortó Shail—. Es obvio que no lo he hecho tan bien como se esperaba, así que probablemente lo mejor sea que te vayas con ellos, con la Madre, con el Archimago, con quien sea. Tienes donde elegir.

—¿Qué...?

—Tal vez tengan razón —prosiguió Shail, implacable—. Y deba dejar la Resistencia en manos de otras personas. Al fin y al cabo, me parece que ya he hecho bastante.

Victoria guardó silencio un momento, mordiéndose el labio inferior.

—Entiendo —dijo en voz baja—. Muchas gracias por todo, Shail. No volveré a causarte problemas.

No lo dijo con resentimiento ni con reproche. La misma Victoria se sentía incómoda con tanta gente dándolo todo por protegerla, y las palabras de Shail no hacían sino confirmar sus propios sentimientos al respecto. El mago tenía razón. Ya había perdido demasiado por su culpa.

—Buenas noches —susurró Victoria, y salió de la cabaña. Shail no contestó. Respiró hondo y cerró los ojos, arrepintiéndose enseguida de lo que le había dicho, pero demasiado cansado como para rectificar. Se sentía tan impotente y tan furioso consigo mismo que le costaba pensar con claridad, y ya hacía bastante rato que le dolía la cabeza. Había quedado inválido, pero todos se empeñaban en tratarlo como si nada hubiera sucedido. Sin embargo, por más que se esforzaran, Shail seguía leyendo la conmiseración en sus ojos, y eso lo ponía furioso. Y Zaisei...

Hundió el rostro en las sábanas. Había sido duro volver a verla, y más en aquellas circunstancias. Jamás olvidaría el pánico que había sentido al retirar la manta y descubrir que le faltaba una pierna, pero, sin duda, lo peor de todo había sido ver la lástima y la compasión en el rostro de la sacerdotisa.

Victoria encontró a Christian en el mismo lugar de su última conversación. El joven se había sentado en la enorme roca sobre el río, y examinaba su espada bajo la luz de las tres lunas. La chica se detuvo a unos metros de él y lo contempló en silencio, consciente de que, aunque no se hubiera vuelto para mirarla, Christian sabía muy bien que ella estaba allí. Respiró hondo y avanzó para sentarse junto a él. Después de la dolorosa conversación que había mantenido con Shail, se sentía más dispuesta que nunca a hacer las paces con Christian.

El chico no dijo nada, y tampoco la miró. Siguió con la vista fija en Haiass.

Victoria tragó saliva. No sabía por dónde empezar. No sabía si debía disculparse o era él quien tenía que hacerlo, pero sí tenía claro que debían arreglar las cosas cuanto antes. Lo miró un momento y sintió que el corazón se le aceleraba. Intentó controlar sus emociones. Sabía que lo quería, más que nunca. Pero no estaba segura de qué debía hacer, o decir, para recuperar su cariño, si es que lo había perdido.

–Has recobrado tu espada –dijo por fin, con suavidad.

Christian asintió en silencio. Victoria reprimió el impulso de preguntarle acerca del precio que había tenido que pagar por ella. Desvió la mirada hacia Haiass y fue entonces cuando se dio cuenta de que el suave brillo glacial de su filo se había extinguido.

–¿Qué le pasa? –preguntó–. ¿Por qué se ha apagado?

–Está muerta –respondió él en voz baja.

–No sabía que las espadas pudieran morir.

–Las espadas mágicas están vivas de alguna manera, y por eso sí pueden morir. Los sheks le han arrebatado a Haiass todo su poder. La han convertido en un metal corriente, sin vida.

–¿Por qué? –susurró Victoria.

–Es un mensaje. Una manera de decirme que ya no soy uno de ellos.

Victoria se estremeció.

–Es cruel –dijo.

Christian no respondió. Victoria se quedó mirándolo, y lo vio con la cabeza gacha, los hombros hundidos. Era como si hubiera envejecido varios años de golpe. Y no se debía solo a la espada, comprendió ella enseguida.

–Christian, ¿qué te pasa? Hace un tiempo que estás diferente. Estás... cambiando. ¿Te encuentras bien?

Por fin, el muchacho alzó la cabeza para mirarla a la cara. Y, a la luz de las tres lunas, Victoria vio que los ojos azules de él estaban húmedos, cargados de emoción y de sufrimiento. Sintió como si el corazón se le rompiera en mil pedazos.

–¿Qué te está pasando, Christian? No me gusta verte así. Si puedo hacer algo por ti...

Se interrumpió de pronto, recordando que poco antes habían discutido, que le había dicho cosas de las que luego se había arrepentido. Y perdonó de nuevo. Perdonó el dolor que había sentido al verlo con Gerde, al recordar la horrible experiencia de la Torre de Drackwen, al evocar, sin quererlo, la helada impasibilidad de él mientras Ashran la torturaba. Lo abrazó con todas sus fuerzas, y el joven correspondió a su abrazo, de buena gana, lo cual tampoco era propio de él. Victoria acarició su suave cabello castaño.

–Lo siento, Christian –le susurró al oído–. Lo siento muchísimo. No te comprendo, no puedo entenderte... pero quiero hacerlo, de verdad. No quiero perderte.

Él no dijo nada, y Victoria pensó que estaba enfadado con ella.

–No es verdad lo que te he dicho antes –prosiguió–. Confío en ti. Sé que me quieres. Quiero... quiero estar contigo.

–Lo sé –respondió Christian, con suavidad.

Victoria se separó de él para mirarlo a los ojos. La conmovió el inmenso amor que veía en su mirada, pero también la inquietó, recordando que él no solía manifestar sus sentimientos de forma tan abierta.

–No pareces tú mismo. Es como si...

–... Como si me estuviera volviendo más humano –completó Christian, y Victoria contuvo el aliento, comprendiendo que eso era exactamente lo que le estaba pasando.

Christian se apartó un poco de ella y desvió la mirada.

–El shek que hay en mí está muriendo –explicó–. Repudiado por los de su especie, rodeado de personas, reprimiendo su instinto una y otra vez, superado por las emociones humanas que hay dentro de mí...

agoniza cada vez más deprisa. Esto no es más que un aviso de lo que me va a suceder –añadió, señalando a Haiass.

Victoria calló un momento, asimilando sus palabras.

–Debería alegrarme –dijo por fin– de que tus sentimientos estén matando a la serpiente que hay en ti. Pero no puedo hacerlo. Detesto verte sufrir así.

–Me estoy volviendo más humano –sonrió Christian–. Pero tú no te enamoraste de un humano.

Victoria quiso decir algo, pero calló porque comprendió que tenía razón.

–Estoy sintiendo cosas que no había sentido nunca –prosiguió él–. No solo amor, sino también... dudas, angustia, miedo... dolor. Soledad. Me siento... cada vez más perdido, más confuso. Es como si estuviese enfermo. Estoy perdiendo poder, Victoria. Lo sospechaba, pero ha sido esta noche cuando me he dado cuenta de hasta qué punto soy vulnerable.

–Gerde –adivinó Victoria.

Christian asintió.

–Me ha pedido un beso a cambio de mi espada. Un beso es solo un beso, ¿entiendes? Solo tiene la importancia que tú quieras darle. Puede no significar nada... o puede cambiarlo todo.

La miró intensamente, y Victoria sintió que enrojecía, recordando el primer beso que ellos dos habían intercambiado.

Y lo mucho que había significado para ambos. Y cómo lo había cambiado todo.

–Era una manera de probarme –prosiguió Christian–. Ella sabe lo que me está pasando. Y yo sabía que, en mi estado, existía una posibilidad de que su magia pudiera afectarme.

–Y, sin embargo, la has besado –dijo Victoria en voz baja; pero no era un reproche.

Christian asintió.

–Si me hubiera negado, habría confirmado sus sospechas. Le habría demostrado que es verdad, que tiene poder sobre mí. No me ha dejado otra salida.

»Su hechizo nunca me ha afectado. Cuando he estado con ella, en todo momento he hecho exactamente lo que quería hacer, he controlado siempre la situación. Hoy he perdido el control, y eso significa que soy más humano de lo que pensaba. Si no hubieses llegado tú,

Gerde me habría hechizado por completo. Y no sé lo que habría pasado después. No sé si habría tenido poder para matarme o para llevarme de vuelta a la Torre de Drackwen, para que hubiese sido Ashran quien hubiese acabado con mi vida.

Victoria respiró hondo, comprendiendo muchas cosas. Se acercó más a él, apoyó la cabeza en su hombro, le cogió la mano.

–¿Por qué has dejado que se fuera, entonces? Puede volver a hacerte daño.

Christian tardó un poco en contestar.

–Supongo que... porque me traía noticias de mi padre –respondió por fin en voz baja.

Victoria calló, asimilando aquella sorprendente declaración.

–Christian, ya sé... que es tu padre y todo eso... pero... después de todo el daño que te hizo... ¿todavía lo echas de menos?

–¿Tanto te extraña? Tú estás aquí, conmigo... después de todo el daño que te he hecho.

Victoria no supo qué responder.

–Es mucho más que eso –trató de explicarle Christian–. Verás, estoy aquí, a tu lado, porque así lo he querido. Pero este no es mi ambiente, y tu gente nunca me aceptará tal y como soy. En cambio, antes... –calló un momento, perdido en sus pensamientos, y prosiguió–. Antes lo tenía todo claro, antes me sentía parte de algo. Antes... de que empezara a manifestarse mi humanidad.

–Lo echas de menos –entendió Victoria–. Te gustaría volver a ser un shek.

Christian le dirigió una mirada penetrante.

–¿Dejarías tú morir a Lunnaris en tu interior?

–¡Claro que no! –respondió ella de inmediato, horrorizada–. Lunnaris es parte de mí, ella... –calló de pronto, comprendiendo lo que Christian quería decir.

–Si dejara morir al shek que hay en mí –prosiguió el joven–, sería para mí como si me arrancaran medio corazón. ¿Lo entiendes?

Victoria sintió un escalofrío. Comprendió de pronto lo que Christian le estaba diciendo: que, si se volvía del todo humano, acabaría por morir sin remedio. Que obligarlo a dejar de ser lo que había sido, un ser frío y despiadado, equivalía a condenarlo a muerte. Cerró los ojos. Era demasiado cruel.

–Lo he entendido –musitó–. ¿Qué vas a hacer, entonces?

–Me parece que sé por qué me han devuelto la espada. Si consigo resucitarla, devolverle su magia... revivirá también mi parte shek. Recuperaré mi poder...

–Pero puede que regreses con ellos entonces, ¿no?

–O, como mínimo, que me aleje de la Resistencia.

–Y puede incluso... que volvieras a ser... como entonces –susurró ella.

No especificó más, pero ambos sabían a qué se refería la muchacha. Los dos recordaron una trampa, un engaño, una traición. En el corazón de Victoria todavía ardía dolorosamente la fría mirada de Kirtash, de la cual había desaparecido todo rastro de emoción.

–Es un riesgo, sí –admitió Christian–. Pero no tengo otra opción.

Victoria se estremeció solo de pensarlo. Christian se miró las palmas de las manos, abatido.

–Me siento tan... frágil, tan vulnerable. Las emociones son cada vez más intensas, y no me dejan pensar con objetividad.

Victoria colocó una mano sobre el brazo del muchacho, intentando reconfortarlo.

–Te recuerdo como eras antes –le dijo con cariño–, con tu espada de hielo. Implacable, poderoso, invencible. Me dabas miedo. Llevabas la muerte en la mirada. Nada podía escapar de ti. Y no te arrepentías de segar vidas, estabas por encima de todo eso, del odio, del miedo, de la culpa o del perdón. Me dabas miedo –repitió–, y te odiaba, y pensaba que eras un monstruo. Y, sin embargo...

Desvió la mirada, confusa. No podía olvidar que había sido Kirtash, en su versión más fría e inhumana, quien la había entregado a Ashran. Con todo lo que ello había implicado. Cerró los ojos y maldijo a Gerde en silencio. Desde la llegada del hada al bosque de Awa estaban sucediendo demasiadas cosas que le recordaban aquella experiencia que estaba tratando desesperadamente de olvidar.

–Porque no te enamoraste de un humano –repitió Christian con una sonrisa.

Ella respiró hondo. «Al diablo», pensó. Tarde o temprano lo superaría, y al fin y al cabo, él tenía razón: humano o shek, lo amaba demasiado como para dejarlo morir.

–No me gusta verte así, Christian –declaró por fin, alzando la cabeza–. Si has de marcharte para recuperar lo que has perdido... no voy a intentar retenerte. No tengo derecho a pedirte que sigas con nosotros, no puedo quedarme sentada viendo cómo te mueres por dentro.

—No sé qué hacer —confesó él—. Mi instinto me pide que me marche, que me aleje de vosotros. Pero cada día que pasa... mi deseo de estar a tu lado se hace cada vez más intenso, más insoportable —la miró fijamente—. Eres todo lo que tengo ahora, ¿comprendes, Victoria? Eres todo lo que me queda.

Victoria, emocionada, lo abrazó con todas sus fuerzas. «No voy a darle la espalda», pensó. «A pesar de todo, no puedo darle la espalda».

—Lo has perdido todo por mi culpa —murmuró—, y yo no puedo corresponderte de igual manera. Es verdad; no tengo derecho a exigirte... fidelidad, ni nada que se le parezca.

Christian tardó un poco en contestar. Cuando habló, lo hizo en voz baja:

—Ya que hablamos de fidelidad, quiero explicarte algo... acerca de lo de esta noche.

—No es necesario —lo cortó ella—. Ya no me importa. Puedo asumirlo, es solo que justamente Gerde...

—Escúchame, Victoria, porque quiero dejar claras algunas cosas. ¿De acuerdo?

La voz de él sonaba severa, y Victoria guardó silencio.

—Nunca te he sido fiel —dijo Christian—. Mi idea del amor no tiene nada que ver con el compromiso, con las ataduras, con la fidelidad. Ha habido otras mujeres, ¿entiendes? Sin rostro, sin nombre. Para mí se trataba solamente de satisfacer una serie de necesidades físicas.

»Nunca te he sido fiel, ni lo seré en el futuro. Pero te soy leal. ¿Entiendes la diferencia? Lucharé por ti, a tu lado, por defender tu vida. Aunque esté lejos, pensaré en ti. Mataré y moriré por ti, si es necesario. ¿Me explico?

Victoria se había quedado sin aliento, tratando de asimilar todo lo que él le estaba diciendo, de modo que no respondió.

—No te dejes engañar por nada de lo que veas, por nada de lo que oigas, ¿me oyes? Mientras siga siendo Christian, mientras lleves mi anillo, seguiré siendo tuyo, por muy lejos que esté, por muchos besos que dé. ¿Me comprendes?

Victoria asintió, pero todavía se sentía muy confusa, y se apartó un poco de él, mientras esperaba a que los latidos de su corazón recuperasen su ritmo normal.

Christian no se lo permitió. La cogió por los hombros, la acercó a él, tanto que sus rostros casi se rozaban.

–¿Y tú? –le preguntó en voz baja–. ¿Envidias a Gerde? ¿Estarías dispuesta a darme lo que ella me ofrecía?

Victoria jadeó, comprendiendo lo que le estaba pidiendo, y trató de apartarse de Christian, pero sentía como si un poderoso imán la mantuviese pegada a él. Cerró los ojos un momento, intentando controlar sus emociones. Una parte de ella deseaba dejarse llevar, entregarse a él, a sus caricias, a sus besos... a lo que llegara después. Pero también tenía miedo, mucho miedo.

–Yo... –pudo decir, y se dio cuenta de que tenía la boca seca–. Creo que aún no estoy preparada –se sintió mejor cuando lo dijo, aunque, cuando él se separó un poco de ella, no pudo reprimir un leve suspiro de decepción–. Solo tengo quince años, Christian.

Temió que él se ofendiera, que le volviera la espalda, que se diera cuenta, por fin, de que Victoria no era más que una niña, y no la mujer que él esperaba encontrar en ella. Pero Christian sonreía.

–Sabía que dirías eso. No tengo prisa, criatura. Y nunca te obligaré a entregarme nada que no quieras darme.

–Pero puedo darte un beso –dijo ella, con una tímida sonrisa–. Si lo quieres, claro.

Calló, porque Christian se había acercado a ella de nuevo, y la miraba con una intensidad que la dejó sin aliento.

–¿Tienes idea de lo que sería capaz de dar por un beso tuyo?

Victoria quiso decir algo, pero no le salieron las palabras. Se sentía hechizada por la mirada de Christian y, aunque ya no vio el hielo que solía haber en sus ojos, todavía los encontraba fascinantes.

Le sonrió.

–¿Qué serías capaz de dar? –susurró–. Si te doy un beso... ¿qué me darías a cambio? –Christian fue a hablar, pero ella le selló los labios con los suyos, suavemente–. Como mínimo –concluyó, cuando se separaron–, podrías devolvérmelo.

Jack no podía dormir. Había arrastrado su jergón hasta la entrada de su cabaña, un redondo agujero abierto en aquel extraño material sedoso, y se había tumbado allí, contemplando las estrellas y las tres lunas a través de los resquicios que dejaba la bóveda vegetal del bosque de Awa. Se sentía como en una tienda de campaña, y añoró los campamentos de verano a los que solía acudir cuando vivía en Dinamarca.

Llevaba toda la noche dándole vueltas a una idea que había surgido en su mente, un plan descabellado, pero que, cuanto más perfilaba, más atractivo le parecía. Lo peor del proyecto era, sin embargo, que no podía compartirlo con Victoria, porque sabía que, si lo hacía, ella no le permitiría llevarlo a cabo.

Como un fantasma, la sombra de la muchacha apareció en la entrada de la cabaña. Jack se sobresaltó, como si sus pensamientos hubieran conjurado aquella presencia.

–¿Jack? –susurró la sombra, y Jack se dio cuenta de que era Victoria, la de verdad–. Hola, ¿puedo pasar?

–Claro. Entra –la invitó el chico, haciéndose a un lado para dejarle un poco de espacio. La cabaña no era muy amplia, lo justo para poder tenderse en el suelo y dormir, pero había sitio para los dos.

–Gracias –murmuró ella, echándose a su lado; titubeó antes de pedirle–: ¿Puedo pasar la noche aquí contigo?

Jack tardó un poco en contestar, y Victoria se apresuró a aclarar:
–Pasar la noche nada más. Charlar un poco y dormir.

–Lo había entendido a la primera –respondió Jack, azorado, agradeciendo que estuviera lo bastante oscuro como para que Victoria no viera que se había puesto colorado.

Victoria enrojeció también. Desde la insinuación de Christian, no había podido evitar pensar que Jack no tardaría en proponerle algo semejante, y eso la ponía nerviosa.

–Sí, bueno... He visto a Shail –dijo ella, cambiando de tema–. Está... distinto.

Su semblante se entristeció al recordar las duras palabras que él le había dirigido. Jack lo notó.

–Sigue de mal humor, ¿verdad? –dijo con suavidad–. ¿Qué te ha dicho?

Victoria abrió la boca, dispuesta a contarle que habían discutido, pero se lo pensó mejor. Le habló a Jack de la conversación que había oído a escondidas, y de lo que Shail le había contado acerca de los planes de la Madre Venerable y el Archimago.

–No me gusta –opinó Jack–. ¿Por qué no vienen a hablar directamente con nosotros? Me da mala espina. Y esa sacerdotisa... Qué pena, me parecía que su preocupación por Shail era sincera.

–Y lo es, seguro –sonrió Victoria–. Se conocían de antes, ¿verdad?

—Eso parece. En cualquier caso, me da la sensación de que, aunque se lleven bien, están en bandos distintos.

—Magos y sacerdotes —asintió Victoria—. Por lo que tengo entendido, siempre ha habido cierta rivalidad entre ellos. Pero creo que Shail y Zaisei se gustan.

—¿Se gustan? Pero si son de razas distintas. Él es humano, y ella es una celeste.

—¿Y?

Jack se detuvo un momento, sorprendido, asimilando aquella nueva perspectiva.

—No es tan raro que se formen parejas mixtas entre distintas razas —prosiguió Victoria—. Mira al Archimago. ¿Por qué crees que tiene el pelo de ese color tan raro?

—En un mundo donde hay tres soles y las serpientes vuelan, a mí no me pareció raro que alguien tuviera el pelo de color verde —opinó Jack, sonriendo.

—Creo que tiene algo de sangre feérica. Tal vez un abuelo, o una abuela.

«Mezcla de razas», pensó ella, inquieta, recordando que era medio unicornio, que Jack era medio dragón... Recordando que Christian, un híbrido de shek y humano, también podía sentirse atraído por un hada. Sacudió la cabeza para no pensar en ello.

Jack suspiró y se dio la vuelta hasta quedar tumbado boca arriba. La atrajo hacia sí, y Victoria se acomodó entre sus brazos y apoyó la cabeza en su pecho, con un suspiro.

—Creo que tardaré bastante en aprenderme las reglas de este lugar.

—Eso te pasa por no haber frecuentado más la biblioteca de Limbhad.

—Nunca pensé... que tuviera que quedarme aquí mucho tiempo —murmuró el chico—. Dime, Victoria... cuando todo esto acabe, ¿qué haremos?

Victoria calló un momento, pensativa. Luego dijo:

—No lo sé. Supongo que yo... tendré que quedarme aquí. El futuro de la magia en Idhún depende de mí. Soy la única que puede consagrar a más magos. Aún no sé cómo hacerlo, pero sospecho que no debe de ser muy diferente de curar. Quizá sea cuestión de canalizar más cantidad de energía.

—¿Y cómo vas a elegir a los futuros magos? ¿Les harás un examen, o algo así?

Victoria rió en voz baja, pero no contestó a la pregunta.

–Cuando vivía en Silkeborg –susurró el muchacho–, pensaba que de mayor sería médico, o biólogo, o quizá veterinario, como mi madre. Pero entonces llegaron ellos y mataron a mis padres, y Alexander me dijo que yo no debía volver a casa, porque en realidad habían ido a matarme a mí.

Victoria contuvo el aliento. Tras una breve pausa, Jack prosiguió:

–Y me robaron mi vida y mis sueños. Me lo quitaron todo. Nunca me gustó especialmente ir a la escuela, pero lo daría todo por volver a estudiar, por recuperar estos tres años que he perdido, por ir a la universidad y llevar una vida normal. En Silkeborg todavía me queda familia, ¿sabes? Mis tíos, mis abuelos... Hace tres años que no saben nada de mí, piensan que estoy muerto, igual que mis padres. Durante mi viaje por Europa, los llamé varias veces por teléfono. Me bastaba con oír la voz de alguien, saber que estaban bien. Marcaba y esperaba a que alguien contestara, pero no tenía valor para decir: «Soy yo, Jack, estoy aquí. Ahora he de ir a salvar un mundo oprimido por un malvado hechicero, pero volveré cuando todo esto pase...».

Se le quebró la voz. Victoria lo abrazó con más fuerza, y el chico concluyó, sobreponiéndose:

–... Así que colgaba enseguida, sin una palabra. Quiero creer que regresaré con ellos algún día. Sé que tú te quedarás aquí. Es lógico, nada te ata a la Tierra. Incluso tu abuela ha resultado ser idhunita. Pero yo... sabes, a veces pienso que es por eso por lo que no puedo transformarme en dragón. Tengo miedo de convertirme en Yandrak para siempre. Tengo miedo de no poder regresar a casa, simplemente como Jack. ¿Comprendes?

Victoria asintió en silencio. Jack agradeció su presencia, y le acarició el pelo con cariño. Quiso hablarle del sueño que lo había acosado en las últimas noches, pero no lo hizo, para no preocuparla.

En su sueño, él y Victoria se enfrentaban a Ashran en la batalla final. Soñaba que su amiga se transformaba en Lunnaris, hermosa pero temible, y que plantaba cara al Nigromante con su largo cuerno perlino temblando de ira como un relámpago en la noche. Pero no podía derrotar a Ashran sola. Y Jack se quedaba allí, paralizado, viendo cómo el Nigromante mataba a Victoria de cien maneras diferentes, mientras él seguía siendo incapaz de acudir en su ayuda bajo la forma de Yandrak, el dragón dorado.

Recordó entonces a Victoria peleando en la Torre de Kazlunn, montada sobre el lomo de Christian, que se había transformado en shek con insultante facilidad. Y cómo Jack había intentado despertar al dragón en su interior, sin éxito. Y la voz de Christian: «¡Transfórmate, Jack! ¡Así no puedes luchar contra ellos!».

En aquel momento, Jack había comprendido que sus pesadillas estaban muy cerca de hacerse realidad. Y había tenido la fugaz visión de Christian y Victoria enfrentándose juntos al Nigromante, derrotándolo, haciendo cumplir la profecía y sellando el destino que los uniría para siempre.

Lo cual contradecía no solo el vaticinio de los Oráculos, sino también las pesadillas de Jack, de alguna manera.

Porque, en ellas, el Nigromante tenía siempre la cara de Christian.

Trató de apartar aquellos pensamientos de su mente.

–Pero no hablemos del futuro –dijo, con una sonrisa forzada–. Todavía no sabemos ni qué es lo que haremos mañana, ¿no? Dime, ¿has arreglado las cosas con Christian?

–Sí –dijo Victoria, y Jack vio un brillo cálido en sus ojos–. Pero no quiero hablar de él, Jack. Esta noche, no. Quiero hablar de ti... de ti y de mí.

Se acercó más a él para besarlo con ternura; el gesto cogió a Jack un poco por sorpresa, pero no tardó en recuperarse, para disfrutar de aquel inesperado regalo. Cuando Victoria se separó de él, suavemente, Jack inspiró hondo y la contempló, tendida a su lado, iluminada por la luz de las tres lunas.

–Me encanta que vuelvas a ser cariñosa conmigo –dijo el chico, con franqueza.

Ella desvió la mirada.

–Siento haber estado tan fría últimamente. Es que... no quería daros celos. A ninguno de los dos. Pero es muy duro amar a alguien y no poder demostrárselo, así que... –calló un momento, y alzó la cabeza para mirarlo a los ojos–. Solo estoy intentando –susurró– actuar de acuerdo con mis sentimientos. Te quiero muchísimo, Jack. Y también quiero muchísimo a Christian. Estoy tratando de... repartirme entre los dos, de daros a ambos lo que queréis de mí. Antes he estado un rato con Christian... también he pasado toda la noche pensando en él, preocupada por lo que había pasado entre nosotros... y eso no es justo, no es justo para ti, así que ahora quiero dedicarte mucho tiempo solamente a ti, a estar contigo. Solo contigo. ¿Entiendes?

–Entiendo –dijo Jack; sonrió al ver el apuro de Victoria–. ¿Pero no es un poco complicado?

–Sí que lo es –confesó ella–. Pero siento que es lo que debo hacer.

Jack sonrió otra vez, y siguió mirándola en silencio. Le acarició el rostro, apartándole el pelo que le caía sobre los ojos. Se fijó en la esbelta figura de ella, recortada contra la suave semioscuridad de la cabaña.

–Te sienta bien esa ropa –comentó, haciendo referencia al atuendo idhunita que le habían proporcionado las hadas. La Resistencia había cruzado la Puerta con poco equipaje, contando con que en la Torre de Kazlunn les prestarían ropas que llamasen menos la atención. Por suerte, los refugiados del bosque de Awa habían encontrado ropa para todos, excepto para Christian, tal vez porque no tenían prendas de color negro.

–Gaedalu quería que me pusiera una túnica. ¡Una túnica! –resopló Victoria, indignada–. ¿Cómo iba a pelear con eso puesto?

Jack sonrió. Victoria había elegido por fin unos pantalones ajustados, pero cómodos y flexibles, unas suaves botas de piel y una amplia blusa blanca que se cruzaba bajo el pecho y le ceñía la cintura. El chico no pudo evitarlo. Se acercó a ella y la besó de nuevo, con intensidad, con pasión. Victoria jadeó, sorprendida, pero le dejó hacer y, cuando se encontró, temblando, en brazos de Jack, suspiró:

–El trato era... charlar y dormir, ¿te acuerdas?

–Has empezado tú –le recordó Jack, sonriendo–. De todas formas, querías hablar de lo nuestro, ¿no? De ti y de mí. Pues bien –añadió, atrayéndola más hacia sí, con intención de besarla otra vez–, a mí no se me ocurre una manera mejor de decirte que te quiero.

Victoria sonrió. Pero entonces, los dos se detuvieron a la vez, alerta.

–¿Has oído eso? –susurró ella.

Jack asintió, sin una palabra. Escucharon atentamente y oyeron con claridad pasos furtivos muy cerca de ellos.

–Viene de la cabaña de al lado –musitó Victoria.

–Es la de Christian –dijo Jack; habían instalado a Christian en una cabaña entre la de Jack y la de Alexander, seguramente porque suponían que así ellos lo mantendrían vigilado. Pero eso implicaba muchas cosas. Jack y Victoria cruzaron una mirada, y los dos entendieron que habían tenido la misma idea.

Christian era tan sigiloso como un fantasma. Nadie le oía nunca acercarse. Jack sabía que estaba en su cabaña, porque estaba despierto cuando él regresó del bosque, un poco antes que Victoria, y lo había visto llegar, apenas una sombra sutil deslizándose entre los árboles. Pero no lo había oído.

–Vamos a ver qué pasa –dijo Jack.

Victoria lo retuvo, indecisa; por un momento le había pasado por la cabeza la imagen de Christian besando a Gerde, y si por casualidad el hada había regresado para hacer más tratos con él, Victoria no tenía ganas de volver a sorprenderlos en mitad de una «transacción».

Pero se oyó entonces, con claridad, un gemido ahogado y un golpe, y los dos supieron inmediatamente que algo no marchaba bien.

V
Decisiones

CHRISTIAN había oído llegar al asesino.

Pretendía moverse en silencio, pero, para el fino oído del shek, resultaba muy escandaloso. Sin embargo, el joven no se había movido. Había permanecido echado en su jergón, con los ojos cerrados, respirando con normalidad. Ni siquiera había permitido que se aceleraran los latidos de su corazón. Nada delataba que estaba despierto y alerta.

Oyó al intruso detenerse en la puerta de la cabaña. Oyó su respiración. Sabía perfectamente que no se trataba de Victoria. Y a nadie más le habría permitido entrar en su cabaña, de noche y en silencio. Fuera quien fuese, el intruso estaba muerto desde el mismo momento en que se atrevió a poner los pies allí. Pero aún no lo sabía.

Christian esperó a que el asesino se acercase más a él. Oyó cómo desenfundaba la daga, incluso dejó que la alzara sobre él, antes de levantarse de un salto, más rápido que el pensamiento, extraer su propio puñal y hundirlo en el cuerpo del intruso, que murió antes de saber siquiera qué era lo que lo había atacado.

Jack y Victoria llegaron a la cabaña de Christian justo cuando este salía de ella. Victoria, inquieta, percibió un brillo acerado en la mirada del shek.

–Christian, ¿qué...?

Él trató de apartarla para marcharse, pero Jack lo retuvo.

–¡Eh! –en aquel momento descubrió el bulto inmóvil que yacía al fondo de la cabaña–. ¡Por todos los...!

Entonces oyeron la voz de Alexander, que llegaba con una luz.

–¿Qué es lo que pasa?

La luz bañó el interior de la cabaña, y todos vieron la figura de un hombre, tendido de bruces sobre el suelo, con un puñal clavado en la espalda. Victoria reconoció al punto la daga de Christian, y lo miró, inquieta.

El rostro del muchacho permanecía impenetrable, y su voz sonó neutra cuando dijo:
–Ha intentado matarme.

Alexander lo observó un momento, serio. A la luz del farol, sus rasgos poseían un punto siniestro. Pero Christian sostuvo su mirada sin parpadear siquiera.

Jack había entrado en la cabaña para darle la vuelta al cuerpo. Descubrió entonces el puñal que había en el suelo, cerca de él, y comprendió que Christian decía la verdad. Al mirar la cara del asesino, reconoció en él a uno de los mercenarios humanos que habían pedido, aquella misma mañana, la muerte para el shek. Jack se imaginó enseguida la escena, el humano entrando en la cabaña de Christian, creyendo caminar con sigilo, creyendo dormida a su víctima... creyendo que tenía alguna oportunidad de sorprenderlo, o siquiera de salir de allí con vida. Jack no sabía si Christian llegaba a dormir alguna vez, pero lo que sí tenía claro era que lo había sentido acercarse mucho antes de que el mercenario viera su silueta en el fondo de la cabaña. Christian era rápido y letal cuando era necesario. Y tenía una sangre fría que habría hecho palidecer de envidia al más mortífero de los asesinos.

Jack alzó la cabeza y se topó con la mirada de Alexander. También él había visto la daga, había reconocido al muerto. Se volvieron hacia Christian, los dos a una. Su semblante seguía siendo indiferente, pero parecía más sombrío de lo habitual.

A su lado, Victoria se esforzaba por parecer resuelta, pero la palidez de su rostro delataba sus sentimientos. Por supuesto que sabía que Christian era un asesino, pero tal vez había logrado olvidarlo, o simplemente no pensar en ello cuando estaba con él. Ahora la evidencia la golpeaba con la fuerza de una maza, le recordaba que él era capaz de quitar una vida sin titubear, sin lamentarlo. Sobreponiéndose, tomó la mano de Christian... y Jack sorprendió al shek oprimiéndosela con suavidad, en un gesto tierno que no era propio de él.

Desvió la mirada hacia el cadáver, inquieto. No cabía duda de que Christian era cada vez más humano... pero en algunas cosas se notaba que no había dejado de ser un shek.

—Podrías haberlo inmovilizado sin esfuerzo —gruñó Alexander—. ¿Era necesario matarlo?

—Era una amenaza —dijo Christian.

—¡Sabes perfectamente que no era rival para ti!

—Alexander, ese hombre ha intentado asesinar a Christian —protestó Victoria.

—Y él trató de matarme a mí, y todavía no le he clavado a Sumlaris en las tripas, ¿verdad?

—Me gustaría verte intentándolo —respondió Christian sin alzar la voz.

Jack suspiró. Tampoco era normal que el shek, habitualmente tan frío, reaccionara de esa forma a las provocaciones de Alexander.

—Callaos los dos un momento, esto es serio —ordenó—. ¿Qué creéis que va a pasar cuando descubran lo que ha ocurrido?

—¿A qué te refieres? —inquirió Victoria, perpleja—. Christian ha actuado en defensa propia.

—Disculpad, ¿tenéis algún problema que podamos...? —se oyó la voz cantarina de una de las hadas menores—. ¡Sagrada Wina! —chilló el hada al descubrir el cuerpo en el interior de la cabaña.

En apenas unos minutos, la mitad del poblado de los refugiados de Awa se había reunido allí. Victoria no se había apartado de Christian ni un centímetro, y sostenía, inquieta pero desafiante, las miradas, cargadas de odio y desconfianza, que les dirigían algunos de los presentes.

—... es un shek, sabíamos que era un asesino —estaba diciendo el Archimago, de mal humor—. ¡He aquí la prueba!

—¡Él era el asesino! —dijo Victoria por enésima vez—. ¡Ha intentado matar a Christian a traición!

«Divina Neliam», se oyó la voz sin voz de Gaedalu, profunda y pausada, como el tañido de una campana, en el fondo de sus mentes. «Entonces, es verdad».

La vieron allí, todavía empapada, con las ropas chorreando, pegándosele al cuerpo cubierto de escamas. Las hadas habían ido a despertarla al río, donde dormía, como todos los varu refugiados, para que su piel no se resecase. Victoria se volvió hacia ella, inquieta. Sin darse cuenta, se había pegado mucho a Christian, que seguía allí, firme, sereno y, sobre todo, imperturbable, como si aquello no fuera con él. Victoria se dio cuenta de que Gaedalu los miraba a ambos con una mueca de disgusto, pero no entendió por qué. Christian, sin embargo, sí lo intuyó, porque entrecerró los ojos y observó a la Madre, alerta.

–Madre Venerable, ese hombre ha entrado en la cabaña de Christian, ha intentado matarlo –le explicó Victoria.

Pero Gaedalu no la escuchaba.

«Los rumores eran ciertos», dijo. «Sientes algo por ese shek».

La palabra «shek» sonó en sus mentes cargada de desprecio. Hubo algunas exclamaciones ahogadas, murmullos escandalizados. Christian se separó un poco de Victoria, tal vez para protegerla, pero ella estaba ya cansada de aquella farsa.

–Sí –dijo con orgullo–. ¿Algún problema?

Los ojos oceánicos de Gaedalu se estrecharon, su boca se torció en un gesto de desagrado.

«No seas impertinente, muchacha. No tienes ni idea de a qué estás jugando, porque se dice por ahí que Kirtash, el hijo del Nigromante, alberga el espíritu de una serpiente en su interior, y yo no conozco ningún otro shek que haya adoptado forma humana permanentemente».

Hubo más comentarios indignados, incluso alguna exclamación de horror. Victoria no dijo nada. Tanto Jack como Alexander desviaron la mirada.

Qaydar dio un paso atrás.

–¿Lo sabías? ¿Sabíais que este shek es el hijo del Nigromante?

–Sí, lo sabíamos –suspiró Jack.

–No puedo creerlo –escupió el Archimago–. Un unicornio... y un shek –los miró a ambos con profunda repugnancia–. Lunnaris y el hijo de Ashran.

Victoria sacudió la cabeza, incapaz de soportarlo por más tiempo. Por un lado, se sentía incómoda con tanta gente comentando su relación con Christian, que era algo tan íntimo y especial para ella. Por otro, quería gritar a los cuatro vientos su amor por el shek, dar la cara por él, defender hasta la muerte sus sentimientos. Sintió que enrojecía levemente cuando alzó la cabeza para mirar a Qaydar y Gaedalu. Sin embargo, sus ojos seguían limpios y claros como estrellas, y su voz no tembló ni un ápice cuando anunció con firmeza:

–Estamos juntos, sí. Y seguiré con él, pase lo que pase.

Hubo un silencio incrédulo y sorprendido. Victoria se pegó todavía más a Christian, situándose ante él para protegerlo de la multitud, y desde allí les lanzó una mirada de advertencia. Fue un movimiento instintivo, pero a todos les quedó claro que su preciosa Lunnaris estaba dispuesta a luchar, y tal vez a matar y a morir, por el hijo de Ashran.

Gaedalu se había quedado sin habla. Qaydar entornó los ojos y siseó:

–La Resistencia aliada con el enemigo...

–... Un «enemigo» que desafió a su propio padre para unirse a nosotros –sonó entonces, clara y serena, la voz de Allegra–. Sabes muy bien que Kirtash es el shek de la profecía.

«¿Qué sabéis los magos de las profecías?», replicó Gaedalu. «Los Oráculos hablan el lenguaje de los dioses, un lenguaje que vosotros no entendéis. No eres quién para tratar de interpretar una profecía».

–¿Niegas acaso que ocultaste a los idhunitas una parte de la profecía? –la acusó Allegra–. ¿Esa parte de la profecía... que hablaba de la intervención de un shek en la caída de Ashran?

Hubo murmullos sorprendidos y escandalizados; sorprendidos por la revelación, y escandalizados por el tono con que Allegra había osado dirigirse a la Madre.

Gaedalu entornó los ojos.

«No sé cómo llegó hasta los magos esa información», dijo. Victoria pensó en Zaisei, y se preguntó si Shail había conocido la profecía a través de ella.

–Desde luego, no fue gracias a ti –intervino el Archimago con frialdad.

«No voy a discutir eso de nuevo, Qaydar. Ya habíamos hablado de ello. En cualquier caso, eso no cambia las cosas. La profecía dijo que un shek abriría la Puerta. Él ya lo hizo, ya cumplió su papel, y no lo necesitamos más. Lo que ha ocurrido esta noche nos ha demostrado hasta qué punto es peligroso conservarlo con nosotros. No hemos de olvidar... jamás hemos de olvidar... que no solo es un shek sino que, además, se trata del hijo del Nigromante».

–Él es de los nuestros –replicó Victoria, malhumorada–. Traicionó a su padre para unirse a nosotros, ¿cuántas veces he de decirlo? Shail fue testigo de cómo ambos se enfrentaron en un combate a muerte.

«¿Y fue Shail testigo de cómo logró escapar el shek?», preguntó Gaedalu. «Porque, que sepamos, ninguno de los dos murió en ese supuesto combate a muerte».

Todos callaron, incómodos. Christian había abierto la Puerta interdimensional en los alrededores de la Torre de Drackwen y se había quedado a cubrir la huida de Shail y Victoria, plantando cara a Ashran.

Horas después había aparecido en Limbhad, gravemente herido. Nadie sabía cómo había conseguido escapar de la ira del Nigromante.

–Sin duda, él nos lo contará –afirmó Allegra.

Victoria se volvió hacia Christian, esperando que hablara, pero descubrió, al igual que todos los presentes, que el shek se había esfumado.

–¡Cobarde! –masculló Alexander, y sus ojos relucieron con un brillo salvaje.

–Lo ha hecho para proteger a Victoria –le susurró Jack–. Para no meterla en más problemas.

–Hay que encontrarlo –declaró Qaydar–. Ahora que ha sido descubierto, acudirá a informar a Ashran de todo lo que ha visto aquí. Tenemos que capturarlo antes de que abandone el bosque.

Victoria dudaba de que tuvieran una mínima posibilidad de atrapar a Christian, ni aunque lo atacaran todos a la vez, pero no dijo nada. Todavía estaba conmocionada por la súbita desaparición del joven.

Sintió la fresca presencia de Gaedalu junto a ella, y su voz la sobresaltó.

«No temas, Lunnaris», le dijo la varu. «Estás confundida, y es natural. Nuestro enemigo ha nublado tu mente, te ha hecho creer que existía algo entre vosotros. Su poder mental es grande, es difícil resistirse a él. Lo comprendo. En el Oráculo podremos purificarte de esos pensamientos envenenados, y la tríada de diosas...».

–No –cortó Victoria, turbada–. No es cierto. Lo que sentimos el uno por el otro es real, no es un engaño.

Mientras hablaba, hizo girar en su dedo a Shiskatchegg, el Ojo de la Serpiente, hasta que la piedra mágica quedó hacia abajo, oculta por la palma de su mano. Ahora, a simple vista, no parecía más que un aro de plata adornando su dedo. Tenía que ocultarlo de Gaedalu, porque probablemente intentaría arrebatárselo si llegaba a descubrir lo que era.

«Niña», siguió diciendo la Madre. «Déjate guiar por los que somos más viejos y hemos visto más cosas. Ese shek no te ama, no puede amar a nadie. Mira qué rápido ha huido al verse descubierto, dejándote atrás. Solo te ha estado utilizando».

En los ojos oscuros de Victoria brilló una llama de cólera.

–Aquí los únicos que intentáis utilizarme sois vosotros –declaró, furiosa–. No tenéis derecho a decidir sobre mi vida ni mis sentimientos.

Y dio media vuelta y se alejó de ella, irritada y confusa, pero, sobre todo, preocupada por Christian, y preguntándose si él había decidido partir del bosque de Awa sin ellos, y si volvería a verlo.

Jack la vio marchar, resignado. Le había hecho mucha ilusión saber que iba a pasar la noche junto a ella, sobre todo porque al día siguiente, al rayar el alba, pensaba emprender el viaje que había estado planeando, y pensaba hacerlo solo. Suspiró. En fin, ahora ya no tenía sentido esperar al amanecer. Tal vez fuera mejor aprovechar el revuelo que había ocasionado aquel incidente para marcharse sin que nadie lo advirtiera.

Había visto a Victoria hablando con Gaedalu, pero había oído solamente las palabras de su amiga, no las de la Madre, que había enviado su pensamiento solo a la mente de la muchacha. No sabía, por tanto, qué era lo que le había dicho la varu para enfurecerla tanto, pero tenía una idea bastante aproximada.

También él había pensado, al enterarse de su relación con Christian, que el shek la había estado utilizando. Pero ahora sabía que no era así.

La reunión se había dispersado, y Jack se dispuso a volver a su cabaña. Alexander lo retuvo.

–¿Qué piensas? –le preguntó, señalando con un gesto al grupo de personas que se internaban por el bosque, persiguiendo a Christian.

–Que dudo mucho de que consigan darle caza –respondió el muchacho–. Creo que deberíamos ir a dormir y hablarlo mañana con más calma. Y con Shail –añadió, antes de que su amigo pudiera replicar.

Alexander quedó pensativo un momento y asintió. Pero Jack sintió los ojos negros de Allegra clavados en él, y tuvo la incómoda sensación de que sabía lo que estaba pensando.

Esperó en su cabaña a que todo estuviera más tranquilo. Y, cuando le pareció que nadie podía escucharlo, salió en silencio al claro del bosque, cargado con un morral en el que había guardado algunas cosas útiles. Sabía que no llevaba gran cosa como equipaje, pero no podía entretenerse más.

Se detuvo un momento ante la cabaña de Alexander, dudó, pero finalmente decidió no entrar, y deseó que él lo perdonara por marcharse sin despedirse. Se internó en el bosque, remontando el curso del arroyo. Sabía, si lo hacía, que tarde o temprano saldría del bosque. Pero no había caminado ni cinco minutos cuando una voz lo sobresaltó:

—¿Crees que es una buena idea?

Jack miró a su alrededor, entre aliviado y molesto.

—¡Christian! —susurró—. ¿Dónde estás?

Descubrió su silueta sobre una de las ramas bajas de un enorme árbol, observándolo como una pantera al acecho.

—Están todos buscándote —dijo Jack, algo inquieto.

—Lo sé. Por eso no voy a volver. Y contaba contigo para que cuidaras de Victoria.

Jack apoyó la espalda en el tronco del árbol, con un suspiro.

—No quiero que venga conmigo al lugar adonde voy. Es demasiado peligroso. ¿Y tú? —añadió, alzando la cabeza—. ¿No vas a llevártela contigo?

El shek tardó un poco en responder.

—No —dijo por fin.

—Es su amor lo que te está matando, Christian, no su presencia —le recordó Jack—. Vayas a donde vayas, seguirás queriéndola. No vas a ser menos humano porque la apartes de tu lado.

—Lo sé. Pero tampoco quiero que me acompañe al lugar a donde voy.

—¿También es peligroso?

—Seguramente.

Jack sonrió.

—Entonces, te deseo buena suerte —le dijo—. Pero, antes de que te vayas —añadió, repentinamente serio—, me gustaría preguntarte una cosa. He de hacerlo ahora, porque no sé qué pasará la próxima vez que nos encontremos. No sé... si seremos como ahora. No sé si seremos capaces... de hablar sin intentar matarnos el uno al otro.

—Entiendo. Habla, pues.

Jack respiró hondo. Luego preguntó, en voz baja:

—¿Mataste tú a mis padres?

Los segundos que Christian tardó en responder le parecieron eternos.

—Sabes que no. La muerte de tus padres fue obra de Elrion.

—¿Los... habrías matado, si no se te hubiera adelantado?

—Si hubieran sido idhunitas, sí. Pero no lo eran. Así que me habría limitado a sondear sus mentes y a dejarlos en paz. Al fin y al cabo, sus muertes no me habrían reportado ningún beneficio. En realidad... iba a por ti.

—Lo sé —dijo Jack en voz baja, evocando su primer encuentro, tres años atrás—. ¿Qué hiciste... qué hiciste con sus cuerpos? Nunca los encontraron.

—Los cuerpos de los renegados los enviaba todos a Ashran, como prueba de su muerte. También le llevé los de tus padres —añadió—, como prueba de la ineptitud de Elrion.

—¿Y después?

—Están enterrados junto a la Torre de Drackwen. Si algún día nos encontramos allí, en circunstancias más... favorables... puedo mostrarte el lugar, si quieres.

Jack asintió, con los ojos llenos de lágrimas. Agradeció que estuviera oscuro, para que el shek no lo viera llorar. Se aclaró la garganta antes de preguntar, cambiando de tema:

—¿Hacia dónde vas? Quizá llevemos el mismo camino.

—No lo creo. Yo voy hacia el norte, y tú hacia el sur. ¿Me equivoco?

—No —gruñó Jack—. ¿Cómo lo sabías?

—Es obvio. Solo hay un lugar en Idhún que pueda llamarte tanto la atención como para que decidas ir por tu cuenta y riesgo, sin decir nada a tus compañeros.

—Tal vez —suspiró Jack—. ¿Crees que... servirá de algo?

—Por vuestro propio bien, espero que sí. Te deseo... —pareció dudar antes de añadir—: Buena suerte a ti también.

Jack asintió y se separó del tronco del árbol, pensando que aquello era una despedida. Pero Christian no había terminado de hablar.

—Antes de marcharte... me gustaría pedirte un favor.

—¿Cuál?

—Un poco más allá, río arriba... está Victoria, sola. Está muy preocupada, y no me gustaría dejarla así.

—¿Por qué no vas a hablar con ella, entonces?

Hubo un breve silencio, y entonces la voz de Christian volvió a sonar en la oscuridad:

—Porque, si la miro a los ojos una vez más, ya no tendré valor para marcharme.

—¿Y qué te hace pensar que yo sí?

Pero Christian no respondió. Jack alzó la cabeza hacia la rama y descubrió que el shek se había marchado. Dudó un momento, pero después optó por esconder su macuto y avanzó un poco río arriba, como Christian le había dicho. Pronto oyó unos sollozos apagados, vio una figura acurrucada entre unos arbustos que tenían una textura que parecía tan suave como el diente de león. La chica se mecía entre ellos, dejando que la envolvieran en su cálido abrazo. Jack se acercó a ella.

Victoria alzó la cabeza al oírlo llegar y se secó rápidamente las lágrimas.

—No estaba llorando —le aseguró.

Jack llegó hasta ella y la estrechó entre sus brazos.

—Odio este sitio, Jack —le confió Victoria—. Todo ha ido de mal en peor desde que llegamos. Y no encuentro a Christian —añadió— por ninguna parte. Espero que no lo hayan cogido, porque no sé lo que le harán si...

—No podrán atraparlo —la tranquilizó él.

Respiró hondo. Allí, con Victoria entre sus brazos, la sola idea de marcharse y abandonarla se le hacía insoportable. Pero recordó a Christian y Victoria juntos, recordó las últimas palabras del shek, y supo que no era justo, que ellos dos no debían separarse.

Sabía lo que tenía que hacer.

—Victoria —le dijo, sintiendo que cada palabra que pronunciaba pesaba como una lápida—, he visto a Christian. Se marcha hacia el norte, lejos del bosque. No hace mucho que se ha ido, tal vez lo alcances.

Victoria se separó de él un momento y lo miró, llena de gratitud.

—Jack, esto es...

—Corre —la apremió él.

—Jack, esto nunca lo olvidaré.

Jack sonrió con tristeza.

—Lo sé. Y ahora, vete, o no lo alcanzarás.

Victoria lo miró intensamente. Lo besó con infinita dulzura, le sonrió y salió corriendo, río arriba. Jack la vio marchar, con el corazón roto en pedazos. Tardó un poco en sobreponerse y en dar la vuelta para ir, río abajo, en busca de su morral.

Christian se dio cuenta de que Victoria iba tras sus pasos. Se detuvo y la observó un momento desde la oscuridad, intentando contener las emociones que inundaban su pecho, y que amenazaban con desbordarse. La chica no se había percatado de su presencia, pero él sí la había descubierto a ella, y detectó que caminaba con decisión, con urgencia, completamente segura de que iba por el camino correcto. Lo estaba siguiendo a él, no cabía duda, y Christian comprendió muy bien por qué.

—Condenado dragón —suspiró para sí mismo. Podía dejar que Victoria pasara de largo, podría marcharse sin permitir que ella lo viese por última vez.

Pero no tuvo valor, y cuando salió de las sombras para mostrarse ante ella, sabía perfectamente que Jack había contado con ello.

—¿Me estás siguiendo, Victoria? —le preguntó.

Ella se detuvo y se volvió hacia él, alerta, con rapidez, como un cervatillo sorprendido en un claro del bosque. Cuando reconoció su voz y su silueta, se lanzó a sus brazos. Christian sonrió y la abrazó.

—Ibas a marcharte sin despedirte —le reprochó la muchacha.

—Me pareció que era lo mejor.

—¿Vas a intentar resucitar tu espada?

Christian asintió.

—Voy a llevársela a la persona que la forjó. Tal vez él pueda darme alguna pista, ya que también fue él quien la reparó la primera vez, cuando Jack la partió en dos.

Victoria contuvo el aliento, recordando cómo, apenas unas semanas antes, Jack y Christian habían luchado en un duelo a muerte, y el fuego de Domivat, la espada de Jack, había logrado quebrar a Haiass, que hasta ese momento había parecido indestructible. Parecía que había pasado una eternidad desde entonces.

El shek prosiguió:

—Lejos, en el norte, más allá de Nandelt, más allá de Kazlunn, está Nanhai, las Tierras del Hielo, un frío mundo de altas cordilleras y picos escarpados. Es allí donde viven los gigantes.

—Gigantes —repitió Victoria en voz baja.

—Son seres solitarios que rara vez salen de su patria. Pero uno de ellos forja espadas mágicas. Fue él quien creó a Haiass a petición de mi padre y de Zeshak, el rey de las serpientes.

—¿Vas a entrevistarte con un aliado de tu padre? —preguntó Victoria en voz baja—. ¿Y si es una trampa?

—Correré el riesgo. De todas formas, este gigante del que te hablo no es aliado de mi padre. No es aliado de nadie, en realidad. Ya te he dicho que los gigantes viven de espaldas al mundo. Les da igual quién gobierne en Idhún, les da igual la profecía. Así que él forjaría una espada para Ashran, pero también para Jack, o para ti, si se lo pidierais. Si acudo a hablar con él, no me delatará. No le interesan las guerras, los pactos ni las traiciones. Solo le interesan las espadas.

Victoria lo abrazó con más fuerza.

–Quiero ir contigo –le dijo.

–Sabía que me lo pedirías –respondió Christian con suavidad–. Por eso pensaba marcharme sin decirte nada. No ha funcionado, por lo que veo.

Victoria vaciló, y Christian adivinó que no quería revelarle que Jack lo había delatado. El joven sonrió, preguntándose si debía decirle que no era necesario, porque ya lo sabía. Decidió que no; además, conocía el modo de devolverle la jugada.

–Si vienes conmigo, tendrás que dejar atrás a Jack.

–Hablaré con él, le pediré que nos acompañe...

–No lo convencerás. Además, él tiene sus propios planes –hizo una pausa antes de añadir, con voz neutra–: Él también se marcha esta noche, en otra dirección.

Sintió que Victoria se ponía rígida entre sus brazos.

–¿No te lo ha dicho? –prosiguió Christian, sonriendo para sí–. Se dirige al sur, al confín del mundo. Para aprender a ser dragón, supongo.

–No lo estás diciendo en serio –susurró Victoria, aterrada.

–¿Vas a dejar que vaya solo? Si lo dejas marchar, puede que no vuelvas a verlo nunca más. Claro que también es posible que tú y yo no volvamos a vernos, pero tal vez eso sí puedas superarlo.

La muchacha se separó un poco de él.

–¿Por qué me dices esto? ¿Por qué lo haces más difícil?

Christian le dirigió una mirada penetrante.

–Porque tienes derecho a elegir –respondió solamente.

Victoria se volvió hacia el lugar por donde había venido, angustiada. Después miró de nuevo a Christian.

–Elegir... –repitió con suavidad–. Entonces, ¿es eso lo que me estás pidiendo?

Christian sacudió la cabeza.

–No, no me has entendido. Sé lo que hay entre tú y yo, y no pienso renunciar a ello. Pero también sé lo que sientes por Jack. Así que no puedo pedirte que elijas entre los dos. Solo te pido que decidas a quién acompañarás en esta ocasión..., hasta que volvamos a encontrarnos. Porque es obvio que no puedes acompañarnos a los dos; vamos en direcciones opuestas. También puedes quedarte aquí, con Alexander y los demás, pero no me hago ilusiones al respecto. Sé que preferirás ir con Jack, o conmigo, antes que quedarte a salvo con la Resistencia.

Victoria respiró hondo y se mordió el labio inferior.

—Estoy seguro de que remontará el río para llegar hasta las montañas —prosiguió Christian—. Si quieres alcanzarlo, tendrás que acortar cruzando el poblado. ¿Ves esa estrella de allí? —señaló un punto brillante en el cielo—. Atraviesa el poblado y, cuando salgas, justo desde detrás de nuestras cabañas, avanza dejándola siempre a tu derecha. Si sigues esa dirección, llegarás al límite del bosque más o menos a la vez que Jack.

Victoria se volvió hacia él, con los ojos brillantes.

—¿Qué te hace pensar que voy a ir con él, y no contigo?

Christian alzó una ceja, pero no dijo nada. Cruzaron una mirada intensa, profunda.

—¿Qué te hace pensar...? —repitió Victoria en voz baja, pero él la interrumpió.

—Se te rompe el corazón solo de pensar en separarte de él, Victoria —le dijo con suavidad—. ¿Crees que no me he dado cuenta?

—También se me rompe el corazón solo de pensar que vas a marcharte —susurró ella—. Y que tal vez no vuelva a verte nunca más.

—Dijiste que no intentarías retenerme.

—Y no voy a hacerlo. Quiero acompañarte. Pero también quiero ir con Jack. Christian, Christian, ojalá pudiera estar en dos sitios a la vez. ¿Cómo voy a quedarme quieta viendo cómo te marchas? ¿Y cómo voy a dejar que Jack se vaya solo?

—Confía en mí. Sabes que puedo cuidar de mí mismo. Aunque en el caso de Jack... no estaría tan seguro. Creo que él te necesita más que yo en estos momentos.

Victoria lo miró, con los ojos llenos de lágrimas, pero no fue capaz de pronunciar una sola palabra. Se besaron, entregando toda su alma en aquel beso, conscientes de que podía ser el último. Cuando se separaron, Christian le susurró al oído:

—Sé prudente. Y cuida de Jack. Os necesitáis el uno al otro... más de lo que ambos pensáis.

—Lo sé —sonrió Victoria—. Lo he sabido siempre.

—También yo. Pero tendrás que explicárselo con más claridad, porque parece que él no ha entendido todavía que es el hombre de tu vida.

La sonrisa de Victoria se hizo más amplia.

—¿Eso crees? ¿Y qué eres tú para mí, entonces?

Christian le devolvió una enigmática sonrisa.

–Soy el otro hombre de tu vida. ¿Todavía no te has dado cuenta?
Victoria sacudió la cabeza, perpleja, pero aún sonriendo.
–Cuídate –le dijo–. No te dejes engatusar por Gerde. Si se atreve a hacerte daño, le sacaré los ojos.
Christian sonrió de nuevo.
–Por lo que más quieras, regresa sano y salvo –le pidió Victoria.
–Por ti, Victoria, regresaré sano y salvo –le prometió él.
La chica hundió los dedos en el cabello castaño de Christian, acariciándolo con ternura. Sus dedos rozaron la mejilla de él.
–Estás... cálido –dijo ella con sorpresa; habitualmente, la piel del shek presentaba una suave frialdad que a Victoria, lejos de parecerle extraña, le había gustado desde el primer día.
Christian ladeó la cabeza.
–Es mi humanidad. Hasta en eso se parece a una enfermedad.
–Lo siento, Christian –dijo Victoria, con un nudo en la garganta–. Es culpa mía. Soy yo quien te está matando.
–Pero vale la pena –susurró él–. Te juro que, aunque salve mi parte shek, haré lo posible por no perder esto, Victoria, por no olvidarte. Guarda mi anillo. Mientras lo lleves puesto estaré cerca de ti. Y volveré a buscarte, no lo dudes ni un solo momento. No creas que voy a dejar las cosas así.

Christian tomó su mano, con delicadeza, y la alzó para depositar un beso en ella, sin dejar de mirarla a los ojos. Después, con una media sonrisa, retrocedió... y desapareció en la oscuridad, apenas una sombra deslizándose en la noche, con Haiass prendida a su espalda.

Y allí se quedó Victoria, un momento más, sintiendo que su corazón se partía en dos, y que cada una de las dos mitades tomaba un rumbo distinto, tal vez para no volver a encontrarse nunca más.

Allegra sabía que Christian había abandonado la Resistencia. Sabía que lo habría hecho tarde o temprano, de todos modos, pero no podía evitar sentirse molesta con Qaydar, Gaedalu y los demás por haber acelerado las cosas.

También sabía que Jack planeaba hacer algo, porque lo había visto sombrío y pensativo toda la noche, y le preocupaba que el muchacho se precipitara y tomara la decisión equivocada.

Hacía rato que había advertido, con inquietud, que Victoria no había regresado del bosque. Por eso se sintió muy aliviada cuando la vio volver y entrar en su cabaña, pero no tardó en darse cuenta, intranquila, de que volvía a salir con su báculo y un zurrón colgado al hombro, y se internaba de nuevo en el bosque. La siguió.

Victoria estaba tan preocupada por alcanzar a Jack que no vio a su abuela hasta que casi topó con ella. La muchacha soltó una exclamación alarmada, dio un salto atrás y se relajó cuando las lunas le mostraron los rasgos feéricos de Allegra.

—Un poco tarde para pasear, ¿no?

A Victoria se le cayó el alma a los pies.

—Abuela... tengo que irme, déjame pasar —imploró—. Se va a marchar sin mí. Tengo que alcanzarlo.

—¿Vas detrás de Christian?

Victoria vaciló, y Allegra entendió lo que estaba sucediendo.

—¿Jack? ¿Jack se ha ido?

Victoria no contestó. Allegra la cogió por los hombros y la obligó a mirarla a los ojos.

—Dime dónde se ha ido, Victoria. No podemos dejarlo marchar solo.

—Yo voy con él —respondió Victoria con suavidad—. Nos vamos juntos.

Alzó la cabeza, resuelta y desafiante, y Allegra vio que sus ojos brillaban con la claridad de una estrella, y recordó que ella era Lunnaris, el último unicornio. La soltó.

—La Madre quiere llevaros al Oráculo —dijo a media voz.

—No podemos ir, abuela. Tienes que comprenderlo. Y tampoco podemos... atacar la Torre de Kazlunn, como quiere el Archimago.

—¿También sabes eso? —sonrió Allegra, entre divertida y preocupada—. Entonces sabrás que yo tengo que quedarme —añadió, más seria— para vigilar a Qaydar. Quiere resucitar la Orden Mágica, pero ya no quedan muchos magos en Idhún. Y tú eres la única que puede consagrar más, ¿entiendes? Sin ti, sin el último unicornio, la Orden Mágica está perdida. Qaydar no quiere perderte de vista. No, si puede utilizarte para crear más hechiceros.

Victoria se quedó sin aliento.

—Pero no puedo hacer eso —dijo, horrorizada—. Abuela, no puedo entregar la magia así, sin más. Eso es algo demasiado...

—... íntimo —adivinó Allegra, sonriendo—. Lo sé. Lo he hablado con Alexander, habíamos decidido alejaros a Jack y a ti del Archimago. Por otra parte, aunque Gaedalu y las sacerdotisas de la tríada lunar confíen en la protección de las diosas, yo sé que tampoco estaríais seguros en el Oráculo. Así que habíamos pensado dirigirnos a Vanissar, donde reina el hermano de Alexander.

–¿Todos juntos?

–Salvo yo, naturalmente. Si la Orden Mágica resurge de sus cenizas, con Qaydar al frente, debo estar allí porque soy la única que puede llegar a plantarle cara. Algunos dicen –añadió bajando la voz– que la tragedia de la Torre de Kazlunn lo ha trastornado. No sé cómo reaccionará cuando se entere de que estás fuera de su alcance.

Victoria guardó silencio un momento. Luego dijo en voz baja:

–Abuela, ahora estoy todavía más convencida de que Jack y yo tenemos que marcharnos lejos de esta gente. Por lo menos hasta que asimilen quiénes somos y para qué hemos venido. Si es que llegan a hacerlo alguna vez.

»Vosotros tenéis cosas que hacer aquí, y, por otra parte, no sé qué es lo que pretende Jack, pero creo que es algo que debe hacer solo... o, como mucho, con mi ayuda. ¿Entiendes?

Allegra miró a su protegida y la vio mayor, más sabia y madura, y respiró hondo, abatida, porque comprendió que Victoria estaba a punto de volar sola, y que no podría retenerla.

–Lo entiendo, Victoria. Y si es lo que realmente quieres, os dejaré marchar. Pero dime solo que no vais al encuentro de Ashran.

Victoria titubeó.

–Creo que no –dijo por fin–, porque la Torre de Drackwen queda al oeste, y Christian dijo que Jack se dirige al sur. Hacia los confines del mundo.

–Awinor –adivinó Allegra–. Va a visitar la tierra de los dragones.

Victoria se quedó sin aliento. Su abuela la miró con gravedad.

–Antes fue una tierra rica y fértil, pero ahora no es más que un inmenso y macabro cementerio. Está más allá de Derbhad, más allá de la Cordillera Cambiante, atravesando el desierto de Kash-Tar. En los confines del mundo, como dijo Christian. ¿Aún quieres ir?

–Más que nunca –dijo Victoria–. No quiero separarme de él –añadió en voz más baja.

Allegra no dijo nada, pero se acercó a ella y la abrazó con fuerza.

–No puedes detenerme –dijo la muchacha suavemente.

—Lo sé —los negros ojos del hada brillaban bajo la luz de las tres lunas, y Victoria vio que estaban húmedos—. Pero deja que te haga un regalo... de abuela, de madrina, de amiga... como quieras llamarlo.

Colocó las manos sobre la cabeza de Victoria, y la chica sintió de repente como si algo muy cálido la envolviera en un manto de protección. Pero, en cuanto el manto se cerró sobre ella, Victoria jadeó, sorprendida, y respiró hondo, porque sentía que se asfixiaba.

—No he terminado —dijo Allegra, y repitió la operación. De nuevo, Victoria tuvo aquella contradictora sensación de seguridad y opresión. Y vio que cubría su cuerpo una ligera capa marrón, muy suave al tacto, pero que a simple vista parecía pesada, burda y vulgar.

—Es un manto de banalidad —le explicó Allegra—. Mientras lo lleves puesto, reducirás la posibilidad de que alguien se fije en ti. No te vuelve invisible, pero hace que no le llames la atención a nadie.

—Me agobia —dijo Victoria—, aunque no pese nada.

—Es porque reprime todo lo extraordinario que hay en ti. Que no es poco —sonrió Allegra—. Por eso no debes abusar de él. No lo lleves puesto en lugares despoblados; solo en aquellos sitios donde realmente creas que pueden descubrir quién eres.

—Pero Jack...

—Te he puesto dos capas, una encima de la otra. Una de ellas es para él.

Victoria la abrazó de nuevo.

—Gracias, abuela.

Allegra sacó entonces un rollo de la bolsa que llevaba colgada al cinto.

—Toma; esto es un mapa de Idhún, bastante detallado. Os será útil y... —vaciló de pronto, y abrazó a Victoria una vez más—. Que los Seis os protejan, niña.

Victoria le devolvió el abrazo y se separó de ella. La miró solo un momento antes de desaparecer entre las sombras, y fue una mirada llena de emoción, pero también inteligente, serena y segura. Allegra la vio marchar y supo que su misión había terminado, que Victoria, Lunnaris, ya no era responsabilidad suya; pero, por alguna razón, no se sintió mejor.

Jack había remontado el curso de uno de los afluentes del río que cruzaba el bosque. Había sido difícil, muy difícil, avanzar a través de él; en ocasiones, la vegetación era tan cerrada que no había tenido más remedio que penetrar en el arroyo y marchar aguas arriba, luchando contra la corriente. Pero incluso en los lugares en que el bosque le dejaba suficiente espacio para avanzar, no había sido una marcha cómoda. Los sonidos, los olores y las oscuras formas de la floresta lo inquietaban; y, por otra parte, tenía la impresión, completamente irracional, de que todo el bosque lo estaba observando...

Por fin alcanzó sus límites cuando estaba ya a punto de amanecer. Se detuvo, jadeante. Había caminado a buen ritmo, porque temía que Alexander y los demás fueran en su busca en cuanto descubrieran que se había marchado, y quería alejarse todo lo posible... para que no lo alcanzaran, pero, también, para acabar con toda tentación de regresar. Pensó en Christian y Victoria, y que aquello era lo mejor para todos. Además, con ellos dos viajando hacia el norte, Alexander y los demás en Vanissar, la Madre en el Oráculo, el Archimago organizando la reconquista de la Torre de Kazlunn y él mismo de camino hacia el sur, hacia Awinor, Ashran tendría muchos frentes que atender y le costaría un tiempo localizarlos.

Respiró hondo. No tenía muy claro qué era lo que iba a encontrar en Awinor, pero quería saber más cosas de los dragones, quería ver el lugar donde habían vivido y donde Alexander lo había encontrado quince años atrás, salvándolo de una muerte segura bajo la mortífera conjunción astral. Quería ver si de verdad se habían extinguido todos los dragones del mundo. Pero, sobre todo, esperaba que el contacto con Awinor despertara al dragón que había en él.

Estaba cansado, muy cansado, porque apenas había dormido, pero decidió seguir adelante de todas formas.

Y entonces, en la última fila de árboles, vio una figura que lo aguardaba envuelta en las primeras luces del alba. Jack contuvo la respiración. La habría reconocido en cualquier parte.

Por un momento pensó que era un sueño, un fantasma, una quimera. Pero, cuando ella le sonrió, entre tímida y afectuosa, Jack se dio cuenta de que era real.

–Victoria... ¿qué haces aquí?

–Voy contigo. Adondequiera que vayas.

Jack no supo qué responder al principio.

–Pero... ¿no estabas con Christian?

–Fui a despedirme de él. Me dijo que te habías marchado. Me dijo cómo alcanzarte.

—Maldita serpiente –gruñó Jack, comprendiendo la jugada del shek; sonrió, a su pesar.

Victoria lo cogió de la mano y lo miró a los ojos.

—Me dijiste que no volverías a marcharte. Que estarías siempre conmigo, ¿recuerdas? No podía perderte otra vez.

Jack la miró, confuso y emocionado. Aquello no podía ser real.

—Pero, Victoria... voy muy lejos. A Awinor. Eso está...

—... en el confín del mundo –lo cortó ella–. Sí lo sé, pero me da igual: quiero ir contigo. Más allá del confín del mundo, si es necesario. Ya no quiero volver a separarme de ti nunca más.

Jack la abrazó con todas sus fuerzas.

—Tampoco yo –reconoció con voz ronca–, pero ¿qué iba a hacer, si no?

—Confiar en mí –susurró ella–. Creer que soy una digna compañera de camino, que soy sincera cuando te digo que te quiero, que de verdad quería pasar la noche contigo.

Jack sonrió, pero no pudo contestar porque la emoción lo había dejado sin palabras.

VI
El comienzo de un viaje

Ha sido culpa mía –dijo Shail, lleno de remordimientos–. Por todo lo que le dije. Le hice pensar que era una carga para mí, y... no era verdad. Maldita sea...

Se habían reunido junto al río, lejos de oídos indiscretos. Sabían que no tardaría en llegar al Archimago y los Venerables la noticia de que Jack y Victoria se habían marchado; y entonces ellos, lo que quedaba de la Resistencia, tendrían que contestar a muchas preguntas. Tal vez no tuvieran otra oportunidad para hablar entre ellos y decidir lo que debían hacer.

–No es culpa tuya, Shail –murmuró Allegra–. Por mucho que nos cueste aceptarlo, creo que han tomado la decisión correcta.

–Entonces, Victoria se ha ido con Jack –dijo Alexander para asegurarse–. No con Christian.

Allegra asintió. Shail todavía parecía confuso, pero su compañero sonrió, satisfecho.

–Jack cuidará de ella –aseguró–. Sabe arreglárselas bien.

Shail negó con la cabeza, apoyándose torpemente en el bastón que le habían proporcionado, y que aún no manejaba con soltura.

–No es lo mismo. Este no es su mundo, Alexander. Aunque ellos dos proceden de Idhún, nunca han vivido aquí, no conocen este lugar. Para Jack y Victoria es un mundo nuevo, igual que lo fue la Tierra para nosotros, cuando llegamos allí. Pero nosotros teníamos Limbhad, y ellos no tienen nada. Por no hablar del hecho de que, en cuanto Ashran sepa que han abandonado el bosque de Awa, removerá cielo, tierra y mar para encontrarlos.

–¿Creéis que puede llegar a adivinar adónde van?

–Ashran debe de saber hacia dónde se dirige Christian –dijo Allegra–. Estoy empezando a pensar que Gaedalu tenía razón, y ese muchacho no escapó de la Torre de Drackwen por casualidad. Puede que su padre todavía tenga planes para él, así que alejarse de nosotros es lo más inteligente que ha podido hacer, si de verdad quiere proteger a Victoria. En cuanto a ellos...

—Todos esperan que Jack y Victoria lideren la rebelión contra el Nigromante —reflexionó Alexander—, no que se escondan en el más remoto lugar del mundo, donde nadie puede acogerlos ni apoyarlos en su lucha.

—¿Qué debemos hacer, pues?

—Debemos hacerles creer que van a hacer lo que se espera de ellos —decidió Alexander—. Ir a Vanissar, iniciar una rebelión, apoyar al Archimago en su absurda cruzada si es necesario... todos deben saber que el dragón y el unicornio no están lejos de nosotros y que llegarán para luchar a nuestro lado en el momento oportuno. Que la Resistencia sigue unida, y que todo el mundo sepa exactamente dónde está. Para que Ashran se centre en nosotros a la hora de buscar a Jack y a Victoria.

—¿Crees que caerá en la trampa?

—No lo sé, pero debemos intentarlo. Y, aunque no fuera así, si le ponemos las cosas difíciles, no tendrá más remedio que prestarnos atención.

—De acuerdo —aceptó Allegra—. Sigamos con el plan y vayamos a Vanissar. ¿Shail?

El mago la miró, dubitativo.

—Eso implica ir en la dirección contraria a la que ellos han tomado —dijo.

—Lo sabemos. ¿Querrías haber ido con ellos? —preguntó Allegra con suavidad.

—Los habría retrasado —admitió Shail a regañadientes, echando un vistazo al lugar donde antes había tenido la pierna izquierda—. Aun así... hay otra cosa que me preocupa, y es esa dichosa profecía —alzó sus ojos castaños para mirar fijamente a sus amigos—. Hemos tardado años en saber que un shek estaba también implicado en ella. Me pregunto qué más cosas nos ocultan los sacerdotes... y si hay algo más en esa profecía que debamos saber.

Allegra y Alexander asintieron, sombríos.

Fue un día muy complicado para la Resistencia. En cuanto las hadas informaron de que, junto con el shek, también habían desaparecido Yandrak y Lunnaris, tanto la Madre como el Archimago pensaron que

Kirtash les había tendido una trampa y se las había arreglado para acabar con ellos. Pero sus amigos, aunque parecían preocupados, no se mostraban en absoluto tristes o desesperados, por lo que Gaedalu no tardó en darse cuenta de que ellos sabían más de lo que querían admitir. Cuando les preguntó al respecto, fue Alexander quien tomó la palabra:

–Kirtash no tiene nada que ver con esto –declaró–. Jack y Victoria se han ido por voluntad propia.

–¿Ellos solos? –dijo Qaydar, entornando los ojos.

Alexander lo miró un momento. No confiaba en el Archimago, y su obsesión por reconquistar la Torre de Kazlunn no mejoraba las cosas. Pero tendría que convencerlo, al menos a él, para que apoyara a la Resistencia. De modo que dijo, escogiendo con cuidado las palabras:

–Se han ido solos porque aquí estaban en peligro. Ashran sabía dónde se ocultaban, y es cuestión de tiempo que el bosque de Awa caiga en sus manos, como cayó la Torre de Kazlunn.

El rostro del Archimago se contrajo en una mueca de odio. Pero calló, y esperó a que Alexander siguiera hablando.

–Tenemos que organizar una rebelión –prosiguió el joven–. Tenemos que reunir un ejército para luchar contra Ashran. Y, cuando estemos preparados, Yandrak y Lunnaris volverán con nosotros, para liderar el ataque, para... para reconquistar la Torre de Kazlunn si es necesario –añadió–. Pero no ahora. Todavía no somos fuertes, aún no estamos organizados. Si Ashran nos ataca, es mejor que el dragón y el unicornio no se encuentren con nosotros, porque hay muchas posibilidades de que logre acabar con ellos.

«Ashran no podrá acabar con ellos», dijo Gaedalu. «Son los héroes de la profecía».

–Incluso los héroes pueden morir –replicó Alexander con frialdad–. Yo he visto crecer a esos chicos, los he visto enfrentarse a situaciones difíciles y salir triunfantes; pero también sé que son vulnerables. Si Yandrak y Lunnaris son la única esperanza que nos queda, debemos protegerlos hasta que estén preparados, no lanzarlos a las garras de Ashran a la primera oportunidad. Hoy por hoy, nuestro enemigo es aún más fuerte que nosotros.

«Habrían estado seguros en el Oráculo...».

–... El primer lugar donde Ashran los buscaría –intervino Allegra.

Los ojos oceánicos de Gaedalu se centraron en ellos.

«¿Acaso sabéis adónde han ido?», preguntó.

Alexander alzó la cabeza y la miró fijamente, y no titubeó cuando dijo:

–No.

Shail se esforzó por reprimir su perplejidad. Alexander jamás mentía. Era algo que estaba prohibido por el código de honor de la orden de caballería a la que pertenecía. El mago se obligó a sí mismo a recordar que en los dos años que había pasado alejado de la Resistencia habían cambiado muchas cosas... y que su amigo ya no era el príncipe Alsan que había conocido.

Gaedalu entrecerró los ojos, intentando sondear sus pensamientos. Pero se topó con una barrera impenetrable. Tal vez un shek habría podido leer la verdad en la mente de Alexander, pero los poderes mentales de los varu eran limitados, y Alexander tenía una voluntad de hierro.

Ha-Din, sin embargo, desvió la mirada, turbado. Sabía perfectamente que Alexander estaba mintiendo, y el joven se preguntó si los delataría. Pero el Padre permaneció callado.

–¿Por qué deberíamos creer en ti? –intervino el Archimago–. Eres un príncipe sin reino. Y ya no eres el caballero que partió al otro mundo. Recuerdo cómo eras entonces. No tenías el cabello de color gris, y tus ojos eran diferentes. Detecto en ti una huella de magia negra.

–Los esbirros de Ashran hicieron de mí lo que soy ahora –admitió Alexander; pero no dio detalles–. No les estoy agradecido por ello. Ardo en deseos de hacérselo pagar.

Venganza. Aquel era el lenguaje que Qaydar entendía. Asintió; pero todavía lo miraba con desconfianza. Allegra dio un paso al frente.

–Yo estoy con él, Qaydar. Si no puedes confiar en un no iniciado, al menos escúchame a mí. Es cierto que no soy Archimaga, pero tuve a mi cargo una torre de hechicería, y sé lo que es perderla. Deseo recuperar lo que Ashran nos ha arrebatado. Yo voy con el príncipe Alsan al norte, a Vanissar, para iniciar una rebelión desde allí.

Gaedalu los miró con resentimiento.

«Magos», dijo. «Siempre pensando en vuestros propios intereses. No os apoyaré en vuestra locura. Regresaré al Oráculo y rezaré a los dioses para que Yandrak y Lunnaris recobren la cordura y acudan a nosotros».

Shail alzó la cabeza bruscamente para mirar a Zaisei, que estaba de pie tras Gaedalu, junto con el resto de sacerdotisas de su séquito. La joven celeste sostuvo su mirada un momento, pero después volvió la cabeza hacia otro lado. Shail sabía que Zaisei no los acompañaría a Vanissar, pues su lugar estaba en el Oráculo, con sus superiores. Eso significaba que tendrían que separarse, apenas dos días después de haberse reencontrado. Una vez más, el mago percibió el alto muro que los separaba.

Gaedalu dio media vuelta y se alejó en dirección al río, seguida de las sacerdotisas. Zaisei no volvió la cabeza ni una sola vez, pero Shail no apartó la mirada de ella hasta que el grupo se perdió en las sombras de la floresta.

–No deberíais haber dejado marchar a Lunnaris –les reprochó entonces el Archimago, con un brillo de cólera palpitando en sus ojos–. Ella podría haber otorgado la magia a más gente, podría haber sido un arma muy valiosa para nuestra lucha...

–No está preparada –cortó Allegra, con rotundidad–. Todavía no sabe cómo entregar la magia como hacen los unicornios, Qaydar. Precipitar las cosas habría supuesto perderla para siempre. Lo sabes tan bien como yo.

El Archimago la miró un momento, sombrío. Entonces dijo con sequedad:

–Reuniré a los magos para comunicarles lo que ha sucedido.

Miró a Allegra, esperando que replicara o que exigiera ser ella misma la portavoz de la Orden. Aunque Qaydar era un Archimago, y su poder era mayor que el de ella, Allegra había estado al mando de una escuela de hechicería, y era, por tanto, superior a él en rango, según las jerarquías de la Orden Mágica. Pero Allegra sonrió e inclinó la cabeza en señal de conformidad, aceptando así a Qaydar como líder de lo que quedaba de la comunidad de magos. El Archimago la miró un momento, suspicaz, preguntándose tal vez si Allegra trataría de arrebatarle el mando más adelante. En cualquier caso, ahora no parecía tener interés en enemistarse con él, de manera que asintió y se alejó del grupo, en dirección opuesta a la que habían tomado Gaedalu y sus acompañantes.

Allegra lo vio marchar y suspiró, preocupada. No veía a Qaydar capacitado para liderar la Orden Mágica; pero su larga estancia en la Tierra había menguado mucho su poder, y por el momento no estaba en condiciones de enfrentarse a él.

—Acabamos de reunirnos y ya estamos divididos —sonó una voz suave tras ellos, sobresaltándolos—. Mala cosa.

Shail, Allegra y Alexander se dieron cuenta entonces de que Ha-Din, el Padre de la Iglesia de los Tres Soles, seguía estando allí.

—¿Y vos, Padre? —preguntó Alexander, inquieto—. ¿Acompañaréis a la Madre hasta el Oráculo?

Ha-Din negó con la cabeza.

—Estamos construyendo un nuevo templo en el corazón del bosque —explicó—. Los trabajos avanzan lentos, porque hemos de respetar el deseo de los feéricos de no destruir ni un solo árbol, pero, en cualquier caso, debo estar aquí para dirigirlo todo. La Iglesia de los Tres Soles necesita un nuevo Oráculo.

—Tal vez haya llegado el momento de volver a reunir a las dos Iglesias en una sola —dijo Allegra con suavidad.

Ha-Din rió apaciblemente.

—Me temo que no lo verán mis ojos, hechicera. Tal vez si el Gran Oráculo continuase en pie, habría alguna posibilidad de que eso sucediera. Pero la Madre tiene miedo, mucho miedo, y se encerrará en sí misma y en su templo, sin fuerzas para tratar de cambiar las cosas...

—... esperando que Jack y Victoria hagan todo el trabajo —cortó Shail con brusquedad.

Ha-Din le dirigió una mirada de honda comprensión.

—Sí; y me temo que esos dos chicos tienen una ingente tarea por delante. Esperemos que Jack encuentre en Awinor lo que anda buscando, porque si no lo hace... nadie más podrá plantarle cara a Ashran, ni ahora ni nunca.

Shail y Alexander lo miraron, perplejos. Allegra sonrió.

—Vuestra fama no os hace justicia, Padre —dijo—. Es cierto que leéis en el corazón de las personas como en un libro abierto. Apenas habéis hablado un par de veces con Jack, y ya conocéis las dudas que alberga su corazón.

Ha-Din sonrió con dulzura.

—Pobres chicos. A veces es difícil aceptar los designios de los dioses. Y el camino que han trazado para ellos haría vacilar a personas más poderosas, mayores y sabias.

—Padre —dijo entonces Shail, respirando hondo—. Necesitamos saberlo. ¿Qué dice exactamente la profecía?

Hubo un breve silencio.

–Nadie lo sabe –dijo entonces el celeste–. Los Oráculos hablan, y nosotros escuchamos. Entendemos algunas cosas... nunca todo lo que dicen. Cuando los Oráculos hablaron acerca de Ashran, sí comprendimos lo esencial del mensaje: que una nueva Era Oscura llegaría a Idhún, y que solo la magia de un unicornio y el poder de un dragón combinados lograrían hacerle frente... Y que sería un shek quien les mostraría el camino.

–¿... les abriría la Puerta?

–Tal vez. Los Oráculos no hablan como nosotros, muchacho. Podemos interpretar sus palabras de muchas maneras.

»Meses antes de la conjunción astral, las voces de los Oráculos solicitaron la comparecencia de los superiores de ambas Iglesias. Y cuando estuvimos allí, reunidos bajo la cúpula del Gran Oráculo, los dioses hablaron de nuevo.

»Solo seis personas escuchamos la profecía de los Oráculos, Shail. De esas seis personas, tres están muertas. La cuarta era alguien cercano a Gaedalu, y a quien yo solo conocía de vista. Las otras dos, somos la Madre y yo. Y cada uno de nosotros tres te recitaría la profecía con distintas palabras... aunque estemos de acuerdo en lo esencial.

–Eso no me basta –dijo Shail–. Necesito saber qué va a pasar exactamente y cuál es el papel de Victoria en todo esto. Si le sucede algo, será responsabilidad mía... por haberla sacado de su mundo para traerla hasta aquí, por haberla obligado a participar en una guerra que no es la suya.

Hubo un breve silencio.

–Esa alma humana que late en ellos... –suspiró Ha-Din–. Puede ser su salvación, o su desgracia.

–¿Hay alguna manera de volver a escuchar la profecía de los Oráculos? –preguntó Alexander.

–Como solo queda un Oráculo en pie, y ese pertenece a la Iglesia de las Tres Lunas, tendríais que hablarlo con la Madre. De todas formas, en quince años las voces de los Oráculos solo han vuelto a mencionar la profecía en una ocasión.

–¿Nadie registró aquellas primeras palabras por escrito? –quiso saber Shail.

–Sí, hubo alguien que lo hizo... El Gran Oráculo fue destruido tiempo después, pero conseguimos salvar ese registro, que se halla en el Oráculo de Gantadd, junto con la transcripción de lo que llamamos la Segunda Profecía.

—¿La Segunda Profecía? –repitieron Shail y Alexander, a la vez.

Ha-Din asintió, con una serena sonrisa.

—¿Aún no lo habéis comprendido? La primera vez que los Oráculos hablaron, mencionaron solo a un dragón y un unicornio. Lo he comentado muchas veces con Gaedalu, hemos consultado los registros de la profecía en muchas ocasiones, y parece evidente que los Oráculos no hablaron del shek en ningún momento.

»Fue mucho tiempo después, cuando la conjunción astral ya se había producido, cuando los dragones y los unicornios habían sido casi completamente exterminados, cuando Yandrak y Lunnaris ya habitaban en otro mundo... Entonces, las voces de los Oráculos hablaron de nuevo. Repitieron la profecía que ya conocíamos... y añadieron la intervención del shek. En esa ocasión, solo tres personas la escuchamos: Gaedalu, una sacerdotisa de Irial y yo. Esa sacerdotisa también había estado presente en la primera profecía. Por lo que sé, falleció hace un par de años. Así que solo quedamos Gaedalu y yo, y el registro que se hizo por escrito de aquellas palabras, y que permanece en el Oráculo de Gantadd. Puede que esas anotaciones sean más fiables que nuestra memoria, dado que fueron realizadas por alguien acostumbrado a escuchar la voz de los dioses. No lo sé.

Hubo un breve silencio, mientras todos meditaban acerca de aquellas palabras.

Allegra miró a Shail.

—Alguien tendría que acompañar a las sacerdotisas de vuelta al Oráculo –dijo significativamente.

Shail entendió lo que quería decir. Se volvió hacia Ha-Din y Alexander, y vio que ambos lo miraban también. Enrojeció.

—¿Por qué yo? –preguntó, aunque sabía cuál iba a ser la respuesta.

Ha-Din lo miró con una chispa de risa en sus enormes ojos azules.

—Lunnaris también viaja hacia el sur –dijo–. Tendrás posibilidades de encontrarte con ella si te unes al séquito de la Madre.

Pero no era esa la única razón por la cual era Shail quien debía acompañarlas, y todos lo sabían. El corazón se le aceleró.

—¿Me lo permitirá?

—Lo hará, porque yo se lo pediré –respondió el Padre–. Me lo debe; al fin y al cabo, aunque los Oráculos de la tríada solar hayan sido destruidos, los tres dioses todavía existen, y yo sigo siendo el Padre de su Iglesia.

Jack y Victoria tardaron todo el día en alcanzar las estribaciones de la Cordillera Cambiante. Se habían cubierto con las capas de banalidad y habían caminado río arriba, todo lo deprisa que podían, sin apenas detenerse a descansar. Tenían la sensación de que estaban huyendo... y no precisamente de Ashran. No se sintieron a salvo hasta que encontraron refugio bajo una gran roca al pie de la cordillera. Entonces, se dejaron caer sobre el suelo, jadeantes, y se quitaron las capas enseguida.

–Detesto esta cosa –dijo Jack–. Me agobia muchísimo; parece mentira que pese tan poco.

Victoria no dijo nada. Estaba demasiado cansada. Jack la miró con cariño.

–Todavía estás a tiempo de volver atrás.

–No te librarás de mí tan fácilmente –sonrió ella.

Sacó de su bolsa el mapa que su abuela le había dado y lo extendió en el suelo, frente a ellos, mientras Jack rebuscaba en su propio zurrón hasta encontrar un par de grandes frutas de color azulado. Le tendió una a Victoria, que la aceptó, agradecida.

–Esto es Awinor –dijo ella, señalando el extremo sur de la tierra representada sobre el mapa–. Nosotros estamos aquí –señaló otro punto, una enorme mancha verde en el noreste.

Los dos contemplaron en silencio la distancia que separaba ambos puntos. Era más de medio continente.

–Tardaremos semanas en llegar –dijo Jack, abatido–. Ojalá pudiera transformarme en dragón; entonces podría llevarte volando.

–Y atraerías la atención de todas las serpientes de Idhún –hizo notar Victoria juiciosamente–. No me parece buena idea. Aunque sea un largo camino... yo estoy dispuesta a recorrerlo contigo –lo miró un momento, seria–. Lo sabes, ¿verdad?

–Todavía me cuesta un poco asimilarlo –reconoció Jack, sonriendo.

Se centraron de nuevo en el mapa. Sabían que podían seguir dos rutas hasta Awinor; una de ellas atravesaba la Llanura Celeste y el desierto de Kash-Tar, y la otra suponía recorrer, de norte a sur, todo Derbhad, la tierra de los feéricos. A simple vista, esta opción parecía la más segura, pero a Victoria la preocupaba que pudieran encontrarlos con más facilidad en un lugar más poblado y que, por lo que ella sabía, estaba muy vigilado por los sheks. No en vano, los feéricos se negaban a reconocer a Ashran como señor, y por consiguiente su imperio los tachaba de renegados. Por otra parte, el desierto, aunque fuera más peligroso, parecía el mejor lugar para perderse.

Finalmente optaron por una solución intermedia. Seguirían la Cordillera Cambiante hacia el sur, sin alejarse de ella y, por tanto, sin adentrarse en Derbhad, caminando, pues, por la frontera entre el país de los feéricos, al este del continente, y Celestia, la gran región central. Además, dijo Jack, a los pies de la cordillera había rocas y cuevas donde esconderse, y multitud de arroyos que descendían por entre las piedras, y que les proporcionarían agua en abundancia y, seguramente, también comida.

Cuando volvieron a guardar el mapa, ya se había hecho de noche, y las tres lunas brillaban sobre ellos. Ayea, la más pequeña, un astro de un suave color rojizo, acababa de emerger tras el horizonte. Jack tendió su capa sobre el lecho de musgo y se tumbó sobre ella, a una prudente distancia de Victoria, para dejarle intimidad. Pero la muchacha se acurrucó junto a él, buscando su calor, y apoyó la cabeza en su pecho. Sonriendo, Jack la abrazó.

—¿Estás cómoda así?

—Mucho —suspiró ella, ya medio dormida.

La sonrisa de Jack se ensanchó.

—Descansa; mañana tenemos un largo camino por recorrer...

«A lo largo de la Cordillera Cambiante», recordó. Pensó de pronto que aquel era un nombre extraño.

—Victoria, ¿por qué la llaman «la Cordillera Cambiante»?

—No lo sé —bostezó ella—. Se lo preguntaré a Shail la próxima vez que lo vea.

Jack vio cómo, antes de cerrar los ojos definitivamente, Victoria besaba con cariño la piedra del anillo que llevaba puesto, el anillo que Christian le había regalado. Pero, por una vez, no sintió celos. Sabía que era su manera de darle las buenas noches al amigo ausente. Alguien de quien se había separado para acompañarlo a él, a Jack, en un largo e incierto viaje.

«Cuidaré de ella, Christian», pensó. «Igual que habrías hecho tú».

Christian no había tenido muchos problemas a la hora de atravesar el bosque de Awa, pese a toda la gente que lo estaba buscando. Se había deslizado por entre los árboles como una sombra y no había tardado en alcanzar el límite de la floresta.

Una vez allí, se había transformado en shek.

Sabía que era arriesgado, pues los otros sheks lo descubrirían más fácilmente que si avanzase por tierra, bajo su aspecto humano. Pero sentía la urgente necesidad de transformarse, de volar, de olvidar, por unos instantes, aquella dolorosa humanidad.

Fue como si algo estallara en su interior. La serpiente que había en él chilló de júbilo pero, sobre todo, de alivio. Los últimos días habían estado plagados de emociones, emociones que habían afianzado el dominio de su alma humana, y el shek se había sentido ahogado por ella. Y, batiendo sus poderosas alas, se hundió en el inmenso cielo violáceo, bañado en la luz de las tres lunas, en dirección a Nanhai, la tierra de hielo, el país de los gigantes.

Por si acaso, decidió desviarse hacia el mar y seguir la línea de la costa. Era un camino un poco más largo, pero sabía que tenía menos posibilidades de encontrarse con otros sheks si sobrevolaba el océano que si atravesaba los cielos del país de los humanos.

Incluso así, transformado en shek, no pudo evitar acordarse de Victoria. Cerró los ojos un momento para percibir las emociones que le transmitía Shiskatchegg, el anillo que brillaba en el dedo de la muchacha. Sintió calma, serenidad, descanso... felicidad.

Christian asintió para sí. Así debía ser. Victoria estaba a salvo con Jack, él cuidaría de ella. Aquel irritante dragón no podía ni imaginar que el único motivo por el cual seguía vivo, la única razón por la que Christian no lo había matado cuando tuvo ocasión, eran aquellos sentimientos que provocaba en Victoria. Jack le daría a la joven compañía, amistad, confianza, seguridad... todo aquello que Christian no podría ofrecerle jamás.

«Pero, si le pasa algo a Victoria», se prometió a sí mismo, sombrío, «juro que seré yo mismo el encargado de matarte».

Gaedalu y sus sacerdotisas se pusieron en marcha al anochecer, y Shail se unió a su grupo. Montaban todos a lomos de paskes, enormes animales de pelaje rayado y tres cuernos en la frente, sorprendentemente cómodos y rápidos. Claro que ninguna montura sería lo bastante veloz para ellos si los sheks los descubrían, pero en aquel sentido la presencia de Shail pronto demostró ser útil al grupo; a pesar de que todavía se sentía muy débil, efectuó un hechizo de camuflaje que los hizo mimetizarse contra el suelo sobre el que se movían. De cerca, un observador atento podría ver a la comitiva; pero, desde el cielo y por la noche, podría pasar inadvertida a los ojos irisados de un shek.

Zaisei no dijo nada cuando vio que Shail se unía a ellas. El mago tampoco intentó acercársele. Sabía que estaba molesta con él por haber dejado que Jack y Victoria abandonaran el grupo. Zaisei estaba convencida de que Gaedalu tenía razón, y que el lugar más seguro para ellos era el Oráculo de Gantadd, que se suponía protegido por las tres diosas.

Shail no podía culparla por ello. La fe de Zaisei en los dioses era sincera y profunda, y él no era quien para tratar de arrebatársela. Al fin y al cabo, pensó con amargura, era mejor creer en algo, en cualquier cosa, que no creer en nada.

Y él ya estaba dejando de creer en la profecía.

Cuando Victoria abrió los ojos aquella mañana, se encontró todavía en brazos de Jack. Tardó un momento en recordar dónde estaba y todo lo que había pasado. Se sintió inquieta, pero la presencia de Jack la reconfortó. Alzó la cabeza y vio que él la estaba mirando.

–Buenos días –sonrió el chico.

Victoria parpadeó y se frotó un ojo, sonriendo a su vez.

–Buenos días. ¿Cuánto tiempo llevas despierto?

–Un rato. ¿Qué tal has dormido?

Victoria se recostó contra él y respiró profundamente. Parecía mentira. Estaba perdida en un mundo extraño, con un poderoso nigromante y toda una raza de serpientes aladas queriendo matarla y, sin embargo, sentía que aquella mañana era la más feliz de su vida.

–De fábula –dijo ella con sinceridad; tenía la vaga sensación de que había hecho frío, pero la cálida presencia de Jack la había resguardado del relente de la noche–. Ahora solo necesito... un cuarto de baño –bromeó.

–Ahora mismo voy a buscarte uno –respondió Jack sonriendo.

Se separó de ella para ponerse en pie de un salto, y Victoria lamentó que el momento hubiera acabado. Se obligó a sí misma a recordarse que no estaban de vacaciones, y que tenían un largo viaje por delante.

Jack parecía radiante. Sonreía de oreja a oreja mientras sacudía la capa para quitarle los restos de tierra y ramas. Victoria pensó que nunca lo había visto tan feliz.

Lo miró salir del refugio, silbando por lo bajo. Sonrió de nuevo. A pesar de todo lo que había pasado, sentía que no podía parar de sonreír.

Entonces, de pronto, Jack dejó de silbar y lanzó una exclamación de sorpresa. A Victoria se le congeló la sonrisa en los labios. Se levantó de un salto, cogió su báculo y salió corriendo para reunirse con él.

Pero su amigo no estaba en peligro, o, al menos, no lo parecía. Se había quedado de pie, unos metros más allá, y miraba a su alrededor, atónito. Victoria se reunió con él.

–Jack, ¿qué...?

Las palabras murieron en sus labios.

Estaban rodeados de montañas. Por todas partes. Altos y escarpados picos parecían haberse comido la suave llanura que habían atravesado la tarde anterior. Aquel paisaje no se parecía en nada al que ellos recordaban. Los dos a una volvieron la cabeza para mirar a la roca que les había servido de refugio. Estaba allí, seguía siendo la misma. No, ellos no se habían movido; era la cordillera entera la que había cambiado de sitio durante la noche.

–Ya sabemos por qué la llaman «la Cordillera Cambiante» –pudo decir Victoria.

A Jack le entró la risa floja. Victoria lo miró, desconcertada.

–¿Qué te hace tanta gracia?

El chico intentó serenarse.

–Perdona, es que todo esto es muy raro. Si me lo tomo en serio, terminaré por volverme loco.

Victoria acabó por echarse a reír también. Cuando los dos se calmaron, la muchacha trató de pensar con objetividad.

–Pero, si va a seguir cambiando, ¿cómo vamos a orientarnos?

–Por la posición de los soles. Salen por el este, igual que el sol de la Tierra. La buena noticia –añadió, sonriendo de nuevo– es que las montañas han traído el cuarto de baño que buscabas. Mira, ese arroyo no estaba allí anoche. Por lo menos podremos lavarnos un poco.

Victoria sonrió. El buen humor de Jack resultaba contagioso. Ni siquiera aquel desconcertante lugar conseguía empañar su felicidad. «Está contento porque estamos los dos juntos, solos», pensó, conmovida. También ella se sentía feliz de estar con él. Pensó entonces en Christian, y se preguntó si estaría bien. Se dio cuenta enseguida de que sí. «Si le pasara algo malo, yo lo sabría inmediatamente», se dijo, acariciando con un dedo el Ojo de la Serpiente. Sintió una oleada de nostalgia, cerró los ojos y evocó la mirada de los ojos azules de Christian. El dolor de su ausencia la atravesó como una afilada daga, pero se esforzó por sobreponerse. «Christian está bien», se recordó a sí misma. «Sabe cuidar de sí mismo. Y está conmigo. De alguna manera». Volvió a besar el anillo, y se sintió un poco mejor.

Sonriendo, siguió a Jack hacia el arroyo.

Al cabo de varios días de viajar a través de la Cordillera Cambiante, Jack y Victoria perdieron la noción del tiempo.

A lo largo de los días, veían moverse las montañas. O, mejor dicho, no las veían, pero sí percibían los cambios. Un picacho que habían tenido a la derecha toda la mañana, de repente aparecía tras ellos; una montaña les cerraba de pronto el paso, obligándolos a desviarse para buscar otro camino; los arroyos se sucedían, y algunos se repetían, y debían cruzarlos varias veces. Aquí y allá, las montañas se juntaban, cerrando caminos; en otros casos, se separaban abriendo valles y cañadas.

Al principio, Victoria no podía evitar preguntar a menudo:

–¿Nos habremos perdido?

Pero Jack negaba con la cabeza.

–No te dejes engañar. Fíjate en los soles.

Pero incluso eso era desconcertante, pensaba Victoria, contemplando cómo los tres astros proyectaban no una, sino tres sombras de todo aquello que bañaban con su luz.

En el fondo, Jack no tenía modo de saber hasta qué punto habían avanzado. En la Cordillera Cambiante, el mapa que llevaban no les servía de mucho. Pero no quería preocupar a Victoria. Las montañas seguían cambiando, moviéndose de sitio, apareciendo y desapareciendo, y él seguía avanzando, infatigable, hacia el sur, guiándose por la situación de los tres soles, a lo largo de unas jornadas que parecían eternas, de días y noches más largos que los de la Tierra.

Pronto aprendieron a moverse por allí. Ya no rodeaban los obstáculos; cuando una montaña les cerraba el paso, se limitaban a acampar al pie y esperar, simplemente, a que se retirara. Por lo general, cuando se despertaban al día siguiente, ya tenían el camino despejado. Y seguían avanzando.

Pero aquel extraño paisaje parecía no terminarse nunca.

Jack enseñó a Victoria a pescar y a cazar; era especialmente diestro en lanzar piedras, y tenía tanta puntería que podía alcanzar a un blanco en movimiento a más de veinte metros de distancia. Detestaba hacerlo, le contó a Victoria; su madre había sido veterinaria y le había enseñado a cuidar de los animales, no a matarlos. Pero durante su largo viaje por Europa había atravesado zonas agrestes como aquella, y había tenido que aprender a sobrevivir, y a cazar y pescar de vez en cuando para poder comer.

Era cierto que los animales de allí eran diferentes a los que conocían. Había, por ejemplo, una clase de mamífero de piel jaspeada, finas patas, cuello largo y morro achatado que saltaba por las rocas con la agilidad de una cabra montesa. Pero jamás lograron aproximarse a ninguno de ellos. Aparecían y desaparecían de forma sorprendente, y no importaba cuánto se acercaran los chicos, aquellas criaturas siempre parecían estar un poco más lejos. Había también una raza de animalillos peludos, de enormes ojos redondos y larga cola de león, que eran fáciles de cazar porque no corrían mucho sobre sus cortas patas. Pero eran difíciles de localizar. Su pelo poseía una curiosa capacidad mimética, y cuando se quedaban quietos resultaba muy difícil distinguirlos del fondo en el que se encontraban. Sin embargo, a lo largo de su viaje, Jack y Victoria lograron cazar dos o tres. Asados, tenían un sabor parecido al del conejo, con un curioso regusto picante.

En los arroyos encontraron una especie de peces rosáceos, muy sabrosos a la brasa, y otros verdosos llenos de espinas que, como pronto descubrieron, resultaban incomibles.

Al principio, todo les parecía nuevo y extraño. Pero con el tiempo se acostumbraron a ver siempre la misma vegetación, los mismos animales, las mismas montañas. Solo avanzaban y avanzaban, como en un sueño... hasta que una tarde sucedió algo que los sacó de su sopor.

Fue cuando atravesaban una estrecha garganta entre dos picos que habían sobrepasado al menos cinco veces cada uno desde el comienzo de su viaje. Jack se detuvo de pronto, con un escalofrío. Victoria se paró junto a él y abrió la boca para preguntar algo; pero percibió el peligro antes de que las palabras salieran de sus labios.

Los dos chicos cruzaron una mirada. Jack estaba sombrío, y sus ojos mostraban un brillo extraño, como si detrás de sus pupilas llamease un furioso fuego. Victoria entendió enseguida lo que estaba pasando y detuvo la mano de Jack sobre la empuñadura de Domivat. Miró a su amigo a los ojos y negó en silencio, muy seria. Jack trató de sobreponerse.

Buscaron un refugio en una grieta entre las rocas. Jack entró primero, gateando, para comprobar que era un lugar seguro. Hizo una seña a Victoria, que entró tras él, sin hacer ruido. Una vez dentro, se acurrucaron en el agujero y se cubrieron con las capas de banalidad.

Enseguida lo vieron a través de la grieta, su cuerpo serpenteando sobre las rocas, las alas plegadas, la lengua bífida produciendo un aterrador siseo, sus ojos irisados escrutando las oquedades entre las piedras. Jack miró a Victoria, que espiaba por un resquicio de la grieta. Ella parecía asustada, por lo que el muchacho dedujo que aquel shek no era Christian. A él le parecían todos iguales, pero Victoria habría sido capaz de distinguir a su amigo de entre todos los sheks del mundo.

Jack y Victoria no sabían de dónde había salido aquel; tal vez descansaba en alguna cueva de los alrededores, tal vez había descendido desde las alturas, tal vez había llegado hasta allí buscándolos a ellos. No lo sabían, pero lo que sí parecía claro era que había captado su presencia de alguna manera.

Jack oyó el sonido del cuerpo anillado de la criatura deslizándose entre las rocas, cada vez más cerca; cerró los dedos en torno a la empuñadura de Domivat y la oprimió hasta hacerse daño, esforzándose por reprimir su instinto, que lo empujaba a salir fuera, desprenderse de aquella agobiante capa y pelear a muerte contra aquel shek. Luchó por dominarse, pero la presencia del shek alentaba el fuego que ardía en su interior, y Jack sintió que Yandrak exigía ser liberado.

Victoria se dio cuenta entonces de lo que estaba pasando, y lo miró, preocupada. Jack había estado reprimiendo su instinto durante demasiado tiempo. Ahora que Christian ya no estaba cerca, ahora que tenía a otro shek en las inmediaciones, un shek contra el que podía luchar, el muchacho parecía desear que el dragón que dormía en él tomase las riendas. Victoria dudó. Eso era lo que todos querían, que Jack aprendiese a transformarse en dragón; y, a juzgar por el fuego que ardía en su mirada, y por la temperatura de su refugio, que subía alarmantemente, lo estaba consiguiendo. Pero la muchacha no estaba segura de que aquel fuera el momento oportuno. El shek los descubriría y, aunque era posible que entre los dos lograran derrotarlo, eso alertaría a Ashran acerca de su posición, ya que todos los sheks estaban unidos entre sí por fuertes vínculos telepáticos. No, si Jack se transformaba, debía ser lejos de cualquier shek, al menos hasta que estuvieran preparados para enfrentarse al Nigromante.

Victoria oyó el siseo de la lengua bífida de la serpiente muy cerca de ellos. El poder de Jack se estaba desbocando, y la capa de banalidad ya no era capaz de contenerlo. El shek no tardaría en percibir su presencia.

El rostro de Jack se había contraído en una mueca de odio, y sus ojos verdes ardían de furia. Victoria supo que tenía que hacer algo, y pronto.

Justo cuando Jack estaba a punto de retirar la capa para lanzarse fuera del refugio, Victoria detuvo su mano y se echó sobre él. Jack intentó apartarla, todavía con la sangre hirviendo de ira, pero entonces la muchacha le cogió el rostro con las manos y lo besó con pasión. Jack ahogó un jadeo, sorprendido. De pronto, se olvidó del shek, se olvidó de su furia, del dragón que latía en su interior. Cerró los ojos, abrazó a Victoria y correspondió a su beso, y para él ya no existió nada más que la presencia de la chica a la que amaba. Victoria se pegó más a él y cubrió las cabezas de ambos con las capas de banalidad, de manera que ninguna parte de su cuerpo quedaba fuera de la tela. Jack ni siquiera se dio cuenta del gesto. Volvió a besar a Victoria casi con desesperación, la atrajo más hacia sí, enredó los dedos en su cabello oscuro. Cuando se separaron, jadeantes y con las mejillas encendidas, el shek se había marchado.

No comentaron el episodio en todo el día, pero por la noche, cuando se detuvieron a descansar al abrigo de una loma, los labios de Jack volvieron a buscar los de Victoria, y ella se abrazó a él de buena gana.

En todos aquellos días, Jack había sido muy respetuoso con Victoria. Sabía que estaban solos, sabía que su presencia lo alteraba muchísimo, y no quería perder el control y hacer algo de lo que luego pudiera arrepentirse. Pero el beso de aquella tarde había estimulado todos sus sentidos, y el muchacho se dio cuenta de que quería más. Muchos más.

También Victoria. Cada día que pasaba estaba más enamorada de Jack, se sentía cada vez más a gusto en su presencia y notaba que necesitaba tenerlo cerca de ella; cuanto más cerca, mejor. También para ella, aquel beso había sido una especie de liberación.

De modo que los dos siguieron besándose y acariciándose un rato a la luz de las tres lunas, bebiendo del amor que sentían, disfrutando de la presencia del otro; y cuando Victoria, alarmada, trató de encontrar la manera de parar aquello, fue el propio Jack quien se apartó de ella, jadeante, con el pelo revuelto.

–Espera, espera –dijo con esfuerzo–. ¿Tú estás segura de que quieres seguir?

Victoria lo miró, agradecida. También ella respiraba entrecortadamente, y le latía el corazón a mil por hora.

–En realidad... creo que todavía no... –enrojeció; no hacía mucho que había vivido con Christian una escena similar, y trató de recordar qué palabras había utilizado entonces–. No sé si estoy preparada.

Jack asintió. Se separó un poco de ella, cerró los ojos y respiró hondo.

Hubo un silencio, que los dos aprovecharon para calmarse. Entonces, Victoria preguntó:

–¿No te importa?

Jack negó con la cabeza.

–Eres mi primera chica –le dijo sonriendo–. Quiero hacer las cosas bien.

Victoria sonrió y se acercó de nuevo a él para apoyar la cabeza en su hombro. Jack la rodeó con el brazo, y los dos contemplaron durante unos momentos el hermoso cielo idhunita. Aquella noche, Ayea estaba llena, y su luz rojiza bañaba la cordillera con su suave resplandor. Ilea, la luna mediana, era apenas una fina sonrisa verde suspendida sobre el disco argénteo de la luna mayor, Erea, que estaba creciente; Victoria se preguntó cuántas noches tardarían en verla llena.

–A veces pienso –dijo Jack, rompiendo el silencio– que me gustaría hacer lo que hacen todas las parejas en la Tierra. Llevarte al cine, invitarte a cenar en un restaurante bonito, regalarte rosas el día de los enamorados. Cosas tan simples, tan tontas... que no hemos hecho nunca y, probablemente, no haremos jamás.

–Empiezas a aceptarlo –dijo Victoria a media voz.

–¿Que nunca volveremos a la Tierra, que nunca llevaremos una vida normal? ¿Te refieres a eso? –Victoria asintió; Jack sacudió la cabeza–. Este es un mundo increíble, lleno de cosas nuevas, y me encantaría explorarlo a fondo. Pero para mí sigue siendo un mundo hostil. Un mundo que no me permite llevar a mi chica a cenar a la luz de las velas. Un mundo en el que todo lo que puedo ofrecerle es un viaje incómodo y muy peligroso hasta una tierra muerta.

Habló con amargura, y Victoria lo abrazó con fuerza, con el corazón encogido. Jack parecía mucho más maduro, más adulto, que hacía apenas unos días, cuando cruzaron la Puerta interdimensional, camino de Idhún.

–Me llevas a explorar un mundo mágico lleno de sorpresas y aventuras emocionantes –susurró con cariño–. ¿Qué otro chico podría haberme ofrecido eso?

Jack sonrió y la abrazó con fuerza.

–Se me ocurre un nombre –comentó–, pero me temo que se encontraría con los mismos problemas que yo si quisiera llevarte al cine.

Por un momento, ambos imaginaron a Christian en el cine, rodeado de humanos terráqueos que comían palomitas, y compartieron una alegre carcajada. En el corazón de Victoria, sin embargo, latía aún el dolor por la ausencia de Christian, a quien seguía echando mucho de menos. Pero se esforzaba por disimularlo, porque a la vez se sentía feliz de estar con Jack, y no quería estropearlo. Se acurrucó junto a él con un suspiro. Sospechaba que, si fuera al contrario, si fuera Christian quien estuviera a su lado aquella noche, ella echaría de menos a Jack. Sonrió de nuevo. Sabía exactamente qué era lo que sentía, estaba aprendiendo a asimilarlo, y sabía que Christian lo tenía asumido también; eso la tranquilizaba un poco. Sin embargo, no podía dejar de preguntarse si Jack lo entendería de la misma manera.

No tardaron en dormirse, aún con la sonrisa en los labios. Pero no habían olvidado al shek con el que se habían topado por la tarde, de manera que, por primera vez, aquella noche durmieron acurrucados bajo sus capas de banalidad.

Ninguno de los dos durmió bien.

Alexander y sus compañeros sabían que la mejor manera de no llamar la atención de los sheks era no hacer ningún despliegue de magia, por lo que habían decidido viajar a caballo, provistos también de capas de banalidad. Los tres eran personajes importantes en aquel mundo, y Ashran había puesto un precio muy alto a sus cabezas.

Llevaban varios días viajando a través de Nandelt, en dirección a Vanissar, y hasta aquel momento no habían tenido ningún problema.

Aquella noche, sin embargo, Alexander tuvo que enfrentarse a una situación imprevista.

Ayea, la más pequeña de las lunas, estaba llena.

En principio, aquello no tenía por qué haberle afectado, ya que sus cambios estaban sujetos al satélite de la Tierra. Pero aquella luna se encontraba demasiado lejos, y Alexander sintió que la esencia del lobo que latía en su interior se dejaba llevar por el influjo del astro idhunita.

Por fortuna, Ayea era demasiado pequeña, y la transformación no llegó a consumarse. Pero Alexander tuvo que recurrir a toda su fuerza de voluntad y autocontrol para impedir que el lobo despertase en su interior.

Durante toda la noche estuvo de mal humor, sus ojos brillaron de una forma extraña y su voz sonó más ronca de lo habitual. También sus sentidos se habían alterado. Alexander se vio a sí mismo reprimiendo el instinto que lo llevaba a aullar a las tres lunas, y al volver la mirada hacia Allegra descubrió que los sabios ojos del hada estaban clavados en él. «Se ha dado cuenta», pensó. Le habría gustado compartir con ella sus dudas y temores, pero el Archimago lo había mirado con desconfianza desde el principio, y no quería que supiera lo que le estaba pasando y darle más motivos para dudar de él.

Sin embargo, había otros problemas que lo preocupaban más que caerle bien a Qaydar, y uno de ellos era el nuevo ciclo de sus transformaciones. Si el plenilunio de Ayea lo había afectado, ¿qué sucedería cuando Erea estuviese llena? La luna plateada entraba en fase de plenilunio una vez cada setenta y siete días. Era un ciclo más largo que el de la luna de la Tierra, pero su influjo era mucho más poderoso. Si Ayea había estado a punto de despertar al lobo, Erea lo haría sin duda. Quedaba por ver si Ilea, la luna mediana, la luna verde, tenía tanta fuerza como para obligarlo a transformarse.

Los plenilunios de Ayea marcaban el final de cada uno de los once meses del calendario idhunita. Aquel era el plenilunio del séptimo mes. Alexander calculó en silencio los días que faltaban para el siguiente plenilunio, y maldijo en silencio cuando comprobó que en apenas seis días Erea estaría llena. Y cuatro meses después, Idhún asistiría al Triple Plenilunio que, como cada doscientos treinta y un días, señalaría el final de un año y el comienzo del siguiente. ¿Qué sucedería esa noche con su alma de lobo?

Lejos de allí, en las almenas de un imponente castillo, un rey contemplaba también el brillo de las tres lunas. Cada una de ellas se asociaba, según la tradición, a una de las tres diosas. Erea, la mayor, era la luna de Irial, la diosa de la luz, la divinidad de los humanos que, como él, contemplaban las estrellas y alzaban la mirada hacia lo alto, siempre queriendo llegar más lejos, siempre huyendo de la oscuridad. Ilea, la luna mediana, tenía tintes verdosos, y era la luna favorita de Wina, la diosa de la tierra, a la que rendían culto los feéricos, cuyos grandes ojos rasgados siempre miraban en torno a sí, a sus árboles y a sus bosques, cuidando del suelo que pisaban, sin preocuparse por el cielo que se alzaba sobre ellos.

Y, por último, en el vértice inferior del triángulo, estaba Ayea, la luna más pequeña, o, como la llamaban, la «Luna de las Lágrimas». Era la luna que representaba a Neliam, soberana de las profundidades oceánicas, diosa madre de los varu.

También había tres soles, uno por cada uno de los dioses. El rey no pudo evitar preguntarse si existiría también un séptimo astro dedicado a aquel dios de nombre desconocido que era origen de todo lo malvado y de la forma más oscura de la magia. Se preguntó también si, a aquellas alturas, él mismo había comenzado a servir a los propósitos del Séptimo; y, en caso de que así fuera, cuándo había cruzado la línea que separaba ambos lados de la realidad.

–Majestad –dijo una fría voz a sus espaldas.

El rey se estremeció. No lo había oído llegar y, sin embargo, tenía la sensación de que debería haberlo percibido, porque parecía que la temperatura del ambiente había descendido de pronto.

Se dio la vuelta. Ante él había un hombre, aparentemente uno de los caballeros de su guardia; pero solo en apariencia.

Sus ojos eran una pared de hielo; su gesto, severo y frío como el de una estatua de alabastro. Y había algo en él que inspiraba terror. El rey se esforzó por dejar de temblar, por reprimir el impulso que lo llevaba a dar la vuelta y salir corriendo, precipitándose al vacío desde las almenas, si era necesario, con tal de escapar de allí.

Lo único que aquella criatura tenía de humano era el aspecto.

–Eissesh –dijo el rey con la boca seca, pronunciando el nombre del shek.

Inclinó la cabeza ante él, en señal de sumisión. Eissesh era el lugarteniente de Ashran en su reino, el que le informaba de los posibles focos de rebelión y se aseguraba de que allí se gobernaba conforme a los dictados de los sheks. Eissesh y su ejército de hombres-serpiente llevaban años instalados en el reino; en general no cometían injusticias y, aunque eran muy severos con los renegados, solían dejar en paz a la gente que simplemente se ocupaba de sus asuntos. Pero el monarca no terminaba de acostumbrase a ellos.

La presencia de Eissesh aquella noche en las almenas le dio mala espina. No porque él hubiera acudido a verlo por sorpresa, sino porque se hubiera disfrazado con aquella apariencia humana. En todos los años que hacía que lo conocía, el rey solo lo había visto recurrir a aquella ilusión un par de veces. Eissesh detestaba rebajarse a mostrarse como humano.

Pero estaba claro que aquella noche quería ser discreto.

—Tenemos instrucciones para ti —dijo con una voz helada, carente de emoción.

Eissesh jamás había empleado el tratamiento mayestático a la hora de hablar con el rey, ni había seguido ningún tipo de protocolo. Para el shek, aquel no era más que un humano, por muy soberano que se considerase.

—Vuestros deseos son órdenes para mí —murmuró el rey, recordándose a sí mismo, una vez más, que gracias a aquella humillación todavía seguían vivos y disfrutando de una relativa paz.

—Recibirás visita —prosiguió Eissesh—. Un grupo de renegados muy peligrosos. Debes acogerlos en tu reino y fingir que los apoyas. Estaremos observando, y cuando llegue el momento te diremos lo que has de hacer.

El rey tembló ante las palabras del shek. Con todo, no le pareció nada tan complicado. Había traicionado a muchos renegados. Sus soldados estaban a la avanzadilla de la búsqueda y captura de los Nuevos Dragones, el grupo rebelde de Nandelt que más quebraderos de cabeza había dado a Ashran y los sheks.

Pero, a cambio, sus gentes vivían en paz. Tenía que seguir recordándolo.

—¿Cómo los reconoceré?

—Los reconocerás. Ahora tienes la oportunidad de demostrar hasta qué punto nos eres fiel. No nos falles... Te estaremos obser...

«... vando...».

La última palabra no sonó en sus oídos, sino en su mente. El rey alzó la cabeza y se dio cuenta de que la figura humana ya no estaba allí. En su lugar, algo semejante a un relámpago plateado cruzaba el cielo, envuelto en la luz sangrienta de Ayea, en dirección a las montañas.

Gerde pasó un dedo por la mesa presidencial, con suavidad. Se sentó en el asiento que había pertenecido a Zimanen, el Archimago que había gobernado aquel lugar y que había muerto apenas dos semanas antes, en el asedio de los sheks.

–Señora de la Torre de Kazlunn –ronroneó, entornando sus enormes ojos negros–. Qué bien suena eso.

Miró a su alrededor con un suspiro de satisfacción. Aquel era el salón de reuniones de la Torre de Kazlunn, el lugar donde los magos de mayor categoría solían discutir asuntos de diversa índole concernientes a la Orden Mágica. Gerde era aún joven, pero había llegado muy lejos en su carrera como maga, y no había tardado en asegurarse un asiento en aquella mesa. Una mesa siempre presidida por Zimanen, Señor de la Torre de Kazlunn.

Gerde recordaba bien la reunión que había tenido lugar en aquella misma sala el día de la conjunción astral. Los magos habían decidido salvar a un dragón y a un unicornio, pero el hada tenía la sensación de que todo era inútil, de que estaban en el bando de los perdedores. Se retiró a un segundo plano y se limitó a observar los esfuerzos de los hechiceros. Fue testigo del viaje de Yandrak y Lunnaris a otro mundo. También sabía que, inmediatamente después, antes incluso de que los magos enviaran tras ellos a Alsan y Shail, la hechicera Aile Alhenai, Señora de la Torre de Derbhad, conocida más tarde por el nombre terráqueo de Allegra d'Ascoli, había cruzado la Puerta en secreto, en nombre de los feéricos de la Orden Mágica. Gerde no se había ofrecido voluntaria. ¿Para qué? Dudaba mucho de que aquella alocada empresa fuera a tener éxito, aunque lo sentía especialmente por el unicornio, la pequeña Lunnaris. Le recordaba al unicornio que le había entregado la magia cuando era niña.

Había sentido lástima por Lunnaris, sí. Pero entonces no conocía a Kirtash. Entonces, Lunnaris no tenía un cuerpo humano ni un alma que pudiera atraer al hijo del Nigromante. Frunció el ceño. A pesar de todo, le costaba creer que aquella irritante Victoria fuera el mismo unicornio al que los magos habían salvado tiempo atrás.

La Torre de Kazlunn había resistido a Ashran quince años después de aquello. Pero el resto del continente, a excepción del bosque de Awa, había caído bajo el poder de los sheks.

Y Zimanen seguía esperando a Yandrak y Lunnaris, con fe inquebrantable. Pero hacía tiempo que Gerde se había cansado de esperar. La torre caería y, con ella, el resto de Idhún.

Decidió unirse a los vencedores. Abandonó la torre y acudió a hablar con Ashran.

Entonces no había imaginado que él la recompensaría de aquella manera por su fidelidad. Su propio hijo lo había abandonado ahora, pero Gerde seguía allí, a su lado. Zimanen estaba muerto y la Torre de Kazlunn había caído. Ashran podía haberla destruido, como ya hiciera con la Torre de Awinor y la Torre de Derbhad; no obstante, había preferido entregarla a Gerde intacta y crear así un nuevo cuartel para su imperio.

Gerde no se hacía ilusiones. Sabía que a Ashran le convenía tenerla allí. Ambos estaban al tanto de la obsesión de Qaydar, el último Archimago, por recuperar la Torre de Kazlunn. Mientras lo que quedaba de la Orden Mágica se centrase en aquella empresa, olvidarían por un tiempo la Torre de Drackwen, verdadero foco de poder del imperio de los sheks. Por otro lado, Kazlunn estaba cerca de Nandelt, donde se habían originado varios episodios de rebelión a lo largo de aquellos años; aquella torre era el lugar ideal para establecer la base desde la cual se coordinaría la lucha contra todos los grupos rebeldes, desde la Resistencia hasta los Nuevos Dragones.

Pero, entretanto, ella era ama y señora de aquel lugar. Se arrellanó en el asiento, sonriendo. Nunca le había caído bien Zimanen. No lamentaba su muerte, y tampoco la masacre de la Torre de Kazlunn. Se lo tenían merecido por no haberla escuchado, por no haberla creído cuando les advirtió de que no se podía luchar contra los sheks. Ahora, Zimanen estaba muerto, y ella ocupaba su puesto.

Entonces, un soplo helado sacudió la habitación y Gerde vio, de pronto, una imagen en sombras de Ashran, su señor, flotando junto a la ventana.

—¿Estás cómoda? —sonrió el Nigromante al verla en aquella silla.

Gerde se levantó de un salto para inclinarse ante él.

—Los sheks han detectado algo extraño en la Cordillera Cambiante —dijo Ashran sin rodeos—. Uno de los rastreadores que envió Zeshak dice haber percibido una presencia que le resultó muy desagradable... algo que, según sus propias palabras, «apestaba a dragón». Pero fue solo un instante, y enseguida le perdió la pista. Si se trataba del dragón que estamos buscando, es extraño que lograra ocultarse a su percepción.

—Esa bruja de Aile los protege —murmuró Gerde, recordando su encuentro con Allegra en el bosque de Awa—. Los feéricos podemos esconder lo extraordinario a la sensibilidad de cualquier criatura, incluidos los sheks. Y Aile es poderosa. Estoy segura de que podría ocultar también algo así.

–Es lo que pensaba –asintió el Nigromante–. Si los informes son ciertos, entonces el dragón y el unicornio se dirigen hacia el sur.

–Hacia el Oráculo de Gantadd –comprendió Gerde.

–O hacia Awinor –señaló el Nigromante–. Y si esa es la ruta que van a seguir, quiero que hagas algo al respecto.

Ella se estremeció.

–No puedo seguirlos hasta allí, a través del desierto... –protestó; las hadas no sobrevivían mucho tiempo lejos de sus amados bosques.

–No será necesario. Es muy posible que crucen Trask-Ban para llegar a su objetivo.

Gerde asintió, pensativa. Trask-Ban era el bosque de los trasgos, la rama más desagradable de la familia feérica, y la mayor parte de aquellas traicioneras criaturas servían a la nueva Señora de la Torre de Kazlunn.

–Los hechiceros de la Torre de Derbhad abrieron hace tiempo un paso seguro a través de la Cordillera Cambiante –dijo, sin embargo–. ¿Qué sucederá si el dragón y el unicornio encuentran ese paso?

–Eso depende de ti, Gerde –dijo el Nigromante con suavidad.

El hada comprendió. Sus ojos negros relucieron con un brillo sombrío.

–El Paso es un lugar perfecto para una emboscada. Si cruzan Trask-Ban, mis trasgos los detendrán. Y si atraviesan la cordillera a través del Paso, encontrarán una desagradable sorpresa al otro lado. Pero... ¿qué ocurrirá si su destino es el Oráculo?

–Los sheks se ocuparán de esa parte.

Gerde inclinó la cabeza.

–Se hará como deseas, mi señor.

Ashran asintió, y su imagen se desvaneció en el aire.

Los trasgos llegaron al sitio indicado cuando el último de los soles se ponía ya por el horizonte. Examinaron el lugar: había un estrecho sendero que atravesaba las montañas y desembocaba en un pequeño valle. Más allá, las tierras empezaban a ser secas y yermas: los límites del desierto de Awinor.

Los trasgos se situaron a la entrada del valle, y entonces uno de ellos extrajo un objeto de su bolsa andrajosa. Parecía una pelota blanda y mohosa, que temblaba en la mano del trasgo como si tuviera vida propia. Otro de los trasgos escarbó en la tierra hasta abrir un agujero de tamaño considerable. Entonces, el primer trasgo dejó caer la extraña semilla en su interior.

Volvieron a tapar el hoyo, mientras entonaban con sus voces susurrantes el canto que guiaría su magia telúrica –aquella que todos los feéricos, incluso ellos, poseían de manera innata– hasta la semilla y la haría germinar.

Contemplaron cómo la planta crecía trémula bajo la luz del crepúsculo. Cuando dejaron de cantar, la semilla se había convertido en un árbol joven cuyas ramas blancas flotaban en torno a él como si fueran los tentáculos de una medusa.

Uno de los trasgos soltó una carcajada burlona. Los otros lo imitaron.

VII
Ydeon, el fabricante de espadas

CHRISTIAN tardó dos días en divisar a lo lejos las altas cumbres del Anillo de Hielo, la gran cadena montañosa que rodeaba Nanhai y lo separaba de Nandelt. Se sentía más seguro volando de noche, y así debía de ser, puesto que no encontró problemas ni contratiempos en el camino. Tan solo una vez se cruzó con una hembra shek cuando sobrevolaba la populosa ciudad de Puerto Esmeralda. La shek lo detectó antes de que él pudiera percibir su presencia, lo cual era otra prueba más de que estaba perdiendo facultades. Se acercó a él, tal vez con la intención de pedirle noticias. Cuando Christian quiso retroceder, ya era demasiado tarde; de modo que la aguardó, para no despertar sospechas.

Era una hembra vieja; quizá por eso no se enfrentó a él cuando lo reconoció como el renegado que los había traicionado. Se limitó a lanzarle un siseo furioso, enseñando sus letales colmillos. Christian le dirigió una larga mirada, pero siguió su camino sin pelear. Sintió sobre él los ojos de la criatura hasta que estuvo bien lejos de ella.

Ahora, los sheks conocían ya su posición. Christian estuvo alerta, esperando que le salieran al encuentro, pero nadie lo interceptó. Sonrió para sí. Cada vez tenía más claro que estaba haciendo lo que Ashran quería que hiciera, y que por eso nadie lo molestaría en su viaje. El por qué el Nigromante deseaba que Christian resucitase su espada, cuando había sido él mismo quien le había arrebatado su poder, resultaba todavía un misterio para el muchacho. No obstante, tenía una sospecha al respecto.

No le gustaba la idea de estar cumpliendo las expectativas de Ashran, de estar sirviendo a sus propósitos, pero no tenía más remedio. De todas formas, se prometió a sí mismo que haría lo posible por averiguar cuáles eran exactamente las intenciones de su padre... para no hacer nada de lo que luego pudiera arrepentirse.

El Anillo de Hielo estaba siempre envuelto en turbulentas tormentas de nieve. Christian sabía que era una locura tratar de cruzarlo volando, por lo que buscó un paso para atravesarlo por tierra. Aun así, no se transformó en humano, todavía no. Su espíritu shek no habría soportado regresar tan pronto a su prisión. De manera que se aventuró por los estrechos desfiladeros de la cordillera con las alas replegadas y su largo cuerpo ondulante reptando sobre la nieve.

Los sheks aguantaban bien todo tipo de temperaturas extremas. En climas cálidos, los soles calentaban su cuerpo de sangre fría. En lugares más inhóspitos, su dura piel escamosa los aislaba a la perfección del frío y la humedad. Ellos mismos eran capaces de crear hielo a su alrededor, por lo que aquel era un elemento que no podía dañarlos.

Pese a ello, Christian comprendió enseguida por qué los sheks nunca habían estado interesados en conquistar Nanhai. Aquel era un desolado mundo de hielos eternos y escarpadas agujas que hacían las montañas imposibles de escalar. Además era difícil acceder a él, porque sus cielos turbulentos no podían cruzarse volando, y porque, por tierra, los pasos que se abrían ocasionalmente no tardaban en ser invadidos por los aludes de nieve y los glaciares. Con todo, Christian se dejó llevar por su instinto, y encontró grietas en las paredes de hielo, estrechas gargantas entre montañas y laberínticas cavernas que atravesaban los macizos de parte a parte.

Pronto, sin embargo, comenzó a acuciarle el hambre.

Los sheks eran capaces de pasar varios días sin comer, porque sus movimientos, medidos y calculados a la perfección, sin un solo gesto innecesario, los ayudaban a ahorrar energías. Pero en aquel mundo de hielo no parecía haber nada vivo, y Christian empezó a dudar que pudiera llegar a sobrevivir a aquel viaje.

Cuando ya estaba a punto de perder la esperanza, las montañas se abrieron para dar paso a la alta meseta de Nanhai.

También allí había montañas, pero estaban más separadas unas de otras, y las tormentas de nieve no eran tan frecuentes. En aquel mismo momento, incluso se adivinaban los tres soles a través de la helada neblina que cubría el cielo. En los valles y en la cara de las montañas donde llegaban los rayos solares con más facilidad se había desarrollado vegetación, y varias especies de animales que se habían adaptado a aquel desolado lugar. Christian respiró profundamente, sabiéndose ya cerca de su objetivo.

Tuvo que hacer un esfuerzo para levantar el vuelo, pero lo hizo, y agradeció poder despegarse del suelo de nuevo.

Tardó un buen rato en divisar a un gigante un poco más allá, al pie de una montaña, y lo descubrió porque se estaba moviendo; de lo contrario, le habría pasado desapercibido. Desde la distancia, parecía una roca más de la cordillera.

El gigante no pareció muy sorprendido cuando vio al shek descender ante él. Lo miró impasible y se limitó a esperar a que hablara.

«Busco a Ydeon», dijo Christian solamente.

El gigante asintió, sin una palabra. Entonces alzó el brazo, un brazo enorme como un tronco y áspero y duro como una roca, y señaló un pico lejano.

A Christian le bastó con eso. No dio las gracias por la información; el gigante tampoco las esperaba, de todas formas. Alzó el vuelo y se zambulló de nuevo en el gélido viento de Nanhai.

Erea, la luna blanca, ya asomaba por el horizonte cuando alcanzó el hogar de Ydeon. No le costó localizar la abertura en la roca, una gran caverna orlada de agujas de hielo. Titubeó antes de volver a adoptar forma humana.

Se sintió extraño. Llevaba varios días transformado en shek, y tuvo la sensación de que su cuerpo humano era insoportablemente débil y pequeño. Se controló y estiró los brazos y las piernas para volver a acostumbrarse a su otra forma. Después, se introdujo por el túnel.

No habría sabido decir cuánto rato estuvo descendiendo en la oscuridad. Sus sentidos de shek lo ayudaban a orientarse en las entrañas de aquella montaña, pero, aun así, más de una vez estuvo a punto de resbalar en el hielo.

Pronto descubrió que aquello era un laberinto de túneles. La galería que seguía se ramificaba a derecha e izquierda, y algunos de los nuevos conductos tenían un aspecto más cómodo que el del corredor que estaba siguiendo, pero no se desvió de su camino. Percibía algo cálido más allá.

Al cabo de un rato, empezó a escuchar golpes rítmicos que parecían proceder del corazón del mundo. El eco los hacía retumbar por todos los túneles, de modo que no podía detectarse el lugar del que surgían. Pero el shek tenía una idea bastante aproximada. Poco después, el túnel se iluminó con una suave luz rojiza, y Christian supo que estaba ya muy cerca. La temperatura del ambiente fue aumentando y pasó de una agradable calidez a un pesado bochorno. También la luz rojiza se hizo más intensa, y los golpes, más fuertes.

Finalmente, Christian torció por un recodo y llegó hasta una enorme arcada. Los golpes cesaron de súbito. El joven avanzó con precaución y vio que la arcada daba paso a una gran caverna iluminada por un resplandor anaranjado. Se quedó allí, en el umbral, recorriendo la estancia con la mirada.

Era un espectáculo extraño. La caverna entera estaba cubierta de hielo, y montones de nieve se acumulaban contra las paredes. Y era extraño porque más allá resbalaba lentamente un pequeño río de lava, tórrido, burbujeante; era como si ambos elementos, fuego y hielo, no se afectasen el uno al otro, como si algo mantuviera separadas ambas esencias que, como Christian sabía muy bien, tendían a destruirse mutuamente. El calor emergente del río de lava debería haber fundido el hielo tiempo atrás, pero no lo había hecho; y tampoco el intenso frío del glaciar había logrado petrificar aquella lengua de fuego que se deslizaba a través de él.

Christian decidió que ya resolvería aquel misterio más adelante. Porque junto al río de lava se alzaba una enorme roca plana, negra como el azabache.

Y junto a la roca estaba Ydeon.

Alcanzaría los tres metros de altura; su piel era gris, dura y rugosa como la roca de las montañas; sus ojos, redondos y completamente rojos, parecían brillar con luz propia. Su cabeza, desprovista de cabello, se alzaba sobre un cuello corto pero ancho, asentado entre sus poderosos hombros. Vestía ropas de piel que dejaban al descubierto sus pétreos brazos y sus grandes manazas; con una de ellas sujetaba la empuñadura de una espada cuyo filo, a medio templar, reposaba al rojo vivo sobre la piedra negra. Christian se preguntó dónde estaba la maza que había estado utilizando el gigante para templar el arma.

–Bienvenido, príncipe Kirtash –dijo Ydeon, el fabricante de espadas; su voz retumbó como un alud de rocas que se precipitara por la ladera de una montaña–. Te esperaba.

Christian no se movió. Sus ojos estudiaron al gigante con calma.

–¿Me conocías? –preguntó después, con suavidad.

–Pocos humanos serían capaces de llegar hasta mí –repuso Ydeon–. Pero tú no eres un humano corriente.

Christian no vio la necesidad de responder. El gigante alzó entonces su manaza con el puño cerrado y lo descargó contra el metal al rojo. Christian lo observó con interés mientras Ydeon daba forma a la espada sin más herramientas que su poderoso puño. Conocía, desde luego, la extraordinaria fuerza de los gigantes, pero dudaba de que muchos fueran capaces de hacer lo que el fabricante de espadas estaba haciendo en aquel momento. Esperó con calma hasta que Ydeon terminó, alzó el arma y la hundió en un montón de nieve para enfriarla. El ambiente se llenó de vapor de agua.

Ydeon se volvió hacia Christian, en un gesto que le indicaba que ya estaba en disposición de atenderlo.

–Vengo a causa de Haiass –dijo el muchacho a media voz–. Lo sabías, ¿verdad?

Ydeon asintió sin una palabra. Christian desenvainó su espada y la mostró al gigante.

–¿Fuiste tú quien le arrebató su poder? –preguntó.

–No puedo arrebatarle un poder que nunca le otorgué –repuso el gigante–. Me limito a forjar espadas... espadas que aúnan la máxima dureza con la máxima sensibilidad, lo cual les permite absorber y asimilar la magia que les da la vida. Pero insuflarles esa magia es labor de los hechiceros... y de criaturas semidivinas, como los dragones, los unicornios o los sheks.

No había amargura en sus palabras cuando mencionó a los dragones y los unicornios, casi extintos a causa de Ashran y las serpientes aladas. Probablemente, Ydeon lamentara más la muerte de Haiass, una espada legendaria, que la de toda una raza de criaturas inteligentes.

–Entonces, ¿no hay manera de repararla? ¿No se la puede despertar de nuevo?

La roja mirada de Ydeon se encontró con los fríos ojos azules de Christian.

–Eso deberías decírmelo tú. Al fin y al cabo, eres un shek.

–Así que lo sabes... Pensaba que a Nanhai apenas llegaban noticias del resto del mundo.

–Yo lo supe desde el principio. Hace poco más de quince años, Ashran y Zeshak acudieron a verme para pedirme que forjara una espada que pudiera contener todo el poder de los sheks –los ojos de Ydeon seguían clavados en él–. La espada era para ti, muchacho.

Y ningún humano habría podido blandir un arma como esa. Tenías que ser uno de ellos, a la fuerza.

»Siempre he sentido curiosidad por ti. No porque seas el hijo de Ashran. No porque estuvieras destinado a gobernar Idhún. Simplemente, porque una de mis más poderosas espadas te pertenecía, te había aceptado como dueño.

»Hace unos días dejé de oír la canción de hielo de Haiass en mi alma. Supe que había muerto. También supe que no tardarías en aparecer por aquí, y que podría conocerte en persona. Debo decir que no me pareces tan impresionante como había imaginado.

Christian sonrió, sin sentirse ofendido en absoluto.

–He perdido gran parte de mi poder –reconoció–. Tal vez eso esté relacionado con la muerte de mi espada. No estoy seguro.

Ydeon extendió la mano hacia él, y el muchacho supo enseguida qué era lo que le pedía. Titubeó apenas un segundo antes de tenderle a Haiass.

El gigante alzó la espada con tanta facilidad como si fuera una pluma y examinó su filo a la luz anaranjada del río de lava.

–No esperaba que regresara tan pronto a mí –murmuró–. No hace ni un mes que la reparé –se volvió hacia Christian, con un extraño fuego llameando en sus ojos–. Necesito saberlo: ¿qué fue lo que la rompió entonces?

–¿Mi padre no te lo dijo?

Enseguida se dio cuenta de lo absurdo de su pregunta. Por supuesto que Ashran se habría guardado muy bien de comentar con nadie que existía alguien capaz de derrotar a su hijo.

–Pocas cosas podrían quebrar a Haiass –dijo el fabricante de espadas–. Imagino que pocas personas serían capaces de vencerte a ti.

Los ojos rojos del gigante seguían fijos en él, expectantes. Christian pronunció la palabra que Ydeon estaba deseando escuchar.

–Domivat –dijo a media voz.

El enorme cuerpo de piedra del gigante se estremeció.

–Domivat, la espada de fuego –repitió–. Hace varios días, noté su presencia en algún lugar de Idhún. Llevaba siglos sin saber nada de ella. Pensé que mi percepción me estaba engañando, pero... ahora comprendo que no fue así. Alguien la ha encontrado y la ha traído de vuelta. Y puede empuñarla... sin abrasarse.

–¿También forjaste a Domivat? –preguntó Christian, aunque hacía tiempo que lo sospechaba.

–Hace más de trescientos años –asintió Ydeon–. Tu espada es muy joven comparada con esa. Y, sin embargo... Haiass tiene más experiencia. Le has hecho probar la sangre de mucha gente. En cambio, desde aquí puedo percibir que Domivat apenas ha sido utilizada en todo este tiempo.

–Tu percepción es correcta, fabricante de espadas.

–¿Quién es él, Kirtash? ¿Quién ha domado a la espada de fuego?

Christian reprimió un suspiro de cansancio. Se sentó sobre una roca y apoyó la espalda en la helada pared de la caverna.

«Es un hombre muerto», le había dicho a su padre no mucho tiempo atrás.

Ahora, en cambio, lo veía desde una perspectiva diferente.

–Es el hombre que algún día me matará –murmuró.

Cuánto podían cambiar las cosas en poco tiempo. Recordó de nuevo los luminosos ojos de Victoria, y se preguntó hasta qué punto era ella consciente de lo antinatural que resultaba intentar que un shek y un dragón fueran amigos.

«No más que luchar por mantener vivo un sentimiento que jamás debería haber nacido en mí», pensó de pronto.

Ydeon lo miraba con gravedad.

–Eres un shek extraño.

Christian no respondió. «No te imaginas hasta qué punto», pensó.

Ydeon movió la cabeza, pesaroso.

–No tengo poder para resucitar tu espada. Pero tal vez haya un modo de conseguirlo. ¿Estás dispuesto a averiguarlo?

Christian alzó la cabeza y le dirigió una mirada indescifrable.

–Estoy aquí, ¿no?

–Has llegado hasta aquí –asintió Ydeon–, pero no basta con eso. No basta con llegar; tienes que quedarte.

–¿Por cuánto tiempo?

–Hasta que descubramos la manera de revivir a Haiass.

Vanissar prosperaba.

Alexander lo advirtió de inmediato. Mientras atravesaban el reino que antaño había sido su hogar, el joven descubrió aquí y allá restos de los estragos que la guerra contra los sheks había causado en el pasado: casas destruidas, algún bosque muerto bajo la escarcha... pero aquellos tiempos parecían ya olvidados. Los cultivos crecían altos y vigorosos, y la gente, a pesar de sus semblantes graves, tenía aspecto de vivir razonablemente bien.

—Los sheks son criaturas inteligentes —murmuró Allegra ante la muda pregunta de Alexander—. Saben que no tiene sentido conquistar un mundo para luego dejarlo morir.

Habían pasado cinco años para el joven, pero habían sido quince para el pueblo de Vanissar. Se preguntó si lo reconocerían. Apenas había envejecido, aunque su cabello se hubiera vuelto gris. Por si acaso, tanto él como sus compañeros evitaban las poblaciones y avanzaban con el rostro oculto bajo la capucha de la capa.

Un par de días después, llegaron a Vanis, la capital del reino. Alexander sonrió, emocionado al volver a ver los edificios de ladrillos bicolores típicos de Vanissar, las cúpulas rojas del palacio real, los arcos que conducían a la plaza del mercado, los balcones adornados con las flores violetas que tanto gustaban a las mujeres de la ciudad. Se dejó arrastrar por la multitud, por sus sonidos, por sus olores, encantado de estar de nuevo en casa, aunque una parte de él se sintiera un extraño.

El dominio shek era allí más evidente que en las zonas rurales. Soldados szish controlaban las calles y la plaza del mercado, observándolo todo con sus ojos negros y redondos como botones. Alexander se dio cuenta de que la gente parecía haberse acostumbrado a su presencia, y vio que algunos incluso aclamaron a un par de hombres-serpiente que atraparon a un ladrón.

Alexander movió la cabeza, asombrado.

—A las serpientes les interesa que todo funcione bien —susurró Qaydar—. Dejan en paz a la gente honrada que se ocupa de sus asuntos y trabaja para que el reino prospere. Incluso los favorecen y les ponen las cosas fáciles. Por el contrario, el trato que dispensan a los criminales y a los rebeldes es duro y despiadado.

—¿Cómo vamos a llegar al castillo? —preguntó Allegra en voz baja.

Qaydar respondió algo, pero Alexander no lo escuchó.

Se había quedado mirando a una anciana que trenzaba canastas en un puesto del mercado. Le llamó la atención porque las canastas estaban hechas de una clase de junco de tono azulado, muy resistente, que solo crecía en los márgenes del río Raisar, que separaba los reinos de Vanissar y Raheld. Hacía mucho tiempo que no veía objetos fabricados con aquel material, y un sentimiento de nostalgia inundó su corazón.

Entonces, la anciana tejedora alzó la cabeza hacia él y sonrió. Su piel arrugada mostraba listas de color pardo, señal de que la mujer procedía de Shur-Ikail, donde habitaba una raza de bárbaros humanos de piel listada.

–¿Deseáis comprar un canasto, señor? No los encontraréis mejores en ninguno de los cinco reinos...

Alexander sonrió; iba a declinar la oferta cuando la mujer se fijó en su rostro y palideció como si acabara de ver un fantasma.

–¡Alteza! –exclamó.

Alexander retrocedió, moviendo la cabeza.

–Te has equivocado de persona.

–¡Príncipe Alsan! –insistió la mujer; cayó de rodillas ante él y trató de besarle las manos, pero Alexander no se lo permitió–. ¡Habéis regresado!

–Te repito que me confundes con otro.

El comportamiento de la tejedora atrajo la atención de algunos curiosos, entre ellos un niño de mirada pensativa, que estudió a Alexander de arriba abajo, asintió para sí mismo y después se perdió entre la multitud. Allegra tiró de su amigo y se lo llevó lejos de allí. Alexander pudo ver cómo dos szish se llevaban a rastras a la anciana, que lloraba de alegría mientras seguía pronunciando el nombre del príncipe Alsan. Y supo que nadie más volvería a verla con vida.

Allegra y Alexander se reunieron con Qaydar, cuyos ojos relampagueaban de ira.

–¿Es que quieres que nos maten? –siseó, furioso.

Los ojos de Alexander relucieron con un salvaje brillo amarillo.

–No me hables en ese tono, Archimago –le advirtió–. Te encuentras en Vanissar, el reino que me pertenece por derecho. Aquí, más que en ningún otro lugar, exigiré que me trates con el respeto que se le debe al heredero al trono.

–Basta –dijo Allegra con suavidad–. Seamos prácticos: han reconocido a Alexander; no tardarán en venir a buscarnos.

Buscaron refugio en un callejón, desde donde escudriñaron la calle principal. Pero no descubrieron una actividad anormal en los guardias szish.

–Parece que no la han creído –murmuró Allegra, exhalando un suspiro de alivio.

Pero Qaydar negó con la cabeza.

–Esas criaturas no dejan nada al azar. Si alguien cree haber visto al príncipe, lo investigarán, no te quepa duda. Pero no lo harán abiertamente, sino bajo mano, sin que nadie se entere. No permitirán que la gente crea que han dado crédito a algo así. Si actúan como si no tuviera importancia, todos se convencerán de que no la tiene, de que solo ha sido el desvarío de una vieja loca –movió la cabeza, irritado–. Llevo tiempo estudiando a los szish. Son tan taimados como los monstruos a los que sirven.

–¿Qué sugieres que hagamos, pues?

–Acompañarnos al castillo, si os place, señora –dijo de pronto una voz a sus espaldas, sobresaltándolos–. El rey Amrin os está esperando.

Junto a ellos había un hombre de unos treinta y cinco años. Su piel presentaba un ligero tinte azulado; su cabello crecía muy fino y escaso, y era tan rubio que parecía casi blanco. Sonreía, y su rostro era agradable y jovial.

«Un semiceleste», pensó Alexander. Inmediatamente se acordó de Shail y Zaisei, y se preguntó si el grupo de la Venerable Gaedalu habría llegado ya al Oráculo.

–Me llamo Mah-Kip, y trabajo para su majestad –se presentó–. Los szish os están buscando. Me han enviado para guiaros hasta el castillo sanos y salvos.

Los tres cruzaron una mirada. Mah-Kip era un semiceleste, su mirada era limpia y pura como la de todos los hijos de Yohavir; no los engañaría ni traicionaría.

Lo siguieron a través de un laberinto de calles, hasta una vieja posada que parecía abandonada. Mah-Kip los hizo descender al sótano, y allí descubrió un túnel que se abría tras una pesada alacena que tuvieron que apartar entre todos.

–Este túnel es completamente seguro –dijo Mah-Kip–, y lleva hasta el palacio. Lo descubrí hace unos meses y se lo comuniqué a su majestad, pero él no quiso que le revelara el lugar exacto de su ubicación. Así se aseguraba de que ni Eissesh ni los szish averigüen su paradero.

–¿Eissesh? –repitió Alexander en voz baja.

–El gobernador de Vanissar –gruñó Qaydar–. El shek que dirige el reino en nombre de Ashran y el señor de las serpientes. En realidad, Amrin es rey solo de nombre. Es Eissesh quien mueve los hilos aquí.

–Su majestad hace lo que puede –suspiró Mah-Kip–. Si organizase una rebelión, Eissesh lo sabría inmediatamente. No tiene más que leer sus pensamientos, como solo saben hacer los sheks. Esa es la razón por la cual los rebeldes actúan a espaldas de nuestro soberano. Él no quiere saber nada del asunto, para no comprometerlos.

–Entonces, ¿mi hermano apoya la rebelión? –preguntó Alexander.

Mah-Kip sonrió.

–¿Acaso no está protegiendo a tres renegados buscados por todo Nandelt? –preguntó con suavidad.

Alexander sonrió también, atisbando, por fin, un rayo de esperanza en la oscuridad. Pero Allegra se mordió el labio inferior, pensativa.

Por fin llegaron al término del túnel. Subieron por unas escaleras talladas en la roca y aparecieron tras un enorme tapiz que cubría toda una pared. Alexander miró a su alrededor, bebiendo con los ojos todos los detalles del lugar donde se había criado. Había añorado mucho Vanissar y se sentía feliz de estar en casa de nuevo; y, sin embargo, una parte de él seguía sin encontrarse cómoda.

Mah-Kip los guió hasta un enorme salón donde los aguardaba una figura que se hallaba de pie junto a la ventana. Alexander reprimió una exclamación de sorpresa.

Era su hermano, pero no el muchacho que él recordaba. Solo se llevaban dos años; Amrin era un chico no mucho mayor que Jack cuando Alexander lo había visto por última vez. Pero ahora era un hombre que rondaba los treinta, no muy alto, de cabello castaño ensortijado y los mismos ojos oscuros de Alexander. Para el rey de Vanissar habían pasado quince largos años, mientras que el desajuste temporal del viaje a través de la Puerta había congelado a Alexander durante diez años, de manera que todo aquel tiempo solo había sido un lustro para él. Antes era el príncipe Alsan, el heredero del trono. Ahora era Alexander, tenía veintitrés años y, sorprendentemente, era más joven que su hermano menor.

–Me alegro de volver a verte, Alsan –dijo el rey–. Por una parte has cambiado, pero, por otra, el tiempo parece no haber pasado por ti. Una extraña forma de conservarse.

Alexander se encogió de hombros.

–Los viajes interdimensionales pueden jugarte malas pasadas a veces.

Los dos hermanos se estudiaron un momento, con cautela y cierta desconfianza. Alexander sabía que, a pesar de la nueva diferencia de edad, él había nacido antes que Amrin. El trono de Vanissar le pertenecía por derecho.

Y Amrin lo sabía también. Ahora que llevaba tantos años siendo rey de Vanissar, ¿cómo reaccionaría ante el regreso del legítimo heredero del rey Brun?

Sin embargo, al cabo de unos instantes, Amrin sonrió ampliamente.
—Bienvenido a casa, hermano —dijo.

Jack se recostó sobre la hierba, junto al arroyo. Estaba en apariencia tranquilo, pero sus ojos verdes recorrían el paisaje, alerta.

A lo largo de su viaje a través de la Cordillera Cambiante, había aprendido a estar siempre vigilante. Eran demasiadas las cosas que no conocía o no comprendía de aquel lugar.

Victoria se había quedado un poco más lejos, río arriba. Había encontrado una pequeña cascada que caía sobre un remanso tranquilo, y estaba aprovechando para bañarse. Jack se había retirado un poco para dejarle intimidad... y, de paso, vigilar que no la sorprendiera ningún visitante indeseado.

Contempló cómo se movían las montañas, sin mucho interés. Era un fenómeno que ya le parecía perfectamente normal.

Sin embargo, algo le llamó la atención y le hizo enderezarse, sorprendido.

Una de las montañas desaparecía poco a poco. Y tras ella... no había más montañas, sino una amplia extensión de bosque. Se puso en pie de un salto para estudiar la posición de los soles. Estaban justo encima de aquel bosque. Por el este.

Respiró hondo. Aquello solo podía ser Derbhad. Qué mala suerte. Para una vez que las montañas se abrían lo bastante como para dejar ver lo que había más allá, era por el lado contrario por el que querían salir. En cualquier caso, pensó, tal vez había llegado la hora de abandonar la cordillera y seguir avanzando por un lugar menos desconcertante.

Dio media vuelta y se dirigió a la cascada para contárselo a Victoria.

Los dos se pusieron en marcha enseguida. Cuando el bosque fue claramente visible en el horizonte, ambos apretaron el paso. Tenían que alcanzarlo antes de que desapareciera de su vista, antes de que las montañas volvieran a cerrarse ante ellos.

Por suerte, no lo hicieron. Llegaron a la sombra fresca de la floresta un poco antes del mediodía, y se dejaron caer bajo los árboles, cansados y hambrientos. Contemplaron la amenazadora silueta de aquella extraña Cordillera Cambiante de la que habían escapado. Jack no pudo evitar preguntarse cuánto habían avanzado en todo aquel tiempo que llevaban de marcha.

—Tenemos que decidir qué hacer ahora —dijo—. Podemos seguir por Derbhad hacia el sur, o tratar de cruzar la cordillera para llegar hasta el desierto.

—No sé si quiero volver ahí —dijo Victoria—. A veces tengo la sensación de que es como un laberinto del que no podremos escapar.

—Y tal vez sea así —dijo de pronto una voz sobre ellos, sobresaltándolos—. Los bosques cambian, pero las montañas no deberían cambiar. No es natural.

Los dos chicos descubrieron entonces a un silfo observándolos desde una rama.

Los silfos eran el equivalente masculino de las hadas. La mayoría de ellos tenían alas y solían encontrarse en las copas de los árboles. A pesar de servir a Wina, la diosa de la tierra, también se sentían, en parte, criaturas del aire.

Aquel en concreto tenía la piel aceitunada y el cabello parecido a un manto de hojas secas. Sus ojos negros, enormes y rasgados, los contemplaban con curiosidad.

—Hace mucho tiempo, cuando el mundo era aún muy joven —dijo el silfo, antes de que los chicos pudieran hablar—, los primeros magos vinieron a estas tierras. Hablaron a todo el mundo con entusiasmo acerca de su nuevo don, el que otorgaba el unicornio, una criatura de la que nadie antes había oído hablar. Los sacerdotes los escucharon con desconfianza. No había más poder que el de los dioses, dijeron. Otros pidieron a aquellos primeros magos que les mostraran hasta dónde podía llegar aquel nuevo invento llamado magia. Ellos dijeron que podrían mover las montañas de sitio.

El silfo calló. Su mirada había quedado prendida en el horizonte, donde se veían las altas paredes de la Cordillera Cambiante. Tanto Jack como Victoria intuían cuál había sido el final de la historia.

—Entonces la magia también era joven —prosiguió el silfo—. Los magos cambiaron las montañas de lugar, pero no calcularon el alcance de su poder. Hoy día, las montañas siguen cambiando. Por eso los magos dicen a menudo que «la magia mueve montañas».

—No conocía esta historia —dijo Victoria, fascinada—. Gracias por contárnosla.

El silfo respondió con una inclinación de cabeza. Victoria se puso en pie.

—Hemos pasado muchos días en la Cordillera Cambiante, y me temo que estamos perdidos. ¿Podrías indicarnos el camino?

—Eso depende de adónde queráis ir.

—Vamos hacia el sur —intervino Jack—. Hace tiempo que partimos del bosque de Awa, pero no sabemos si lo hemos dejado atrás.

—Muy atrás —confirmó el silfo—. Si seguís hacia el sur, pronto llegaréis a Gantadd.

Jack sonrió. Eso eran buenas noticias; significaba que sí habían avanzado mucho a pesar de todo.

—¿Hay alguna manera de cruzar las montañas? —preguntó—. No nos gustaría tener que atravesar el bosque de los trasgos.

El silfo rió suavemente.

—Oh, sí, la hay. Los magos crearon un paso seguro a través de la cordillera. Una senda que nunca cambia. Las montañas se mueven a su alrededor, pero no la bloquean nunca, ni pueden cambiarla de lugar.

Los Ojos de Neliam era el nombre del conjunto de lagos cristalinos que formaban los afluentes del río Mailin en pleno corazón de Derbhad. Aquellos lagos eran el hogar de náyades, ondinas, silfos acuáticos y demás hadas de los ríos y los manantiales. Pero en los más grandes también habitaban algunas tribus de varu que siglos atrás se habían adaptado al agua dulce, y ellos habían llamado «los Ojos de Neliam» a aquel lugar en honor a su diosa.

Era una tierra agradable, fácil de recorrer, porque la vegetación era fresca sin ser tupida, y el terreno era blando sin ser fangoso. Además, Gaedalu necesitaba entrar en el agua regularmente, por lo que agradecía la presencia de los lagos y los arroyos.

La Madre y su escolta no encontraron grandes problemas a lo largo de su viaje. En cierta ocasión estuvieron a punto de ser descubiertos por un shek que se bañaba en uno de los lagos, pero las náyades los ayudaron guiándolos a un sector de la orilla donde la vegetación era lo bastante espesa como para poder ocultarlos.

Shail todavía no había hablado con Zaisei. Los primeros días estuvo más preocupado por mantener activo el hechizo que los mimetizaba con el suelo que pisaban, y también por guardar el equilibrio sobre su paske. Aunque las hadas habían improvisado un arnés que lo mantenía sujeto a la silla, resultaba difícil montar con una pierna menos.

Tampoco Gaedalu le daba conversación. Solo hablaba con él cuando era estrictamente necesario, y el resto del tiempo lo ignoraba, como si no estuviera allí.

Por esta razón, el joven mago se mostró sorprendido cuando, una noche, la Madre hizo retroceder a su montura hasta situarla junto a la de él.

—Venerable Gaedalu —murmuró Shail.

La varu respondió al saludo con una inclinación de cabeza. Por un momento, no dijo nada. Ambos siguieron cabalgando bajo la clara luz de las tres lunas.

«Tú has estado al otro lado», dijo entonces Gaedalu.

Shail tardó un poco en comprender a qué se refería.

—¿En la Tierra?

Gaedalu asintió.

«Muchos magos viajaron a la Tierra antes que vosotros. Ninguno ha regresado».

Shail se mordió el labio inferior, preguntándose adónde quería ir a parar.

—Idhún no era un lugar seguro para ellos —dijo—. Muchos se integraron en la vida de la Tierra, se hicieron pasar por humanos terrestres. Resultaba muy difícil localizarlos, incluso para nosotros, que contábamos con la ayuda del Alma de Limbhad.

«¿Pero encontrasteis a algunos de ellos?».

—A algunos de ellos, sí. Desgraciadamente... —se interrumpió.

«Desgraciadamente, Kirtash los encontró primero», concluyó la Madre con frialdad. «¿Era eso lo que ibas a decir?».

—Sí —murmuró Shail.

Los ojos de la Madre se estrecharon en un gesto de ira.

«Mi hija es una hechicera de alto rango», dijo. «Vivía en la Torre de Derbhad y huyó a la Tierra antes de que los sheks la destruyeran, hace quince años. No he vuelto a saber de ella».

Shail no encontró palabras para responderle.

«Tal vez mi hija esté ahora muerta», prosiguió Gaedalu, «asesinada por esa criatura a la que vosotros, la Resistencia, protegéis».

—O tal vez esté segura al otro lado —objetó Shail—. La Tierra posee inmensos océanos, mayor superficie de agua que de suelo firme. De todos los idhunitas exiliados, los varu eran los que más posibilidades tenían de pasar inadvertidos.

Gaedalu guardó silencio durante unos instantes. Después dijo:

«Si es cierto que ese shek protege a Lunnaris, puedo entender que hayáis pactado una alianza temporal con él. Pero ¿qué sucederá cuando se cumpla la profecía? ¿Seguiréis apoyándolo? ¿O permitiréis que pague por los crímenes que ha cometido?».

Shail desvió la mirada, incómodo.

«Me encargaré de que sea juzgado entonces», dijo Gaedalu. «Y si mi hija Deeva halló la muerte a sus manos... te aseguro que ni siquiera Lunnaris podrá salvarlo».

Tampoco respondió Shail en esta ocasión. Una parte de él le daba la razón a la Madre.

Aún tardaron un día más en recorrer la garganta.

Con las indicaciones del silfo, la habían encontrado fácilmente: un estrecho desfiladero que se abría como una brecha entre las montañas, que se agolpaban a ambos lados como si quisieran invadir aquel espacio.

Jack se dio cuenta enseguida de que era un camino peligroso. Si las montañas se movían, podrían aplastarlos, porque no tendrían ningún lugar donde refugiarse. Pero, si el silfo había dicho la verdad, las montañas no traspasarían los límites del camino.

Decidieron arriesgarse.

Fue agradable poder seguir un camino que permaneciera estable, y quizá eso los animó a continuar con ganas, a pesar de que en todo aquel día no encontraron una gota de agua, y la que llevaban en los odres se acabó pronto. Por suerte, cuando por fin el desfiladero se abrió un poco más, descubrieron un pequeño arroyo que resbalaba sobre las piedras. Se pararon a descansar, agotados pero triunfantes. Más allá había una pequeña arboleda y, tras ella, una tierra amplia y yerma. Sin montañas.

–¿Eso es Kash-Tar? –preguntó Victoria después de saciar su sed.

–Debe de serlo –respondió Jack, enjuagándose la cara–. ¿Quieres que nos acerquemos a ver?

Por toda respuesta, Victoria avanzó hacia los árboles.

Serían cerca de una docena. Sus troncos eran de color claro, casi blancos, y sus ramas flotaban en torno a ellos mecidas por la brisa.

Victoria se internó por la arboleda y notó enseguida cómo las ramas le acariciaban la cabeza y los hombros. Soltó una risita y las apartó.

Pero una de las ramas se enredó en su muñeca. Victoria retiró la mano y dio un salto atrás, con el corazón latiéndole con fuerza. Las ramas se movieron hacia ella, buscándola.

No las movía la brisa. Se movían solas.

–Jack...

–Lo he visto –dijo él–. Vámonos de aquí.

Victoria sintió otra rama acariciándole la mejilla. Retrocedió... pero las ramas de otro árbol la envolvieron en su abrazo. Victoria gritó.

Jack corrió hacia ella, dispuesto a ayudarla. Pero se detuvo, perplejo.

Las ramas no hacían daño a Victoria. La palpaban, la acariciaban con curiosidad, como queriendo averiguar qué clase de extraño ser era ella. La chica acabó por sonreír.

–Parece que solo quieren jugar –comentó.

Jack sintió que las ramas de otro árbol lo tanteaban a él también. Alzó un brazo. Una de las ramas se enrolló en torno a él para comprobar su forma y textura. Luego lo soltó y jugueteó con sus dedos. Jack reprimió una carcajada.

–No sabía que los árboles pudieran ser tan curiosos –comentó.

Siguieron avanzando, dejándose inspeccionar por los árboles. Parecía incluso que se quedaban tristes cuando ellos se alejaban, dejando caer las ramas con aspecto abatido.

–Son como niños –comentó Victoria, sorprendida.

Por fin llegaron al final de la arboleda. Ante ellos se abría una amplia tierra plana y despoblada. La contemplaron durante unos instantes.

–No tenemos que seguir ahora mismo –dijo entonces Jack, sentándose en una roca blanca–. Podemos descansar aquí esta noche y prepararnos para el viaje.

–No estoy segura de que vaya a dormir tranquila con esos árboles ahí –opinó Victoria.

–¿Por qué no? Como tú misma has dicho, son como niños que solo quieren... –calló de pronto. Habría jurado que la roca sobre la que se apoyaba se había estremecido. Se preguntó si habría sido algún tipo de movimiento sísmico.

–¡Jack! –gritó entonces Victoria, mirando hacia arriba.

Jack siguió la dirección de su mirada y lo vio.

La roca blanca no era una roca, sino parte de la raíz de un enorme árbol que se alzaba sobre ellos. Era igual que los arbolillos curiosos que acababan de conocer... pero mucho, mucho más grande.

–Debe de ser la madre –susurró Victoria–. Jack... aparta de ahí.

Jack se movió con lentitud, alejándose del árbol, deseando no haber atraído su atención. Había algo en él que no le inspiraba confianza. Sus ramas flotaban como las serpientes de la cabeza de la Gorgona, como los tentáculos de una medusa.

Victoria chilló de pronto. Jack vio cómo una de las ramas, que se le había acercado por detrás, la agarraba de la cintura y la alzaba en el aire.

–¡Victoria! –gritó desenvainando a Domivat.

Pareció que las ramas se apartaban un poco al percibir el fuego de la espada. Victoria pataleaba, tratando de soltarse.

–¡Jack, me aprieta, me aprieta, me va a partir en dos...!

Se quedó sin aliento y no pudo seguir hablando. Jack miró a su alrededor, buscando una manera de sacarla de ahí. Vio entonces algo en lo que no había reparado antes: en torno a las raíces del árbol, había varios cadáveres de animales, y todos ellos aparecían quebrados y, en ocasiones, partidos en trozos. Se estremeció. ¿Y si aquellos árboles habían optado por «alimentarse» por sí solos? ¿Y si aquel gigantesco árbol, que tenía toda una docena de arbolitos para alimentar, había decidido que Victoria enriquecería la tierra de todos ellos?

Con un grito de furia, Jack se abalanzó sobre el árbol e hincó su espada en el tronco. Las ramas temblaron, pero no liberaron a Victoria. Jack arremetió de nuevo contra el tronco, tratando de partirlo en dos. Abrió un profundo tajo en la madera, que empezó a arder.

Las ramas soltaron a Victoria por fin. La muchacha cayó sobre Jack, jadeando y tosiendo, y tanteó a su alrededor en busca de su báculo. Un poco más lejos, los árboles pequeños agitaban las ramas, asustados.

Jack se incorporó e intentó arrastrar a Victoria lejos de allí. Pero las ramas se abatieron otra vez sobre ellos.

El árbol estaba ardiendo y pronto moriría. Se sentía furioso, furioso con aquellas criaturas que tanto daño le habían hecho, e intentó capturarlas para arrojarlas al mismo fuego que lo devoraba.

Jack y Victoria sintieron que las ramas los apresaban de nuevo. Jack, desesperado, lanzó un golpe con la espada, intentando cortarlas. Algunas se desprendieron, pero otras no.

Victoria, por su parte, había cogido el báculo y trataba de disparar un rayo mágico al tronco. Ambos sentían que las ramas los asfixiaban, o tal vez no fuera eso, sino las llamas a las que los estaba arrastrando el árbol.

Jack pensó que aquello era absurdo. No era posible que lo hubiera vencido un árbol.

Vio a Victoria junto a él, debatiéndose, desesperada, la estrella de su frente brillando intensamente. No podía dejarla morir ahora, no de aquella manera.

Algo estalló en su interior. Y después...

Todo fue muy confuso. Se vio de pronto elevándose en el cielo, arrastrando a Victoria consigo, lejos del árbol. Se vio cayendo en picado para aterrizar con estrépito sobre el suelo polvoriento. Se vio a sí mismo alargando una garra... no, una mano hacia Victoria, para ver si estaba bien. Pero la muchacha, tendida de bruces sobre el suelo, aún aferrada a su báculo, había perdido el sentido.

A lo lejos, una columna de humo señalaba el lugar donde la madre árbol ardía hasta sus raíces.

Jack se desmayó.

Zeshak se estremeció y abrió los ojos.

«¿Lo has sentido?», preguntó.

Ashran asintió.

–El último dragón ha despertado –dijo solamente.

«Eso nos traerá problemas», opinó el shek.

–O tal vez no –sonrió el Nigromante–. También implica que a Kirtash le será más sencillo matarlo.

VIII
Nuevos dragones

LEXANDER se volvió sobre la grupa de su caballo para olisquear el camino que dejaban atrás. Agachó las orejas y gruñó con suavidad.

Amrin lo observaba, intranquilo, pero Allegra actuaba como si no sucediera nada anormal.

—¿Qué es, Alexander? ¿Qué has percibido?

—Nos siguen —gruñó el joven—. Creo que no deberíamos seguir adelante.

—¿No confías en mí, hermano? —preguntó Amrin, muy serio.

Alexander se volvió hacia él y lo miró fijamente. Sus ojos relucían con un brillo amarillento en la semioscuridad.

—¿Y tú? —preguntó a su vez—. ¿Confías en mí..., hermano?

El rey no fue capaz de contestar a aquella pregunta. Desvió la mirada, incómodo.

Alexander asintió, como si se hubiera esperado aquella reacción.

—Los rebeldes llevan ya rato observándonos —dijo el rey, encogiéndose de hombros—. Es lógico, estamos en su territorio. Pero no tardarán en mostrarse ante nosotros.

Alexander frunció el ceño, pero no dijo nada. Alzó la cabeza hacia el cielo nocturno, intranquilo. Ayea estaba ya emergiendo por el horizonte. Al verla había recordado de pronto qué día era. Aquella noche, Erea debía salir llena. Todavía no estaba seguro de si su influjo lo llevaría a transformarse, pero ya comenzaba a notar sus efectos. Aunque, si no había calculado mal y aquella noche había un plenilunio, debería haber cambiado ya la noche anterior. En la Tierra, la luna llena lo obligaba a transformarse tres noches seguidas. Con un poco de suerte...

Maldijo en silencio su descuido. Debería haberse quedado aislado hasta la salida de los soles...

Tuvo que reconocer, a regañadientes, que no había tenido otra opción.

Amrin se había ofrecido a ponerlos en contacto con los rebeldes que se ocultaban en las montañas. Con ellos, les dijo, estarían más seguros que en la capital, y además, si unían sus fuerzas, podrían obtener mejores resultados. Después de pasar un par de días ocultos en las dependencias secretas del castillo real, el rey les anunció que tenían cita con el líder de los Nuevos Dragones para aquella misma noche. De modo que habían salido del castillo a hurtadillas después del tercer atardecer, y ahora recorrían los fríos senderos de las montañas, montados en unos caballos que parecían cada vez más nerviosos.

Aquello no era una buena señal, pensó Alexander. En Idhún, solo los humanos de Nandelt domaban caballos; los conocían a la perfección, y él no era una excepción. Los caballos idhunitas eran un poco más pequeños que los de la Tierra, pero mucho más inteligentes. Su nerviosismo no obedecía a un terror ciego, sino a un instinto parecido al de los perros, y alzaban las orejas y volvían sus enormes y sagaces ojos a las sombras, sin hacer el más mínimo ruido que pudiera delatarlos. No se habrían comportado así si solo fueran humanos los que acechaban en la oscuridad; de hecho, aquella noche ni siquiera se habían sentido inquietos ante la presencia de Alexander, aunque lo habían observado con cautela, y seguramente serían los primeros en salir huyendo si llegara a transformarse por completo. Pero comprendían que, de momento, el humano no suponía un peligro para ellos, e incluso la yegua que montaba el propio Alexander, un ejemplar de fuertes patas y espeso pelo azulado, había parecido conforme con el jinete que la guiaba, y solo ahora mostraba signos de preocupación.

Cruzó una mirada con Allegra y leyó la duda en sus grandes ojos negros. Movió la cabeza, sin embargo. A pesar de todos los indicios, le costaba creer que su hermano pudiera haberlos traicionado. La hechicera titubeó, comprendiendo su dilema. Pero Qaydar no fue tan comprensivo.

–Esto no me gusta –declaró–. Debemos volver a la ciudad enseguida. Todo este asunto me huele a emboscada.

–Tal vez deberíamos... –empezó Allegra, pero calló de pronto. Alexander quiso volverse enseguida hacia ella para ver qué la había interrumpido, pero no fue capaz. Se dio cuenta, entonces, de que algo lo había paralizado.

La yegua relinchó con suavidad, aterrada. La bestia que había en Alexander rugió, furiosa, pero no se manifestó. Su cuerpo estaba completamente inmóvil, y por el rabillo del ojo descubrió que otro tanto sucedía con el Archimago.

En cambio, el rey desmontó sin problemas y se volvió hacia un rincón en sombras. Alexander le vio inclinar la cabeza en señal de sumisión.

«Buen trabajo, Amrin», susurró en sus mentes una voz helada. Alexander sintió que se le ponía la piel de gallina.

Un shek. Habían intuido su presencia todo el tiempo, pero aquellas criaturas eran muy astutas, y no era fácil detectarlas si ellas no lo permitían. Alexander supo entonces con certeza que su hermano los había conducido directamente a una trampa, los había entregado a sus enemigos. Llevaba tiempo sospechándolo, pero no había querido creerlo.

Al fin y al cabo, y por mucho que ambos hubieran cambiado, seguían siendo hermanos.

O, al menos, eso había pensado hasta entonces.

El shek se dejó ver, deslizándose desde las sombras, permitiendo que la luz rojiza de Ayea bañara su imponente figura. Ni Alexander ni los magos hicieron el menor movimiento. No podían, y eso no era una buena señal. El joven recordó todo lo que Christian les había contado acerca de los sheks. Podían paralizar a sus víctimas si las miraban a los ojos, pero los sheks más poderosos eran capaces de hacerlo sin necesidad de contacto visual. Reprimió un escalofrío. Estaba claro que aquella no era una serpiente cualquiera. Debía de ser Eissesh, el gobernador de Vanissar.

En cualquier caso, estaban perdidos.

De las sombras surgieron también cerca de una veintena de szish, los hombres-serpiente, que los rodearon, cortándoles la retirada. «Una emboscada en toda regla», pensó Alexander con amargura.

El shek reptó hacia ellos, con movimientos calmosos, estudiados. Los observó con cierta curiosidad.

«¿Qué me has traído, Amrin?», preguntó.

–Los líderes de la Resistencia, señor –respondió el rey–. La maga Aile, el Archimago Qaydar y... un ser que se hace llamar Alexander, y que dice ser mi hermano.

Alexander sintió que la ira lo inundaba por dentro, y logró liberarse del control del shek lo bastante como para poder gritar, furioso:

—¡Soy tu hermano, traidor! ¡No mereces ser el rey de Vanissar, no mereces llamarte hijo de tu padre!

Amrin se volvió hacia él.

—Mi hermano murió hace quince años —dijo con frialdad—. No estuvo a nuestro lado cuando peleamos contra los sheks, no vio morir a nuestro padre ni vio agonizar a nuestro pueblo. Se fue a otro mundo en busca de una quimera y jamás regresó. Tú te pareces a él, pero no eres más que un demonio.

«Silencio», intervino Eissesh, aburrido. Se alzó un poco más, ocultando las lunas nacientes tras sus enormes alas. Tanto el rey como los szish retrocedieron un poco, dejándole espacio para examinar a los prisioneros. La serpiente siseó y dejó entrever sus colmillos envenenados. Un breve movimiento y todo habría acabado para ellos.

Pero el shek se detuvo un momento para observar a Alexander.

«¿Qué clase de ser eres tú?», preguntó. «Tienes dos espíritus».

El joven no respondió. La serpiente entornó los ojos y le dirigió una mirada pensativa.

«Contigo ya son cuatro las criaturas con dos espíritus de las que tengo noticia», prosiguió Eissesh. «Renegados todos ellos. Es evidente que los híbridos no traéis más que problemas. No obstante...».

Bajó un poco la cabeza para observarlo con más atención. El cuerpo escamoso de la criatura vibró con una risa baja.

«... no, ya veo. Tu alma humana no comparte el cuerpo con un espíritu superior, sino con la esencia de una bestia. No eres exactamente como los otros tres. ¿Quién haría semejante chapuza contigo?».

Alexander sintió que la conciencia del shek invadía la suya, y se esforzó por pensar en cosas banales. Pero pronto se dio cuenta de que Eissesh parecía más interesado en los recuerdos sobre su origen que en averiguar cosas sobre Jack y Victoria. Se preguntó por qué. Sabía que a los sheks les llamaba la atención todo lo que no conocían o comprendían, pero... ¿era su curiosidad superior al deseo de acabar con aquellos de quienes hablaba la profecía?

Alexander percibió que la conciencia del shek se retiraba de pronto de su mente. La criatura alzó la cabeza hacia las estrellas con un siseo peligroso.

Tras las montañas se elevó la figura de un dragón, que se recortó contra el cielo nocturno y descendió con rapidez hacia ellos. Alexander sintió que el corazón se le aceleraba. No era posible...

Hubo murmullos de desconcierto entre los szish.

«¡Silencio!», ordenó Eissesh. «Solo es una de las ilusiones creadas por los renegados. Ya las conocéis».

El dragón siguió descendiendo, y pareció que se detenía a tomar aliento. Alexander supo lo que iba a suceder y gritó:

–¡Cuidado!

Pero los caballos ya habían echado a correr, sin preocuparse por el shek, cuyos ojos irisados reflejaron el chorro de fuego que expulsó la boca del dragón. Los szish retrocedieron, aterrorizados, siseando, y Eissesh pudo alzar el vuelo en el último momento, antes de que el fuego se estrellara en el suelo, muy cerca de él.

Todos sintieron su calor. No era una ilusión, era fuego de verdad.

«Es imposible, no puede ser Jack», pensó Alexander, confuso. «Está muy lejos de aquí».

Pero, por otro lado... no existían más dragones en el mundo. ¿O sí?

En otras circunstancias, Eissesh habría actuado con más frialdad, habría esperado a comprender qué estaba sucediendo antes de alzar el vuelo y arremeter contra el dragón. Pero los sheks se volvían locos de odio cuando se trataba de dragones. Y, por lo que Alexander sabía de los dragones, el sentimiento era mutuo.

Con un chillido de ira, la serpiente se elevó en el aire, olvidando a sus prisioneros, y voló directamente hacia el dragón, que lo recibió con un rugido.

–¡Alexander, aquí! –gritó la voz de Allegra.

El joven se volvió y la vio un poco más allá, junto al Archimago, defendiéndose de los szish que los atacaban. El efecto hipnótico del shek se había roto, y ambos eran ya capaces de moverse y de utilizar su poder. Alexander desenvainó su espada e instó a su yegua a reunirse con ellos. Por el camino, la hoja de Sumlaris atravesó los cuerpos de varios hombres-serpiente que le salieron al paso.

Pero entonces el disco plateado de Erea asomó por fin tras las montañas. Alexander notó, de pronto, que algo se revolvía en su interior, despertando de un sueño profundo. Soltó las riendas de su montura para llevarse las manos a la cabeza, gritó...

La yegua se encabritó y lo lanzó al suelo. Alexander rodó por tierra, pero no se hizo el menor daño. Su cuerpo no era del todo humano. Alzó la cabeza, aterrado; la argéntea luz de Erea bañó sus rasgos...

Y la transformación fue rápida y brutal. Erea era casi dos veces más grande que la luna de la Tierra, y reclamó como suyo el espíritu de la bestia. Antes de que Alexander se diera cuenta de lo que estaba sucediendo, ya se había metamorfoseado en un enorme y salvaje lobo. Se estremeció un momento y después se alzó sobre sus patas traseras, disfrutando de su nueva fuerza y poder. Aulló a las lunas, ebrio de libertad.

Allegra lo había visto venir a lo largo de toda la tarde, y estaba preparada. Sin embargo, para el Archimago fue una desagradable sorpresa.

–Por todos los dioses... ¿qué es eso?

La criatura lo miró un momento y esbozó una terrorífica sonrisa llena de dientes. En la Tierra, Alexander había sido un lobo corriente; un poco más grande de lo habitual, y muy peligroso, pero no más que un animal, de todas formas.

Allí, en Idhún, donde la magia fluía en el aire, en la tierra, en el agua... el espíritu de la bestia halló más fuerza para ser lo que debería haber sido desde el principio, lo que el mago Elrion había soñado hacer de él, aquello en lo que le había dicho a Alexander que lo convertiría: uno de los hombres más poderosos de ambos mundos.

Porque el ser que se alzaba aquellos momentos bajo las tres lunas tenía rasgos de lobo, pero era incluso más grande que un hombre, más robusto, más fuerte y más letal.

Y estaba henchido de odio.

En el cielo, el shek y el dragón seguían con su batalla y no le prestaron atención. Pero el resto de combatientes, incluidos los szish, se quedaron un momento mirándolo, aterrados y perplejos. El rey avanzó un par de pasos hacia él, incrédulo.

–¿Her... mano? –preguntó, inseguro.

La bestia lo miró con aquel fuego salvaje reluciendo en sus ojos amarillos. Amrin se dio cuenta de que no lo había reconocido. El lobo gruñó, enseñando sus letales colmillos, y saltó sobre él...

El rey gritó y se cubrió con los brazos. Pero algo retuvo a la bestia en el aire y la hizo caer al suelo con estrépito. La criatura se revolvió, aulló, tratando de sacarse de encima el hechizo.

Amrin alzó la cabeza y miró a su alrededor en busca de su salvador. Descubrió a Allegra, que seguía aún con las manos alzadas, iluminadas levemente en la semioscuridad, concentrándose por mantener activa la magia que retenía a lo que momentos antes había sido Alexander.

Pero no tuvo ocasión de decir nada, porque en aquel instante el Archimago le señaló al hada la cumbre de un monte cercano, donde una figura agitaba una bandera que relucía en la oscuridad.

Una bandera que mostraba el símbolo de un dragón con las alas extendidas.

Todo fue muy rápido. El rey aún pudo ver cómo el dragón que había rescatado a los renegados caía herido sobre las montañas, y pudo escuchar el chillido de triunfo de Eissesh, antes de que el hechizo de teletransportación de los dos magos los llevara a los tres lejos de allí.

Shail despertó de un sueño inquieto y plagado de pesadillas cuando una de las sacerdotisas le sacudió el brazo con suavidad.

—Hechicero, despierta; hemos llegado.

El joven sacudió la cabeza para despejarse y comprendió, sorprendido, que se había quedado dormido encima de su montura. Por fortuna, el arnés lo había mantenido sujeto a la silla, y por otro lado el paske se había limitado a seguir a sus compañeros, sin desviarse de la ruta, a pesar de carecer de guía.

—¿Hemos llegado? —murmuró Shail, aún algo aturdido. Levantó la cabeza y vio ante él la sombra de las cúpulas del Oráculo, alzándose sobre un alto acantilado contra el que rompían enormes olas coronadas de espuma. La comitiva, sin embargo, se había detenido, con Gaedalu a la cabeza.

Shail buscó con la mirada a Zaisei y la vio junto a él. Pero los ojos de ella estaban vueltos en otra dirección, hacia el Oráculo. Su rostro estaba serio y sus delicados hombros se habían contraído en un gesto tenso.

—¿Qué sucede? —preguntó Shail en un susurro.

—Mira con atención hacia el Oráculo, mago —respondió la otra sacerdotisa.

Shail lo hizo. Y justo entonces descubrió una sombra sinuosa que se deslizaba en torno al edificio, casi envolviéndolo con su largo cuerpo. La luz de las tres lunas arrancaba destellos argentinos de las escamas de la criatura.

—¡Un shek! —murmuró Shail, aterrado—. ¿Han atacado el Oráculo?

Fue Zaisei quien respondió.

—No. Las hermanas sacerdotisas que nos aguardan en el interior siguen ilesas, aunque están muy asustadas. Yo diría que el shek nos aguarda a nosotros.

Una punzada de angustia atravesó el corazón de Shail.

«Busca a Jack y Victoria», pensó. «Nos espera porque sospecha que puedan estar con nosotros».

Lo cual significaba que el viaje de la Madre no había pasado inadvertido a Ashran y sus aliados. La buena noticia era que, por lo visto, no conocían con seguridad el paradero de Jack y Victoria, y por ello se habían visto obligados a apostar vigilantes en los lugares en los que consideraban que era más probable que pudieran ocultarse. Eso quería decir que tal vez hubiera gente de Ashran también en Vanissar, espías que estuvieran al tanto de la desaparición del dragón y el unicornio y los buscaran por allí. Shail deseó que a nadie se le hubiera ocurrido pensar en Awinor... e inmediatamente se dio cuenta de que, si aquel shek lo capturaba, podría obligarle a revelar cuanto sabía sobre Jack y Victoria.

–Tenemos que huir –le dijo a Zaisei en voz baja.

La sacerdotisa negó con la cabeza.

–Nos alcanzaría –respondió en el mismo tono–. Ya nos ha visto; lo único que podemos hacer es parlamentar con él. Los sheks nos dejarán pasar si quieren que sigamos manteniendo el Oráculo; y, si no fuera así, lo habrían destruido hace ya tiempo.

Shail sacudió la cabeza.

–No lo entiendes, Zaisei. No debe interrogarnos. Si lo hace...

–Si lo hace, ¿qué? No hay nada de nosotras que los sheks no sepan ya. No tenemos nada que ocultar... –se interrumpió de pronto y miró al mago, atemorizada al leer la inquietud y la culpabilidad en sus ojos–. ¡Tú lo sabes! –comprendió–. ¡Sabes adónde han ido Yandrak y Lunnaris!

Shail respiró hondo.

–Tengo que irme, Zaisei. Ha sido un error venir con vosotras. Os he puesto en peligro.

La celeste desvió la mirada. No dijo nada cuando el joven tiró de las riendas del paske para obligarlo a retroceder.

El shek había avanzado hasta la comitiva y ahora se alzaba ante Gaedalu, haciendo vibrar ligeramente su cuerpo de serpiente. Sus ojos estaban fijos en el rostro de la Madre, y ella también lo miraba a él. Parecía como si ambos estuvieran manteniendo una conversación telepática que nadie más podía oír. Gaedalu se alzaba sobre su montura, serena y majestuosa como una reina, en apariencia muy segura de sí misma. Pero el shek había entornado los ojos y la miraba como si estuviera decidiendo si iba a matarla o no.

Sin embargo, la maniobra de Shail no le pasó inadvertida. Alzó la cabeza con brusquedad y, con un movimiento de sus inmensas alas, se elevó por encima del grupo para ir a posarse un poco más lejos, cortándole la retirada a Shail.

El mago tiró de las riendas y trató de tranquilizar a su montura. Buscó con la mirada una vía de escape, pero no la encontró. Se preguntó si debía teletransportarse lejos de allí, y enseguida comprendió que no se atrevería a hacerlo, que no dejaría atrás a Zaisei y las demás sacerdotisas, a merced de un shek que podría castigarlas a ellas si Shail osaba huir.

«Te conozco», dijo entonces el shek en su mente. «Eres el mago de la Resistencia, el que vino del otro mundo».

Si Shail tenía alguna esperanza de pasar inadvertido, aquella afirmación le hizo ver la dura realidad. El shek movió su cola como si fuera un látigo y lo tiró de su montura, que bramó, aterrada, y salió huyendo. Shail cayó al suelo con estrépito.

–¡Shail! –gritó Zaisei; se cubrió la boca con las manos, consciente de pronto de haber cometido un error, pero ya era demasiado tarde. El shek la observó de soslayo, sonriendo levemente mientras apuntaba en su memoria aquel nuevo dato.

Shail no la miró, y tampoco trató de levantarse. Sabía que no lo conseguiría sin la magia, y quería reservar su poder para cosas más útiles, por si acaso se le ocurría algún descabellado plan para escapar de aquella situación.

«Has quedado lisiado», observó el shek. «No serás muy útil a los renegados a partir de ahora, así que no te servirá de nada hacerte el héroe. ¿Dónde están el dragón y el unicornio?».

–No pienso decírtelo –murmuró Shail.

«Lo sabré de todos modos», dijo el shek. «Mírame a los ojos».

El mago se sentía paralizado por la letal presencia de la criatura, pero sacó fuerzas para volver la cabeza con brusquedad y mirar hacia otro lado.

Entonces, la cola del shek reptó hacia las sacerdotisas, que trataron de huir, aterradas, y se enroscó en torno a la esbelta cintura de Zaisei. La joven gritó y pataleó, pero la serpiente la arrastró lejos de su montura y la alzó en el aire, ante Shail.

«Ella te importa, ¿no es cierto?», dijo el shek. «¿Te importa más que Lunnaris? ¿Traicionarías al unicornio para salvarle la vida? Levanta la cabeza y deja que explore tu mente, mago. Deja que tus recuerdos me hablen del dragón y el unicornio. Hazlo, y la sacerdotisa vivirá. De lo contrario...».

Sus anillos apretaron con más fuerza el talle de Zaisei, que gritó de dolor. Shail apretó los dientes.

Entonces, de pronto, el shek alzó la cabeza como si estuviera escuchando alguna lejana llamada. Sus ojos relucieron en la oscuridad y arrojó al suelo a Zaisei, como si de repente hubiera perdido todo su valor. Ni siquiera prestó atención a Shail cuando trató de arrastrarse hacia ella.

Con un chillido de triunfo, la criatura alzó el vuelo, sin volver a preocuparse por el mago y las sacerdotisas, y se alejó en la noche, hacia el oeste.

Zaisei logró ponerse en pie y llegar hasta Shail. Los dos se fundieron en un abrazo, y por un momento todas las barreras que los habían separado desaparecieron por completo.

—Lo siento, Zaisei —le dijo él al oído—. No quería...

—Lo sé —susurró ella—. Sé lo importante que es Lunnaris para todos. También para ti.

—No de la misma manera que tú —respondió Shail con calor—. Zaisei, yo...

La voz de la Madre inundando sus mentes lo interrumpió:

«Se ha marchado. ¿Qué es lo que ha llamado su atención?».

Shail se incorporó, apoyado en Zaisei.

—Ese shek sabía que yo podía revelarle dónde se ocultan Jack y Victoria —dijo—. Solo se me ocurre un motivo por el que haya decidido abandonar el interrogatorio con tantas prisas.

Zaisei se estremeció, pero fue Gaedalu quien habló:

«¿Insinúas que, de alguna manera, le han comunicado dónde están?».

—Eso me temo —murmuró Shail—. Y espero estar equivocado, por el bien de todos. No pueden haberlos descubierto ya... Es demasiado pronto.

Alexander despertó cuando el primero de los soles ya emergía por el horizonte. No lo vio, puesto que se hallaba encerrado en una especie de cámara subterránea, encadenado a la pared. Pero supo que el día había llegado, porque volvía a ser él.

Se miró a sí mismo y descubrió que tenía las ropas hechas jirones. Cerró los ojos un momento, agotado. Otra vez se había transformado.

–¿Por qué no quisiste hablar conmigo? –le reprochó una voz desde las sombras.

Alexander alzó la cabeza y vio a Allegra, que lo contemplaba con seriedad. Desvió la mirada.

–No lo sé –murmuró–. Supongo que pensaba que podría arreglármelas. O tal vez no quería involucrar a nadie más.

Allegra suspiró. Hizo un gesto, y las cadenas que retenían al joven se desvanecieron en el aire. Alexander dejó caer los hombros, derrotado.

–No has llegado a hacer daño a nadie –le informó el hada con suavidad–. Y el próximo plenilunio de Erea no es hasta dentro de cuatro meses y medio. En todo ese tiempo pueden pasar muchas cosas.

–Supongo que sí –suspiró Alexander–. Pero...

No terminó la frase. Recordaba vagamente que el Archimago y su hermano Amrin estaban presentes en el momento de su transformación. Poco le importaba lo que Qaydar pensara de él, pero Amrin...

Amrin los había traicionado a los sheks.

Alexander se incorporó, rememorando lo que había sucedido con Eissesh.

–¡Había un dragón! –exclamó de pronto–. ¿Cómo es posible?

–Denyal contestará a todas tus preguntas –respondió Allegra–. Pero ahora vístete. Te esperamos fuera –añadió, saliendo de la habitación y cerrando la puerta tras de sí.

Alexander descubrió que habían dejado prendas para él, y se apresuró a quitarse los jirones de sus ropas y a vestirse con las nuevas. Cuando salió de la estancia, fue a parar a un pasillo donde lo esperaban Qaydar y Allegra.

El Archimago le dirigió una mirada de profunda repugnancia.

–Aile me ha contado ya qué clase de criatura eres tú –le dijo.

–Entonces sabrás también que fueron los esbirros de Ashran quienes hicieron de mí lo que soy ahora –replicó él con frialdad–. Y entenderás por qué ansío vengarme. A pesar de lo que hayas visto esta noche, o justamente por eso, soy más fiel a la Resistencia de lo que lo he sido jamás.

El odio también llameaba en los ojos de Qaydar. Sin embargo, el mago se permitió reprocharle:

—Por eso has aceptado a Kirtash entre los tuyos. Porque es como tú.

Sus palabras dejaron sin habla a Alexander, y reflexionó sobre ellas. Nunca antes se lo había planteado.

Recordó la mirada pensativa que le había dirigido el joven shek poco antes de que Elrion comenzara a experimentar con él. «No me gustaría estar en tu pellejo», había comentado. Y poco antes le había dicho a Elrion: «Nunca sale bien». Sabía que Ashran había hecho con Christian algo parecido a lo que él mismo había sufrido a manos de Elrion.

Pensó también en Jack y Victoria. Ellos eran híbridos por naturaleza, habían nacido así. Sus cuerpos habían aceptado un segundo espíritu cuando aún estaban en el vientre materno. No obstante, tanto Alexander como Kirtash habían sido «fabricados» con magia negra... de forma artificial.

¿Realmente eran tan diferentes?

—No —dijo al fin—. No, no es como yo. Él está orgulloso de ser lo que es. Yo, no. Y no he perdido la esperanza de librarme algún día del alma de la bestia que late en mi interior.

Qaydar no hizo ningún comentario. Alexander prosiguió:

—Acepté a Kirtash entre nosotros porque era un aliado valioso. Nada más.

—Y porque yo se lo pedí —añadió Allegra con una enigmática sonrisa—. Sabrás, Qaydar, que he cuidado de Lunnaris desde que era niña. Kirtash no lucha por la Resistencia. Lucha por ella. Por salvarla. Para mí, es uno de nosotros.

El Archimago los miró a ambos con desagrado.

—Estáis locos, los dos —declaró—. El viaje al otro mundo os ha trastornado.

Alexander no tuvo ocasión de replicar, porque en aquel momento llegó hasta ellos un hombre moreno de aspecto resuelto y mirada inteligente. Llevaba barba de varios días y no vestía como un caballero ni como un noble, pero se movía con la actitud de un líder.

—Veo que ya os encontráis en situación de atenderme, alteza —le dijo a Alexander, con una cansada sonrisa—. Me llamo Denyal, y estoy al mando del grupo rebelde conocido como los Nuevos Dragones.

—Sí —asintió Qaydar—. Había oído hablar de vosotros. Un grupo de campesinos que se ocultan en las montañas y que molestan a las serpientes de vez en cuando.

Denyal no pareció ofendido.

—Somos algo más que eso —respondió con sencillez.

Alexander lo cogió del brazo.

—El dragón —dijo con urgencia—. ¿Qué ha pasado con el dragón?

El rostro de Denyal se ensombreció.

—Una gran pérdida —murmuró—. Pero la nuestra es una empresa arriesgada, y los que se unen a nosotros lo hacen sabiendo que cada batalla puede ser la última.

—¿Te has vuelto loco? —rugió Alexander—. ¡Estamos hablando de dragones! ¡Nada vale tanto como la vida de un dragón!

El rebelde retrocedió unos pasos y lo miró con cierta desconfianza.

—Ya he comprobado por mí mismo lo mucho que habéis cambiado, alteza —dijo con suavidad—. Pero la dama Aile me ha asegurado que podemos confiar en vos, a pesar de las apariencias. ¿Es eso cierto?

Alexander se relajó un poco, y el brillo de sus ojos se apagó.

—Lo es —dijo—. Lo siento. Pero los dragones...

—Os lo explicaré si tenéis la bondad de acompañarme. Tengo algo que mostraros.

Lo siguieron a través de un laberinto de túneles y estancias interconectadas. Denyal les explicó que se hallaban en el interior de la montaña, y que todas las salidas habían sido hábilmente escondidas y selladas con la magia. Mientras seguían a su anfitrión a través del corredor, Alexander se preguntó cuánto tiempo llevaban los rebeldes ocultándose en aquel lugar, y cuánto tardarían los sheks en llegar hasta ellos.

Llegaron por fin hasta una amplia sala de techos altísimos, donde los tres visitantes contemplaron un espectáculo sorprendente.

Era un inmenso taller. En él, docenas de artesanos aserraban, claveteaban o montaban tablones de madera. Otros cubrían enormes armazones con lienzos que parecían hechos de escamas, y otros montaban grandes alas hechas del mismo material.

Alexander y los magos tardaron un poco en darse cuenta de lo que se estaba fabricando allí.

—¡Construís dragones! —exclamó el joven, sorprendido—. ¡Dragones de madera!

Denyal sonrió.

—Ingenioso, ¿eh? Debo confesar que la idea no fue mía, sino de Rown, mi cuñado. Él es quien dirige a los artesanos.

—¿Estás intentando decirme que esas cosas vuelan?

—Al principio no lo hacían —dijo una voz a sus espaldas—. Tardamos mucho tiempo en conseguir levantarlos del suelo, y perdimos varios prototipos que se estrellaron en las montañas. Pero ahora podemos decir con orgullo que sí, vuelan, y lo hacen muy bien.

Un hombre se acercó a ellos, sonriente. Llevaba la cara cubierta de hollín y parecía muy satisfecho de sí mismo.

—Rown, el ingeniero que ha hecho posibles nuestros prodigiosos dragones —lo presentó Denyal.

Alexander, que había visto en la Tierra aviones gigantescos volar mucho más alto y mucho más lejos sin la ayuda de la magia, descubrió que encontraba toscos y primitivos aquellos artefactos; pero tuvo que reconocer que, en cierto modo, Denyal tenía razón: nunca se había visto nada parecido en Idhún.

El hombre carraspeó. Se había puesto muy serio de pronto.

—Rown, hemos perdido a Garin esta noche —murmuró.

El fabricante de dragones palideció.

—¡Garin! No es posible... ¿El azul ha caído?

Rown asintió, pesaroso.

—Eissesh lo abatió en las montañas.

Rown suspiró.

—Maldita sea... Pobre chico. ¿Cómo voy a decírselo a su madre?

Rown colocó una mano sobre su hombro, intentando darle ánimos. Se volvió hacia Qaydar, Allegra y Alexander, que asistían a la escena sin entender lo que estaba sucediendo

—Nuestros dragones de madera van pilotados —explicó—. Cada vez que cae uno, cae un hombre o una mujer valiente. Podemos construir más dragones, pero no podemos devolver la vida a aquellos que mueren con ellos. Garin era uno de los mejores pilotos de dragones que hemos tenido nunca. Y solo tenía veinte años.

Alexander inclinó la cabeza.

—Ahora comprendo. Lamentamos vuestra pérdida. Sobre todo teniendo en cuenta que ese dragón cayó tratando de salvarnos. Cuando lo vi... —frunció el ceño, desconcertado—. Cuando lo vi, me pareció un dragón de verdad. ¿Cómo conseguís que parezcan tan reales?

—La respuesta a esa pregunta puede dárosla mi hermana Tanawe —respondió Denyal; se volvió hacia todos lados, buscándola con la mirada.

—¡Atención, fuego! —gritó entonces una voz femenina, que parecía proceder del interior de la panza de uno de los dragones artificiales.

—Más vale que os apartéis —dijo Rown, preocupado.

Denyal los empujó a un lado sin ceremonias. De las fauces del dragón surgió entonces un chorro de fuego que se estrelló contra una de las paredes de roca de la caverna.

Oyeron la voz de la mujer lanzando un grito de triunfo, e inmediatamente su rostro asomó por una compuerta abierta en el lomo del dragón. Era de mediana edad, cabello corto y revuelto y expresivos ojos azules. Llevaba la cara cubierta de hollín, igual que Rown, pero eso no parecía importarle. Bajó de un salto del dragón artificial y corrió hacia ellos.

—¿Has visto, Denyal? ¡Ya casi sale solo! Pronto todos los modelos podrán echar fuego por la boca. Y a todo esto, ¿dónde está Garin? Todavía no ha traído a revisar su...

Se interrumpió al ver a Qaydar, Allegra y Alexander.

—Tanawe... —murmuró Rown, atrayéndola hacia sí.

Le susurró algo al oído; inmediatamente, la expresión de la mujer cambió, y sus ojos se empañaron.

—Oh, no, Garin —musitó.

Enterró el rostro en el pecho de su marido y sus hombros se convulsionaron en un sollozo silencioso. Denyal la cogió del brazo.

—Tanawe, tenemos visita —le dijo con suavidad—. Es importante.

—No, déjala... —empezó Allegra, pero Tanawe alzó la cabeza y, aunque sus ojos aún brillaban, se separó de Rown y avanzó un paso hacia ellos, con serenidad.

—Disculpad mi descortesía —dijo; trató de sonreír—. Me llamo Tanawe, y soy una maga de tercer nivel de... —se interrumpió de pronto al reconocer al Archimago—. ¡Vos...!

—Qaydar, Archimago, jefe supremo de la Orden Mágica —se presentó el hechicero.

—Yo soy Aile Alhenai —dijo Allegra—. Fui la última Señora de la Torre de Derbhad.

—Y yo me llamo Alexander.

—... príncipe Alsan de Vanissar —lo corrigió Denyal—. Eran... huéspedes del rey Amrin... que obviamente les tendió una trampa para entregárselos a Eissesh. Acabamos de rescatarlos en las montañas.

—Ese miserable traidor —siseó Tanawe; se interrumpió de pronto y dirigió una mirada de disculpa a Alexander—. Quiero decir...

−... Que es un miserable traidor −la tranquilizó él, con una sonrisa−. Lo sé. En su favor solo puedo decir que me parece que hace lo que considera más correcto.
   −¿Entregando a su propio hermano? −Denyal movió la cabeza con desaprobación.
   −¿Eres una hechicera? −preguntó entonces Allegra, cambiando de tema. La mujer rebelde no vestía las túnicas propias de los magos, sino que llevaba pantalones holgados y una camisa larga, ropa de hombre demasiado grande para ella, pero que parecía resultarle cómoda para moverse por aquel lugar.
   −Recibí mi formación en la Torre de Awinor −respondió Tanawe−. Me pasaba horas mirando el cielo para ver a los dragones. Los estudié todo lo que pude. Los encontraba fascinantes, y lamenté muchísimo que se extinguieran.
   −Y ahora, los dos construimos los dragones de los rebeldes −dijo Rown, rodeando con el brazo los hombros de su esposa−. Es la magia de Tanawe y sus aprendices lo que les da ese aspecto tan real. Es solo una ilusión, pero hay algo sólido detrás. Por eso funciona tan bien.
   −Pero ¿cómo lográis engañar a los sheks? −quiso saber Alexander−. Su instinto debería decirles que no son dragones reales.
   −Lo sabemos −asintió Tanawe−. Cuando vivía en Awinor, coleccionaba las escamas de dragones que encontraba por el suelo. Fue una buena idea traérmelas de vuelta a casa, porque con ellas fabrico un ungüento con el que unto la piel artificial de mis pequeñines. Los sheks perciben el olor del dragón, y eso los vuelve locos. Es precisamente su instinto asesino lo que hace que estas cosas funcionen.
   −Pero nunca habíamos logrado engañar a Eissesh, hasta ayer −intervino Denyal−. Es demasiado listo y...
   −¿Eissesh cayó en la trampa? −interrumpió Tanawe−. ¿Con el Escupefuego azul?
   Denyal asintió.
   −Y fue Eissesh quien abatió a Garin.
   Tanawe bajó la cabeza. Denyal siguió hablando, a media voz.
   −Eissesh nunca había visto a uno de nuestros dragones echando fuego por la boca, y eso fue lo que lo engañó. La próxima vez no se dejará engatusar.
   −Lo del fuego es una mejora muy reciente −explicó Tanawe, sobreponiéndose−. Lo intentamos desde el principio, pero todos los

hechizos de fuego que les incorporábamos siempre acababan calcinando al propio dragón.

–Ahora usamos un tipo de madera resistente al fuego –añadió Rown–. Es difícil de conseguir porque el árbol del que se saca solo crece en Nanhai, y los túneles que llevan hasta allí no son nada seguros. Por eso la mayoría de nuestros dragones siguen sin echar fuego por la boca. De momento solo tenemos tres con esa capacidad. Los llamamos Escupefuegos. Contábamos con un cuarto Escupefuego, el que pilotaba Garin. El que os rescató anoche.

Los recién llegados seguían perplejos.

–Sabíamos que solo los dragones podían plantar cara a los sheks –les explicó Denyal–. Pero los dragones se han extinguido, así que esta fue la única posibilidad...

–No todos los dragones se han extinguido –cortó Alexander.

Hubo un pesado silencio.

–¿Es cierta la leyenda, entonces? –preguntó Tanawe con timidez–. ¿La que habla del dragón que regresará para salvarnos?

Alexander asintió.

–Se llama Yandrak, y no es un dragón corriente. Ahora mismo está en algún lugar de Idhún, oculto en un cuerpo humano. Si los sheks no lo descubren, pronto regresará para unirse a nosotros.

–¿Un dragón de verdad? –dijo entonces una voz infantil–. ¿De carne y hueso?

Descubrieron entonces a un niño de unos ocho años que los escuchaba atentamente. Nadie había reparado antes en su presencia. Alexander recordó entonces haberlo visto en la plaza del mercado de Vanissar, durante el incidente con la anciana tejedora.

–Nuestro hijo Rawel –dijo Rown–. Nació años después de la conjunción astral, y jamás ha visto un dragón vivo, pero está obsesionado con ellos... igual que su madre.

Alexander observó la cara expectante de Rawel y asintió, sonriendo.

–Si todo va bien, no tardarás en ver volar a un dragón de verdad, un magnífico dragón dorado.

–¿Matará a Eissesh? –preguntó el niño–. ¿Lo hará, príncipe Alsan?

Alexander recordó el escaso interés que el shek había mostrado por la situación de Jack y Victoria. Llevaba un rato pensando en ello, y había llegado a la alarmante conclusión de que tal vez ya supiera dónde encontrarlos. No era una idea tranquilizadora, pero en aquel momento decidió que se guardaría sus sospechas para sí, que no las compartiría con aquella gente.

Porque ellos necesitaban esperanza, la esperanza simbolizada en la figura del dragón que llegaría para salvarlos a todos, la esperanza que aquellas personas habían tratado de construir sobre un armazón de madera y escamas de dragón, la esperanza que se reflejaba en los ojos de aquel niño.

Tal vez Amrin había salvado la vida de los habitantes de Vanissar, pero los rebeldes habían conservado su espíritu. Sonrió.

—Claro que sí, chico —le dijo—. Yandrak derrotará a Eissesh. Y ha venido con una doncella unicornio que lo ayudará también a matar a Ashran, el Nigromante.

Rawel lanzó una exclamación de sorpresa.

—¿De verdad?

—Así lo predijeron los Oráculos, muchacho. Pero no es por eso por lo que estoy seguro. La verdadera razón de que confíe en ellos es porque los conozco a ambos. Sé que son valientes. Y sé que están preparados para guiarnos en la batalla.

Victoria despertó cuando el primero de los soles ya emergía por el horizonte. Parpadeó y sacudió la cabeza, confusa. ¿Qué había pasado?

Cerró los ojos y trató de recordar. Su mente evocó imágenes de un árbol monstruoso, y se preguntó si había sido una pesadilla. Se incorporó y miró a su alrededor. Descubrió a Jack, tendido junto a ella sobre el suelo polvoriento. Más allá vio una lejana columna de humo, al pie de las montañas, y supo que eran los restos del árbol, y que no había sido un sueño. Sintió un escalofrío.

Sacudió a Jack con suavidad, pero el muchacho no despertó. Una garra helada atenazó el corazón de Victoria, que no latió de nuevo hasta que, al darle la vuelta, descubrió que el chico aún respiraba. Suspiró, aliviada.

Parecía profundamente dormido. Intentó despertarlo de nuevo, sin éxito. «Tal vez esté enfermo», se dijo la joven. Colocó las manos sobre él y le transfirió parte de su magia, para intentar curarlo. Pero se encontró con que Jack no necesitaba más energía. De hecho, Victoria detectó en él una extraña y nueva vitalidad que ardía en su interior como si de un sol se tratase. Entonces, ¿por qué no despertaba?

Un poco más tranquila, la muchacha miró a su alrededor con más atención. Seguían no lejos de las estribaciones de la Cordillera Cambiante. Al oeste se extendía la yerma tierra de Kash-Tar.

Victoria sabía que no era buena idea adentrarse en aquel lugar.

Aguardó un buen rato, para ver si Jack despertaba, pero no tuvo suerte. Finalmente, cuando el segundo de los soles ya asomaba tras las montañas, la chica tomó una decisión.

Con un suspiro de resignación, se incorporó y recogió sus cosas. Se ajustó el báculo a la espalda, y solo entonces alzó a Jack y se pasó su brazo por los hombros. El chico no reaccionó. Tras asegurarse de que Domivat seguía en su vaina, a la espalda de Jack, Victoria inició la marcha hacia el sur.

Los primeros pasos fueron complicados. Jack pesaba mucho, y le resultaba muy difícil arrastrarlo. Pero hizo acopio de fuerzas, respiró hondo y así, poco a poco, se fueron alejando del árbol blanco y sus retoños.

Los días eran muy largos en Idhún, pero aquel se le hizo eterno a Victoria. Siguió cargando con Jack, caminando en dirección al sur, sin alejarse de la cordillera, sin atreverse a internarse en Kash-Tar. Tuvo que detenerse muchas veces para recuperar el aliento; al mediodía hizo una pausa más larga junto a un arroyo, y aprovechó para beber. No encontró nada que comer, sin embargo, pero eso no la detuvo. Y, a pesar de que estaba hambrienta, en cuanto hubo descansado un poco, continuó su camino.

Kalinor empezaba ya a declinar cuando la joven no pudo más, y cayó al suelo cuan larga era, arrastrando con ella a Jack. «Solo descansaré un poco», se dijo, agotada. Pero cerró los ojos y se durmió sin darse cuenta.

Cuando los abrió de nuevo, el tercero de los soles no era ya más que una uña blanca en el horizonte. Victoria oyó unas voces, pero no reconoció la lengua en la que hablaban. Distinguió unas figuras oscuras, altas y esbeltas a su alrededor, pero no tuvo fuerzas para levantarse. No obstante, rodeó con un brazo el cuerpo de Jack, intentando protegerlo de toda amenaza.

–¿Me estás diciendo que traicionaste a tu padre y a tu gente por una mujer? ¿Una mujer que, además, tienes que compartir con un dragón?

Christian sonrió. Dicho así, sonaba mucho más absurdo incluso que cuando se paraba a pensarlo.

—Ella no es una mujer cualquiera —replicó—. Es única en todo el mundo. Es el último unicornio, ¿entiendes? Un unicornio encarnado en un cuerpo humano.

—Entonces, es parecida a ti en ese sentido. Y a ese dragón.

—No hay nadie como nosotros tres. Por eso hay algo invisible que nos une a los tres y nos obliga a estar juntos. Aunque eso, a la larga, signifique nuestra propia destrucción.

Ydeon inclinó la cabeza, pensativo.

Habían salido a cazar aquella mañana, y ahora descansaban sobre una helada roca desde la que se dominaba parte del valle y la montaña en la que el gigante tenía su morada. Junto a ellos reposaba el enorme cuerpo de un barjab, una bestia de piel blanca, cuernos curvados y afilados, y poderosas zarpas, cuya carne resultaba todo un manjar para los gigantes, cocinada a la brasa. Christian no solía comer mucho, pero no le preocupaba la idea de que fuera a sobrar carne. Estaba convencido de que Ydeon acabaría con todo el almuerzo.

Llevaba ya varios días en Nanhai. Se sentía en paz y a gusto, y a veces, cuando cerraba los ojos y dejaba que el frío de aquella tierra acariciara su cuerpo, perdía la noción del tiempo. Aquel retiro voluntario iba poco a poco curándolo por dentro y reviviendo al shek que había en él.

Y estaba Ydeon.

Christian nunca había tenido nada parecido a un amigo, y no sabía si podía considerar al gigante como tal. Ydeon le preguntaba a menudo sobre su pasado, su vida y sus sentimientos humanos. Al principio, el muchacho se había sentido reacio a responder, puesto que interpretaba aquellas preguntas como una invasión de su intimidad. Nunca había dicho a nadie lo que pensaba o lo que sentía. A excepción de Victoria, y tampoco habían pasado tanto tiempo juntos como para llegar a conocerse bien.

Sin embargo, poco a poco Ydeon iba aprendiendo cosas de aquel extraordinario joven, e iba resolviendo el rompecabezas de su existencia.

Christian sabía que el gigante no se interesaba por su vida porque se preocupase por él. Simplemente estaba intentando encontrar en ella la clave que le permitiera descubrir el modo de resucitar a Haiass.

Aquella mañana, Christian había tenido ganas de hablar de Victoria.

–¿Donde está ella ahora? –quiso saber Ydeon.

–Con Jack –respondió Christian. «A salvo, por el momento», pensó.

La tarde anterior había sentido, a través de Shiskatchegg, que Victoria estaba en peligro de muerte. Se había levantado de un salto y había estado a punto de echar a volar hacia el sur, cruzar más de medio continente si era necesario, para salvarla. Pero comprendió que no llegaría a tiempo, y se había obligado a sí mismo a esperar y confiar.

Apenas un rato después, su percepción le indicó, a través del anillo, que Victoria estaba a salvo. Inconsciente y agotada, pero a salvo. Y la esencia del dragón que era Jack latía a su lado con más fuerza que nunca.

Desde la distancia, y a través de Shiskatchegg, Christian podía incluso percibir que el amor de Victoria por Jack se había hecho más sólido y más intenso, pero eso no le importaba.

–¿Has renunciado a ella? ¿Después de todo lo que has hecho por su causa?

–No, no he renunciado a ella. No necesito estar a su lado para... para quererla –admitió con esfuerzo–. Tampoco dudo de sus sentimientos por mí. Por eso no me preocupa que ame también a otra persona.

»Tenía que separarme de ella para venir aquí, y sabía que estaría mejor con Jack que sola, o conmigo. Pero tengo intención de ir a buscarla cuando todo esto acabe.

–¿Qué pasará entonces? ¿Te pelearás con ese dragón por ella?

–Pelearía por defenderla, hasta la muerte si es preciso, pero no por tenerla, como si fuera un objeto, una posesión mía. Esa es una actitud muy humana; y yo tendré un alma humana, pero aún no he caído tan bajo. No, Ydeon. Si lucho contra Jack, será porque es un dragón. Nada más.

–Mmm –reflexionó el gigante–. ¿Y qué siente hacia ella tu parte shek?

–Respeto –dijo Christian sin dudar–. Respeto, fascinación... no amor. Eso es cosa de mi parte humana.

–Lo había supuesto.

El gigante se levantó y se quedó un momento allí, de pie, sobre la roca, meditando.

–Ese amor está fortaleciendo tu parte humana y debilitando tu parte shek –dijo–, eso es evidente. Pero debería haber una manera de revitalizar ese instinto shek que estás reprimiendo. Si la serpiente que hay en ti no tiene nada en contra de esa muchacha, dudo mucho que sean tus sentimientos por ella los que la han hecho enfermar.

Christian lo miró, sorprendido.

–¿Estás seguro de lo que dices?

–Respeto –Ydeon clavó en él sus ojos rojos–. Eso no está reñido con el amor. ¿Hay otra cosa que hayas tenido que hacer últimamente, algo que haya repugnado a tu parte shek hasta el punto de haberse sentido traicionada en su misma esencia?

–Muchas cosas –sonrió Christian–. Soportar la presencia constante de humanos a mi alrededor... o pelear contra los míos, por ejemplo.

Pero había sido en defensa propia, recordó de pronto. Y también los sheks habían luchado contra él. Y no estaban muriendo. Pero él sí.

Tenía que ser otra cosa.

«Por favor», sonó la voz de Victoria en su mente, traída por los vientos del recuerdo. «Por favor, no mates a Jack esta noche».

Su gesto se crispó en una instintiva mueca de odio. Y lo comprendió.

Desde aquella noche en que había accedido al ruego de Victoria, nada había vuelto a ser igual. Aquella había sido la primera vez que se había traicionado a sí mismo... algo que tiempo atrás había jurado no hacer jamás.

Entonces no conocía la verdadera identidad de Jack, aunque ya sentía un profundo odio hacia él. Pero después había habido más ocasiones, podría haber acabado con la vida del último dragón, porque su naturaleza shek así se lo exigía. Pero no lo había hecho, porque sabía lo importante que era Jack para Victoria, e intuía lo que podría llegar a pasar si él moría.

–Es ese dragón –dijo entonces–. Se ha convertido en mi aliado. Mi parte shek no soporta la idea de estar cerca de un dragón y no matarlo.

–Y has reprimido ese instinto una y otra vez, mientras ibas alentando tus sentimientos humanos. Has desequilibrado la balanza, Kirtash. ¿Sabes lo que eso significa?

–Que debería haber matado a ese condenado dragón cuando tuve la oportunidad.

–Pero entonces la habrías perdido a ella.

Christian no respondió, pero Ydeon leyó la verdad en su rostro, habitualmente impasible.

–Volvamos a casa –dijo de pronto–. Quiero hacer una prueba.

Christian lo siguió de nuevo hasta la cueva, intrigado. Ydeon guardó el cadáver del barjab en una helada cámara, donde sabía que el frío lo conservaría en buenas condiciones hasta la hora de la comida, y entonces guió a su invitado por el laberinto de túneles hasta una grandiosa caverna cuyo techo estaba acribillado de enormes carámbanos de hielo que temblaban con cada paso del gigante. Christian miró hacia arriba, calculando los movimientos que tendría que realizar para ponerse a salvo en el caso de que alguna de aquellas letales agujas se desprendiera del techo, pero a Ydeon no parecía preocuparle. Lo llevó hasta un montón de hielo de unos dos metros y medio de altura, que se alzaba al fondo de la caverna. Cuando Christian lo miró mejor, vio que se trataba de una estatua de piedra cubierta de escarcha. Sus rasgos eran imprecisos. Parecía humanoide, o tal vez representara a un gigante. No tenía rostro.

Ydeon golpeó la estatua con el canto de la mano, y el hielo se desprendió. Ahora podía verse con mayor claridad, pero Christian descubrió que sus primeras apreciaciones habían sido correctas. La estatua no representaba a nadie. Ladeó la cabeza y frunció el ceño, alerta. Aquella cosa rezumaba magia, podía percibirlo. Se preguntó quién habría encantado una estatua de piedra, y para qué.

–Despierta –dijo Ydeon entonces, y la estatua se irguió y dio un paso al frente.

Christian retrocedió y la miró con desconfianza.

–Es un gólem –explicó Ydeon–. Solo los magos gigantes saben cómo fabricarlos, puesto que nacen de la piedra, que es nuestro elemento. También pueden hacerse a partir del barro, pero los feéricos, que son quienes mejor dominan la tierra, los encuentran desagradables; aunque se dice que algunos magos humanos lograron animar gólems de barro en tiempos remotos –Ydeon se encogió de hombros–. Este en concreto lo encontré aquí hace un par de siglos, olvidado por su creador por alguna razón que desconozco. Y tiene una curiosa propiedad. Acércate.

Christian tardó unos segundos en avanzar. Todavía miraba al gólem con recelo.

–Tócalo –dijo Ydeon– y piensa en tu enemigo.

Christian alzó una ceja.

–¿Qué es lo que pretendes?

–¿Quieres recuperar tu espada, sí o no?

Por toda respuesta, el muchacho colocó la mano sobre la fría superficie del brazo del gólem. Quiso pensar en Gerde, en Zeshak e incluso en su padre, pero la imagen de Jack no se le iba de la cabeza.

Su enemigo, ahora convertido en su aliado.

Pero Jack no había dejado de ser un dragón. Y, por tanto, no había dejado de ser su enemigo.

Entonces, sin previo aviso, el gólem bramó y descargó el puño contra Christian. El joven saltó hacia atrás con la ligereza de una pantera y esquivó el golpe. Extrajo a Haiass de la vaina. A pesar de que ahora no era más que un acero normal, nunca se separaba de ella. El gólem rugió de nuevo y trató de golpear a Christian. Este, olvidando por un momento que Haiass ya no poseía la gélida fuerza de antaño, interpuso su espada entre ambos.

Y, para su sorpresa, no fue el brazo de piedra del gólem lo que halló, sino el filo de Domivat, la espada de fuego de Jack. Y el gólem ya no era un gólem, sino el joven humano que ocultaba tras sus rasgos el espíritu de Yandrak, el último dragón.

Aunque la parte racional de Christian entendió al punto que no era más que una ilusión y que aquella era la «curiosa propiedad» a la que había aludido Ydeon, el instinto del shek se desató como un torrente de aguas desbordadas. Y pronto el muchacho se vio peleando contra aquel Jack que se asemejaba tanto al original que podía reconocer sus movimientos, sus técnicas, sus golpes, tan parecidos a los de Alexander, que no en vano había sido su maestro. Aunque sabía que era una pérdida de tiempo, Christian se dejó llevar por el odio y el ardor de la pelea, porque se dio cuenta enseguida de que le sentaba bien, de que se sentía más vivo que nunca luchando a muerte contra aquel falso Jack. Y no tardó en olvidar incluso que era falso.

La ira del shek latía en su alma como un aliento gélido. Christian dejó que la serpiente tomara posesión de su cuerpo, y se transformó para abalanzarse, con un grito salvaje, contra su enemigo.

Pero ya no lo esperaba un muchacho. Christian comprobó, con sorpresa y secreto placer, que el falso Jack se había metamorfoseado en un joven y soberbio dragón dorado. La serpiente siseó con ira, pero también con alegría. Era mucho más gratificante matar a un verdadero dragón que a uno que se ocultaba bajo un débil cuerpo humano.

Las dos formidables criaturas se enzarzaron en una lucha que hizo temblar el suelo y las paredes de la caverna. Algunos carámbanos de hielo cayeron, y Christian retorció su largo cuerpo de serpiente para esquivarlos. Uno de ellos, sin embargo, perforó el ala izquierda del dragón, que bramó de dolor. Christian aprovechó para hincar sus letales colmillos en su hombro.

Con un aullido, el dragón se transformó de nuevo en Jack. Christian recuperó también su forma humana. Las dos espadas se encontraron solo una vez más. Jack estaba herido, y Christian, con un salvaje grito de triunfo, hundió a Haiass en el corazón de su enemigo.

La serpiente chilló en su interior, celebrando la muerte del último de los dragones.

Christian tardó un poco en volver a la realidad. Jadeando, vio cómo el falso Jack se transformaba de nuevo, poco a poco, en el gólem de piedra. Haiass estaba clavada en el pecho de la criatura.

Y palpitaba con un débil brillo blanco-azulado.

–Es lo que pensaba –asintió Ydeon–. Tu poder de shek ha resucitado a Haiass.

Christian retiró la espada del cuerpo del gólem y examinó su filo.

–Su luz es muy débil –dijo.

–No has logrado engañarla del todo. Esta cosa de piedra es un pobre sustituto de lo que necesita en realidad.

–¿Y lo que necesita es...? –preguntó Christian, aunque conocía la respuesta.

–Sangre de dragón. Dale a probar la sangre del dragón y la espada recuperará toda su fuerza. Y tú recobrarás el poder que tuviste entonces. A pesar de lo que sientes por esa chica.

Ydeon parecía muy satisfecho consigo mismo por haber resuelto el problema. Christian recordó cómo se había sentido peleando contra el gólem. Cerró los ojos para tratar de recuperar aquella sensación.

Si mataba a Jack, salvaría su vida y recuperaría su poder. Parecía tan sencillo...

Contempló por unos instantes el gólem de piedra, caído sobre el suelo helado de la caverna. Ydeon lo estaba poniendo en pie de nuevo. No parecía haber sufrido muchos desperfectos. Christian pensó, con amargura, que si Haiass hubiera estado en perfectas condiciones, su última estocada habría hecho estallar al gólem en mil pedazos.

Ydeon advirtió su mirada.

–No solo puede transformarse en tu peor enemigo –dijo–. También puede adoptar la forma de la chica a la que amas.

Christian contempló el rostro sin rasgos del gólem.

–Es repugnante –opinó.

Le dio la espalda y salió de la caverna. Haiass todavía palpitaba con un resplandor tan tenue como la luz de una vela bajo el viento.

Sangre de dragón. Parecía tan simple, tan obvio...

Jack abrió lentamente los ojos. Oía la voz de Victoria un poco más lejos, pero no entendía lo que decía. Consiguió levantar la cabeza y mirar a su alrededor. Descubrió que se encontraba en el interior de una tienda de pieles de color rojizo que despedía un olor particular, penetrante pero ligeramente balsámico, que resultaba un poco desconcertante. Jack se preguntó a qué animal pertenecerían las pieles, y se dio cuenta entonces de que, a pesar del calor, su cuerpo estaba cubierto con una de ellas. La apartó de un tirón y gateó hasta la entrada en busca de Victoria.

Lo primero que vio fue un par de poderosas piernas de piel oscura, asentadas sobre unos pies descalzos cuyos tobillos estaban cercados por diversos abalorios de metal. Al alzar la mirada, vio que las piernas pertenecían a un hombre muy alto, de tez de azabache y sorprendente melena de mechones blancos y rojos, que vestía una túnica de rayas y le dedicaba una sonrisa llena de dientes blanquísimos.

Jack dio un respingo y trató de retroceder, pero se quedó sentado sobre la arena, una extraña arena rosácea.

Fue entonces cuando vio que Victoria estaba junto a aquel hombre. Sonreía, por lo que el muchacho supuso que no corrían ningún peligro. La chica intercambió unas palabras con el hombre, que le sonrió a ella también y después se alejó con paso tranquilo. Jack miró a su alrededor, con curiosidad, y descubrió más tiendas como la suya, y más hombres y mujeres de la misma raza que aquel que había visto. Todos eran altos y de piel oscura, llevaban ropa de rayas e iban descalzos, y sus cabellos mostraban dos colores, siempre blanco mezclado con mechones rojos, azules, negros o verdes. Jack se preguntó si aquellas gentes se teñirían el pelo, pero enseguida comprendió que no, que era una característica de su raza.

–Son los limyati –le explicó Victoria, sentándose junto a él–. El Pueblo del Margen.

—¿Del margen de qué?

—Del desierto. Son una raza de humanos que viven en los límites de Kash-Tar. No se internan en el desierto, porque ese es territorio de los yan, pero viajan por sus márgenes, buscando las tierras más benignas de la zona.

—¿Y cómo hemos llegado hasta aquí? —preguntó Jack, confuso; lo último que recordaba era una pesadilla que tenía que ver con árboles.

Victoria lo miró con una sonrisa llena de cariño.

—Abandonamos la Cordillera Cambiante. ¿Eso lo recuerdas?

Jack frunció el ceño.

—Más o menos.

—Nos atacó un árbol gigante. No sé cómo logramos escapar con vida, porque me desmayé o algo parecido. Cuando desperté, estábamos juntos, a salvo, tú habías perdido el sentido y el árbol había ardido por completo.

—Entonces no era un sueño —murmuró Jack—. Es verdad que casi nos mata un árbol —sacudió la cabeza—. Me parecía demasiado absurdo para ser real.

—No creo que esos árboles estuvieran allí por casualidad. Estoy casi segura de que fue una trampa que nos tendieron.

Jack no la escuchaba. Había algo que lo desconcertaba, algo acerca de los recuerdos que guardaba de aquella batalla. Pero solo eran imágenes confusas, y por fin se rindió, pensando que si lo que había olvidado era algo importante, no tardaría en recordarlo de nuevo.

—¿Qué pasó después?

Victoria se lo contó.

—Por fin nos encontraron los limyati —concluyó—, y nos acogieron en su campamento, donde llevamos desde ayer por la tarde.

Jack alzó la cabeza recordando algo, pero antes de que preguntara, Victoria se le adelantó:

—No saben quiénes somos —dijo en voz baja—. No se lo he contado.

—¿No confías en ellos? —preguntó Jack con sorpresa; le habían parecido buena gente.

Victoria negó con la cabeza.

—No es eso. Viajan hacia el norte, ¿sabes? Porque Ashran está concentrando tropas en el sur de Kash-Tar.

—Sabe hacia dónde vamos y quiere interceptarnos —comprendió Jack, con un escalofrío.

Victoria asintió.

—No quiero causarles problemas. Es mejor que no sepan quiénes somos, por si las serpientes los interrogan. Si llegan a saber que nos acogieron conociendo nuestra identidad, los matarán.

—Pero nos han acogido de todas formas, aunque no supieran quiénes éramos. ¿Crees que las serpientes tendrán eso en cuenta?

—Si actuaron por ignorancia, los dejarán marchar. Solo les harán daño si sospechan que son cómplices voluntarios de la Resistencia.

—¿Cómo estás tan segura?

Ella vaciló un momento antes de responder en voz baja:

—Porque es lo que haría Christian.

Jack estuvo a punto de preguntarle si conocía tan bien a Christian como para poder prever cómo actuaría él en una situación semejante; pero decidió que era mejor cambiar de tema.

—De todas formas, si viajan hacia el norte, tendremos que separarnos de ellos.

—Ya se lo he dicho. Me han ofrecido un explorador para guiarnos hasta Awinor.

—¿En serio? —dijo Jack, animado—. Qué gente tan amable.

—Espera, el explorador todavía no ha dicho que sí. Lleva varios días fuera, pero me han asegurado que volverá esta tarde; entonces le preguntarán si está dispuesto a acompañarnos a través de Kash-Tar.

Jack la miró sonriendo.

—¿Cómo te las has arreglado para hablar con ellos? Yo no entiendo lo que dicen.

—Eso es porque el dialecto que utilizan es muy arcaico. De todas maneras... —se llevó la mano al cuello y le mostró un amuleto que pendía de él, un amuleto con forma de hexágono—. Espero que no te importe que te lo haya cogido.

Jack se llevó la mano al cuello y descubrió que el colgante de Victoria era su propio amuleto de comunicación, el que ella misma le había dado la noche en que se conocieron. Sonrió de nuevo.

—Para nada —dijo.

Se levantó y se estiró bajo la luz crepuscular. Se sentía más fuerte, más despierto y con más energía que nunca. Se miró las palmas de las manos, preguntándose a qué venía aquella sensación.

—¿Te encuentras ya bien? —le preguntó Victoria.

—Mejor que nunca —sonrió el muchacho.

Ella sonrió a su vez y se acercó más a él, con intención de besarlo. Jack la correspondió de buena gana.

Algo llamó entonces su atención. El jefe de la tribu se aproximaba a través del campamento, hablando con alguien que, por lo visto, acababa de llegar. Estaban demasiado lejos para oír lo que decían, pero a Victoria le pareció que el desconocido hablaba muy rápido y que su voz era suave y femenina. Lo miró con curiosidad, preguntándose si se trataría de una mujer, pero resultaba difícil decirlo, puesto que llevaba una prenda que le cubría la cabeza y parte del rostro.

–¿Ese es el explorador? –preguntó Jack.

Victoria se encogió de hombros, pero ambos vieron cómo el jefe los señalaba a ellos en un par de ocasiones durante la conversación. El otro movía la cabeza en señal de desacuerdo.

–Sospecho que tendremos que viajar solos hasta Awinor –murmuró Victoria.

Los dos limyati se acercaron entonces a la entrada de la tienda donde se encontraban los chicos. Victoria observó con atención al explorador, y se dio cuenta de que el viento pegaba sus holgadas ropas a su cuerpo, revelando formas femeninas debajo. Pero su andar era rápido y enérgico, muy diferente a los elegantes y delicados movimientos de las mujeres limyati. Se adelantó para tratar con el jefe de la tribu.

–No queremos molestar –dijo–. Mi amigo ya se encuentra bien, de manera que partiremos al amanecer... aunque sea sin guía.

El jefe movió la cabeza, preocupado.

–Es peligroso, muchacha. Desistid; tenéis muy pocas posibilidades de llegar con vida al otro lado del desierto.

–No tienen ninguna posibilidad –respondió rápidamente el explorador, y Victoria supo entonces, sin lugar a dudas, que era una mujer.

La miró con curiosidad. Esperaba ver en ella los ojos oscuros de los limyati, pero se llevó una sorpresa, puesto que sus iris eran rojizos y brillaban como alimentados por algún extraño fuego interior. Tratando de que no se le notara el desconcierto que sentía, para no parecer descortés, Victoria dijo:

–Aun así, tenemos que seguir adelante. Comprendemos que sería una molestia para ti acompañarnos, y no vamos a insistir. Pero, de todas formas, partiremos al amanecer.

–No voy a acompañaros –reiteró la mujer; hablaba muy deprisa y gesticulaba mucho, y Victoria se preguntó, por primera vez, si no sería una yan, aunque era mucho más alta que todos los yan que ella había conocido–. Tengo cosas mejores que hacer que acompañar a dos chicos extraños a través de un nido de serpientes...

Se interrumpió de pronto y sus ojos se estrecharon un momento al mirar algo que había tras Victoria. La chica se volvió, intrigada, y vio a Jack, que se había reunido con ella y asistía a la escena con interés, tratando de averiguar qué estaba pasando exactamente.

La exploradora dirigió al muchacho una mirada larga, intensa, y entonces se retiró el paño de la cara, con lentitud. Las luces del crepúsculo iluminaron un rostro humano, pero de rasgos extraños. Sus ojos eran grandes y rojizos, como ya había notado Victoria, y su piel morena parecía tener la textura de la arena del desierto. Su espeso cabello, blanco con mechones azules, no caía suelto por su espalda, como el de los limyati, sino que lo llevaba recogido en multitud de pequeñas trenzas, al estilo yan.

Con todo, era joven y hermosa, a su manera. También Jack se había quedado mirándola fijamente. Nunca había visto a nadie como aquella chica tan exótica.

–Soy Kimara, la semiyan –dijo la exploradora, con sus ojos de fuego todavía fijos en Jack–. He cambiado de idea: os acompañaré.

IX
Hija del desierto

AL tercer día de caminar por el desierto, Victoria tropezó y cayó. Y ya no volvió a levantarse.

Jack corrió junto a ella, llamándola por su nombre. La alzó en brazos y trató de hacerla reaccionar.

Kimara, la exploradora semiyan, los observaba con curiosidad.

–No esperaba que aguantara tan poco –comentó.

Jack sacudió la cabeza.

–No, ella es fuerte –explicó–. Es este lugar, le falta... le falta vida, ¿entiendes? Victoria necesita estar en sitios con energía porque... –se interrumpió al ver que Kimara no lo entendía–. Es parecida a los feéricos en ese aspecto. Las hadas no pueden alejarse de los bosques.

–Ah –dijo entonces Kimara, comprendiendo–. ¿Crees que resistirá un rato más? Hay un oasis no lejos de aquí.

–Eso espero –murmuró Jack, preocupado.

Hacía un par de días que lo veía venir. Al principio, Victoria había aguantado bien. Sin embargo, pronto había empezado a sentirse débil y, a pesar de que se arriesgaba a ser descubierta por sus enemigos, utilizó el báculo para recoger energía del ambiente, aquella energía que ella, como canalizadora, necesitaba para sobrevivir. Pero aquello era un desierto, y la energía solar que el báculo podía captar no la alimentaba de la misma manera que la energía de la vida que flotaba en un ambiente con más vegetación.

Deberían haber previsto que sucedería algo así, se dijo Jack mientras cargaba con ella. Kimara los había guiado hacia el corazón del desierto, evitando los márgenes, que era donde se concentraban más patrullas de szish. No le preocupaba que los sheks pudieran localizarlos si sobrevolaban aquella zona, completamente llana y sin apenas lugares para esconderse, porque llevaba un manto del mismo color que la arena rosácea que pisaban, y había proporcionado a Jack y Victoria prendas semejantes. Cuando se echaban a tierra cubiertos con aquellas ropas, eran casi invisibles desde el aire. Y aunque Jack no lo había comentado con su guía, ellos dos contaban también con las capas de banalidad que disimulaban su condición a la aguda percepción de los sheks.

Kimara se movía por el desierto como si estuviera en su elemento. Jack se había sorprendido a sí mismo más de una vez observando sus rápidos y ágiles movimientos sobre las dunas, sus ojos rojizos escudriñando el horizonte, abiertos de par en par, sin que la hiriente luz de los soles la molestase lo más mínimo, su cabello blanco y azulado sacudido por el viento del desierto, sus pies descalzos avanzando por la arena sin quemarse, con tanta facilidad como si se tratase de suelo sólido. La encontraba fascinante, y pronto había advertido que el sentimiento era mutuo. Kimara lo miraba a menudo, y en aquellas miradas que ambos cruzaban, Jack descubría que algo se agitaba en su interior, como si los dos compartieran un secreto, una misma esencia.

Y quería librarse de aquella atracción que la semiyan ejercía sobre él, porque deseaba de corazón ser fiel a Victoria, pero por otro lado quería también averiguar qué había en Kimara que lo alteraba tanto.

Victoria era consciente de aquellas miradas, de que la voz de Kimara se suavizaba cuando se dirigía a Jack, de que ella hacía lo posible por caminar cerca de él, y de que el muchacho la aceptaba a su lado de buena gana. Pero no comentó nada al respecto, y Jack no sabía si agradecérselo o sentirse herido porque a su amiga no pareciera importarle que él se fijara en otra mujer.

Era el desierto, quiso creer Jack. Los hacía a todos comportarse de una manera extraña.

De todas formas, en aquel momento no podía pensar en otra persona que no fuera Victoria. Kimara avanzaba ante ellos, dirigiéndolos hacia el oasis que renovaría la magia de la chica y salvaría su vida, y Jack tenía la vista fija en su guía, pero por una vez sus pensamientos no podían apartarse de Victoria.

Apenas un rato más tarde, Kimara se detuvo.

–¿Hemos llegado? –preguntó Jack, pero la semiyan le indicó con un gesto que guardara silencio.

–¡Al suelo! –dijo entonces.

Jack obedeció sin rechistar. En aquellos días había aprendido que Kimara nunca pronunciaba aquellas palabras sin una buena razón. Cubrió a Victoria con la capa de banalidad, y por encima le echó el manto de color arena que le había dado su guía. Solo entonces se preocupó de ocultar su propio cuerpo.

Con la cara pegada a la arena y un brazo en torno a Victoria, en un gesto protector, Jack siguió con la mirada la dirección en que se encontraba aquello que había llamado la atención de Kimara.

Y vio a lo lejos una especie de nube rojiza, informe, que se movía hacia ellos flotando sobre las dunas. Kimara se cubrió aún más con el manto. Jack la imitó, teniendo buen cuidado de tapar bien a Victoria.

La nube se acercó más, y Jack descubrió, sorprendido, que eran insectos.

Todo un enjambre de insectos de alas rojas que zumbaban furiosamente y recorrían el desierto... ¿buscando algo? Jack contuvo la respiración, y no se sintió tranquilo hasta que la nube se perdió de vista por el horizonte y Kimara retiró su manto de arena.

–¿Qué era eso? –preguntó Jack, poniéndose en pie.

–Los llamamos kayasin, «espías» –explicó Kimara–. Por sí solos son inofensivos, puesto que se alimentan de carroña y no matan a las presas vivas. Pero avisan a los swanit de la presencia de viajeros solitarios. Y nada ni nadie puede escapar de un swanit. Son muy voraces... aunque siempre dejan algo para el enjambre de kayasin que los ha guiado hasta la presa. Por eso su alianza funciona tan bien.

Jack no se atrevió a preguntar qué diablos era un swanit. Intuyó que no le gustaría saberlo. Pero se alegró de que Victoria no estuviera consciente para escuchar aquellas palabras.

Al caer la tarde llegaron al oasis, un grupo de árboles con forma de paraguas que daban una sombra deliciosa. Jack agradeció el cambio. No aguantaba bien el calor; en aquello, pensó, no se parecía a Kimara.

No había nadie por los alrededores. Jack depositó con cuidado a Victoria al pie de un árbol, en el lugar que más frondoso le pareció, y se quedó junto a ella. Kimara desapareció entre los árboles y regresó al cabo de un rato con un odre lleno de agua. Jack mojó las sienes de Victoria, derramó un poco de agua sobre sus labios resecos y después bebió de buena gana. Cuando bajó el odre, se encontró con los ojos de fuego de Kimara fijos en él. Sonrió, incómodo, y le tendió el odre, pero ella lo rechazó. Se movió para sentarse junto a él, muy cerca.

–Sé quién eres –dijo entonces la semiyan, con suavidad.

Jack dio un respingo.

—¿Qué quieres decir?

—El fuego arde en tu interior como si tuvieras un sol en el corazón —dijo ella—. Puedo verlo en tus ojos. Aunque no sea una yan completa, el fuego es mi elemento. Sé de qué estoy hablando. Lo reconozco cuando lo tengo ante mí.

»Otros quizá no te reconozcan porque esperaban verte con otra forma, pero a mí no has podido engañarme: eres un dragón.

Jack abrió la boca para desmentirlo, pero se dio cuenta de que era absurdo. No tenía sentido negarlo.

—¿Cuánto hace que lo sabes, Kimara?

—Desde la primera vez que te vi —se acercó más a él y volvió a dedicarle una de sus intensas miradas—. Eres medio dragón, medio humano. También yo soy medio humana. Y mi otra parte, mi parte yan, es hija del fuego, como los dragones.

—Tenemos mucho en común, entonces —sonrió Jack, todavía un poco desconcertado, pero comprendiendo por fin por qué se había sentido tan atraído por ella.

—No tanto como piensas. Nunca podré estar a tu altura. Eres un dragón, pero por la forma en que tratas a los humanos, se diría que no entiendes lo que significa eso.

—¿Y qué significa?

—Significa que estás muy por encima de todos nosotros. Los dragones son el escalón intermedio entre las razas mortales y los dioses. Me siento... extraña hablándote de esto precisamente a ti —añadió, ruborizándose un poco.

Jack la miró un momento, intentando entender lo que le estaba diciendo. Bajó entonces la cabeza para mirar a Victoria.

—¿Sabes quién es ella? —preguntó.

Kimara negó con la cabeza.

—No. No encuentro nada especial en ella. No veo fuego en su mirada.

—Pero hay luz —dijo Jack—. Es verdad, entonces, que solo los feéricos, los sheks y los dragones podemos ver la luz de los ojos de una criatura como Victoria.

Kimara esperó que Jack explicara algo más acerca de la muchacha, pero él no lo hizo. La semiyan le dedicó una sonrisa sesgada.

—Lo único que sé de ella es que tú eres suyo —dijo—. ¿Te merece?

Jack la miró, sorprendido por la pregunta. La mirada de fuego de Kimara seguía clavada en él. La joven estaba tan cerca que Jack pudo sentir su olor, salvaje y almizclado. Se esforzó por concentrarse en la respuesta que debía darle.

—Si no fuera así, no estaría con ella —contestó.

Le parecía una respuesta un poco arrogante, pero tenía la sensación de que era lo que Kimara estaba esperando escuchar y, por otro lado, no quería revelar la identidad de Victoria dando demasiados detalles sobre ella.

La semiyan se apartó un poco de él.

—Claro. Es verdad —dijo.

Se levantó y dio unos pasos en dirección al corazón del oasis. Se volvió un momento hacia él. Pareció que vacilaba, pero su voz no tembló cuando le dijo a Jack, mirándolo a los ojos:

—No aspiro a obtener tu amor porque sé que no soy digna de él. Solo soy una semiyan, mientras que por tus venas corre el auténtico fuego de los señores de Awinor. Pero si alguna vez deseas una compañía diferente a la de ella... sería para mí un orgullo y un placer pasar la noche contigo.

Jack se quedó sin aliento. Quiso hablar, pero tenía la boca seca. Para cuando recuperó la voz, Kimara ya se alejaba de él, y Victoria gimió débilmente antes de abrir los ojos, aún algo aturdida.

En el oasis había una pequeña laguna de la que manaba un agua tibia y de un azul intenso, casi violáceo. Jack y Victoria agradecieron poder tomar un baño y quitarse de encima la arena del desierto.

—¿Cómo es posible que haya un manantial aquí? —preguntó Jack aquella noche, mientras estaban los tres reunidos en torno a la hoguera.

—Es magia, ¿verdad? —dijo Victoria—. Puedo percibirlo. Esta laguna no es natural.

—Es obra de los magos yan —dijo Kimara—. No hay muchos hechiceros entre la gente del desierto, porque a los unicornios no les gustan los desiertos, o al menos eso se dice —Jack y Victoria desviaron la mirada, pero Kimara seguía hablando deprisa y no lo notó—. Por eso no existen muchos oasis como este en el desierto. Son muy difíciles de crear y, por otro lado, a los sacerdotes yan no les gusta que alteremos nuestra tierra.

—¿Por qué no? —quiso saber Jack—. Si tenéis el poder de crear oasis, podríais hacer del desierto un lugar mejor para vivir.

Kimara sonrió.

—Nunca le digas eso a un yan de sangre pura —dijo—. Es poco menos que una blasfemia. Va en contra de nuestras creencias.

»Se dice que, cuando los dioses llegaron a Idhún, la diosa Wina se enamoró tanto de este mundo que descendió a él y lo cubrió por completo con un manto de vegetación. Todos los dioses colaboraron con ella: Irial condujo hasta el mundo la luz de las estrellas, Karevan hizo crecer las montañas, Neliam pobló los océanos de criaturas acuáticas y utilizó el poder de las lunas para crear las mareas. Yohavir hizo el aire que respiramos, las nubes, los vientos, los olores y los sonidos hermosos. Aldun alimentó los tres soles, pero no se conformó con ver Idhún desde los cielos, y decidió descender para ver por sí mismo el resultado de la creación.

Kimara hizo una pausa. Sus ojos de rubí recorrieron las silenciosas dunas que se extendían más allá del oasis.

—Fue aquí donde aterrizó. En lo que hoy es el desierto de Kash-Tar.

»Su cuerpo de fuego abrasó una gran extensión de tierra, destruyendo toda la obra de los otros cinco dioses. No lo hizo a propósito, pero Wina nunca se lo perdonó.

Victoria desvió la mirada hacia las estrellas, hacia las lunas. Se dio cuenta de que Erea ya empezaba a menguar. En cambio, según apreció, Ilea pronto estaría llena. Victoria recordó que, según las leyendas, aquella era la luna favorita de Wina, tal vez por ser tan verde como los bosques que ella protegía. Suspiró. Decían que Wina era una diosa alegre, despreocupada y caprichosa; sin embargo, cuando se trataba de castigar a aquellos que destruían los bosques, su ira no conocía límites.

—Tiempo más tarde —prosiguió Kimara—, cuando los dioses crearon a sus hijos, todos estuvieron de acuerdo en que las tierras que habían ardido por culpa de Aldun serían el hogar de la raza que él había creado: los yan, los hijos del fuego y, desde entonces, hijos del desierto.

»Por eso no se nos permite abandonar el desierto ni convertirlo en algo que no es. Esta es la tierra que creó Aldun, es el legado que nos dejó. Y hemos hecho de ella nuestro hogar, y hemos aprendido a amarlo.

—Es una historia muy bonita —dijo Victoria.

Jack no dijo nada. Los ojos de Kimara estaban fijos en los suyos, y el muchacho contemplaba, hipnotizado, el reflejo de las llamas en los iris rojizos de la joven. Victoria los miró un momento, pero no hizo ningún comentario.

—Descansad —dijo entonces Kimara—. Mañana nos espera una larga jornada.

—Esto es lo que quería mostraros, príncipe Alsan —dijo Mah-Kip en voz baja.

Alexander contempló la vista que se dominaba desde lo alto del cerro al que acababan de subir. Junto a él, Denyal se mostraba inquieto y miraba al semiceleste con desconfianza.

Habían cabalgado dos días, siguiendo las estribaciones de las montañas, para llegar hasta allí, y solo porque, de alguna manera, Mah-Kip, uno de los consejeros del rey Amrin, se las había arreglado para llegar hasta los rebeldes diciendo que tenía algo importante que hablar con Alexander.

Denyal se había dado cuenta de que era una trampa. Tenía que serlo, ya que Mah-Kip era uno de los hombres de confianza del rey, y este trabajaba para los sheks. Y, sin embargo, Alexander había accedido a entrevistarse con Mah-Kip, había decidido acompañarlo para ver lo que él tenía que enseñarle. El líder de los Nuevos Dragones estaba empezando a pensar que el príncipe en el que había depositado sus esperanzas no era gran cosa como estratega ni tenía el mínimo de sensatez que habría sido deseable en alguien que, como él, aspiraba a recuperar algún día el trono de Vanissar. Pero, por si acaso, había decidido acompañarlo. Si era una trampa, desde luego no iba a permitir que cayera en ella.

Habían cruzado el río hacía un rato y se habían internado en el reino de Shia. Alexander recordaba Shia, una tierra floreciente cuyos habitantes valoraban la cultura y las artes. El rey de Shia había poseído una de las bibliotecas mejor surtidas de Idhún, solo por detrás de las bibliotecas de la Torre de Kazlunn y la Torre de Derbhad, y la de Rhyrr, la Ciudad Celeste.

Pero el paisaje que Mah-Kip le mostraba ahora no se parecía en nada a la Shia que Alexander recordaba. Los verdes pastos y los fértiles campos eran ahora oscuras tierras yermas. Las casas, granjas y chozas que habían salpicado las riberas de los caminos se habían convertido en simples montones de cenizas y tristes ruinas. No se veía nada vivo.

—¿Qué ha pasado aquí? —preguntó Alexander, consternado.

Mah-Kip suspiró.

—Sospechaba que no lo sabíais —dijo.

—Shia fue el primer reino en rebelarse contra Ashran y los sheks —explicó Denyal—. Antes de que nosotros pudiéramos reaccionar siquiera, antes de que el rey Brun pudiera organizar su ejército, los shianos ya habían acudido a luchar contra los hombres-serpiente que nos invadían. Por supuesto, fueron los primeros en ser castigados.

—No se rindieron —prosiguió Mah-Kip en voz baja—. Ni siquiera contemplaron la posibilidad de pactar con Ashran. ¿Sabéis por qué? Por la sencilla razón de que el rey de Shia había oído hablar de la profecía. Había rumores que hablaban de un dragón y un unicornio que se salvaron de la destrucción y que regresarían para acabar con el Nigromante, y él los creyó. En el nombre del dragón y el unicornio se enfrentaron a las serpientes, con fe inquebrantable, esperando verlos aparecer en cualquier momento. Pero ellos no llegaron, y los sheks fueron especialmente severos con los shianos. Como veis, ya nada queda de Shia ni de aquellos que creyeron en la palabra de los Oráculos.

—¡Precisamente por ellos no debemos rendirnos! —exclamó Denyal—. Si lo hiciéramos, el sacrificio de Shia habría sido en vano. Los Nuevos Dragones seguiremos luchando... con o sin el apoyo del rey Amrin.

Mah-Kip suspiró de nuevo y se volvió hacia Alexander.

—El rey no sabe que estoy aquí —dijo—. Tampoco yo sabía que él tenía intención de entregaros a Eissesh. Y no apruebo su manera de actuar... pero la comprendo. Si no se hubiera rendido a los sheks tras la muerte de vuestro padre, si no hubiera aceptado el gobierno de Eissesh... esto es lo que habríais encontrado al regresar a Vanissar —concluyó, señalando el paisaje desolado de Shia con un amplio gesto de su mano.

Hubo un largo, pesado silencio.

—Sé que mi presencia aquí pone en peligro todo lo que mi hermano ha intentado proteger todos estos años —asintió finalmente Alexander—. Pero tampoco yo voy a renunciar a aquello en lo que creo, aquello por lo que llevo luchando tanto tiempo. Si he de enfrentarme a mi hermano... que así sea.

Dio media vuelta para marcharse, y Denyal lo siguió. Mah-Kip se quedó un momento quieto sobre la colina. Después, echó a correr tras Alexander.

—¡Príncipe Alsan! —lo llamó; Alexander se volvió para mirarlo, y Mah-Kip tragó saliva antes de decir—: Yo... necesito saberlo. ¿Es verdad que hay un dragón y un unicornio? ¿Es cierto que han regresado a Idhún?

Alexander sostuvo su mirada un momento. Después se dio la vuelta y siguió caminando hacia su caballo, sin responder a la pregunta.

Cuando se levantaron, al día siguiente, descubrieron que el oasis bullía de actividad. Acababa de llegar una caravana procedente de Kosh, y había gente descansando bajo los árboles y bebiendo y bañándose en la laguna. Jack no vio a Kimara por ninguna parte; estuvo a punto de ir en su busca, cuando vio algo que le congeló la sangre en las venas.

Las personas que viajaban en la caravana eran, sobre todo, humanos y yan. Pero había también un grupo de szish, los hombres-serpiente que servían a Ashran, y lo observaban todo con sus sagaces ojos negros. Jack y Victoria se cubrieron con las capas de banalidad y aguardaron a Kimara en el campamento. Los szish pasaron junto a ellos. Victoria sintió cómo el cuerpo de Jack se ponía rígido. «Serpientes», pensó la chica. Jack siempre había tenido una curiosa fobia a las serpientes, pero en aquel momento no era asco ni miedo lo que se leía en su rostro, sino... odio. Victoria se dio cuenta de que la tensión de su amigo no se debía al miedo, sino al hecho de que se estaba conteniendo para no desenvainar su espada y saltar sobre los szish. «Qué raro», pensó Victoria. Lo miró, preocupada. Jack llevaba unos días comportándose de una forma un poco extraña.

Uno de los szish había vuelto hacia ellos su cabeza de ofidio. Victoria pudo oír con toda claridad el siseo que producía su lengua bífida. Jack lo miraba con expresión desafiante.

–Jack, no los mires –susurró Victoria.

El muchacho se esforzó por desviar la mirada. Victoria tiró de la capa de banalidad de él para cubrirlo todavía más.

«No te fijes en nosotros, no te fijes en nosotros...», deseó ella con todas sus fuerzas.

Por fin, los szish se alejaron hacia la laguna. Y casi enseguida regresó Kimara.

–He tenido que regatear un poco –dijo–, pero he conseguido dos torkas que parecen fuertes y sanos.

Jack quiso preguntar qué era un torka, pero supuso que lo descubriría muy pronto y, de hecho, así fue. Se trataba de grandes lagartos rojos, parecidos a las iguanas. Los chicos los miraron con desconfianza cuando Kimara saltó al lomo de uno de ellos, enjaezado con una silla de montar y unas riendas que se ceñían al cuerno que le crecía a la criatura sobre la nariz.

–Subid en el otro, vamos –los apremió la semiyan–. Lo siento, no he podido conseguir una tercera montura, pero esta hembra es fuerte y podrá con los dos.

Jack acarició con cautela la piel del reptil, sintió su pesada respiración debajo de las escamas, de un color rojo desvaído, como polvoriento. El torka se volvió para mirarlo con sus ojos saltones. No pareció encontrarlo interesante, porque cerró los ojos, indolentemente, y bostezó, con un curioso sonido gutural. Jack dejó escapar una carcajada. Oyó la suave risa de Victoria a su lado y la miró, aún sonriente.

–Qué, ¿te atreves? –lo desafió ella.

Por toda respuesta, Jack subió de un salto y, para su sorpresa, el torka no se movió apenas. Ayudó a Victoria a montar tras él y cogió las riendas.

Pronto descubrieron que era muy sencillo montar en torka, una vez se acostumbraba uno a los movimientos ondulantes de los cuerpos de aquellos curiosos reptiles. Según les explicó Kimara, los torkas eran los animales que mejor resistían el calor del desierto. Además, eran muy fáciles de domar.

–Si no fueran tan perezosos –suspiró la semiyan, impaciente, mientras fustigaba a su montura para que caminara más deprisa.

No tardaron en dejar atrás el oasis, y con él, el peligro inmediato de la patrulla szish.

Ydeon, el fabricante de espadas, estaba dando forma a una poderosa hacha de guerra cuando Ashran el Nigromante se materializó en su cueva.

El gigante percibió su presencia y lo saludó con un gesto, pero no dejó de trabajar. Ashran estaba acostumbrado a que todos se arrojaran al suelo en su presencia, en señal de sumisión, pero no le molestó la indiferencia de Ydeon. Así eran los gigantes. No reconocían señores ni amos, y tampoco comprendían los lazos emocionales que podían unir a las personas. Conceptos como la amistad, el odio, el amor o la lealtad no tenían el mismo sentido para ellos que para el resto de personas, desde el momento en que implicaban estar atado a otros seres. Podían entender la unión que aquellos sentimientos provocaban en gente de otras razas, la conocían, y les inspiraba cierta curiosidad; pero no la comprendían, porque no podían experimentar nada parecido. Sí, tenían emociones y sentimientos, pero no sentían la necesidad de estar unidos a las personas que los inspiraban. No existía gente más independiente y amante de la soledad que los gigantes. Los sheks, al menos, poseían una clara conciencia de raza, y estaban unidos entre sí por fuertes lazos telepáticos. Esa era la razón por la cual disfrutaban tanto de la soledad; no necesitaban estar físicamente juntos para saberse parte de algo.

Esto no ocurría con los gigantes; no tenían espíritu de grupo, y no lo echaban de menos. Por tanto, no tenía sentido exigirle a Ydeon que rindiera pleitesía a Ashran y a los sheks. Tomar partido en una guerra implicaba estar unido a un bando, a un grupo, y eso era algo que el gigante no lograría hacer jamás. Simplemente porque no entraba en su naturaleza.

–He venido a ver a mi hijo –dijo Ashran.

Ydeon señaló un túnel lateral que se hundía en la oscuridad. El Nigromante asintió en silencio y se internó por él.

Ydeon siguió trabajando, impasible. En ningún momento se le ocurrió pensar que tal vez Christian no tuviera ganas de encontrarse con su padre. Y aunque se le hubiera ocurrido, no era asunto suyo.

Ashran llegó a la cámara del gólem y se encontró con una escena curiosa.

Christian estaba enzarzado en una pelea a muerte contra un magnífico dragón dorado. No se había transformado en shek, pero daba la sensación de que no lo necesitaba. El filo de Haiass centelleaba en la penumbra buscando la carne del dragón, abriendo heridas en su piel escamosa, haciéndolo sangrar una y otra vez. El joven se movía con rapidez y agilidad, pero golpeaba con contundencia y lanzaba salvajes gritos de furia, y sus ojos estaban llenos de helado odio. Ashran contempló con interés cómo el dragón dorado, herido de muerte, se transformaba en el muchacho llamado Jack. Vio a Christian lanzar un grito de triunfo cuando, asestando un último mandoble, cortó limpiamente la cabeza de su contrincante.

El Nigromante entornó los ojos, interesado. Nunca había visto a Christian cortar cabezas. Era una forma de matar demasiado tosca, demasiado cruenta y desagradable para él. El muchacho solía ser mucho más discreto y elegante a la hora de segar vidas. Se preguntó qué podía significar aquello. Era evidente que su odio hacia Jack se había intensificado hasta aquel punto, y eso era bueno. Pero también podía suponer que se había vuelto lo bastante humano como para dejarse llevar por la ira, y eso no era bueno.

El cuerpo decapitado de Jack cayó al suelo, y se transformó en un enorme ser de piedra. El brillo del filo de Haiass tiritó un momento y después se debilitó visiblemente, como si la espada se sintiera agotada después del combate y, sobre todo, decepcionada porque el adversario no había sido un auténtico dragón.

Christian respiró hondo y se irguió, tratando de recuperar la calma. Fue entonces cuando percibió tras él la presencia de Ashran.

–¿Disfrutas destrozando esa cosa? –preguntó él con suavidad.

El joven se volvió sobre sus talones con agilidad felina. No dijo nada. Se limitó a observar a su padre con desconfianza.

–Puedes guardar esa espada –dijo Ashran–. Si hubiera querido matarte, lo habría hecho hace ya mucho tiempo. Y si hubiera cambiado de idea al respecto, de todas formas no podrías hacer nada para evitarlo.

Christian no se movió, ni apartó la mirada de él. Tampoco envainó la espada.

–¿Qué es lo que quieres?

Ashran señaló al gólem.

–Que hagas exactamente lo que estabas haciendo hace un momento. Pero con un dragón de verdad.

Christian se relajó solo un poco. Hacía tiempo que imaginaba que le propondría algo así. Ya había ensayado la respuesta que iba a darle.

–No voy a servir a tus intereses. Creía que estaba claro, ¿no?

–Sí, eso pensaba yo –sonrió Ashran–. Pero da la casualidad de que mis intereses son también los tuyos. De lo contrario, no pasarías el tiempo asesinando una y otra vez al hombre al que quiero que mates. ¿Qué problema hay en hacer lo mismo con el auténtico? Lo estás deseando. Lo sabes.

Christian respiró hondo, envainó la espada y se sentó sobre el suelo de piedra. Apoyó la espalda en la pared y cerró los ojos, tratando de calmarse, intentando mitigar el odio que seguía latiendo en su interior y que podía llevarlo a aceptar la propuesta de Ashran. El hechicero se dio cuenta de ello.

–¿Sigues reprimiendo tu instinto? Eso acabará por matarte, hijo. ¿Por qué no quieres asumir que eres un shek? ¿Por qué no actúas en consecuencia?

Christian tampoco respondió esta vez, ni abrió los ojos. Hacía ya días que sabía cuál era el juego de Ashran, y comprendía que, a la larga, no tendría más remedio que hacer lo que él esperaba que hiciera.

Había perdido la cuenta de las veces que había «asesinado» al gólem bajo la forma de Jack, o del dragón, daba igual. Cuantas más veces lo hacía, más intenso latía el odio en su interior. Pero cada vez que luchaba se sentía mucho mejor, más libre, más poderoso, más seguro de sí mismo, y por eso no dejaba de hacerlo.

Además, era lo único que podía hacer allí.

Ydeon y él no pasaban mucho tiempo juntos. Cada uno hacía su vida, sin dar explicaciones al otro, sin avisar de si iba a salir, adónde iba ni cuándo volvería. Ahora que habían resuelto el misterio de la espada, sus conversaciones se habían hecho cada vez más breves y escasas. Y Christian sabía que, si Ydeon lo toleraba en su casa, era porque el shek no lo estorbaba. Ambos eran seres solitarios e independientes; se respetaban el uno al otro y no se molestaban.

También Christian agradecía aquella actitud. A veces salía a explorar el helado mundo de Nanhai y no regresaba en uno o dos días. Al volver se encontraba con que Ydeon no lo había echado de menos; probablemente ni siquiera había advertido su ausencia. De hecho, el joven estaba convencido de que, si abandonaba Nanhai sin decírselo para no volver jamás, el gigante no se sorprendería por su ausencia. Se limitaría a preguntarse adónde se habría llevado Christian su preciada Haiass, y si volvería a ver aquella prodigiosa espada alguna vez.

Su parte shek lo prefería así. Libertad, soledad, independencia.

Pero a veces su parte humana echaba de menos a alguien con quien hablar. Nada lo retenía ya en Nanhai, y en el fondo deseaba abandonar aquel lugar para ir al encuentro de Victoria, ayudarla en su empresa, estar a su lado para protegerla.

Pero con Victoria estaba Jack, y Christian sabía muy bien qué podía suceder si ambos volvían a encontrarse. Especialmente si, como sospechaba, su esencia de dragón ya había salido a la luz.

Por eso se obligaba a sí mismo a permanecer en aquella especie de retiro voluntario. Y mientras tanto descargaba su cólera y su frustración contra el gólem, para mantener despierta su parte shek y la frágil vida de su espada, que seguía herida y enferma, hambrienta de víctimas de verdad.

–Quiero mantenerme al margen –dijo con calma–. Eso es todo.

—Puedo entender que sigas queriendo proteger a la chica –dijo Ashran–. Fue un error por mi parte tratar de forzarte a traicionarla. Pero nada te impide matar al dragón, ¿no es cierto?

Christian no respondió.

—Si muere el dragón, impediremos que se cumpla la profecía de todas formas. Sin necesidad de hacer daño a la chica.

—Ya lo sé –repuso Christian–. Es lo que quise proponerte desde el principio.

—Entonces no quise correr riesgos. Ese fue mi error, tal vez. Subestimé hasta dónde podían llegar tus sentimientos por ella, pero estoy dispuesto a concederte otra oportunidad. Si matas al último dragón, Kirtash, volverás a ser uno de los nuestros. Incluso los sheks perdonarán tu traición. Y te garantizo que la muchacha saldrá ilesa. Daré orden de que nadie le haga daño. Además, ¿quién sabe?, tal vez no sea mala idea conservar con vida al último unicornio del mundo.

En los ojos de Christian se encendió un brillo de nostalgia.

—Hace tiempo soñé que era posible –murmuró–. Imaginé un mundo gobernado por nosotros. Sin dragones, sin profecías que amenazaran nuestro futuro. Jack muerto, y Victoria a mi lado. Para siempre.

«... a mi lado, serás mi emperatriz», le había dicho dos años atrás a una niña aterrada que no sospechaba todavía el increíble poder que atesoraba en su interior. «Juntos gobernaremos Idhún».

Evocó el momento en que ella había cogido su mano. Habría dado lo que fuera por volver a aquel instante, luchar por que nadie lo estropeara, llevarse a Victoria consigo antes de que los interrumpieran...

Pero el momento había pasado, y Victoria había soltado su mano. En aquel instante, Christian debería haber sabido que no volvería a cogerla nunca más, que el lazo que la unía a Jack era demasiado fuerte como para que él pudiera romperlo. Por muy intensos que fueran los sentimientos de Victoria hacia el hijo del Nigromante.

—¿Qué te hace pensar que no es posible? –preguntó Ashran con suavidad.

Christian sonrió.

—Lo sé. La muerte de Jack no arreglaría las cosas, padre. Victoria no me lo perdonaría jamás. Además, yo... –vaciló.

—... no quieres hacerla sufrir. Kirtash, Kirtash, a veces me sorprende lo ingenuo que puedes llegar a ser. Cuando el dragón muera, el shek revivirá con más fuerza en tu interior. Entonces no te importará que ella sufra. Además, se le pasará, acabará por volver contigo.

Christian esbozó una sonrisa escéptica.

—¿No me crees? —sonrió Ashran—. Piensa en quién es ella. Imagínala sin el dragón a su lado. Su vida ya no tendrá ningún sentido. Terminará por acudir a ti, porque eres el único que puede comprenderla, el único a quien puede entregar su amor. Porque los unicornios necesitan amar, hijo. Y no existe nadie que pueda compararse a ella, nadie excepto vosotros dos. Sepárala para siempre de ese dragón, y será tuya. Por mucho que te odie entonces, serás su única opción, y lo sabe. Y tú también.

—No sería su única opción. No conoces a Victoria.

—Tú crees que la conoces, pero olvidas que es un unicornio. El último unicornio. Jamás se dejaría morir voluntariamente. Tampoco soportaría la idea de estar sola el resto de su vida.

Christian respiró hondo.

—¿Y por qué no esperar a que sea otro quien mate a Jack? —preguntó—. ¿Por qué voy a volver a implicarme en una guerra que ya no me interesa?

—Podría enviar a otro a acabar con su vida —admitió Ashran—. Pero sé que tú tienes más posibilidades, porque ellos confían en ti. Tus sentimientos por esa chica son tu mejor arma para acercarte a la Resistencia, porque son sinceros, y ellos lo saben.

Christian no dijo nada. Le dio la espalda, dando a entender que no tenía ganas de seguir con aquella conversación.

—Piénsalo, Kirtash —concluyó Ashran—. Mira en lo que te has convertido, mira todo lo que has perdido. Y piensa en todo lo que puedes ganar si acabas con el último dragón. Recuperarías tu lugar entre nosotros y garantizarías la seguridad de esa muchacha que tanto te importa.

—No quiero volver a ser una marioneta a tus órdenes, padre —dijo Christian con suavidad—. No lamentaré la muerte del último dragón, pero no seré yo quien acabe con su vida. Estoy cansado de ser solo un peón en tu juego de poder.

—¿Eso crees? Ahora mismo eres una amenaza, Kirtash, y, como a tal, debería matarte sin dudarlo. Tengo otros servidores más fieles que no me dan tantos problemas como tú. Y sin embargo aquí estoy, ofreciéndote otra oportunidad. ¿Quieres saber por qué? Porque sé que te estás muriendo, hijo. Por eso quiero que seas tú quien acabe con ese dragón. Sabes... igual que yo... que eso te salvará la vida.

»Y, a pesar de lo mucho que me has decepcionado, a pesar de esos sentimientos humanos que te hacen tan débil y que tanto me disgustan... en el fondo, no has dejado de ser mi hijo.

Christian se incorporó, sorprendido, y alzó la mirada hacia el Nigromante.

Pero Ashran había desaparecido.

Aún viajaron dos días más a través del desierto. Victoria aguantó bastante bien, en parte debido a que montar en torka la agotaba menos que caminar sobre las dunas. Pero no hablaba mucho, y Jack no sabía cómo interpretar su extraño silencio.

Kimara no había vuelto a insinuársele. Había sido muy clara y sincera en el oasis, cosa que Jack agradecía, pero sospechaba que no volvería a insistir en el tema para no incomodarlo. También él trató de olvidar lo que habían hablado. Pero seguía sintiendo una fuerte atracción por aquella fascinante joven, y no sabía muy bien cómo actuar.

Además, estaba seguro de que Victoria lo había notado. Tal vez por eso estaba tan fría y callada con él. Pero, si eso la molestaba, ¿por qué no le había dicho nada al respecto? ¿Por qué no intentaba impedir que se acercara a Kimara, por qué se mostraba tan indiferente, como si no le importara lo que pudiera pasar entre ellos? A veces, Jack no podía evitar sentirse dolido por su actitud. Otras veces se reprochaba a sí mismo el sentirse culpable por pensar en Kimara. ¿Acaso no mantenía Victoria una relación con un shek? ¿Victoria, que se suponía que estaba con él, con Jack? ¿Por qué razón debía él rechazar a Kimara, entonces?

Jack atravesaba un estado de gran confusión, y no ayudaba en nada el hecho de que llevaba unos días notando que algo extraño le pasaba por dentro. Algo que no tenía nada que ver con mujeres.

Se encontraba más fuerte, más resistente, más seguro de sí mismo. Se sorprendía mirando a menudo al cielo e imaginando que desplegaba las alas y echaba a volar, en un gesto que, de pronto, le parecía extrañamente familiar. Y, sobre todo... había desaparecido su miedo a las serpientes. Ahora las odiaba, sin más.

Al atardecer del segundo día desde que abandonaron el oasis, llegaron a un campamento yan. Kimara condujo a su torka hacia allí, y la montura de Jack y Victoria lo siguió sin vacilar.

Sin embargo, ellos no se sentían cómodos. El único yan al que habían conocido, un tal Kopt, que vivía exiliado en la Tierra, había resultado ser un traidor. No estaban seguros de querer conocer a más.

Kimara desmontó y se echó en brazos del yan que salió a recibirla. Hablaron muy deprisa, y ni Jack ni Victoria consiguieron entender lo que decían. Pero cuando Kimara se acercó a ellos, seguida por el yan, Victoria intuyó que estaban en un lugar seguro.

–Os presento a mi padre, Kust –dijo ella con una sonrisa.

El yan los miró con detenimiento. Se había retirado de la cara el velo que solían llevar todos los yan, y que ocultaba sus rasgos a excepción de los ojos rojizos de los de su raza. Y Jack y Victoria vieron por primera vez el rostro de un yan.

Tenía un aspecto aún más humano de lo que ambos habían imaginado. Su piel era áspera y rugosa, de color pardo-rojizo, y su nariz achatada parecía aún más pequeña bajo los enormes ojos redondos y ardientes como brasas que presidían sus facciones. Llevaba el cabello gris peinado en multitud de pequeñas trenzas que le caían sobre los hombros.

A Victoria le recordó vagamente a una especie de duende. Tal vez también tenía que ver con eso el hecho de que los yan en general eran gente de baja estatura.

De todas formas, no tuvieron mucho tiempo para observarlo, porque Kust no paraba de moverse, y pronto se cansó de esperar a que hablaran los extranjeros.

–BienvenidosaHadikah –dijo, con una extraña sonrisa–, queen nuestroidiomasignifica«refugio».

Hadikah no era un lugar, o, al menos, no un lugar estable. Hadikah estaba allá donde la tribu instalase el campamento y plantase sus tiendas, en cualquier lugar del desierto porque, como les contó Kimara, todo Kash-Tar era el hogar de los yan.

Aquella noche bailaron unas danzas salvajes en torno al fuego, en honor de los invitados. Los yan eran gente extraña y misteriosa, pero hospitalarios cuando querían. Victoria no pudo evitar preguntarse, sin embargo, si los habrían acogido de la misma manera de no haberse presentado allí con Kimara.

La joven no quiso bailar al principio, aunque las mujeres yan le insistieron, dando a entender que, a pesar de su sangre mestiza, Kimara sabía bailar aquellas danzas tan bien como cualquier muchacha yan. Pero la exploradora se limitó a contemplar los bailes junto a la hoguera, sola y en silencio.

De vez en cuando, sin embargo, ella y Jack cruzaban miradas llenas de significado.

Al cabo de un rato se inició una nueva danza. Solo habían quedado dos mujeres, y llamaron por gestos a Kimara. Por fin, ella accedió a levantarse. Se despojó de la camisa, quedando vestida como las otras bailarinas: con sus holgados pantalones y una especie de sostén que se anudaba a la espalda mediante una serie de finas tiras de tela, dejando al descubierto su vientre y sus hombros Y, con un salvaje grito de alegría, se unió a la danza.

Las tres empezaron a girar sobre sí mismas al compás de la música de los tambores, en torno al fuego, como planetas que rotaran alrededor de un sol, con los brazos extendidos a los lados y las trenzas flotando en el aire, con los pies descalzos golpeando la arena rítmicamente.

Entonces se acercó un varón yan, bailando al ritmo de los tambores, haciendo malabarismos con seis antorchas encendidas. Pasó junto a las mujeres, que seguían girando, y fue entregándoles las antorchas. Cuando cada una de ellas sostenía ya una en cada mano, empezaron a moverse todavía más deprisa, agitando las antorchas en torno a sus cuerpos, el fuego casi rozándoles la piel. Y siguieron girando y girando, casi envueltas en llamas.

Jack observó a Kimara, embelesado. Parecían brotar chispas de sus pies. Toda ella parecía una centella bailando en torno a la hoguera.

Alguien lo empujó de pronto y lo obligó a ponerse en pie. Cuando quiso darse cuenta, estaba en mitad del baile de las antorchas, junto a Kimara y las otras dos mujeres, y dos varones yan que se habían unido también. Se quedó parado, sin saber qué hacer. Pero enseguida vio a Kimara frente a él, haciendo vibrar las antorchas en torno a su cuerpo, trazando arcos de fuego en el aire, sobre los dos. Jack sonrió y se dejó llevar. Sabía que se movía con torpeza, pero aun así trató de seguir los pasos del baile, imitando a los otros dos hombres.

Y bailaron alrededor de la hoguera, al compás de los tambores, una vuelta, y otra más, cada vez más deprisa, mientras el fuego de las antorchas enlazaba figuras sorprendentes en torno a ellos, como relámpagos entrecruzándose en el cielo. Jack siguió los movimientos del cuerpo de arena de Kimara, atreviéndose, con ella, a moverse entre los arcos de fuego, cada vez más rápido, cada vez más cerca, sintiendo que los ojos de la semiyan quemaban igual que el fuego de la hoguera, hundiéndose en ellos sin temor a verse consumido por las llamas.

Cuando por fin, mareado, tropezó con sus propios pies, se apartó de la hoguera riendo a carcajadas. Kimara le dirigió una mirada burlona y siguió bailando, sola. Jack ladeó la cabeza y se quedó mirándola. Él estaba ya agotado, pero daba la sensación de que la vitalidad de la semiyan no conocía límites.

Sintió la presencia de Victoria junto a él.

–Tengo sueño –dijo ella suavemente–. Me parece que me voy a dormir.

Jack volvió a la realidad. La miró y se sintió muy culpable de pronto.

–Voy contigo –dijo, pero ella sonrió con dulzura.

–No hace falta, sé que lo estás pasando bien. No pareces tener sueño.

Jack se quedó perplejo. «No puede ser que no nos haya visto», se dijo. «No es posible que no se dé cuenta de nada. Entonces, ¿es que no le importa?».

Se sintió dolido y furioso de pronto. Se merecía lo que pudiera suceder, pensó con rencor.

–Bueno, pues que descanses –dijo con cierta frialdad–. Buenas noches.

Victoria lo miró un momento, y un destello de tristeza brilló en sus ojos oscuros. Pero él tenía la vista fija en la hoguera y no se dio cuenta, así que la muchacha se puso en pie y se alejó en dirección a la tienda que les habían asignado a ella y a Jack.

El chico respiró hondo, sintiéndose cada vez más confuso.

La danza terminó, con un último retumbar de tambores. Las tres yan arrojaron las antorchas a la hoguera, cuyas llamas se alzaron aún más alto.

Entonces, Kimara se volvió hacia Jack.

No le dijo nada. Simplemente lo miró una vez más con sus ojos de fuego, y Jack entendió sin necesidad de palabras. Cuando Kimara desapareció en el interior de su tienda, Jack se levantó de un salto para seguirla.

Victoria se había acurrucado en un rincón de su tienda. Sabía perfectamente que iba a dormir sola aquella noche, se había hecho a la idea y lo comprendía, pero no podía evitar sentirse celosa y muy triste.

«No seas estúpida», se dijo a sí misma. «Sabes de sobra que Jack tiene todo el derecho del mundo a fijarse en otra chica. Se gustan, quieren estar juntos y tú no eres quién para estorbarlos».

Recordó lo que Christian le había contado en el bosque de Awa acerca de las «necesidades físicas». Él ya le había dejado claro lo que pensaba con respecto a la fidelidad en las relaciones. Si ella era capaz de aceptar aquello en el caso de Christian, debía poder tratar a Jack de la misma manera. Además... qué diablos..., ¿no había aceptado Jack su relación con el shek?

Al pensar en Christian, la nostalgia la invadió de nuevo, y su corazón se estremeció, echándolo de menos, como tantas otras veces. Se preguntó si él dormiría solo aquella noche. Por alguna razón, eso le dio fuerzas. Tal vez Christian estaba en aquellos momentos junto a otra mujer, aunque su corazón perteneciera solo a Victoria. Y ella entendía y aceptaba esto, porque Christian entendía y aceptaba que la joven amara a dos personas a la vez. De modo que no era tan extraño ni tan terrible que Jack hiciera lo mismo.

Y si Christian no tenía compañía... Victoria sonrió con suavidad. No dudaba de que él la quería con locura. Y, sin embargo, había tenido que pasar solo muchas noches, noches en las que ella había dormido junto a Jack. «Ahora me toca a mí estar sola, como haces tú, Christian», pensó. «Me has enseñado muchas cosas, y una de ellas es que el amor no implica posesión. No te pertenezco, me dijiste una vez. Solo te pertenece lo que siento por ti... que no es poco. Y cuánta razón tenías. Tampoco Jack y tú me pertenecéis. Solo es mío lo que los dos sentís hacia mí».

De modo que... si Jack sentía algo hacia Kimara... ¿no era también un poco de ella?

«Se lo debo», pensó. «Se lo debo por todas las veces que me ha visto marcharme con Christian, por todo lo que ha tenido que sufrir por mi causa».

Dolía mucho, era cierto. Pero estaba decidida a no interponerse entre Jack y Kimara. Si Jack sentía algo por la semiyan, si la necesitaba a su lado, Victoria estaba dispuesta a aceptarlo.

«Es una buena chica», se repitió a sí misma por enésima vez. «No es como Gerde. De verdad siente algo por Jack, es guapa, lista, valiente y...».

«...Y es mayor que yo», pensó. «Más... mujer».

No sabía qué edad tenía Kimara, pero aparentaba cerca de veinte.

«Todo está bien», se dijo. «Es lo justo. Es lo justo».

Sintió que se le humedecían los ojos, y los cerró, mordiéndose el labio inferior. Pasara lo que pasase, no debía llorar. A través de la lona de la tienda, cualquiera podría oírla, y ese cualquiera podría ser Jack. Y Victoria tenía que ser invisible aquella noche. Porque Jack necesitaba olvidarse de ella.

Entonces alguien abrió la tienda con violencia y se quedó plantado un momento en la entrada. Victoria dio un respingo y se incorporó. La sombra recortada contra la luz de fuera era la de Jack.

—¡Jack! —exclamó ella, secándose los ojos con precipitación—. ¿Qué...?

Él se dejó caer junto a ella, temblando. La atrajo hacia sí y le cogió el rostro con las manos. La miró en la penumbra. Victoria rogó por que no notara que tenía los ojos húmedos. Pero él estaba demasiado alterado como para darse cuenta. Sus ojos relucían de manera extraña en la oscuridad, como alimentados por un poderoso fuego interior.

—Jack, ¿qué te pasa? —susurró ella, un poco asustada.

El muchacho no dijo nada, pero la besó de pronto, intensamente. Victoria se quedó sin aliento. Había algo en su actitud que le daba miedo.

Jack la abrazó con fuerza y enredó sus dedos en el cabello castaño de su amiga.

—No puedo, Victoria —le dijo al oído con voz ronca—. No la quiero a ella, ¿entiendes? Es a ti a quien quiero. Solo a ti.

Victoria jadeó, emocionada, sintiendo cómo el amor que sentía por él estallaba en su interior inundando todo su ser. Quiso pronunciar su nombre, pero no le salieron las palabras.

Jack la besó de nuevo, con urgencia, con pasión. Victoria cerró los ojos y se dejó llevar, comprendiendo que aquella noche y en aquel momento sería capaz de rendirse a él. Porque daba la sensación de que era eso lo que él quería. De modo que dejó que la besara, que bebiera de ella; se estremeció cuando el chico la tumbó sobre las mantas y se echó sobre ella, pero no lo alejó de sí.

Sin embargo, Jack se limitó a apoyar la cabeza en su pecho y a rodearle la cintura con los brazos, temblando. Y se quedó así, en esa posición, como si hubiese encontrado un lugar para el reposo después de un día agotador.

—Te quiero —susurró.

Victoria respiró hondo y cerró los ojos, intentando controlar los sentimientos que amenazaban con desbordarse en su pecho. Fue entonces más consciente que nunca de que ella también lo quería con locura. Le acarició el pelo con cariño, y entonces se dio cuenta de que la piel de él estaba muy caliente. Mucho más caliente de lo habitual.

–Jack, estás ardiendo –dijo, preocupada–. ¿Estás bien?

El muchacho no respondió. Se había quedado dormido.

Victoria suspiró y lo abrazó, acercándolo más a ella. Le pareció notar que algo latía en el interior de Jack, algo caliente, pulsante, que amenazaba con estallar en cualquier momento.

«No es el mismo», pensó, inquieta. «Le está pasando algo raro».

Cerró los ojos y se acurrucó junto a él. Su calor la agobiaba, pero no le importó.

–Pase lo que pase –le susurró–, ya no voy a abandonarte. No quiero separarme de ti nunca más, Jack. Nunca más.

X
Cementerio de dragones

ALGUIEN sacó a Jack de un sueño pesado y profundo.

—¡Despertad, deprisa! —susurró una voz en su oído.

El muchacho abrió los ojos, parpadeando. Sintió algo suave y cálido rozándole el cuello, y vio que se trataba de la mejilla de Victoria, que descansaba entre sus brazos, muy pegada a él. También ella estaba despertando de su sueño.

Alzó la cabeza y descubrió la mirada de fuego de Kimara fija en él. Sacudió la cabeza, mareado, recordando de pronto lo que había pasado la noche anterior. ¿No había sido un sueño? Había entrado en la tienda de Kimara y después...

Tras un breve momento de pánico recordó, aliviado, que había salido enseguida para regresar con Victoria. Por eso ella estaba a su lado, por eso habían despertado juntos, como todas las mañanas desde que habían partido del bosque de Awa; y eso era algo, comprendió, que no quería cambiar, por nada del mundo. Respiró hondo. ¿Qué hacía entonces Kimara en su tienda?

La semiyan lo sacudió de nuevo y lo despejó del todo.

—¡Levantaos, rápido! —susurró con urgencia—. Tenemos que salir de aquí.

Victoria se incorporó, luchando por despejarse.

—¿Todavía es de noche?

—Los exploradores dicen que los szish están registrando todas las poblaciones yan —explicó Kimara en rápidos susurros—. Al amanecer llegarán a Hadikah.

Jack se levantó inmediatamente.

—¿Cuánto tiempo tenemos?

—Muy poco. Y hemos de salir en silencio, porque si los yan os descubren, os entregarán a las serpientes.

—¿Por qué? —preguntó Victoria—. ¡Pensaba que estaban de nuestra parte!

—Los yan hacen siempre lo que mejor conviene a sus intereses, Victoria. Si os encubren, se meterán en muchos problemas. Lo entiendes, ¿verdad? Mi padre nos ha advertido de la llegada de los szish; es todo lo que pueden hacer por vosotros, y es mucho, créeme.

Jack ya había recogido las cosas y estaba en pie, listo para marcharse. Recuperaron sus torkas, que estaban atados cerca de allí, y abandonaron Hadikah en silencio. El primer amanecer los encontró lejos de la población yan.

Ninguno de los tres pronunció palabra durante un buen rato. Jack no podía evitar preguntarse, preocupado, cuánto tiempo más podrían esquivar a los szish que peinaban el desierto en su busca. Y entonces se dio cuenta de que Kimara seguía con ellos, a pesar de todo.

—Sabías que nos buscaban a nosotros —le dijo de pronto.

Ella asintió.

—Lo sé desde hace días.

—¿Y sabes por qué? ¿Has... has oído hablar de la profecía?

—No sé nada de profecías. Solo sé que hace quince años que murieron todos los dragones, y que tú, por alguna razón, has regresado. No sé si hay más dragones como tú, pero está claro que a los sheks no les gustas.

Victoria miró a Jack, desconcertada.

—Yo no se lo he dicho —aclaró el chico con rapidez—. Se dio cuenta ella sola.

Victoria asintió, comprendiendo, pero no hizo ningún comentario.

—Pero, si lo sabes —insistió Jack—, ¿por qué sigues con nosotros? Corres un grave peligro. ¿Por qué nos acompañas a pesar de todo?

Kimara clavó en él una mirada con la que se lo dijo todo. Después volvió la cabeza hacia otro lado; pero Jack había visto que su piel arenácea se había ruborizado levemente.

—Déjalo, Jack —murmuró Victoria con suavidad—. No insistas.

Jack no insistió. Solo llegaba a intuir lo que Victoria entendía con claridad meridiana: que Kimara se había enamorado de Jack, hasta el punto de arriesgar su vida por él, de implicarse en aquella locura, contraviniendo la costumbre yan de cuidar solo de sí misma y de los suyos. Y todo ello a pesar de saber que él no la correspondía.

Victoria reprimió un suspiro. Por un momento imaginó lo que había pasado entre ellos dos la noche anterior. Imaginó el dolor de Kimara al ser rechazada por Jack, al darse cuenta de que él no iba a pasar la noche con ella, porque su corazón pertenecía a otra persona. Y, a pesar de todo, la semiyan no la había mirado con odio ni rencor en ningún momento; había aceptado la situación con naturalidad, por mucho daño que eso le causase. Victoria se sintió de pronto muy unida a ella. Comprendía perfectamente que sintiera algo tan intenso por Jack, porque a ella le pasaba lo mismo. Cerró los ojos un momento, notando los brazos de Jack en torno a su cintura, su presencia tras ella, sobre el lomo del torka que ambos compartían, y se sintió muy feliz de que él la correspondiera. Pero no pudo evitar entristecerse por Kimara, la independiente e intrépida Kimara, sufriendo por alguien que no podía quererla de la misma manera.

De todas formas, la semiyan se comportó en todo momento como si nada hubiera sucedido, tratando a Jack y a Victoria con naturalidad y confianza; pero Victoria podía leer el dolor en el fondo de sus ojos de rubí, y la admiró aún más por su fuerza interior.

La actitud de Jack hacia Kimara, por el contrario, sí cambió. Victoria se dio cuenta de que aquella atracción que él parecía sentir hacia ella había desaparecido, que ya no la miraba de esa forma tan intensa, que ya no se mostraba fascinado por ella. Sin embargo, la trataba con cariño y confianza, como a una hermana. Victoria sabía que Kimara agradecía que Jack no la apartara de su lado, agradecía su presencia, y podía comprenderlo: la compañía de Jack, la suavidad de su voz, su amistad sincera... podían curar cualquier herida. Victoria lo sabía por experiencia.

Shail esperó con paciencia sobre su paske mientras, unos metros más allá, Zaisei dialogaba con dos cazadores ganti. Los ganti hablaban una lengua extraña que, a pesar de parecer una amalgama de todos los dialectos conocidos de idhunaico, tenía un tono propio y singular, y resultaba muy difícil de comprender. Sin embargo, Zaisei conversaba con ellos sin problemas. Los celestes eran hijos de Yohavir, el Señor de los Vientos, que era también el dios de la comunicación y la empatía. Quizá por eso eran incapaces de hacer daño a nadie, reflexionó Shail. Comprendían demasiado bien a todo el mundo, no podían evitar ponerse en el lugar de las otras personas y, por tanto, no podían odiarlas.

Tal vez por eso, a pesar de todo, Zaisei había decidido acompañar a Shail en su viaje.

Después del ataque del shek, a la Venerable Gaedalu le había quedado claro que Shail era un peligro para la seguridad de las sacerdotisas, y, pese a lo que había convenido con el Padre Ha-Din, le había prohibido terminantemente la entrada en el Oráculo. Si las serpientes buscaban a Shail, decidió Gaedalu, no lo encontrarían allí. Las Iglesias no podían permitirse el lujo de perder su último Oráculo, y la Madre no quería dar a los sheks motivos para destruirlo igual que habían hecho con los demás.

Para entonces, a Shail ya no le importaba la profecía. Sabía que ese no era el plan que habían trazado, pero estaba muy preocupado por Jack y Victoria y se reprochaba una y otra vez el haberlos dejado marchar. Le dijo a Zaisei que iría a buscarlos, hasta Awinor si era preciso.

—Pero, Shail, no puedes andar —le había respondido ella, preocupada.

El mago había replicado de malas maneras. Detestaba que le recordaran que había quedado lisiado, casi tanto como que insinuaran que había dejado de ser útil a la Resistencia, y Zaisei había hecho ambas cosas, aun sin pretenderlo. Shail no recordaba exactamente qué le había dicho, pero sí sabía que le había dirigido palabras hirientes, y que por poco la había hecho llorar. Se odiaba a sí mismo por ello. Se estaba portando fatal con ella, a pesar de que la sacerdotisa solo le había dado cariño y comprensión desde que la conocía. Había esperado que ella gritara, que lo insultara por ser tan ruin, que discutieran; probablemente hasta se habría sentido mejor. Pero Zaisei había desviado la mirada en silencio.

«Condenados celestes», había pensado Shail, entre furioso y conmovido. Zaisei lo comprendía, sabía por qué se comportaba así, y no le guardaba rencor. Lo conocía mejor de lo que él se conocía a sí mismo.

«Me he vuelto un auténtico canalla», pensó el joven. «¿Qué me pasa? Antes, yo no era así. Ahora no hago más que decir cosas que no siento y hacer daño a la gente a la que quiero».

Le había pedido perdón a Zaisei. Pero no había cambiado de idea con respecto a su búsqueda. Y, para su sorpresa, la joven había pedido permiso a Gaedalu para abandonar el Oráculo y acompañarlo hasta Awinor.

Ahora atravesaban las Colinas de Gantadd, el país de los ganti, los mestizos.

Eran gente extraña. Se decía que muchos siglos atrás, en el amanecer de los tiempos, cuando las seis razas habían empezado a conocerse y a relacionarse entre ellas, habían nacido los primeros mestizos. Al principio, todo fue bien, pero pronto surgió un movimiento que defendía la pureza de las razas: humanos, feéricos, gigantes, celestes, varu y yan no debían mezclarse entre ellos. Los mestizos habían sido expulsados de casi todas las tribus y se habían concentrado en Gantadd, donde se habían asentado, formando una curiosa comunidad. Ahora eran ellos los que no querían tratos con aquellos de sangre pura. Tras siglos de mezclarse entre ellos, el resultado era un grupo de individuos que en algunos casos tenían características de todas las razas, y en otros no se parecían a ninguna. Por lo general eran amables con los viajeros, siempre que solo estuvieran de paso y no tuvieran intención de establecerse entre ellos. Y, sin embargo, la gente prefería evitar sus tierras, incluso los nuevos mestizos que habían nacido en el seno de otras sociedades, y que ahora eran aceptados en todas partes.

Los dos cazadores con los que estaba hablando Zaisei eran una muestra de la mezcla de sangres de los ganti. Uno de ellos tenía los enormes ojos, negros y almendrados, de los feéricos. Pero tenía aspecto humano, a pesar de su gran tamaño, que sugería algo de sangre gigante en sus venas. El otro, una mujer, exhibía el nerviosismo y la rapidez de movimientos y de palabra propios de los yan. También tenía antepasados feéricos, como mostraba su largo cabello aceitunado; pero su piel tenía tintes azulados, como la de los celestes.

Zaisei inclinó finalmente su cabeza lampiña y, con una delicada sonrisa, se despidió de ellos. Regresó hasta donde estaba Shail y subió a su montura con un ágil movimiento.

–No han pasado por aquí –informó–. Nadie los ha visto en Gantadd. Los cazadores sugieren que, si se dirigían a Awinor, es muy probable que hayan atravesado la Cordillera Cambiante por el Paso.

–Han elegido el camino del desierto –comprendió Shail, inquieto–. Pero Victoria no debe internarse en un sitio así. Necesita magia a su alrededor, ella...

Se dio cuenta de que había empezado otra vez con lo mismo, y se obligó a callarse. Últimamente se estaba volviendo muy cargante, preocupándose a todas horas por la seguridad de Victoria. Él mismo era consciente de eso, pero no podía evitarlo.

Zaisei le sonrió. Por lo visto, a ella no le molestaba.

—Estará bien —dijo—. Jack está con ella.

En otras circunstancias, esto le habría bastado. Pero Shail sabía que lo que le sucedía, en el fondo, era que se sentía culpable... por tantas cosas...

Por no haber permanecido junto a Victoria todo aquel tiempo, por haberse perdido aquel misterioso viaje durante el cual ella había dejado de ser una niña para convertirse en una mujer. Por no haber estado a su lado para aconsejarla, para guiarla, para mostrarle los secretos de su naturaleza de unicornio, para ayudarla a descifrar los confusos sentimientos que inundaban su alma. Y, sobre todo..., por haberla echado de su lado y haberle dicho cosas que no sentía aquella noche tan extraña en la que ella y Jack se habían alejado de la Resistencia. Entonces no sabía que no iba a volver a verla. Pero eso no era excusa.

—Puedo llamar a los pájaros haai —dijo entonces Zaisei—. Viajaremos más deprisa.

Shail entendió a qué se refería.

Los celestes conocían un cántico misterioso que, entonado por ellos, atraía a las aves doradas que les servían para desplazarse por el aire.

Los llamaban haai, «amigos», y no sin motivo. Los pájaros haai vivían solo en Celestia, donde, de cuando en cuando, unas estilizadas agujas de piedra rompían el suave paisaje de la llanura. En lo alto de aquellas formaciones rocosas, los haai hacían sus nidos, tan arriba que nadie podía alcanzarlos. Solo los celestes, que nacían con el don de la levitación, eran capaces de flotar hasta ellos; con el tiempo, habían aprendido su lenguaje, su melodioso canto, y los haai acudían gustosos cuando los celestes los llamaban. A cambio, estos cuidaban de las hermosas aves, les llevaban manjares deliciosos y las curaban cuando enfermaban.

El mago acarició por un momento la idea de volar hasta Awinor, pero se obligó a sí mismo a ser sensato: si los sheks sabían ya adónde se dirigían Jack y Victoria, patrullarían sin descanso los cielos sobre Awinor. Sin duda llamarían menos la atención si viajaban por tierra.

Negó con la cabeza.

–No, Zaisei. Es más seguro seguir viajando a lomos de los paskes. Los alcanzaremos de todas formas. Ellos van a pie, y...

Se interrumpió, angustiado.

–No pienses en ello –le dijo Zaisei, entendiéndolo; se inclinó hacia él y lo besó en la mejilla, con suavidad.

El joven se quedó sorprendido. Era la primera vez que ella hacía eso. Los dos eran conscientes de lo que sentían el uno por el otro, sobre todo Zaisei, tan hábil para leer en los corazones de los demás. Pero ambos sabían también que eran demasiadas las cosas que los separaban y, por otro lado, Shail tenía una misión que cumplir, estaba involucrado en la Resistencia hasta la médula, y no quería implicarla a ella; era demasiado peligroso.

Sin embargo, en aquel momento se dio cuenta de que estaban viajando juntos y que ella ya había elegido implicarse. Y la miró a los ojos, aquellos límpidos ojos violetas, y sintió, por primera vez en mucho tiempo, que un rayo de esperanza iluminaba su corazón.

Los últimos días de trayecto transcurrieron sin contratiempos. Tardaron un poco más de lo previsto en llegar a los límites del desierto, porque Kimara tuvo que dar un rodeo para incluir en la ruta todos los oasis cercanos. Victoria precisaba renovar su magia a menudo y, aunque la semiyan no había hecho preguntas al respecto, sí había asumido aquella necesidad de su compañera de viaje y actuaba en consecuencia.

Gracias a la experiencia de su guía, el grupo sorteó todas las trampas que el desierto podía tender al viajero incauto. También los sheks vigilaban desde los cielos, pero, por suerte para ellos, Jack podía percibirlos desde la distancia; se le ponía la piel de gallina cuando uno de ellos se acercaba, y el fuego que ardía en su interior parecía avivarse de pronto. Y él y sus compañeras tenían siempre tiempo de sobra para camuflarse entre las dunas antes de que llegaran las serpientes aladas. Pero Jack tenía la sensación de que las capas de banalidad cada vez funcionaban peor, porque a veces los sheks sobrevolaban varias veces la zona donde se hallaban escondidos, como si pudieran intuir que había algo allí, aunque no supieran exactamente qué ni dónde. Cuando se lo comentó a Victoria, ella movió la cabeza, preocupada.

–No son las capas, Jack; eres tú. Hace un tiempo que tu energía se ha vuelto tan intensa que a la capa le cuesta cada vez más ocultarla.

Jack se quedó sorprendido, pero le habló entonces de las cosas extrañas que le habían venido sucediendo desde que se adentraran en el desierto.

–¿Será porque nos acercamos cada vez más a Awinor?

–Tal vez –respondió ella tras una breve vacilación–. Pero creo que hay algo más.

–¿El qué?

Pero Victoria sacudió la cabeza. Era solo una intuición y no podía explicarlo.

Por fin, una tarde divisaron a lo lejos las montañas que erizaban la piel arrasada de Awinor, el reino de los dragones. Kimara les señaló un punto que parecía una arista retorcida.

–¿Veis eso? –susurró–. Son las ruinas de la Torre de Awinor, una de las sedes de la Orden Mágica. Cuando los dragones vivían, a ningún mortal le estaba permitido ir más allá. Los yan llamaban a esa torre Wenawinor, las Puertas de Awinor. Pero ahora... en fin, lleva en ruinas más de una década. Yo era muy niña cuando fue destruida. No la recuerdo en pie.

Jack se quedó contemplando el horizonte un momento.

–Awinor –dijo simplemente–. Yo nací allí... Una parte de mí nació allí –se corrigió.

Espoleó al torka para hacerlo avanzar, pero Kimara retuvo al animal por las riendas.

–Espera.

Saltó de su montura y se acuclilló sobre el suelo. Hundió las manos en la duna y las sacó llenas de arena, aquella fina arena de color salmón que cubría la superficie de Kash-Tar. Jack y Victoria la vieron trepar a lo alto de la duna, alzar las manos y soltar la arena al viento, que la recogió y la llevó en dirección a Awinor.

Kimara bajó los brazos y esperó. Jack quiso preguntar qué estaba haciendo, pero Victoria aguardaba en un silencio respetuoso, como si no quisiera romper la concentración de la semiyan, y Jack la imitó.

Pasó un largo rato antes de que el viento soplara de nuevo, revolviendo su pelo y sus ropas. Kimara no se había movido del sitio, pero en aquel momento levantó las manos otra vez.

Y Jack y Victoria vieron cómo el viento traía consigo granos de arena, y los dejaba caer sobre ella. La semiyan cerró los ojos y dejó que aquella arena acariciara su rostro y las palmas de sus manos. Después, el viento volvió a calmarse. Kimara abrió los ojos y dijo:

–Nos esperan en la frontera con Awinor. Cerca de un centenar de szish. Varios sheks. Está claro que saben que nos acercamos, y quieren cortarnos el paso.

Victoria lanzó una exclamación ahogada. Jack preguntó, confuso:

–¿Cómo sabes eso?

–Me lo ha dicho el desierto –dijo Kimara simplemente.

Jack decidió que no valía la pena preguntar más, y optó por creer sin dudar lo que ella les decía. Se llevó una mano a la sien, notando que algo palpitaba en su interior, un impulso asesino que lo llevaba a acicatear a su torka para que lo llevara directamente hasta las serpientes, para luchar contra ellas, para matar...

Se esforzó por controlarse. No podía lanzarse a ciegas de aquella manera, y menos en aquellas circunstancias. Tenía que cuidar de Victoria y de Kimara, no debía ponerlas en peligro.

–Muy bien –dijo, luchando por mantener la cabeza fría–. ¿Cómo podemos pasar sin que nos vean?

–No podemos –respondió Kimara, negando con la cabeza–. Tendremos que pelear.

–¿Contra un centenar de szish y varios sheks? ¿Nosotros tres? –Jack movió la cabeza, perplejo.

Kimara clavó en él su mirada de fuego.

–Pero tú eres un dragón –dijo con fervor y una fe inquebrantable–. Puedes enfrentarte a todos ellos.

Jack reprimió una carcajada sarcástica.

–Podría enfrentarme a un shek cada vez –le explicó–. Pero no a seis o siete al mismo tiempo. Los sheks no son inferiores a los dragones, son sus iguales, ¿entiendes? Solo un shek puede derrotar a un dragón.

–¿Y un dragón podría vencer a un solo shek?

Por la mente de Jack cruzó, como un relámpago, el recuerdo del sonido de Haiass al ser quebrada por su propia espada, el rostro de Kirtash, su expresión de odio y turbación al saberse derrotado...

–¿Adónde quieres ir a parar?

–Conozco un desfiladero –dijo Kimara–. Es un paso muy estrecho, y seguro que también lo tienen vigilado, pero no hay espacio para mucha gente. Como mucho un shek, o dos, y una patrulla de szish. Si atacamos por sorpresa, tendremos alguna posibilidad de pasar.

–Aunque lo consiguiéramos, pronto se nos echarán todos encima.

–En Awinor, no. Si logramos entrar en la tierra de los dragones, ellos no nos seguirán.

–¿Por qué estás tan segura?

–Porque nadie entra en la tierra de los dragones, Jack –dijo Kimara con suavidad–. Ni siquiera los sheks.

Jack frunció el ceño, desconcertado. Le costaba trabajo imaginarse que hubiera algún lugar en el que los sheks no se atrevieran a aventurarse. Pero decidió, una vez más, confiar en Kimara. Miró a Victoria.

–¿Tú qué piensas?

Ella asintió, decidida. Jack recordó que Victoria podría estar en aquellos momentos junto a Christian, o simplemente a salvo en el bosque de Awa, y sin embargo había optado por acompañarlo, y ahora lo apoyaba sin reservas. Y la quiso todavía más que antes. Sonrió y le acarició la mejilla con cariño.

–Muy bien –dijo entonces, alzando la mirada hacia Kimara–. Lo intentaremos por el desfiladero.

Shissen no se encontraba cómoda en aquel lugar.

El sitio era perfecto para una emboscada, eso no podía negarlo. Estrecho y lleno de recovecos donde ocultarse y aguardar a la presa. Todo el tiempo que hiciera falta, eso no era problema. La paciencia era una de las grandes virtudes de los sheks.

Pero, aun así, el lugar le provocaba una honda inquietud.

Porque a sus espaldas, más allá del recodo, el desfiladero se abría y daba paso a un inmenso y macabro cementerio.

Como todos los sheks, Shissen celebraba la extinción de los dragones, y al fin y al cabo el paisaje de Awinor era un símbolo más de la rotunda victoria de las serpientes aladas. Pero había algo en aquellos blancos esqueletos que la estremecía y despertaba una extraña nostalgia en su interior. Quizá porque la naturaleza de los sheks exigía que odiasen a los dragones y luchasen contra ellos. Y ahora que ya no quedaban dragones que matar, la balanza se había desequilibrado, era como si una parte de las vidas de los sheks, un aspecto de su misma esencia, ya no tuviera ningún sentido.

Entornó los ojos y se centró en la situación. Según le habían informado, un dragón, el último dragón, iba camino de Awinor. Shissen deseó que pasase por su desfiladero. Como la mayoría de los sheks, nunca había luchado contra un dragón. Y ansiaba hacerlo.

Se deslizó por entre las rocas para comprobar que los szish de la patrulla seguían en sus puestos. Sabía de antemano que así era, pero decidió hacerlo de todos modos.

Levantó la cabeza de pronto y entornó los ojos. ¿Qué era aquello? Sentía una fuerza extraña ocultándose entre las rocas un poco más lejos, algo... cálido. Se alzó un poco más, desplegando un tanto las alas para mantener el equilibrio. Calor.

Demasiado calor para tratarse de un mamífero cualquiera. Siseó de nuevo, furiosa.

Los szish habían percibido la tensión de Shissen, pero no se movieron, esperando instrucciones. Ella les transmitió una serie de órdenes telepáticas: debían estar alerta, sin abandonar sus posiciones. Podía ser una trampa.

La fuente de calor palpitaba cada vez con más fuerza. Intensa, muy intensa, pero pertenecía a un cuerpo demasiado pequeño para tratarse de un dragón. Recordó que le habían dicho que el dragón que estaban esperando andaba por ahí camuflado en un cuerpo humano.

Se acercó todavía más, con sus hipnóticos ojos clavados en las rocas. Lo había descubierto, y el dragón debía de saberlo. No tendría más remedio que dejarse ver y defenderse. Y luchar. El cuerpo escamoso de Shissen se estremeció solo de pensarlo.

Entonces sintió la energía tras ella brotando como un chorro desbordado y se volvió con la rapidez del relámpago, pero era demasiado tarde.

Desde el otro lado del desfiladero surgió una especie de rayo de luz que buscó su cuerpo. Shissen se echó a un lado, furiosa, pero el chorro le acertó en un ala, perforándola. La shek chilló de dolor y de ira, buscando con la mirada aquello que se había atrevido a atacarla. Y fue entonces cuando el dragón salió de su escondite y se enfrentó a ella, con un grito salvaje y todo el fuego del mundo brillando en sus ojos verdes. Shissen contempló un instante, aturdida, la espada de fuego que se cernía sobre ella. Pero reaccionó enseguida y se irguió, con los ojos llenos de helada ira, para enfrentarse al muchacho que olía a dragón, mientras ordenaba mentalmente a los szish que se encargaran de la otra amenaza.

Oyó un grito parecido al ulular de una lechuza, el grito de guerra de los yan, pero apenas le prestó atención. Solo el dragón era importante.

Un poco más lejos, los szish se enfrentaban a una muchacha que portaba un extraño báculo luminoso, y a una sombra veloz que saltaba de roca en roca, disparando dardos parecidos a arpones, que lanzaba desde una pequeña ballesta con notable puntería.

Solo eran dos mujeres, y del chico de la espada de fuego se encargaría Shissen; y, sin embargo, los szish no se confiaron, porque eran seres inteligentes y sabían que alguien que podía sorprenderlos de la manera en que aquellos tres lo habían hecho era un rival a tener en cuenta.

La chica del báculo se había parapetado en un lugar en el que solo podían acercarse a ella de dos en dos, y la hembra yan era prácticamente inalcanzable porque se movía por la parte alta del desfiladero, disparando sus mortíferos dardos desde allí. Los szish pronto aprendieron a mantenerse alejados del báculo, pero no podían hacer nada ante las poderosas centellas que lanzaba contra ellos.

Jack sintió la furia del dragón palpitando en sus sienes, notó que su cuerpo emitía más calor del habitual, y dejó que su fuego se canalizara a través de su espada. El cuerpo ondulante del shek lo rodeaba por todas partes, envolviéndolo, confundiéndolo, pero el muchacho lo mantenía alejado con el filo de Domivat. La serpiente chilló y se lanzó sobre él, como un relámpago letal; Jack descargó una estocada y la obligó a retroceder.

Parecía desconcertada, y Jack entendió de pronto por qué. Notó los esfuerzos del shek por paralizarlo con su poder hipnótico que, por alguna razón, no le afectaba. El chico recordó cómo, no hacía mucho, la fuerza mental de Kirtash lo había mantenido inmóvil como una estatua, atrapado como un insecto en la red de una araña. Entonces, solo la intervención de Victoria lo había salvado de la ira del shek. Pero habían pasado muchas cosas desde aquella noche; Jack había cambiado, se sentía más fuerte y poderoso que nunca. Y ya no volvería a temer a las serpientes, porque sabía que no era inferior a ellas, que estaban en plano de igualdad. Por tanto, ellas no podían infundir en él el terror paralizante que inspiraban a otras víctimas.

Con un grito salvaje, Jack se abalanzó sobre la criatura y consiguió sajar su largo cuerpo ondulante. El shek chilló de dolor y retorció la cola para apagar las llamas. Jack notó que el dragón exigía ser liberado.

—¡Jack! —la voz de Victoria lo trajo de vuelta a la realidad. Percibió que ella y Kimara se habían abierto paso entre los szish y corrían por el desfiladero, hacia el interior de Awinor. Se esforzó por controlarse y echó a correr tras ellas.

No debió darle la espalda al shek. Jack sintió cómo la serpiente se alzaba tras él, oyó su inconfundible siseo y se dio la vuelta para hacerle frente...

... pero algo se interpuso entre ambos, y un rayo luminoso acertó al shek en plena cara. La serpiente siseó, enfurecida, y retrocedió. Clavó su mirada en Victoria, que aún alzaba el báculo en alto, y la observó con cautela, a una prudente distancia.

—No te atrevas a tocarlo —le advirtió la muchacha, muy seria. Jack pensó que seguirían luchando, y una parte de él se estremeció de alegría. Deseaba con toda su alma matar a aquel shek, dar rienda suelta al odio irracional que aquellas criaturas le inspiraban.

Pero Victoria dio media vuelta y echó a correr, tirando de él y obligándolo a ponerse en marcha.

Y los dos corrieron hacia el corazón de Awinor, dejando atrás a las serpientes.

Shissen los vio marchar. Se pasó la lengua bífida por la cara para lamerse la herida que le había producido la magia del báculo. También tenía lesiones en la cola y en el ala derecha. Nunca nadie la había herido de aquella manera.

—¿Los perseguimos? —preguntó el capitán de los szish.

Shissen paseó la mirada por lo que quedaba de su tropa. Siete hombres-serpiente, dos de ellos heridos.

«No», dijo por fin. «Daremos la alarma y pediremos refuerzos. Han logrado entrar, pero no conseguirán salir vivos de ahí».

Sus ojos tornasolados relucieron un instante, recordando el fuego de aquella espada detestable. Con un poco de suerte, sus superiores le permitirían volver a enfrentarse a aquel dragón. Quería ser ella quien tuviera el placer de matarlo.

Kimara se acurrucó junto a una roca, temblando.

—Yo no voy a seguir más allá —dijo.

Jack se inclinó junto a ella.

—Pero no puedes quedarte aquí. Es peligroso.

Ella negó con la cabeza.

—No puedo, Jack. ¿No lo entiendes? Los yan admiramos y respetamos a los dragones como a hermanos mayores, pero también como a seres superiores a nosotros. Awinor era un lugar sagrado, y ahora que es todo lo que queda de los dragones... más aún. Ningún yan se atrevería a profanarlo con su presencia. No me obligues a hacerlo.

Jack asintió, aunque no del todo convencido.

—¿Nos esperarás, pues?

Kimara lo miró con intensidad.

—Te esperaré —le prometió.

Jack sonrió y le oprimió la mano con cariño.

—No tardaremos. Ten cuidado, ¿vale?

Se reunió con Victoria un poco más allá, y juntos prosiguieron su camino hacia el corazón de Awinor.

El paisaje que los recibió resultaba desolador. El suelo era gris y polvoriento, cubierto aún por las cenizas provocadas por el fuego que quince años atrás había hecho arder aquella tierra por los cuatro costados. El cielo estaba velado por una neblina siniestra que no dejaba ver los soles. De cuando en cuando, alguna ráfaga de viento levantaba remolinos de polvo que se les enredaban en los tobillos.

Pronto vieron el primer dragón, o lo que quedaba de él, apenas un enorme esqueleto blanquecino semienterrado en la ceniza. La mano de Jack buscó la de Victoria y la oprimió con fuerza. La muchacha tenía el corazón encogido, y miró a su amigo, preocupada.

—¿Estás seguro de que quieres seguir, Jack? —le preguntó con suavidad.

Jack apretó los dientes y asintió con firmeza.

Caminaron todo el día sobre el polvo gris, entre esqueletos de dragones. Algunos estaban destrozados, señal de que habían caído desde el cielo bajo la mortífera luz de la conjunción. Otros aún tenían las fauces abiertas, en un mudo grito de terror, o de auxilio, o, simplemente, de muerte.

Jack no dijo una palabra durante todo el trayecto. Se limitaba a caminar como un autómata, pero Victoria vio que tenía los ojos húmedos, y no le soltó la mano en todo aquel tiempo. Era el único consuelo que podía ofrecerle, porque sentía que no había palabras que pudieran calmar la amargura, el desconcierto y la impotencia del muchacho ante aquel espectáculo desolador. Comprendió entonces por qué Christian le había dicho, al despedirse de ella, que Jack la necesitaba más que nunca en aquellos momentos. Y aunque seguía añorando muchísimo al shek, se alegró de haber ido con Jack, y supo que era allí, en Awinor, donde debía estar.

Se dio cuenta entonces de que Jack caminaba en una dirección determinada. Y era extraño, porque daba la sensación de que el chico no sabía muy bien adónde iba; al menos, no de manera consciente. Finalmente, cuando la neblina se había tornado rojiza bajo la luz del último atardecer, Jack se detuvo ante un cerro y lo contempló, con emoción contenida.

–Es aquí –dijo solamente.

Victoria alzó la mirada y vio una cueva que se abría en lo alto.

Habían visto muchas como aquella horadando las montañas, nidos de dragones, de los que toda vida había huido tiempo atrás, y, sin embargo, Jack no les había prestado atención. Victoria tragó saliva, comprendiendo por qué aquella era especial, y miró a Jack, inquieta, sorprendida de que su instinto fuera tan certero.

Jack llegó hasta la base del cerro y comenzó a trepar por los riscos. Victoria dudó. Sabía que aquel era un momento muy importante para él y no estaba segura de si debía esperarlo fuera, para dejarle intimidad, o bien acompañarlo y estar a su lado para ofrecerle su apoyo. Por fin, optó por seguirlo.

Para cuando consiguió alcanzar la entrada de la cueva, Jack ya se internaba por ella. Desenvainó a Domivat para que su fuego iluminase el interior, como una antorcha. Victoria reprimió un pequeño grito de horror.

Restos de huevos, pequeños esqueletos de dragones en miniatura... aquello era como una versión reducida de lo que habían contemplado fuera, pero peor, mucho peor. Al fin y al cabo, los dragones eran seres poderosos, y ver sus restos inspiraba tristeza y respeto. Pero aquellas criaturas, muertas nada más salir del huevo, no habían llegado a ver la luz de los tres soles. Era espeluznante, y tan injusto que a Victoria se le llenaron los ojos de lágrimas.

Se reunió con Jack al fondo de la caverna. El muchacho se había arrodillado junto a los restos polvorientos de un huevo de dragón, grande y moteado, igual que los demás. Pero para Jack no era un huevo más.

–¿Es este? –susurró Victoria, acuclillándose junto a él.

Jack asintió en silencio. Tenía los ojos húmedos y, cuando los cerró, las lágrimas recorrieron sus mejillas. Victoria lo abrazó con todas sus fuerzas.

–Nací de este huevo –dijo Jack, entre entristecido, maravillado y perplejo–. Lo sé, estoy tan seguro como si llevara escrito mi nombre en la cáscara.

Victoria lo meció entre sus brazos, acariciándole el pelo con cariño.

–Pero también... nací de una mujer humana –prosiguió Jack, confuso–. En un hospital, como tantos otros bebés humanos de nuestro mundo. Es muy... extraño.

Victoria no pudo evitar pensar en ella misma. No había conocido a sus padres humanos; si viajase a Alis Lithban, no encontraría tampoco evidencias de su nacimiento como unicornio, nada parecido a las cáscaras de un huevo.

Apartó de su mente aquellos pensamientos. No quería plantearse dudas sobre sus orígenes, era demasiado descorazonador. Decidió centrarse en el presente... y en el futuro, y en ambos veía el rostro de Jack. También el de Christian... Pero, en aquellos momentos, era con Jack con quien debía estar.

Esta vez fue ella quien buscó la mano de él para estrecharla con fuerza. Juntos, salieron del nido del dragón y descendieron por la falda de la montaña.

Entonces, una ráfaga de viento levantó la neblina a su alrededor, y vieron allí cerca los restos de otro dragón. Habían visto tantos esqueletos ya que a Victoria no le llamó la atención, pero Jack se detuvo en seco y se le quedó mirando. Entonces soltó la mano de Victoria y echó a correr hacia allí. La muchacha lo siguió, con el corazón encogido.

Lo encontró de rodillas sobre las cenizas, junto al enorme cráneo del dragón, una calavera que exhibía unos poderosos dientes y dos cuernos que se proyectaban hacia atrás desde su frente. Era algo tétrico y amenazador y, sin embargo, Jack lo acariciaba como si fuera lo más hermoso del mundo. Alzó hacia Victoria sus ojos verdes, inundados de lágrimas.

–Es... es mi madre, Victoria.

Ella se llevó una mano a los labios, conmovida.

–Jack... –susurró.

El chico sacudió la cabeza, y sus hombros se convulsionaron en un sollozo.

—He tenido cuatro padres, padres humanos, padres dragones, y los cuatro están muertos —miró a Victoria—. Tú sabes de qué estoy hablando, a ti te ha pasado igual. ¿No los echas de menos?

—Nunca los conocí —respondió ella con sencillez—. No sé qué es lo que he perdido.

Jack se levantó, su rostro congestionado con una mueca de rabia y de dolor, y miró a su alrededor. Casi pudo oír los susurros de los espíritus de los dragones que habían poblado aquella tierra, antaño hermosa, ahora un siniestro cementerio. Apretó los puños y lanzó un grito desde el fondo de su ser, un grito henchido de tristeza y de impotencia, un grito que se alzó hacia el cielo neblinoso y que sonó como el lamento de todos los dragones del mundo.

Sintió los latidos de su corazón, lentos, pero que sonaban con tanta fuerza que atronaban en sus oídos como el ritmo de un tambor. Sintió que la sangre le hervía y que el fuego se desparramaba desde su corazón, inflamándolo por dentro. Dejó que el dragón se apoderara de su cuerpo y fluyera a través de sus venas, de dentro afuera, regenerándolo, reviviéndolo. Volvió a gritar, y esta vez fue un rugido de libertad.

Cuando abrió los ojos otra vez, supo que ya no era un ser humano. Su respiración era mucho más pesada, su cuerpo más grande, y algo ardía en su interior como el núcleo de una estrella. Estiró las alas y dejó escapar un curioso sonido, parecido a un gañido. Vio a Victoria próxima a él. Le pareció más pequeña y más lejana, e inclinó la cabeza para verla más de cerca.

La muchacha lo contemplaba, maravillada y emocionada. Jack vio reflejado su rostro de dragón en los grandes ojos castaños de ella. Se sintió un poco avergonzado, sin saber por qué. Pero Victoria alzó la mano y acarició su piel escamosa, una piel que brillaba, incluso bajo aquella luz desvaída, con una suave aureola dorada. Sus dedos rozaron su largo cuello, la membrana de sus alas, sus cuernos, su cresta. Y la voz de ella rebosaba amor y ternura cuando susurró su nombre:

—Yandrak...

Lejos, muy lejos de allí, en el norte, un joven luchaba una vez más contra una representación de su enemigo. El odio latía en su interior con más fuerza que nunca y, con un salvaje grito, el muchacho descargó su espada contra el dragón, con todas sus fuerzas.

La imagen del dragón parpadeó un breve instante.
Y entonces, el gólem se partió en mil pedazos.
Christian se quedó contemplándolo, con expresión indescifrable. Haiass palpitaba, ansiosa, sedienta de sangre, sangre de dragón.

–Sí, Haiass –murmuró el shek, sombrío–. Lo sé. Yo también lo he notado.

En sus ojos de hielo brillaba el frío aliento de la muerte.

XI
LO MÁS PRECIADO QUE PUEDE ENTREGAR UN UNICORNIO

KIMARA no se había movido del lugar donde la habían dejado. Estaba encogida sobre sí misma, al pie de la roca, muy quieta, y eso no era habitual en ella, siempre tan activa y nerviosa. Alzó la cabeza al verlos aparecer entre las brumas.

Se quedó sin aliento. Victoria avanzaba hacia ella, seria y serena. Y junto a ella, caminando en silencio, despacio...

La semiyan se dejó caer de rodillas sobre el polvo, con los ojos llenos de lágrimas. Cuando la joven y el dragón llegaron frente a ella, bajó la cabeza, temblando, con reverencia.

–Kimara –dijo el dragón, con una voz profunda y cadenciosa que, sin embargo, tenía la suavidad y el cariño de la voz de Jack–, por favor, no hagas eso. Levántate.

Kimara tardó un poco en alzar la cabeza. Pero siguió de rodillas ante él. Lágrimas de emoción surcaban sus mejillas.

–Sabía que eras tú –murmuró–. El dragón que volaba sobre las montañas. Pensé que lo había soñado, pero no, lo vi de verdad. Y cuando te vi con los limyati... supe que eras tú, aunque ya no parecieses un dragón. Me lo dijo el corazón.

Victoria la miró, extrañada.

–¿Qué quieres decir con que volaba sobre las montañas?

El dragón estiró el cuello y dejó escapar un suave sonido gutural. Entonces cerró los ojos y volvió a transformarse en Jack.

Fue sencillo, al menos al principio; pero, cuando regresó a su cuerpo humano, se vio preso de una extraña debilidad, se le doblaron las piernas y tuvo que apoyarse un momento en Victoria. Y se sintió oprimido, como si estuviese encarcelado en una celda demasiado pequeña. Respiró hondo y, poco a poco, aquella angustiosa sensación fue disipándose.

–Vi a un dragón volando sobre las montañas –estaba explicando Kimara–, un par de días antes de conoceros a vosotros.

Jack y Victoria cruzaron una mirada.

–Pero eso es imposible –dijo Victoria–. Jack nunca se había transformado en dragón, esta es la primera vez... y no quedan más dragones en Idhún. Seguramente te confundiste con otra cosa, tal vez un shek.

–No, no, no –negó Kimara, moviendo la cabeza con nerviosismo–. Era un dragón. Lo sé. Era... era Jack –concluyó, mirándolo con cierta timidez.

Victoria iba a responder, cuando Jack dijo de pronto:

–Sí. Sí, es verdad, era yo –se volvió hacia Victoria, un poco desconcertado–. Era eso lo que no recordaba, Victoria. Así fue como escapamos del árbol. Me transformé en dragón y te llevé volando... y luego... luego perdí el sentido.

–¿Y lo olvidaste todo? –Victoria ladeó la cabeza, perpleja–. ¿Me estás diciendo que hace diez días que te transformaste en dragón por primera vez, y no lo recordaste? Y tú –añadió, volviéndose hacia Kimara–, ¿por qué no nos lo dijiste?

–¿Cómo iba a saber que Jack nunca se había transformado?

Victoria no sabía si reír, llorar o enfadarse.

–Podríamos habernos ahorrado todo el viaje a través del desierto.

–Pero yo debía venir aquí, Victoria –dijo Jack entonces–. No me arrepiento de haber conocido el lugar donde nací.

Ella lo miró y sonrió, comprendiendo.

Buscaron refugio en las ruinas de la Torre de Awinor, debajo de los elegantes arcos que habían presidido la entrada. La mayoría se habían derrumbado ya hacía tiempo, pero las grandes piedras les proporcionaron cobijo en aquella tierra de hueso y ceniza.

Jack sabía que no sería fácil salir de allí; las gentes de Ashran los aguardarían en cada camino y cada senda que saliese de la tierra de los dragones, pero no quiso tocar el tema aquella noche: los tres necesitaban descansar. Al día siguiente decidirían qué hacer.

Le costó conciliar el sueño, sin embargo. Incluso cuando ya hacía rato que Victoria se había dormido entre sus brazos, como todas las noches, él seguía contemplando las pavesas de la hoguera, con gesto preocupado.

Tampoco Kimara se había dormido.

–¿Te encuentras bien? –le preguntó ella.

Jack sacudió la cabeza.

–No, es este lugar. Me recuerda constantemente que todos los dragones están muertos. Que soy el último de mi raza. Es... –intentó encontrar palabras para expresarlo– como si todo Awinor me susurrase que nuestro tiempo ya pasó, que yo estoy fuera de lugar, que no debería existir. Que debería ir... con todos los demás dragones, donde quiera que estén. En el cielo de los dragones, si es que existe algo así.

Kimara asintió, aunque no había entendido del todo sus últimas palabras.

–Yo tengo un mal presentimiento –dijo–. Los vientos se mueven, las arenas cambian. Debemos estar alerta.

Jack la miró, interrogante, pero ella no dijo nada más.

Terminó por dormirse, sintiendo junto a él la cálida presencia de Victoria. Kimara, en cambio, permaneció despierta toda la noche, vigilante.

Se despertó de golpe horas más tarde, con el corazón latiéndole con fuerza, y miró a su alrededor, alerta. Todavía era de noche, pero una fina línea rosa empezaba a pintar el horizonte.

Se levantó de un salto, despertando a Victoria. Kimara estaba cerca; había trepado a una de las gigantescas losas que habían formado los arcos y desde allí, en cuclillas, escudriñaba el horizonte, escuchando con atención. Jack se reunió con ella.

–¿Oyes algo? –susurró.

–No, y tampoco veo nada. En apariencia no hay nada que temer, pero...

–Shek –cortó Jack, sombrío–. Hay un shek por aquí cerca, lo noto.

–Pero los sheks no se atreven a entrar en Awinor.

–Yo conozco a uno que se atreve a eso y a mucho más –masculló el chico.

–No es él –replicó Victoria, rozando su anillo con la yema del dedo–. Christian está muy lejos de aquí.

Por toda respuesta, Jack desenfundó su espada y se volvió hacia todos lados, ceñudo.

–Huele a serpiente –insistió–. ¿No notáis el frío?

Victoria asintió. Lo percibía; quizá no con tanta claridad como Jack, pero sí sentía la presencia de un shek, como habría sentido la presencia de Christian sin necesidad de verlo.

Kimara no, y por eso, tal vez, en lugar de mirar hacia todos lados, como hacían sus compañeros, clavó sus ojos en Jack, indecisa.

El muchacho había abandonado los restos del pórtico y caminaba al aire libre. Quizá tiempo atrás habría ido con más cuidado, habría intentado ocultarse; pero ahora era un dragón y lo que sentía hacia los sheks no era miedo, sino odio. Estaba deseando que la serpiente saliese de su escondite y plantara cara, para pelear y matarla, tal y como su instinto le exigía.

No contó con que un shek no atacaría de frente, sino por detrás. Y así, no vio a la serpiente que se agazapaba sobre la bóveda, encima de él, y a la que acababa de dar la espalda.

Shissen se había cansado de esperar a que el dragón volviese a salir de Awinor. Sentía su presencia cerca, muy cerca, y deseaba hacerle pagar las heridas que había recibido. El odio y la sed de venganza habían sido más fuertes que el respeto hacia el cementerio de los enemigos ancestrales, de modo que había abandonado su puesto de vigilancia y se había deslizado hasta las ruinas de la torre, donde su instinto le decía que se escondía el dragón.

Lo vio salir de su refugio. Llevaba desenvainada aquella abominable espada de fuego, pero estaba de espaldas a ella, y Shissen no quería desaprovechar la oportunidad.

Se lanzó sobre él desde lo alto, silenciosa y letal, con las fauces abiertas, dispuesta a triturar aquel ridículo cuerpo humano que ocultaba al último dragón.

Kimara vio la sombra del shek recortándose sobre la ceniza que cubría el suelo; supo lo que iba a pasar. Sin pensar en lo que hacía, gritó el nombre de Jack y echó a correr hacia él.

Jack se volvió, con la espada en alto, y vio la serpiente abalanzándose sobre él. Se dispuso a luchar, aun sabiendo que lo habían cogido por sorpresa, pero una veloz sombra se interpuso entre él y su atacante, en un intento desesperado por protegerlo. Aterrado, Jack vio cómo las fauces del shek se cerraban sobre el cuerpo de Kimara, cómo la criatura alzaba la cabeza y escupía a su presa a un lado, con desprecio, al darse cuenta de que no era el dragón que buscaba. Jack oyó a Victoria chillar el nombre de Kimara, percibió que echaba a correr hacia ella, pero de sus propios labios no salió ni una sola palabra. Temblando de cólera, de odio, de rabia y desesperación, el muchacho arrojó la espada a un lado. Shissen se lanzó sobre él, con un chillido de ira; Jack rugió, sintiendo que la fuerza del dragón se apoderaba de su cuerpo, y se abandonó a él, de buena gana.

Shissen se encontró de pronto luchando contra un furioso dragón dorado. La sorpresa duró solo unos segundos; enseguida, la hembra shek enrolló su largo cuerpo anillado en torno al de su enemigo, intentando asfixiarlo con su abrazo, mientras sus letales colmillos buscaban un lugar donde clavarse entre las escamas doradas.

Jack estaba loco de rabia. No sabía si Kimara seguía viva o no, pero la simple posibilidad de que la valiente semiyan hubiera muerto por culpa de aquella serpiente, que ni siquiera la buscaba a ella, lo enfurecía hasta hacerle perder el control. Notó sus colmillos hincándose en su hombro; sabía que su veneno era mortal, pero no le importó. Hundió una garra en una de las alas de Shissen, desgarrándola. Sus ojos se encontraron un momento, y Jack sufrió un agudo y salvaje aguijonazo en el cerebro que le hizo rugir de dolor. Volvió la cabeza, sintiendo que le iba a estallar, y exhaló una violenta llamarada a la cara de la serpiente, que chilló agónicamente.

El shek aflojó un momento su presa. Jack no lo dudó: abrió las fauces y mordió con furia el esbelto cuello de su enemigo. Le oyó chillar, pero eso solo le hizo cerrar las mandíbulas con más fuerza. Sacudió la cabeza con furia. Notó que le rompía el cuello...

... Y la presión cedió de pronto. Jadeando, Jack se desembarazó del cuerpo del shek. Estaba agotado, y el veneno que la criatura le había inoculado se extendía por su cuerpo, agarrotándolo. Pero se sentía maravillosamente bien... porque había matado a un shek.

Si se paraba a pensarlo, resultaba espeluznante.

Pero no lo hizo. Se arrastró como pudo hasta el lugar donde Victoria trataba de curar a Kimara. La muchacha alzó hacia él sus ojos llenos de lágrimas.

—Se va a morir, Jack.

Jack se dejó caer sobre el suelo, sin fuerzas, pero batió la cola con furia.

—¡No! Victoria, cúrala, haz algo, no la dejes... No puedes dejarla morir. ¡No es justo!

Victoria contempló el rostro de la semiyan, su cuerpo roto por culpa de los colmillos de la serpiente, y sintió un nudo en la garganta.

Apreciaba de veras a Kimara, y, además, ahora se sentía en deuda con ella. Y supo cómo podía ayudarla y qué era lo que debía hacer.

–Apártate un poco, Jack –dijo–. Déjanos solas.

Jack la miró y abrió la boca para replicar, pero había algo en sus ojos que le hizo cambiar de idea. Asintió y se arrastró un poco más lejos, con el corazón encogido. El veneno del shek recorría sus venas; pero los dragones llevaban siglos luchando contra los sheks, y su cuerpo estaba preparado para soportar aquello, al menos durante unos minutos más.

Él tenía esos minutos; Kimara, probablemente, no. De modo que Jack dejó caer la cabeza entre las zarpas y esperó.

Victoria acunó a Kimara entre sus brazos. Algo en su frente lucía como una estrella cuando empezó a hablarle al oído:

–Lo has dado todo por nosotros, Kimara. Has perdido a Jack, y a pesar de ello has seguido a nuestro lado y le has salvado la vida. No te imaginas lo mucho que te debo. Podría curarte, podría devolverte la vida, pero eso no saldaría la deuda que tengo contigo, porque él es para mí mucho más importante que mi propia vida. Por eso quiero darte algo más, lo más valioso que puedo ofrecerte, lo más preciado que puede entregar un unicornio.

Cuando terminó de hablar, ya no era una muchacha de quince años, sino un unicornio de color perla, y sus largas crines acariciaban el rostro de la semiyan. Sintió que la vida se escapaba rápidamente de su cuerpo, pero también percibió que Kimara seguía peleando por cada gota de energía, por cada segundo de existencia, con valentía, con tesón. El unicornio sonrió e inclinó la cabeza sobre ella. La rozó con suavidad, deslizando su cuerno espiralado sobre la piel de ella. La energía fluyó a través del unicornio, a través de su cuerno, pura, limpia y vivaz como un arroyo de las altas montañas, llenando a Kimara por dentro, expulsando el veneno del shek y curando las heridas de la joven. Victoria cerró los ojos, aún sonriendo. Era hermoso, era una experiencia maravillosa la que estaban compartiendo las dos, y supo que en aquel momento se había creado un vínculo entre ambas que nada podría romper.

Se sentía agotada, porque aquel lugar estaba muerto y había tenido que poner en juego todo su poder para extraer el máximo de energía del aire, los restos de magia que flotaban en el ambiente, desprendidos de las ruinas de la torre, que no en vano había sido uno de los núcleos de poder de la Orden Mágica. Pero no quiso transformarse en humana de nuevo, aún no. Aguardó con paciencia hasta que Kimara abrió los ojos y la vio.

Los ojos de la semiyan se agrandaron de la sorpresa. Después, su mirada se dulcificó, y dos lágrimas de alegría rodaron por sus mejillas. Alzó la mano, vacilante, para acariciar el cuello del unicornio, pero se detuvo a medio camino. Se miró los dedos, asombrada. Había algo chispeante en ellos, algo nuevo, vibrante. Alzó la cabeza al darse cuenta de que ese cosquilleo la llenaba por dentro, haciéndola sentir maravillosamente viva.

—¿Qué... qué me pasa?

—Es la magia —dijo su compañera con suavidad—. Eres una maga, Kimara.

Ella se volvió para mirarla, pero el unicornio había desaparecido. A su lado, solo estaba Victoria.

Los ojos de las dos se encontraron. Y Kimara comprendió muchas cosas.

—Gracias —dijo simplemente.

—Gracias a ti —respondió Victoria con sencillez.

Algo se abalanzó sobre ellas, abrazándolas, y por un momento tuvieron la sensación de que se asfixiaban. Pero solo era Jack, de nuevo transformado en humano, que las estrechaba, loco de alegría.

Victoria curó a Jack con sus últimas fuerzas y después durmió muchas horas seguidas. Jack la sostuvo todo aquel tiempo, mientras ella iba, lentamente, recuperando la energía que había perdido. Kimara se sentía todavía perpleja por todo lo que había sucedido.

—Soy una maga —dijo, maravillada—. Y ahora, ¿qué he de hacer?

—Lo poco que sé de los magos es que perfeccionan su arte en las torres de hechicería —dijo Jack, mientras descansaban todavía en el pórtico en ruinas, y Victoria dormía profundamente entre sus brazos—. Como esta en la que nos encontramos ahora. Pero ya no quedan torres. Todas las que había fueron destruidas o conquistadas por Ashran.

Kimara contempló en silencio los restos de la Torre de Awinor.

—Algún día —se prometió a sí misma— reconstruiré esta torre. Para que vuelva a ser la puerta al reino de los dragones.

—La magia puede resucitar en el mundo —dijo Jack, contemplando a Victoria con cariño—, pero los dragones no, me temo.

—Tú puedes tener hijos —replicó Kimara con desenfado. Jack enrojeció hasta la raíz del cabello. Pensó inmediatamente en Victoria, y por primera vez se preguntó qué clase de bebés nacerían de una pareja formada por un dragón y un unicornio. Sacudió la cabeza para rechazar aquellos pensamientos.

No pudo evitar pensar, con inquietud, que ya había empezado, que Victoria ya estaba consagrando a más magos en Idhún. Kimara era solo la primera de una nueva generación de hechiceros en un mundo que no había visto nacer a ninguno en quince años, y que en el futuro solo contaría con aquellos a los que Victoria entregara su don. Se preguntó si no sería demasiada responsabilidad para ella. De momento había elegido bien, pensó. Kimara se merecía el don de la magia. Pero en el fondo sabía que Victoria no la había escogido con la cabeza, sino con el corazón. Y el corazón muchas veces es ciego en sus elecciones.

Como el instinto.

Los ojos de Jack se detuvieron un momento en la sombra del cuerpo del shek al que había matado... y se le ocurrió una idea, una idea descabellada pero que, si tenía éxito, podría sacarlos de allí a los tres.

El puente de Namre, tendido sobre el gran río Adir, que vertebraba la tierra de Nandelt, solía estar siempre vigilado. No solo porque unía dos reinos importantes, como lo eran Dingra y Raheld, sino también porque era el único puente lo bastante amplio como para dejar pasar los grandes carromatos cargados de las armas que fabricaban los artesanos de Thalis para los estudiantes de la academia de Nurgon.

La fortaleza de Nurgon había sido destruida tiempo atrás por los sheks, pero los carros aún seguían cruzando el puente de cuando en cuando, abasteciendo el gran ejército del rey Kevanion.

Aquella noche estaba previsto el paso de un nuevo cargamento. Pese a ello, la vigilancia en el puente era la habitual... al menos en apariencia. Porque, a pesar de que los guardias eran los de siempre, tres szish y dos humanos, en el agua se agazapaba un shek, enviado por Ziessel, la gobernante de Dingra, para controlar que las armas cruzaban la frontera sin contratiempos.

En el pasado habían tenido problemas con bandidos, ladrones y rebeldes. Los sheks no se sentían amenazados por ellos; pero, por si acaso, mantenían en secreto las fechas de entrega de las armas, y enviaban a uno de los suyos a vigilar el puente la noche en que cruzaba el carromato... también en secreto, puesto que su presencia habría puesto sobre aviso a los rebeldes.

De modo que allí estaba Kessh, agazapado bajo el puente, las alas replegadas en torno a su cuerpo de reptil, aguardando la llegada del cargamento. Los guardias humanos no lo habían detectado; los szish sí sabían que él estaba allí, pero no lo habían dejado traslucir.

El cargamento llegó a la hora prevista. Kessh oyó las ruedas en el camino mucho antes de que torcieran el recodo y la luz de los faroles del puente iluminara el carromato. Escuchó cómo la capitana, una hembra szish, pedía los datos del carro. Oyó al conductor, medio dormido, explicar que su destino era el palacio real de Aren.

El registro fue breve y rutinario. Kessh seguía en silencio bajo el puente, estudiando la escena con atención.

—¡Barcaza viene! —anunció entonces el vigía.

Kessh alzó la cabeza y siseó por lo bajo. La capitana también siseó, sorprendida y molesta. Las barcazas que recorrían el río estaban siempre amarradas por la noche.

El shek la vio enseguida. Era ciertamente grande, y parecía pesada, a juzgar por la forma en que se hundía en el agua. Tenía todo el aspecto de ser uno de los barcos que transportaban mercancías desde las ciudades gemelas de Les y Kes hasta Puerto Esmeralda, el centro portuario más importante de Nandelt.

Desconfió inmediatamente.

La capitana corrió al centro del puente.

—¡Essstad atentosss! —ordenó a su guardia.

Todos prepararon las armas y permanecieron alerta, mientras la barcaza se deslizaba río abajo indolentemente. La vieron aproximarse y esperaron a que se detuviera. Si ellos no alzaban el puente, la barcaza no podría pasar.

—¿Quién va? —exigió saber el vigía.

Todos aguardaron a que el capitán de la embarcación, o algún otro oficial, saliera a la cubierta para dar explicaciones. Pero nadie dijo nada.

—No se para —avisó uno de los guardias humanos, inquieto.

—Puede ser que se haya soltado de su amarre y vaya a la deriva —dijo otro.

—¡Ssssilencio! —ordenó la capitana.

Kessh percibió en su mente que ella estaba esperando instrucciones. Los szish eran muy capaces de arreglárselas solos, pero estaban acostumbrados a obedecer ciegamente las órdenes del shek que tuvieran más cerca.

Y eso fue lo que perdió aquella noche a la guarnición del puente de Namre.

Porque Kessh no estaba en condiciones de asumir el mando.

Había alzado un poco la cabeza sobre las aguas y seguía con la vista clavada en la barcaza. Sabía que no era un barco a la deriva. Había gente dentro, percibía el calor de sus cuerpos. Pero había algo más, algo grande, que también emitía calor y que despertaba en él un sentimiento difícil de controlar.

Kessh trató de reprimir el odio ancestral que palpitaba en su interior, intentó pensar con claridad, pero no fue capaz. Aquello que se ocultaba en la barcaza lo volvía loco de ira, necesitaba ver qué era, necesitaba matarlo. Y, abandonando toda precaución, salió del agua con un furioso siseo y se lanzó contra la embarcación, dispuesto a triturarla entre sus anillos.

Antes de que se diera cuenta, se había abierto una compuerta en la cubierta de la nave, y una bola de fuego salía disparada de ella. Kessh siseó, aterrado, y quiso retroceder, pero era demasiado tarde. El fuego le dio de lleno, y el shek cayó pesadamente al agua, en una nube de vapor. Aún pudo alzar la cabeza hacia la barcaza antes de que un grupo de humanos salieran a cubierta, armados hasta los dientes, y empezaran a atacarlos. Lo último que pudo hacer, antes de que un hombre que olía como una bestia hundiese en su cráneo una espada que relucía con el brillo de un arma legendaria, fue enviar un aviso telepático a Ziessel, alertándola de que un dragón viajaba río abajo oculto en una barcaza mercante.

La capitana szish contempló la muerte del shek sin dar crédito a sus ojos, pero reaccionó rápido.

–¡Rebeldesss! –gritó–. ¡Defended el puente!

«Y las armas», pensó. Pero en ningún momento se volvieron sus ojos hacia el carromato que había de cruzar el puente aquella noche. Sabía que los dos soldados humanos sí lo habían hecho, pero estaba acostumbrada a lidiar con su estupidez.

Los rebeldes estaban ya en la cubierta de la barcaza. Eran cinco, como ellos, pero los lideraba un hombre de aspecto extraño, cuyos ojos relucían como los de una bestia. Ilea, la luna mediana, estaba llena aquella noche, y la capitana pudo ver, bajo su pálida luz verdosa, que sus rasgos no parecían del todo humanos. Sus orejas eran más grandes, su rostro parecía más peludo de lo que era habitual entre los varones de su raza, incluso entre aquellos que llevaban barba, y unos colmillos animalescos asomaban de su boca, que gruñía con fiereza. Aquel era el hombre (si es que se trabba de un hombre) que había matado a Kessh, y la szish supo que debía tener cuidado con él.

Pero había otra cosa más urgente: la embarcación no se había detenido, y la corriente la arrastraba hacia ellos.

—¡Subid el puente! —gritó alguien—. ¡Van a chocar contra nosotros!

—¡No! —ordenó ella—. ¡Dejad el puente como esssta!

Si no se detenían, chocarían contra ellos y los daños serían considerables; pero entonces serían suyos. Se cargó la ballesta al hombro y disparó. Los otros dos szish la imitaron. Los humanos fueron un poco más lentos.

Una lluvia de proyectiles cayó sobre la barcaza. Los rebeldes se protegieron bajo sus escudos. Después, algunos de ellos respondieron con flechas.

—¡Preparad losss ganchosss! ¡Vamosss a abordar!

Sintió entonces una vibración en el suelo. Oyó el ruido de la polea. Se volvió con rapidez.

—¡Dejad essso, por la sssombra del Sssséptimo! —gritó, furiosa—. ¡He dicho que no sssubáisss el...!

Se interrumpió al ver que no eran sus hombres los que habían activado el mecanismo. Había alguien allí, una feérica, y junto a ella se encontraba uno de los rebeldes, empujando la enorme manivela que movía la polea. Habían matado al operario encargado de subir y bajar el puente.

«Una maga», comprendió la capitana al instante.

El suelo sufrió una nueva sacudida, y la szish estuvo a punto de perder el equilibrio. Saltó al pretil del puente y desde allí, desenvainando la espada, lanzó un grito para que sus hombres la siguieran.

Se impulsó con fuerza y saltó a la cubierta de la barcaza. Solo la siguieron un soldado szish y uno humano. Los otros dos estaban muertos, uno abatido por una flecha y el otro por la magia de la hechicera feérica.

Los tres aterrizaron sobre la cubierta y se lanzaron a un ataque desesperado. Quedaban cuatro rebeldes en la barcaza, y uno de ellos era el hombre bestia. La capitana comprendió que, si no lo derrotaban, no tendrían ninguna posibilidad. Con un furioso siseo, se lanzó sobre él.

Las estocadas de la szish eran rápidas, pero pronto se dio cuenta de que aquel hombre era mucho más de lo que parecía. Había dado por supuesto que su manejo de la espada se basaría en la fuerza bruta; y, sin embargo, el humano semibestial luchaba con una técnica extraordinaria, una técnica que solo habría podido aprender en Nurgon. Pero hacía quince años que la Academia había sido destruida, y aquel humano, o lo que fuera, no aparentaba tener más de veinticinco.

No se entretuvo en resolver aquel misterio. Siguió embistiendo, poniendo en juego toda su velocidad y su rapidez de pensamiento. Tuvo que agacharse en una ocasión porque la espada de su contrincante estuvo a punto de cortarle la cabeza.

—No passaréisss essste puente —siseó la szish, furiosa.

Llegó a ver, por el rabillo del ojo, cómo caía su soldado humano, pero no se rindió. Veloz como un relámpago, extrajo una daga del cinto y la lanzó contra su enemigo. El rebelde aulló cuando el puñal se hundió en su carne, y la capitana giró sobre sí misma para dar una última estocada.

Para su desgracia, en aquel momento la barcaza pasaba bajo el puente, que no se había retirado por completo. El casco rozó la estructura y se bamboleó peligrosamente.

La szish perdió el equilibrio un momento.

Apenas lo había recuperado cuando la espada de su enemigo se hundió en su corazón.

Habían conquistado el puente de Namre.

Alexander estaba herido y agotado, pero eufórico. Extrajo a Sumlaris del cuerpo de la szish y corrió hasta la proa, que ya asomaba por el otro lado del puente.

—¡Daos prisa! —gritó a Allegra y a Denyal, que, tras izar el puente, se habían apoderado del carromato de las armas—. ¡Pronto tendremos aquí a media ciudad!

Ayudados por la magia de Allegra, no tardaron en cargar en la barcaza el contenido del carro. Aún tuvieron que librar otra pequeña escaramuza un poco más abajo, pero momentos después ya dejaban atrás Namre.

—Un shek —masculló Denyal—. ¡Maldita sea, un shek! ¿Quién iba a decirnos que habría uno de esos monstruos guardando el puente? ¡Por poco nos mata!

Alexander no dijo nada. Se había aplicado un paño a la herida sangrante. Denyal lo miró, inquieto. Aunque el joven los había advertido de los cambios que se operarían en él aquella noche, aún le costaba ver al príncipe Alsan bajo aquellos rasgos bestiales.

Sin embargo, no cabía duda de que su transformación le había ayudado a pelear mejor en el puente; lo había visto matar nada menos que a un shek, y no podía evitar mirarlo ahora con un profundo respeto.

Suspiró. Pese a todo, aquella empresa seguía pareciéndole una locura.

Habían salido de las montañas varios días atrás, descendiendo en aquella barcaza a lo largo del río Raisar, primero, y por el Adir, después. Llevaban en la bodega de la embarcación uno de los dragones de madera, un Escupefuego. A la vez que ellos, otras dos barcazas habían partido de la base rebelde, desde puntos diferentes, cada una con un dragón en su interior. Una de ellas descendía por el río Estehin. La otra bajaría por el mismo río Adir, entre Les y Kes, las ciudades gemelas, y acabaría por llegar también a Namre. Tenían que reunirse las tres más o menos a la altura de Even, donde tres grandes ríos se juntaban. Al principio, Denyal había dado por supuesto que Alexander llevaba los dragones al bosque de Awa, la morada de los feéricos, que todavía resistía al imperio de los sheks. Sin embargo, las intenciones de Alexander eran otras.

—¡Nurgon! —había gritado al enterarse el líder de los Nuevos Dragones—. ¿Quieres llevar mis dragones a Nurgon?

—Quiero que la fortaleza de Nurgon sea nuestra base, sí —había replicado Alexander con calma.

—¡Nurgon ya no es una fortaleza! Antaño fue un gran castillo, sí, pero hoy día solo es un montón de ruinas. ¡Y además, en tierra enemiga!

Kevanion de Dingra había sido el único rey de Nandelt que se había aliado con los sheks sin reservas. Se decía incluso que había ido a rendir pleitesía al mismo Ashran a la Torre de Drackwen. No era, como Amrin de Vanissar, un vasallo por obligación. Tampoco era un vasallo por miedo, como la reina Erive de Raheld. Era leal a las serpientes hasta el punto de haberse negado a apoyar a los caballeros de Nurgon en los primeros días de la rebelión... con el resultado de que la Fortaleza había sido destruida, y la Orden de Nurgon podía darse por desaparecida.

—Nurgon puede ser reconstruida —repuso Alexander—. Y está muy cerca del bosque de Awa. Estableciendo allí nuestra base, toda la Resistencia estará unida en un solo sector. No tiene sentido que estemos divididos.

Denyal había acabado por confiar en él, una vez más. Pero no podía evitar sentirse inquieto. Los Nuevos Dragones nunca habían salido de las montañas, y aquella arriesgada excursión por el río los dejaba mucho más al descubierto de lo que él habría deseado.

Una figura salió a cubierta, pero no se reunió con ellos, sino que se quedó junto a la borda, adusta. Se trataba de una joven de poco más de veinte años, de cabello negro ensortijado, que llevaba siempre recogido. Vestía ropas oscuras, cómodas, que se colocaba de cualquier manera, como si su aspecto físico no le importara en absoluto. Tampoco parecía sentir un especial interés por caer bien a los demás. En aquellos momentos estaba seria y fruncía levemente el ceño, como si se sintiera molesta por algo; pero los que la conocían sabían que aquella era su expresión habitual. Era muy raro verla sonreír.

Denyal la miró.

—¿Está bien el Escupefuego, Kestra?

—Ningún desperfecto —dijo ella con voz neutra—. Pero ese maldito shek estuvo a punto de alcanzarlo.

Dirigió a Alexander una mirada llena de antipatía. Él no se inmutó.

Kestra era una joven extraña, solitaria y a veces huraña. Pero también era la mejor piloto de dragones con que contaban los rebeldes. Estaba a cargo de aquel Escupefuego, al que había bautizado como Fagnor, «Centella», y lo quería casi como a una persona.

Sin embargo, había chocado con Alexander prácticamente desde el principio. No solo había cuestionado que estuviera al mando junto con Denyal, sino que se las había arreglado para demostrar, desde el primer momento, que por alguna razón que solo ella conocía, el líder de la Resistencia no le caía bien. Y la transformación a medias que él había sufrido aquella noche, bajo el plenilunio de Ilea, no había contribuido a mejorar las cosas.

Alexander sentía curiosidad hacia Kestra. Estaba seguro de que no la conocía de nada. Y, no obstante, había algo en ella que le resultaba familiar.

Había preguntado a Denyal al respecto. Pero de los orígenes de Kestra nadie sabía nada. Solo se sabía que se había unido a los rebeldes varios años atrás, que no tenía familia, y que en sus ojos ardía un odio hacia el imperio de Ashran tan intenso y profundo como su orgullo. No le gustaba hablar de sí misma, pero se rumoreaba que era shiana. Solo los shianos, cuyo reino había sido totalmente devastado por los sheks, eran capaces de acumular tanto odio hacia ellos.

Alexander tampoco sabía qué edad tenía Kestra. Pero le calculaba poco más de veinte, lo cual significaba que era apenas una niña de no más de siete cuando Shail y él habían abandonado Idhún para viajar a la Tierra. No podía conocerla de entonces, y sin embargo...

La joven alzó la cabeza y encontró los ojos de Alexander fijos en ella.

–¿Qué estás mirando? –le espetó.

–Háblale con más respeto, Kestra –intervino Denyal, muy serio–. Es el príncipe Alsan de Vanissar.

–Vanissar –escupió Kestra–. Pueblo de traidores.

–¡Kestra!

Ella dirigió a Denyal una breve mirada, y después clavó sus ojos, repletos de desprecio, en Alexander.

«La conozco», pensó él, de nuevo. «Pero ¿de qué?».

La joven no dijo más. Desapareció en el interior del barco, en dirección a la bodega donde dormía Fagnor, el dragón artificial.

Jack tardó todo el día en aprender a volar.

Al principio, incluso dudó que pudiera elevarse en el aire. A pesar de que sus alas eran inmensas cuando las extendía del todo, su flexible cuerpo escamoso era demasiado grande como para poder alzarse del suelo. O, al menos, eso le parecía. Porque pronto descubrió que era algo muy fácil en realidad. Le bastaba con batir las alas para que sus garras se despegasen a un metro del suelo; era como si algo en su interior fuera tan ligero como una pluma, como si su propio espíritu, que deseaba volar hasta las nubes, tirara de su cuerpo. Y se elevaba, se elevaba como las llamas de una hoguera, con tanta facilidad como si hubiera nacido para ello.

Mantenerse en el aire y maniobrar una vez en lo alto ya era algo más complicado. Tuvo que sufrir varias caídas, algunas muy dolorosas; pero cuando el tercero de los soles empezó a declinar, anunció que ya estaba preparado para reemprender el viaje... por el aire.

Cuando expuso sus intenciones, Victoria y Kimara cruzaron una mirada dubitativa.

–Estoy segura de que podrías llevarnos por el aire sin dejarnos caer –dijo Victoria–, pero ¿qué me dices de los sheks? Nos esperan fuera, en la frontera. Se abalanzarán sobre nosotros en cuanto te vean en el cielo.

–Ya he pensado en eso –repuso el dragón–. Me las arreglaré para que no me vean ni me perciban... Al menos, no directamente.

Era descabellado. Era una locura, pensaron los tres mientras discutían el plan de Jack. Pero era la única posibilidad que tenían.

Las tres lunas ya estaban altas en el cielo cuando Victoria y Kimara subieron al lomo de Jack... o Yandrak (Victoria no estaba muy segura de cómo debía llamarlo cuando presentaba aquel aspecto). El dragón se aseguró de que las dos estaban bien sujetas entre sus alas, y entonces avanzó hasta el cadáver del shek hembra que había matado aquella mañana. Bajó la cabeza y la pasó por debajo del cuerpo de la serpiente, colgándoselo en torno al cuello. Lo aferró entre sus garras y enrolló su cola con la del shek.

Victoria alargó la mano para rozar la piel escamosa de la serpiente. La notó muy fría al tacto, y desvió la mirada con tristeza. Aquella hembra shek había estado a punto de matar a Jack y a Kimara y, sin embargo, la muchacha no podía dejar de lamentar su muerte. Porque le recordaba a alguien a quien quería mucho, y por un momento, al contemplar el cadáver de la shek, había tenido una breve visión de Christian corriendo la misma suerte. Trató de no pensar en ello.

–¿Podrás cargar con ella? –preguntó–. Es muy grande.

–Me las arreglaré –dijo Jack, aunque no estaba muy seguro.

Batió las alas y se elevó en el aire, con un poderoso impulso. Como Victoria se temía, el peso del shek que cargaba lo desequilibró un poco. Cayeron de nuevo a tierra, pero el dragón volvió a mover las alas, y se elevaron otra vez. Avanzaron por el aire, en un vuelo inestable, hasta que, poco a poco, Jack consiguió equilibrarse. Tenía que hacer un gran esfuerzo para volar cargando con los tres: con Kimara, con Victoria y con aquel shek, cuyo contacto además le provocaba una profunda repugnancia. Pero se esforzó por seguir adelante.

Victoria contenía la respiración. Vio que el suelo quedaba abajo, cada vez más lejos, y se aferró con fuerza al lomo del dragón. Kimara, en cambio, temblaba de miedo. No sabía lo que era volar.

—Tranquila —susurró Victoria, tratando de calmarla—. No tengas miedo. Jack no nos dejará caer.

—Victoria, nos acercamos a la frontera —avisó entonces él.

Ella asintió, comprendiendo. Alzó el báculo y dejó que su magia fluyera a través de los cuerpos de todos para esconderlos bajo el camuflaje mágico.

La idea de Jack no era del todo mala. Tanto Victoria como Kimara se habían cubierto con las capas de banalidad, con lo que era muy posible que las serpientes no detectaran su presencia. Los sheks percibirían entonces a un dragón y a un shek. Pero, gracias al hechizo que Victoria había aplicado sobre ambos, el dragón presentaba ahora la apariencia de un shek, y el shek, la de un dragón... de manera que, desde tierra, lo que se veía era una serpiente alada cargando con el cuerpo inerte de un dragón.

Era muy posible que los otros sheks acudieran a felicitar a su compañera por haber capturado al último dragón; también era posible que trataran de establecer contacto telepático con ella y solo recibieran el silencio por respuesta, lo cual los pondría sobre aviso. Tal vez incluso ya hubieran percibido su muerte aquella misma mañana.

Pero Victoria lo dudaba. Aquella hembra shek no actuaba como los demás, se había adentrado en la tierra de los dragones cuando ninguna otra serpiente lo había hecho. Tal vez había desobedecido órdenes directas, órdenes que la obligaban a permanecer en la frontera.

Por tanto, habría sido ella la primera en romper el vínculo telepático. De haber seguido en contacto con sus compañeros, ellos no le habrían permitido acudir sola a luchar contra el dragón.

Y ahora la dejarían que se enfrentase sola al juicio de sus superiores. Había desobedecido, pero, aparentemente y contra todo pronóstico, había tenido éxito en su empresa. Los sheks dejarían que fuera su señor quien juzgase si debía ser castigada o recompensada.

Victoria deseaba haber comprendido lo bastante de las costumbres de los sheks como para poder prever su comportamiento. Si no...

Sobrevolaron las últimas montañas de Awinor, aquellas montañas rojizas de los límites del desierto que de lejos parecían envueltas en sangre. Los tres vieron desde lo alto las tropas que Ashran había concentrado en la frontera. Patrullas de szish vigilaban todos los pasos. Los sinuosos cuerpos de los sheks se deslizaban entre ellas, trazando ondas sobre la arena. Todos ellos alzaron la cabeza al verlos pasar. Victoria casi pudo oír sus siseos al reconocer al dragón y a la hembra shek. Aferró su báculo, en tensión, esperando que las serpientes levantaran el vuelo en cualquier momento para ir tras ellos. Junto a ella, Kimara temblaba, pero se las arreglaba para mantener una expresión resuelta. Jack hervía de odio al sentir a los sheks tan cerca. Victoria acarició su cuello escamoso, tratando de calmarlo.

–Piensa en otra cosa –le dijo–. Por lo que más quieras, piensa en otra cosa.

Poco a poco fueron avanzando hacia el norte, y la frontera quedó atrás. Pero sintieron los ojos de los sheks clavados en ellos durante todo aquel tiempo.

Victoria respiró profundamente, sin terminar de creerse que aquello hubiera funcionado.

Pero entonces, Kimara dio la voz de alarma:

–¡Nos siguen!

Victoria se volvió sobre el lomo del dragón, y se le congeló la sangre en las venas al comprobar que algunos sheks habían alzado el vuelo y los seguían a cierta distancia.

–¡Más rápido, Jack!

–¡No puedo! ¡Esta condenada serpiente pesa demasiado!

Las serpientes estaban cada vez más cerca, y no cabía duda de que no tardarían en alcanzarlos. La chica se preguntó si valía la pena deshacerse del cadáver del shek para que así Jack pudiera volar más ligero, y desbaratar el engaño, para aprovechar la ventaja que llevaban para huir de los sheks... o arriesgarse y seguir fingiendo un poco más, con la esperanza de que sus perseguidores se limitaran a escoltarlos desde lejos.

Jack decidió por ella. Abrió las garras, bajó la cabeza y dejó caer el cuerpo del shek.

Victoria ahogó una exclamación al ver el cadáver de la serpiente precipitarse hacia el suelo. El engaño se había roto, los sheks sabían ya lo que había sucedido. No tardó en oírlos chillar de ira a sus espaldas.

Pero Jack volaba ahora con mucha más facilidad, y se dirigía, raudo, hacia el norte. Victoria miró a su alrededor, en busca de un lugar donde ocultarse de sus perseguidores. Pero ante ellos solo se abría el eterno desierto de Kash-Tar.

–¡Allí! –dijo Kimara entonces, señalando hacia el oeste.

Jack y Victoria lo vieron también: un pequeño macizo rocoso que se alzaba a lo lejos en medio del desierto. No era gran cosa, pero si tenían que descender en alguna parte, mejor que fuera en un lugar donde pudieran guarecerse. Jack viró con cierta torpeza en aquella dirección.

Los sheks estaban cada vez más cerca. Victoria podía sentir el aliento helado que su presencia provocaba en el ambiente, y se encogió sobre el lomo del dragón, preocupada.

—¡Se acercan! —dijo Kimara.

Victoria vio los cuerpos de los sheks ondulando en el aire, reluciendo bajo las lunas como relámpagos de metal líquido, las alas membranosas batiendo el aire, sus hipnóticos ojos clavados en ellos, centelleando de ira. Trató de liberarse de la fascinación que producían en ella y alzó el báculo, cuyo extremo había empezado a palpitar tenuemente. Una de las serpientes silbó, furiosa. Victoria dejó escapar una centella de energía hacia los sheks más adelantados, pero ellos esquivaron el ataque con elegancia, rizando sus cuerpos anillados. Retrocedieron un tanto y estudiaron el báculo con cautela, evaluando el poder de aquel nuevo contratiempo.

No tardaron en lanzarse de nuevo hacia ellos, sin embargo. El dragón volaba con desesperación hacia las montañas, que aún parecían muy lejanas. Los sheks los seguían a una prudente distancia, y cada vez que se acercaban un poco más, Victoria los hacía recular con la magia que generaba su báculo.

Pero si llegó a pensar en algún momento que lograrían escapar de las serpientes, se equivocaba de medio a medio.

Jack empezaba a descender hacia las montañas, cuando Kimara dijo:

—Ya solo nos siguen tres; ¿dónde están los demás?

Victoria miró a su alrededor, inquieta. Y entonces vio que el grupo de serpientes se había dividido, y que, sin que ella supiera muy bien cómo, había logrado rodearlos. Había cuatro sheks a su derecha y otros tres a su izquierda, y todos se lanzaban sobre ellos, conscientes de que el dragón no podía luchar contra tantos adversarios a la vez. Victoria hizo funcionar su báculo y consiguió herir en un ala al más adelantado, pero eso no arredró a los demás.

—¡Jack! —exclamó la muchacha.

El dragón no pudo contestarle. De pronto, un shek lo atacó desde abajo, arremetiendo contra él con las fauces abiertas, y Jack se detuvo bruscamente para recibirlo con las garras por delante y un rugido de ira. Victoria y Kimara estuvieron a punto de perder el equilibrio y gritaron, asustadas. Jack recuperó su posición horizontal, habiendo desgarrado la piel escamosa del shek; pero se había detenido, y en ese breve instante, el grupo que lo perseguía lo alcanzó.

El dragón se volvió hacia ellos, furioso, y vomitó una violenta llamarada que alcanzó a las dos primeras serpientes. Victoria vio, turbada, cómo los sheks chillaban mientras sus cuerpos eran devorados por las llamas.

El fuego atemorizó a las serpientes al principio, pero también inflamó su odio hacia el dragón. Jack se vio rodeado por todas partes de sheks que, suspendidos en el aire, hacían vibrar sus cuerpos ondulantes, siseando de furia. Victoria alzó el báculo y lanzó un nuevo ataque, en dirección al oeste. La barrera de sheks se abrió por allí para esquivar su magia ofensiva, y Jack no desaprovechó la oportunidad; voló con desesperación hacia la brecha abierta por Victoria. Aún sintieron el frío contacto de la cola de uno de los sheks, que había llegado a rozarlos.

La persecución se prolongó durante un buen rato más. Los sheks acosaron al dragón, rodeándolo por todas partes, sin lograr acercarse a él lo bastante como para abatirlo, pero consiguiendo herirlo más de una vez, e impidiéndole descender. Cuando el primero de los soles ya asomaba por el horizonte, Victoria empezó a ver con claridad cuál sería el resultado de aquella carrera; porque las montañas habían quedado atrás, Jack estaba agotado y los sheks eran unos perseguidores implacables.

Uno de ellos logró burlar la vigilancia de Victoria y lanzó la cabeza hacia adelante, en un movimiento rapidísimo. La muchacha dio la voz de alarma, pero era demasiado tarde: los colmillos de la serpiente se habían cerrado sobre una de las patas traseras del dragón.

Jack rugió de dolor, y aunque Victoria consiguió hacer retroceder al shek, el dragón había perdido el equilibrio y, herido y exhausto, se precipitó a tierra.

Kimara gritó, aterrada. Los sheks chillaron, triunfantes, y persiguieron a su víctima, dispuestos a abatirla del todo.

–¡Jack, delante de ti! –le gritó entonces Victoria–. ¡Jack, un esfuerzo más!

Jack alzó la mirada y vio una mancha azul y brillante ante él. «Agua», pensó con sus últimas fuerzas. Batió las alas un poco más. Aquello era un lago inmenso, tal vez un mar interior, y si lograba llegar hasta allí y caer al agua, tal vez tuvieran alguna posibilidad de salvarse.

Los sheks se percataron de sus intenciones y trataron de alejarlo de aquella dirección. Pero Victoria consiguió mantenerlos a distancia.

Aquel trayecto fue para Jack el más largo y difícil de su vida. Cuando su cuerpo de dragón se precipitó sobre la superficie del agua, produciendo un violento chapoteo, sus últimos pensamientos, antes de perder el sentido, fueron para Victoria.

Shail y Zaisei llegaron a los límites de Awinor aquella misma mañana. Habían rodeado el bosque de los trasgos, atravesando para ello una incómoda región pantanosa, pero ahora las rojizas montañas que rodeaban la tierra de los dragones se alzaban ante ellos, en el horizonte.

Los pájaros le contaron a Zaisei que las serpientes habían acordonado Awinor, pero que la noche anterior habían partido en persecución de un shek que había salido volando por encima de las montañas, que había atrapado a algo igualmente grande y con alas, pero que no era un shek. Los pájaros no eran muy fiables como informadores porque, si bien recordaban con bastante detalle todo lo que veían, no entendían la mitad de su significado. Además, vivían demasiado poco tiempo como para haber conocido a los dragones, y por tanto no podían asegurar que aquella inmensa criatura a la que habían visto fuera uno de ellos. Pero, por la descripción, ambos supieron enseguida que los pájaros estaban hablando de un dragón.

El corazón de Shail dio un vuelco. ¿Significaba eso que los sheks habían capturado a Jack? No, no podía ser cierto. No quería creerlo.

Siguieron avanzando de todas formas, bordeando la tierra de los dragones, eludiendo a los grupos de hombres-serpiente que todavía patrullaban por los márgenes. Conforme se iban acercando al desierto, resultaba cada vez más difícil obtener información, porque ni siquiera los pájaros sobrevolaban Kash-Tar.

Un par de días después, se encontraron con un explorador limyati. Este les contó que, por lo visto, el dragón que había sobrevolado aquellas tierras seguía vivo. Una tribu de yan lo había visto volar días atrás en dirección a Kosh, acosado por un grupo de sheks. Decían que le habían visto precipitarse en las aguas del mar de Raden; pero debía de habérselas arreglado para salir de allí, puesto que los szish estaban registrando todas las caravanas que salían de la ciudad.

—Como si un dragón pudiera ocultarse en una caravana —concluyó el limyati, sonriendo ampliamente—. Además, todo el mundo sabe que ya no quedan dragones. En mi opinión, todos esos rumores son falsos, y lo que sobrevoló el sur de Kash-Tar hace tres días no fue sino otra de esas espantosas serpientes.

Shail y Zaisei no dijeron nada, pero intercambiaron una mirada llena de entendimiento.

–Tenemos que llegar a Kosh cuanto antes –dijo el mago cuando se alejaron del explorador–. Cada día estoy más convencido de que no debimos dejarlos marchar solos.

La sacerdotisa trató de calmarlo colocando la mano sobre su brazo, con suavidad.

–Ten fe –dijo solamente.

Jack se despertó en un sótano oscuro, tendido sobre una especie de lona de un material muy grueso y basto al tacto. Tardó un poco en recordar qué había sucedido, pero eso no hizo más que sumirlo en un mar de confusión. Se acordaba de la persecución de los sheks, recordaba haber caído al agua, ¿y después, qué? Alzó una mano y la contempló un momento. Volvía a ser humano, y Victoria...

Victoria.

Se levantó de un salto. Se mareó, pero no le importó. Miró a su alrededor y no vio a la muchacha en ninguna parte. Sí que descubrió en un rincón, doblado de cualquier manera, el manto color arena de Kimara.

La propia semiyan entró en aquel momento en la estancia. Traía un cuenco con algo que olía a hierbas, y algo en el subconsciente de Jack encontró aquel olor ligeramente familiar. «¿Cuánto tiempo llevo aquí?», se preguntó.

Kimara le dedicó una radiante sonrisa.

–Ya has despertado –dijo–. Temía que no sobrevivieras al veneno del shek, pero no en vano eres un dragón. Tu cuerpo se cura muy rápido.

–¿Dónde está Victoria? –preguntó Jack enseguida.

–Ten, tómate el caldo –le dijo Kimara–. Te sentará bien.

–¿Dónde está Victoria? –repitió Jack, esta vez en voz más alta.

Kimara lo miró un momento y depositó el cuenco en una repisa.

–Caímos en el mar de Raden –dijo–, hace tres días. Cuando escapábamos de los sheks. ¿Te acuerdas de eso? Bien, pues... recuperaste tu forma humana nada más caer al agua, lo cual fue una suerte, porque así los sheks no consiguieron localizarnos. Gracias, también, a dos varu que nos vieron caer y nos remolcaron hasta la orilla. A nosotros dos nada más. De Victoria no sabían nada –Jack fue a decir algo, pero Kimara alzó una mano para indicarle que no había terminado de hablar–. Ahora estamos en la ciudad de Kosh, en casa de un amigo mío. Por el momento estamos a salvo, pero los szish están peinando toda la ciudad en vuestra busca. Bueno..., en realidad te buscan a ti nada más. Todos piensan que Victoria está muerta.

»Pero hoy he averiguado que no es así. He hablado con un pescador que dice que hace tres días vio cómo subían a una joven inconsciente a la barcaza de Brajdu.

–¿Brajdu? –repitió Jack.

–Es el dueño de más de media ciudad –explicó Kimara a media voz–. Era un estafador de tres al cuarto hace poco más de una década, pero en este tiempo se ha hecho rico traficando con restos de dragones.

Jack se quedó de una pieza.

–¿Qué?

Kimara temblaba de rabia.

–Es un ser sucio y rastrero. Jamás ha respetado la tierra de Awinor, y fue el primero en adentrarse allí para saquearla tras la tragedia de la conjunción astral. Colmillos, cuernos, escamas, huesos, cáscaras de huevo... siempre se han pagado muy caros, pero después de la extinción de los dragones, todavía más. Él no tuvo ningún reparo en profanar la tumba de los dragones para enriquecerse a su costa. Así fue amasando su fortuna, y ahora gran parte de Kosh le pertenece. Tiene a sus órdenes a los mejores guerreros y mercenarios de este lado del continente, y todo el mundo sabe que no conviene desafiarlo.

–¿Está aliado con las serpientes?

–A veces sí, y a veces no. Si Brajdu cayera, la economía de Kosh caería también, porque controla todo el negocio caravanero. A los sheks les conviene que siga en el poder. Así que Sussh, el shek que gobierna Awinor en nombre de Ashran, lo tolera mientras le sea útil.

»Pero ni siquiera Brajdu podrá ocultar por mucho tiempo que tiene prisionera a Victoria. Las serpientes no tardarán en averiguarlo.

Jack se levantó de un salto.

–Llévame a hablar con él.

–Jack, no sabes lo que dices. Brajdu no es un tipo con el que se pueda bromear.

–Me da igual. No voy a permitir que nadie le ponga las manos encima a Victoria, ¿me oyes? Ni las serpientes ni esa rata de Brajdu.

Kosh era una populosa ciudad fronteriza, de donde partían todas las caravanas que cruzaban el desierto, pero también aquellas que se adentraban en Drackwen, la gran región que ocupaba toda la parte oeste del continente.

Con todo, a Jack le pareció sucia, polvorienta y muy poco recomendable. Las casas eran todas del color de aquella arena rosácea de Kash-Tar, o quizá un poco más oscuro, y tenían forma cilíndrica, con tejados en cúpula que las hacía asemejarse a extraños hongos gigantes. Las calles no estaban empedradas, o tal vez lo estuvieron tiempo atrás, pensó Jack, pero ahora habían quedado sepultadas bajo una capa de arena.

De todas formas, no pasaron mucho tiempo en la calle. Kimara guió a Jack a una tienda de comestibles cuya dueña, una mujer yan, era también amiga suya. En la trastienda había un sótano muy parecido al que acababan de abandonar, y Jack comprobó, con sorpresa, que comunicaba con el sótano de la casa de al lado por una puerta oculta... y lo mismo sucedía con la mayoría de los sótanos de las casas de Kosh. Así, las viviendas de la ciudad estaban unidas por una red subterránea que, según le contó Kimara, nadie conocía en profundidad. Porque aquel acceso que la mujer yan les acababa de mostrar era, seguramente, uno de los dos o tres con que contaba su sótano. Y al menos la mitad de aquellas puertas eran secretas.

–Es la naturaleza de los yan –dijo Kimara–. Son desconfiados y les gusta tener siempre una puerta trasera por donde escapar, y un agujero donde ocultar las cosas de valor, o bien a ellos mismos, en momentos de peligro.

A través de los sótanos llegaron a las afueras de la ciudad, y no tardaron en divisar a lo lejos el palacio de Brajdu.

Jack sintió un ramalazo de nostalgia cuando lo vio. La arquitectura de suaves cúpulas, como un conglomerado de medias burbujas blancas, le recordó a la casa de Limbhad. Solo que aquel palacio había sido reforzado con murallas y torretas de vigilancia que eran, a todas luces, un añadido posterior.

–¿Quién levantó el palacio de Brajdu? –le preguntó a Kimara.

–Es una antigua construcción celeste –respondió ella–. Antiguamente, en Kosh había varias comunidades celestes, pero fueron poco a poco abandonando la ciudad. Al fin y al cabo, esto se está convirtiendo en un nido de ladrones, asesinos y estafadores –suspiró–. No es un lugar apropiado para los celestes.

Para sorpresa de Jack, los dejaron pasar enseguida. Incluso le permitieron conservar su espada. Estaba empezando a pensar que Kimara había exagerado con respecto a Brajdu, cuando los guardias les abrieron la puerta de la sala donde los esperaba el cacique local.

No había allí nada parecido a una corte, que era, tal vez, lo que Jack había esperado encontrar. El ambiente era tenso, y el camino que llevaba hasta Brajdu, sentado al fondo de la sala, estaba bordeado de guardias armados.

Jack avanzó sin dudarlo. Hasta el momento había conseguido mantener la cabeza fría, pero ahora estaba furioso. Aquel era el individuo que tenía prisionera a Victoria. Si le había hecho daño, lo pagaría muy, muy caro.

Nadie le impidió llegar hasta el fondo de la sala. Se detuvo a pocos pasos del lugar donde lo esperaba Brajdu y lo miró, ceñudo.

Brajdu era un humano de piel morena, surcada de cicatrices, y constitución fuerte. Vestía ropas caras, cubiertas de joyas, y ocupaba una especie de trono alzado sobre tres escalones. Había varios guardias en torno a él, y a su lado se erguía también un hombre de cabello cano que vestía la túnica de los magos.

Brajdu estudió a Jack con atención, esbozando una taimada sonrisa.

–Me preguntaba cuánto tardarías en aparecer por aquí –comentó.

–¿Dónde está Victoria? –demandó Jack.

Los ojos de Brajdu brillaron de manera extraña.

–Ah, la chica. Entonces no me he equivocado con respecto a ti. Eres el dragón del que todos hablan.

Jack llevó la mano a la empuñadura de Domivat, dispuesto a desenvainarla, pero Brajdu añadió con calma:

–Ella no está aquí. Está prisionera en una cámara subterránea en el desierto, un lugar al que ni yo mismo sé llegar sin mi guía yan... que, por cierto, no se encuentra tampoco en el palacio en estos momentos. Si a mí me sucede algo, jamás volverás a verla.

–¿Una cámara subterránea? –repitió Jack, aterrado–. ¿En pleno desierto? ¡Pero eso la matará!

–Sí, ya he notado que no le está sentando muy bien.

Jack apretó los dientes, furioso.

–¿Qué es lo que quieres de ella? ¿Vas a entregarla a los sheks?

–Tal vez lo haga –sonrió Brajdu–. Sussh se ha vuelto muy insistente. Hasta el momento he conseguido eludirlo, pero tarde o temprano averiguará lo que tú has descubierto tan pronto, y entonces, lo quiera o no, tendré que entregarle a la muchacha. Y no es algo que me apetezca, créeme. Es una prisionera muy valiosa. Sé quién es en realidad: la única criatura en el mundo capaz de otorgar el don de la magia. Un don que ahora se ha vuelto muy escaso... y muy codiciado.

Jack se quedó sin respiración.

—¡Bastardo! ¡Como te hayas atrevido a ponerle la mano encima...!

—Sé que eres poderoso... si es cierto lo que he oído decir de ti —sonrió Brajdu—. Pero eso no te servirá de nada aquí, no mientras quieras mantener con vida a la chica.

Jack cerró los ojos un momento, agotado y loco de rabia e impotencia.

—¿Qué es lo que pretendes? —preguntó—. Sabes quién soy, me has dejado llegar hasta aquí. ¿Por qué? ¿Vas a delatarme a los sheks?

Brajdu se rascó la barbilla, pensativo.

—¿Sabes, muchacho? Podría hacerlo, y estoy seguro de que me reportaría grandes beneficios. Pero, verás, la chica no está muy dispuesta a colaborar, y he pensado que quizá podamos llegar a un acuerdo. Si me traes algo que me interese más que lo que ella puede ofrecerme, podemos hacer un intercambio.

Jack lo miró con desconfianza.

—Yo en tu lugar no me lo pensaría mucho —sonrió Brajdu—. La chica agoniza en algún lugar del desierto, y los sheks la están buscando. No tienes mucho tiempo.

Jack respiró hondo. Sospechaba que se estaba metiendo en una trampa, pero no veía el modo de solucionar aquello sin abandonar a Victoria a su suerte.

—¿De qué estamos hablando exactamente?

—De un caparazón de swanit.

El semblante de Jack permaneció inexpresivo, pero Kimara lanzó una pequeña exclamación de horror.

—Oh, no sabes lo que es un swanit —comprendió Brajdu—. Tu amiga mestiza te lo explicará con detalle; de momento te adelantaré que son los señores del desierto, venerados por los yan desde el principio de los tiempos. Pero a mí lo que más me interesa de ellos son sus caparazones. Nada puede atravesarlos; puedes imaginar, por tanto, lo eficaces que son las armaduras y las corazas fabricadas con las placas del caparazón de un swanit. Además, corren rumores de que se prepara una guerra en el norte; es buena época para comerciar con armas. La mala noticia es que los caparazones de los swanit se reblandecen con la edad, por lo que no sirve de nada esperar a que mueran de viejos; hay que matarlos cuando aún son jóvenes. Y, como supongo que ya habrás adivinado, son muy difíciles de matar. Por eso un caparazón de swanit es algo tan valioso... tanto, que yo lo intercambiaría por la vida de tu amiga.

Jack lo miró un momento, temblando de rabia. Después, sin una palabra, dio media vuelta y echó a andar en dirección a la salida. Se detuvo un momento en la puerta.

—Tendrás ese caparazón, Brajdu —dijo con gesto torvo—. Pero si le ha pasado algo a Victoria, te juro que te arrancaré la piel a tiras.

Brajdu lo vio salir, con una sonrisa en los labios.

—Lo has enviado a la muerte —dijo el mago.

—Lo sé —respondió Brajdu—. Y pronto la chica lo sabrá también. Seguro que entonces se mostrará mucho más razonable.

—¿Te has vuelto loco? —estalló Kimara—. ¡Es un suicidio!

Jack no le hizo caso. Siguió preparando su macuto con gesto torvo, seleccionando las cosas que necesitaría para internarse de nuevo en el desierto.

—¡Jack, escúchame! —insistió la semiyan—. Brajdu te ha engañado. Se ha aprovechado de que eres forastero y no conoces a los habitantes del desierto. Te ha enviado a una muerte segura: ¡no se puede matar a un swanit!

—También me dijeron, no hace mucho, que no se podía matar a un shek —respondió Jack con calma—. Y yo lo he hecho.

—No es lo mismo —los ojos rojizos de Kimara estaban llenos de lágrimas—. Jack, Jack, no lo entiendes. Nadie ha cazado nunca un swanit. Jamás.

Jack titubeó solo un breve instante. Kimara le había descrito a los swanits, insectos gigantescos y espantosamente voraces que resultaban indestructibles debajo de sus caparazones coriáceos. Pero pensó en Victoria, pensó en lo mucho que le dolía el alma desde que se había separado de ella, y comprendió que no tenía otra salida.

—Me da igual —dijo—. Voy a ir a buscar a esa cosa, y volveré con el caparazón.

Kimara desvió la mirada.

—No sé mucho de unicornios –dijo ella con suavidad–. Pero sí creo que lo que ella y yo compartimos, aquello que me entregó, jamás debe ser arrebatado por la fuerza. Y es lo que Brajdu pretende.

—Comprenderás ahora que no debo permitir que la toque –respondió él, muy serio–. Tanto si obtiene lo que quiere de Victoria como si no lo hace... será terrible para ella. Pero –añadió, mirándola con cariño– no quiero que tú vengas conmigo. Ya te has arriesgado demasiado por mi causa.

Kimara lo miró, comida por la angustia.

—Pero no puedo dejarte solo –gimió–. Quiero... quiero ayudarte.

—Hay algo que puedes hacer por mí, si de verdad quieres ayudarme: vete al norte, a Vanissar, y busca a Alexander. Cuéntale lo que ha pasado, todo lo que has visto a mi lado. Dile... dile que ya puedo volar, y que Victoria ya sabe cómo entregar la magia. Se sentirá muy contento y orgulloso, y así, pase lo que pase..., por lo menos sabrá que valió la pena el esfuerzo.

Kimara asintió, aun sin comprender del todo sus palabras.

—Con Alexander –prosiguió Jack– está la maga Aile. Ella te enseñará a usar tu poder. Si no vuelvo –añadió–, Victoria morirá, y entonces su magia se habrá perdido con ella. Por eso... por eso es importante que aproveches el don que te ha regalado, que lo desarrolles para que ella siga viva en ti. Porque no tiene sentido que mueras conmigo, ¿entiendes?

Kimara se lanzó a sus brazos y lo estrechó con fuerza.

—No quiero perderte –le dijo al oído.

—¿Qué harías tú si fuera yo el que estuviera en poder de Brajdu?

—Yo... –Kimara se separó un poco de él para mirarlo a los ojos–. ¿Morirías por ella? –dijo, sin contestar a la pregunta.

—Sin dudarlo un momento –respondió Jack, muy serio. Kimara asintió en silencio. Entonces se puso de puntillas y le dio un suave beso de despedida en los labios; fue apenas un roce, pero Jack sintió el sabor embriagador del desierto, y todo el poder del fuego que ambos compartían.

Dio unos pasos atrás, echándose la bolsa al hombro. Se miraron, quizá por última vez.

—Vuelve vivo, Jack –dijo ella–. Quiero verte volar otra vez.

—Descuida –dijo el muchacho sonriendo, y le guiñó un ojo con cariño.

Y después dio media vuelta, salió de la casa y se alejó en busca del corazón del desierto.

Christian ya sobrevolaba Nandelt cuando sintió que Victoria estaba en peligro. Se detuvo un momento, suspendido en el aire, y trató de descifrar la información que le llegaba a través de Shiskatchegg. Percibió cómo la vida se escapaba de la joven, gota a gota, como los granos de un reloj de arena. Estaba herida, o tal vez enferma, o quizá se estaba quedando sin energía.

En cualquier caso, no resistiría mucho tiempo.

El shek entornó los ojos y siguió su camino hacia el sur.

Hacía tres días que había abandonado Nanhai, y dejado atrás a Ydeon, el fabricante de espadas. La despedida había sido breve y sin emoción. Ambos tenían cosas que hacer y sabían que el tiempo de Christian en Nanhai ya había terminado.

Ahora viajaba hacia el sur para reunirse con Victoria... o para matar a Jack. No estaba muy seguro de cuáles eran sus verdaderas motivaciones. Ambas posibilidades lo atraían por igual, aunque por razones bien diferentes. A veces se preguntaba si no sería mejor abandonar y dejar que ellos dos se las arreglaran solos. Jack cuidaría de Victoria, y si él mismo se mantenía alejado, no se enfrentaría al dragón, como Ashran y su instinto le exigían.

Pero en aquel momento supo que continuaría con su viaje, hasta el final, con todas sus consecuencias, y que debía llegar hasta la muchacha cuanto antes. No sabía dónde andaba Jack ni por qué Victoria se estaba muriendo; pero, si existía la más mínima posibilidad de llegar a tiempo para salvarla, debía hacerlo.

XII
«Si no puedes darme la magia a mí...»

BRAJDU acudió a verla de nuevo cuando cayó la tarde.

Victoria yacía en un rincón, sin fuerzas para moverse. La cámara en la que la habían encerrado era amplia, pero no tenía ventanas, y la luz de la lámpara era débil y enfermiza.

Al principio, la muchacha había tratado de escapar, pero pronto se había dado cuenta de que sin el báculo estaba indefensa. No le preocupaba que el objeto hubiera caído en manos de aquel canalla de Brajdu; sabía que él jamás lograría utilizarlo, y tampoco Feinar, el mago que trabajaba para él. Además, pronto descubrió, alarmada, que tenía cosas más urgentes en qué pensar.

Todo a su alrededor estaba muerto. No sabía qué había más allá de las paredes de piedra, pero desde luego no era nada que pudiera alimentarla de la energía que necesitaba para subsistir.

En Idhún, su magia funcionaba muchísimo mejor que en la Tierra, y ella se sentía más fuerte y despejada, porque la energía flotaba en el ambiente, chispeante, electrizante. Aunque no pudiera verla, Victoria la sentía, la percibía con tanta claridad como podía sentir el viento acariciando su piel. Pero en aquella horrible habitación en la que la habían encerrado, el aire estaba silencioso y muerto.

La primera vez que Brajdu la había visitado, Victoria aún había tenido fuerzas para pelear, y se había abalanzado sobre él hecha una furia. Tal vez no esperara que ella se defendiera, tal vez no vio venir sus veloces patadas, asestadas con una fuerza y rapidez aprendidas en sus entrenamientos de taekwondo. El caso es que ella lo golpeó varias veces antes de que Brajdu y sus guardias pudieran reducirla.

Después le había dicho lo que quería que hiciera a cambio de su libertad... y de su vida.

Victoria lo había escuchado, horrorizada. Se había negado en redondo.

Así que Brajdu la había dejado allí, encerrada, dejando que se consumiera lentamente. Todas las mañanas acudía a verla e insistía en su demanda. Victoria seguía negándose, aunque ya no tenía fuerzas para moverse.

La tercera vez había tratado de explicárselo:

—No es algo que pueda decidir. Es algo que surge de dentro, del corazón. Solo si lo deseas de verdad. Si hay algún lazo que te una a esa persona.

—Los unicornios nunca se han sentido unidos a nadie —había replicado Feinar, el mago—. No se mezclan con los mortales.

—Porque su naturaleza les exige que no se dejen ver. Si todo el mundo pudiera verlos y tocarlos, todos serían magos o semimagos. Y debe haber un equilibrio en el mundo; de lo contrario, la magia se desbordaría, y el caos que provoca acabaría por destruir el mundo. Es una gran responsabilidad. El don de los unicornios es también su condena a la soledad perpetua. Pero ellos observan a los mortales desde las sombras, desde cada rincón de la espesura, añorando su compañía y deseando poder conocerlos, compartir sus vidas con ellos...

Feinar ladeó la cabeza y en sus ojos pareció brillar por un momento un destello de comprensión. Pero las palabras de Victoria no hicieron mella en Brajdu.

—No te preocupes —dijo, con una sonrisa socarrona—. Después de un par de días más aquí, desearás de todo corazón entregarme la magia. Estoy seguro de ello.

Victoria llegó a pensar que tenía razón. Pero en su siguiente visita descubrió que la sola idea de entregarle la magia a aquel hombre le producía tal rechazo que prefería morir antes que otorgar su don por la fuerza. Y así se lo dijo.

—Mañana volveré —dijo Brajdu—. Si sigues viva, me convertirás en un mago. Porque, si no lo haces... no volverás a ver la luz de los soles nunca más. Los sheks te están buscando, niña, y te quieren muerta. De modo que también obtendré beneficios si les entrego tu cadáver.

Victoria cerró los ojos y se quedó allí, inerte, tendida en su rincón. No lo dijo, pero dudaba que pudiera resistir hasta el día siguiente.

No obstante, Brajdu se presentó de nuevo en su prisión antes de lo previsto, nada más caer el último de los soles. Victoria aguardó a que él le formulara la petición que estaba acostumbrada a oír. Sin embargo, las palabras del hombre fueron diferentes esta vez:

—Jack ha venido a buscarte.

Victoria abrió los ojos; el corazón se le aceleró de pronto y trató de levantarse, pero no tuvo fuerzas.

—Por supuesto, se ha ido con las manos vacías —prosiguió Brajdu con indiferencia.

Procedió a relatarle, con todo lujo de detalles, su encuentro con el joven dragón. Con cada palabra que pronunciaba, a Victoria le quedaba cada vez más claro que él no estaba mintiendo. La descripción que hizo de Jack y de la semiyan que lo acompañaba era correcta y muy detallada.

—Así que ya ves —concluyó Brajdu—. Lo he enviado a una muerte segura. No sé si has oído hablar de los swanit, preciosa, pero creo que debería bastarte con saber que hasta los sheks procuran no cruzarse en el camino de esas criaturas.

Victoria respiró hondo. Quiso hablar, pero no tenía fuerzas.

—Todavía puedes salvarlo —sonrió Brajdu—. No hace mucho que se fue. Entrégame la magia y te dejaré libre para que vayas a su encuentro. Con un poco de suerte, llegarás a tiempo de evitar que cometa una locura. Porque ese chico está un poco loco, ¿sabes? Haría cualquier cosa por ti, incluso dejarse triturar por las mandíbulas de un swanit... algo que no es muy agradable, y que en realidad no deseo ni a mis peores enemigos.

Victoria cerró los ojos, que se le habían llenado de lágrimas. Sí, no dudaba de que Jack sería capaz de eso y de mucho más.

—¿Cómo sé que no me mientes? —pudo decir entonces, con esfuerzo—. ¿Cómo sé que Jack sigue vivo, que no lo has entregado a los sheks?

—Buena pregunta —admitió Brajdu—. La respuesta es simple: no lo he entregado porque entonces los sheks sabrían que te tengo prisionera. A Sussh le faltaría tiempo para venir a reclamarte. Y es demasiado pronto, ¿me entiendes? Todavía no he obtenido lo que quiero de ti.

—¿Y... cómo sé que me dejarás marchar después? —logró decir Victoria—. ¿Cómo sé que no me traicionarás?

—No puedes saberlo —sonrió Brajdu—. Pero míralo de otro modo: ¿qué otra opción tienes?

—Puedo negarme...

—... y, mientras lo haces, tu amigo el dragón se acerca cada vez más a una muerte segura.

Victoria apretó los dientes, pero no dijo nada.

Brajdu sonrió y dio media vuelta para marcharse.

—¡Espera! —lo llamó entonces Victoria—. Lo haré.

Brajdu se volvió de nuevo hacia ella, aún sonriente.

—Buena chica.

A un gesto suyo, Feinar la ayudó a incorporarse. El contacto con el mago la hizo sentirse un poco mejor. Como todos los hechiceros, el cuerpo de Feinar emitía un suave halo de energía mágica, limpia, vibrante, que no podía verse con los ojos, pero que Victoria podía percibir con claridad... Una magia que le había sido entregada por un unicornio, muchos años atrás. Victoria dejó que parte de la energía del mago la recorriese por dentro, renovándola.

Pero no era suficiente. Y mucho menos si tenía la intención de convertir a Brajdu en un hechicero.

—Aquí no puedo hacerlo —dijo—. Necesito que me llevéis a un lugar con vida, un oasis tal vez...

Pero Brajdu negó con la cabeza.

—No, preciosa. No vas a salir de aquí hasta que me conviertas en un verdadero mago... y en uno poderoso.

Victoria se volvió hacia Feinar, desesperada.

—¡Aquí no puedo hacer nada! ¡Díselo!

—Lo sabemos —dijo el mago—, pero está todo previsto.

Extrajo algo brillante de uno de los bolsillos de su túnica. Victoria lo miró con cautela. Era una gema parecida a un huevo de estrías rojizas, que, según pudo percibir, emanaba una gran cantidad de energía.

—Un canalizador artificial —explicó Feinar—. Actúa de modo similar a como lo hacen los unicornios, aunque no es capaz de convertir en mago a nadie, lástima. Cada una de estas maravillas tiene una piedra gemela fabricada con el mismo material. Si dejas una de ellas en un lugar con mucha energía, esa energía se transmitirá a su piedra gemela, no importa lo lejos que esta esté. ¿Lo entiendes?

Victoria rozó el huevo con la punta del dedo y percibió la gran cantidad de magia que atesoraba.

—Su piedra gemela está en pleno corazón del oasis más grande de Kash-Tar —prosiguió el hechicero—. Recogerá la energía de allí y la transmitirá a esta gema que tengo en las manos... de manera que, si la coges, será como si estuvieras allí.

»Los magos emplean estos canalizadores como reserva de magia, por si tienen que realizar muchos hechizos en poco tiempo. Pero, claro... los magos pueden emplear la magia para hacer hechizos. Tú no, ¿me equivoco? Para eso necesitas ese báculo que llevabas prendido a la espalda cuando te recogimos. Así que lo único que podrías hacer con este canalizador es recoger la energía que transmite y transferirla a otra persona, ya sea para curarla o... para convertirla en un mago.

Victoria se estremeció.

–Cada segundo que pierdes –intervino Brajdu–, Jack está un poco más cerca de la muerte.

Victoria tragó saliva. Podía conceder la magia a aquel hombre, pero nada le impediría entregarla después a los sheks e incluso esperar a que regresara Jack con el caparazón de swanit... si es que regresaba. En cualquier caso, Brajdu siempre saldría ganando.

Pero cabía la posibilidad, por mínima que fuera... de que él cumpliera su parte del trato.

Alzó la cabeza.

–De acuerdo –dijo.

Feinar le pasó el canalizador. Victoria lo sostuvo en sus manos y cerró los ojos, sintiendo que la energía la recorría por dentro, llenándola, renovándola. De verdad era como si se encontrara en un lugar repleto de vida.

Permaneció así unos minutos más. Habría necesitado horas para recobrarse por completo, pero no disponía de tanto tiempo. Debía acudir al encuentro de Jack y evitar que cometiese una locura.

Abrió los ojos, todavía sosteniendo la gema entre sus manos.

–Estoy lista –dijo; miró al mago–. Déjanos solos.

Debía transformarse en unicornio para entregar la magia, y se sentía incómoda si había más gente mirando. Ya era bastante horrible que tuviera que hacerlo para Brajdu.

Feinar miró a Brajdu, indeciso. Este asintió, llevándose una mano significativamente a la empuñadura del sable que pendía de su cinto. El hechicero se levantó y abandonó la cámara, cerrando la puerta tras de sí.

Victoria respiró hondo varias veces. La energía seguía recorriéndola por dentro, y por un momento tuvo la sensación de hallarse en medio de un bosque. Añoraba los bosques.

Se esforzó por centrarse. Buscó a Lunnaris en su interior y dejó que la esencia del unicornio fluyera hacia fuera para transformarla.

Sin embargo, y ante el desconcierto de Victoria, Lunnaris se negó a salir a la luz y se quedó agazapada en un rincón de su alma, temblando. Victoria, desesperada, llamó con más insistencia a su parte unicornio, lloró interiormente, suplicó, la amenazó... Pero la transformación no tuvo lugar.

Victoria abrió los ojos. Brajdu la observaba con expectación.

—¿Y bien?

—Lo estoy intentando —murmuró la joven—. Por lo general no tengo problemas para transformarme, pero hoy...

Se interrumpió porque Brajdu la había cogido por el cuello y la miraba fijamente, con un brillo amenazador en los ojos.

—Pues más vale que lo hagas, preciosa, porque, de lo contrario, tú y tu amigo moriréis muy pronto, ¿me he explicado bien?

Victoria asintió. Brajdu la soltó, y ella respiró hondo y lo intentó de nuevo. «Tengo que hacerlo», se dijo. «No es tan difícil entregar la magia por la fuerza. Ya lo hice una vez».

Se le revolvieron las tripas al evocar cómo la había utilizado el Nigromante en la Torre de Drackwen. Se sintió enferma solo de recordarlo, pero apretó los dientes y se dijo a sí misma que por Jack estaba dispuesta a volver a pasar por eso... y por mucho más.

Entonces comprendió que no podría hacerlo por voluntad propia, de la misma manera que no podía detener los latidos de su corazón solo con desearlo. Por más que habría sido capaz de hundir una daga en él si con ello pudiera salvar la vida de Jack. Pero, por muy intensamente que lo deseara, era necesario que le arrebataran la magia por la fuerza si no sentía aquella llamada, aquella extraña empatía que había sentido hacia Kimara y que la había llevado a entregarle su don. Echó de menos aquel horrible artefacto que Ashran había empleado tiempo atrás para robarle su poder. Lo echó de menos porque entendió que sin él no podría hacer lo que Brajdu le había pedido. Porque, a pesar de lo muchísimo que la había hecho sufrir aquella cosa, con él habría tenido alguna oportunidad de salvar a Jack.

Tenía un nudo en la garganta cuando confesó en voz baja:

—Es inútil. No siento ninguna clase de empatía hacia ti. El unicornio jamás se manifestará para ti, Brajdu.

El hombre no dijo nada. Le arrebató el canalizador, y Victoria notó cómo se quedaba sin energía de nuevo. Brajdu se levantó y la miró desde arriba, serio.

–Acabas de firmar tu sentencia de muerte –dijo–. Si no puedes darme la magia a mí, no se la darás a nadie.

Cuando cerró la puerta con estrépito, Victoria supo que acababa de enterrarla en vida y que no sobreviviría a aquella noche.

Pero solo podía pensar en Jack, en el peligro que corría, en que no podía llegar hasta él. Se acordó también de Christian. Había pensado mucho en él, al igual que en Jack, durante sus días de encierro. Sentía su presencia a través del anillo, sabía que él seguía allí, al otro lado, en alguna parte... demasiado lejos como para salvar a Jack...

Jack vio la nube rojiza que se acercaba por el horizonte. La última vez que había visto algo semejante, Kimara le había instado a ocultarse entre las dunas para no ser descubierto, y Jack había obedecido sin cuestionarla. Pero en esta ocasión se situó bien a la vista, en lo alto de un montículo de arena, y esperó.

El enjambre de insectos, que Kimara había llamado *kayasin*, «espías», no tardó en llegar hasta él. Jack dejó que lo rodearan, no demostró ninguna inquietud ante sus furiosos zumbidos ni se movió cuando algunos de ellos se posaron sobre su piel y lo palparon con sus largas antenas vibrantes.

Cuando la nube de insectos se alejó, Jack se sentó tranquilamente en la duna y siguió esperando.

Sabía que los kayasin no tardarían en informar a alguien mucho más grande y peligroso de su presencia en aquel lugar.

Tuvo que aguardar hasta la caída de la noche. Entonces divisó por fin al swanit acercándose por el horizonte, bajo la luz de las lunas, y le pareció muy grande.

Cuando la criatura llegó hasta él, se dio cuenta de que era gigantesco.

Se trataba de un enorme insecto fusiforme que se arrastraba por las dunas sobre una docena de patas, tanteando el suelo y el aire ante él con un par de largas antenas que no parecían, sin embargo, tan aterradoras como los múltiples apéndices bucales que buscaban alimento. Su cuerpo estaba cubierto por placas córneas que lo protegían como si de una armadura se tratase. Jack trató de olvidarse del estremecedor aspecto del swanit y de mantener la cabeza fría. Aquellas placas, que formaban el caparazón del insecto, eran su objetivo, las necesitaba para salvar a Victoria. Se esforzó por recordarlo en todo momento.

Tuvo tiempo de observar al swanit mientras este se acercaba. Se preguntó si podría ensartar su espada en alguna de las líneas de unión existentes entre las placas del escudo, pero desechó la idea. Aquel ser era demasiado grande. Incluso la herida de una espada legendaria como Domivat no sería para él más peligrosa que la picadura de un mosquito para un ser humano.

Jack comprendió que no tenía ninguna posibilidad de vencerlo de aquella manera. De forma que clavó la vaina de Domivat en la arena y se transformó en dragón.

Con un rugido, alzó el vuelo, y la cabeza ciega del swanit se alzó también; sus apéndices se agitaron en el aire, buscándolo. Jack estaba ahora lo bastante cerca como para apreciar cómo se movían sus cuatro pinzas bucales, capaces de triturarlo al instante. Voló un poco más alto, para ponerse lejos de su alcance. Pareció que el swanit lo buscaba incluso con más entusiasmo que antes, y Jack creyó comprender por qué: aquellas criaturas vivían en un desierto y eran demasiado grandes para el resto de seres que habitaban en él. Por más animales, humanos o yan que lograran cazar, para ellos no eran sino un pobre aperitivo. Por eso los swanit siempre estaban hambrientos.

Pero un dragón era otra cosa.

Jack batió las alas con energía y exhaló una bocanada de fuego. Quedó decepcionado al ver que el caparazón del swanit lo había protegido de sus llamas. No le quedaba más remedio que luchar cuerpo a cuerpo.

Se lanzó sobre él, con las garras por delante. Intentó clavarlas en el cuerpo del insecto, pero sus uñas resbalaron sobre el caparazón sin lograr hacerle un solo rasguño. Jack remontó el vuelo antes de que los apéndices bucales del swanit se cerraran sobre él.

Dio un par de vueltas en el aire, pensando. Empezaba a comprender por qué Brajdu tenía tanto interés en aquel caparazón. El fuego no lo afectaba, y era tan duro como el diamante, o tal vez más. No tenía sentido tratar de morderlo. Se le estaban acabando las opciones.

Pero tenía que matar a aquella criatura. Por Victoria.

El swanit se alzó sobre sus patas traseras y trató de alcanzarlo en el aire, pero no lo consiguió. Jack lo esquivó, mientras seguía trazando su plan.

Al descender sobre la criatura, había visto más de cerca las placas del caparazón. Tal vez podría hundir sus garras en el espacio que había entre las placas. Con eso no lo heriría, pero quizá podría engancharlo y tirar de él hasta volcarlo patas arriba. Si aquel insecto era lo que parecía ser, una especie de cochinilla gigante, tal vez por debajo estuviera desprotegido. Era bastante probable, de hecho. El swanit se arrastraba prácticamente sobre la arena, sus patas apenas lo elevaban por encima del suelo. Era lógico que hubiera desarrollado el caparazón solo por la parte que quedaba al descubierto.

Descendió en picado sobre el insecto e hincó las garras sobre su espalda. No consiguió enganchar la juntura, pero el swanit se movió con rapidez y alzó varias de sus patas hacia él.

Jack comprobó, con horror, que eran pegajosas. Los extremos de dos de las patas se adhirieron a su flanco, arrastrándolo hacia el suelo... y hacia la boca del swanit... mientras él batía las alas con desesperación, tratando de elevarse de nuevo.

Se volvió y escupió una llamarada a la boca del swanit. Esto pareció sorprenderlo, porque lo soltó. Pero acto seguido se lanzó otra vez sobre el dragón y cerró sus apéndices bucales en torno a su cola.

Jack rugió de dolor. Se debatió furiosamente y consiguió liberarse, pero las mandíbulas del swanit desgarraron su piel escamosa. Jadeando, Jack se elevó un poco más para ponerse lejos de su alcance.

Y volvió a descender, esta vez desde detrás, para tratar de enganchar sus garras al caparazón del swanit. Tampoco lo consiguió en esta ocasión, pero el insecto no logró atraparlo.

A la tercera vez sintió que sus uñas rozaban la juntura. Pero no fue capaz de clavarlas en la carne de la criatura. No tuvo tiempo de alegrarse por sus progresos, porque el swanit se retorció sobre sí mismo y se lanzó sobre él. Jack retrocedió en el aire... y las patas traseras del swanit lo atraparon y lo volcaron sobre el suelo.

Jack se revolvió, furioso y desesperado, batiendo la cola contra las dunas y luchando con garras, dientes, cuernos y fuego. Pero nada de aquello parecía hacer mella a la inmensa criatura. Además descubrió que la cara interna de las patas del swanit estaba aserrada, y sus puntas se clavaban en su cuerpo, desgarrando dolorosamente su piel dorada. Volvió a vomitar fuego a la cara de la criatura, pero esta no lo soltó. Cuando vio las mandíbulas del swanit cerniéndose sobre él, Jack supo que no sobreviviría a aquella batalla.

Victoria sentía una horrible angustia en su interior, y no se trataba solo del hecho de que ella estuviera muriendo. Tenía la espantosa sensación de que Jack estaba en grave peligro. Se levantó y, tambaleándose, llegó hasta la puerta. Arremetió contra ella, tratando de derribarla, con sus últimas fuerzas. Golpeó y golpeó, una y otra vez, aunque sabía que era inútil.

Pero se negaba a quedarse allí encerrada mientras Jack estaba muriendo. Y seguiría golpeándose contra la puerta, sin parar, hasta que la venciera el agotamiento o hasta que lograra echarla abajo. Cuando ya no pudo más, cayó desvanecida junto a la puerta, con los ojos llenos de lágrimas.

Y allí la encontró la persona que entró, un rato después, para rescatarla.

Por Victoria.

Jack se retorció por última vez entre las patas pegajosas del swanit; sus puntas se hundieron profundamente en su piel, pero no le importó. Dio un furioso coletazo y echó fuego de nuevo a la cara de la criatura. No le hizo daño, pero confundió sus sentidos un momento, permitiéndole escapar.

Jack se elevó en el aire todo lo que pudo, pero su vuelo era inestable: tenía un ala desgarrada. Respiró hondo un par de veces y trató de ver al swanit en medio de la polvareda que había alzado al despegar. Lo vio, apenas una sombra difusa entre la arena.

Y volvió a bajar. Sabía que aquel intento bien podía ser el último, pero evocó la mirada de Victoria, se recordó a sí mismo que ella estaba presa de aquel miserable de Brajdu, y ya no le pareció un sacrificio tan grande arriesgar su vida si con ello lograba salvarla.

De alguna manera, sus garras se hundieron, esta vez sí, en la fina línea de separación entre dos placas del caparazón. Se enganchó en él y batió las alas con fuerza.

Tiró y tiró. Tuvo que parar un momento para esquivar una nueva arremetida; pero el swanit se había alzado sobre sus patas traseras para alcanzarlo, y Jack dio un brusco tirón. Logró desequilibrarlo. Tiró de nuevo, con todas sus fuerzas.

Y el swanit volcó sobre la arena rosácea, agitando sus patas en el aire. Jack, agotado, sintió que lo inundaba un acceso de alegría y lanzó un rugido de triunfo: como había sospechado, la parte inferior del swanit no estaba protegida por el caparazón. Se arrojó sobre él y sintió un profundo alivio cuando sus garras se hundieron en la carne de la criatura.

Momentos después, el swanit yacía sobre la arena, muerto, y el dragón se había dejado caer a su lado, gravemente herido y sin fuerzas para moverse.

Victoria abrió los ojos cuando sintió que la llevaban a rastras. Luz... Alguien la estaba sacando de su encierro, comprendió enseguida. El corazón le dio un vuelco. ¿Jack? No, no era Jack. Tampoco era Christian.

Lanzó una pequeña exclamación de angustia cuando lo reconoció. Era Feinar, el mago que trabajaba para Brajdu.

–Silencio –dijo él en voz baja–. Los centinelas duermen bajo un hechizo de sueño, pero no queremos que se despierten, ¿verdad?

Victoria, aturdida, no dijo nada. No entendía qué estaba pasando, pero Feinar la había sacado de su prisión, y ella no pensaba discutir ninguna acción que la acercara más a Jack. De modo que se dejó llevar por los pasillos de aquella fortaleza subterránea, hasta que ambos salieron al aire libre. Feinar la soltó entonces, y Victoria, aún muy débil, cayó sobre la arena bañada por la luz de las tres lunas. Le tendió el Báculo de Ayshel, que aún seguía en su funda, y Victoria lo recogió, confusa.

–Vete –dijo el mago solamente.

–¿Por qué...? –pudo preguntar Victoria.

Feinar tardó un poco en contestar, pero no la miró a la cara cuando lo hizo:

–Porque yo vi un unicornio hace muchos años, cuando era joven. Y aún no he podido olvidar sus ojos, esos ojos que me visitan en mis sueños más hermosos.

Victoria lo miró, sorprendida, pero el mago le dio la espalda con brusquedad y volvió a entrar por la puerta. Ella no se detuvo a analizar su comportamiento. Se levantó a duras penas y, con ciega obstinación, se arrastró hacia el corazón del desierto, apoyándose en el báculo, en busca de Jack.

La mañana sorprendió a Jack todavía junto al cadáver del swanit. Debía de haber perdido el conocimiento, comprendió. Se maldijo a sí mismo por haberlo hecho. Tal vez a Victoria ya no le quedaba mucho tiempo, y por otro lado, ahora tendría que arrastrar el cuerpo de la criatura bajo la luz abrasadora de los tres soles.

No había tiempo que perder. Recogió su espada con una de sus garras delanteras y su zurrón con la otra, y enrolló la cola en una de las patas del swanit. Y tiró.

Al principio no consiguió nada, no logró moverlo. Pero insistió y, lentamente, fue arrastrando sobre la arena el cuerpo de la enorme criatura. No se planteó ni por un momento que le sería imposible regresar a Kosh con semejante carga; tenía que hacerlo, y punto.

Arrastró al swanit durante varias horas a través del desierto. No logró avanzar mucho, pero era mejor que nada, y, además, sabía que cada paso que daba lo acercaba más a Victoria.

A mediodía, cuando el más grande de los soles estaba en su cenit, Jack distinguió a lo lejos una solitaria figura que se acercaba a él por entre las dunas. Se detuvo un momento, parpadeando, preguntándose si sería un espejismo. Debía de serlo, pensó; porque se trataba de una muchacha que avanzaba a duras penas, apoyándose en un bastón.

O en un báculo.

«Es un espejismo», se dijo Jack.

Pero caminó hacia ella, olvidando el cadáver del swanit tras él, y mientras caminaba volvió a transformarse en un muchacho humano. Y cuando ella, acalorada, sucia y exhausta, se dejó caer en sus brazos, Jack la abrazó, pensando por un momento que habían muerto los dos y estaban en el cielo. Y tenerla entre sus brazos le sentó tan bien como si le hubieran echado un cubo de agua fresca por la cabeza. Cerró los ojos, bendiciendo aquel momento, sin poder creer que estuvieran juntos de nuevo. Pero la sed y el calor le habían secado la garganta, y ni siquiera fue capaz de pronunciar su nombre, ni de decirle lo muchísimo que la había echado de menos.

Ella se apoyó en él, jadeando, pero con una sonrisa en los labios, resecos y agrietados. Jack se dio cuenta de que no tenía fuerzas para seguir caminando, de modo que la llevó junto al cadáver del swanit y la depositó allí, sobre la arena. Victoria sonrió de nuevo, agradeciendo la sombra que daba el enorme cuerpo de la criatura. Jack la estrechó entre sus brazos, tratando de transmitirle parte de su energía.

Sin embargo, pese a que el fuego interior de los dragones era inagotable, en aquel momento sus reservas estaban muy bajas, y aún necesitaría descansar durante mucho tiempo para recuperarse. Pero él, a diferencia de Victoria, sí podía descansar en un desierto.

«Tengo que sacarla de aquí», pensó. Se dio cuenta, no obstante, de que estaba exhausto. Ahora que la tenía junto a él, gran parte de la tensión que lo había mantenido en pie había desaparecido. «Más tarde», se dijo. «Ahora debemos descansar». Y, casi sin darse cuenta, se sumió en un profundo sueño, junto a Victoria, tendidos los dos sobre la arena, a la sombra del cuerpo del swanit.

Cuando las tres barcazas alcanzaron Nurgon, días después del ataque a Namre, Alexander dio gracias a los dioses de todo corazón.
No había sido un viaje sencillo. Tras lo sucedido en Namre, Ziessel, la shek que gobernaba Dingra, estaba ya al tanto de sus movimientos. Camuflada entre las demás barcazas que se dirigían a Puerto Esmeralda, la de los Nuevos Dragones resultaba difícil de detectar... para todos excepto para los sheks.
La cobertura especial de Fagnor, que lo hacía parecer un dragón de verdad ante los sentidos de los sheks, era en este caso una desventaja. Porque cualquier shek que sobrevolara el río reconocería la embarcación que contenía al dragón de madera entre todos los otros barcos. Y la atacaría, impulsado por el ciego odio instintivo que enfrentaba a dragones y serpientes aladas.
Desde el ataque al puente de Namre, eran varios los sheks que sobrevolaban el río en busca de la barcaza de los rebeldes. Allegra la había cubierto con un poderoso hechizo de banalidad permanente, y en principio había funcionado bien; pero las hadas eran especialmente sensibles a la banalidad y, oculta bajo el mismo hechizo que camuflaba a la embarcación, Allegra comenzó a languidecer.
Tampoco a Alexander le sentaba demasiado bien.
El trayecto hasta Even fue un auténtico infierno para ambos. No obstante, ninguno de los dos insinuó siquiera la posibilidad de retirar el hechizo.
Sabían que los sheks tratarían de interceptarlos en Even. Por suerte, el río Iveron, que debían remontar para llegar hasta Nurgon, desembocaba en el Adir poco antes de llegar a la ciudad.
–Estad atentos –dijo Denyal, mientras observaba cómo la barcaza desplegaba seis imponentes pares de remos para navegar contra corriente–. Hay muchas barcazas que remontan el río hasta la capital, pero no se trata de un río muy transitado en comparación con el Adir. Si nos encontramos con un control, será fácil que nos detecten.

Con todo, el viaje transcurrió sin incidentes. Y así, por fin, una tarde, cuando se ponía el primero de los soles, los rebeldes divisaron a lo lejos la silueta de la Fortaleza de Nurgon.

Alexander sintió que lo invadía un mar de emociones contradictorias.

Si Vanissar lo había visto nacer y crecer, los altos muros de la Fortaleza habían contemplado su transformación en guerrero y en hombre. Hasta aquel momento no se había percatado de lo mucho que había añorado Nurgon. Y, sin embargo, habría preferido no volver a verlo a tener que contemplarlo en aquel estado.

La imponente Fortaleza, el orgullo de todo Nandelt, había sido reducida a un montón de ruinas y escombros. Los muros seguían allí, en parte; pero el techo se había derrumbado tiempo atrás, las torres habían sido derribadas y en las almenas ya no ondeaba la bandera de Nurgon: un dragón blanco coronado que se alzaba bajo dos espadas cruzadas sobre fondo rojo. Aquel no era el emblema de ninguna de las casas nobles de Nandelt. Era, simplemente, el símbolo de Nurgon. Y en Nurgon se daban cita jóvenes de todos los reinos, de todas las casas reales, de todas las familias nobles; la Academia incluso aceptaba a plebeyos si estos conseguían superar las difíciles pruebas de acceso. Tampoco hacía distinciones entre chicos y chicas. Sí, había mujeres entre los caballeros de Nurgon, y algunas de ellas ocupaban puestos importantes en la jerarquía de la Orden.

Alexander reprimió un suspiro. Entre aquellos muros no solo había aprendido a luchar. La educación que la Academia proporcionaba a sus pupilos era muy amplia, como correspondía a jóvenes que estaban destinados a ocupar puestos de importancia en sus respectivos reinos. Antaño, la Fortaleza bullía de actividad. Siempre dentro de la más estricta disciplina, los estudiantes de la Academia trabajaban de sol a sol; y, en torno a los muros del castillo, el pueblo de Nurgon había crecido y prosperado, atendiendo a las necesidades de aquellos aspirantes a guerreros y sus nobles maestros.

Ahora, nada quedaba ya del pueblo, y los silenciosos restos de la Fortaleza apenas evocaban ecos de días pasados, días de gloria y grandeza.

Alexander desvió la mirada, mientras la barcaza seguía deslizándose lentamente río arriba.

—¿Qué pasó con los caballeros? —preguntó con voz ronca.

Denyal se encogió de hombros.

–Al principio, lucharon todos juntos contra la invasión de los sheks –dijo–. Pero perdieron las primeras batallas, y fueron dispersándose para defender sus respectivos reinos. Los sheks no tuvieron piedad con ellos. Incluso en reinos que se les rindieron sin condiciones, como Dingra y Nanetten, los caballeros fueron perseguidos y exterminados, uno a uno. Algunos reyes, aquellos que renegaron de la Orden de Nurgon, fueron perdonados. En especial Kevanion, el rey de Dingra –pronunció su nombre como si escupiera–. Se dice que los últimos caballeros se reagruparon para lanzar una ofensiva desesperada. Se dice que Kevanion los traicionó entregándolos a Ziessel.

–He oído los rumores –gruñó Alexander–. Me niego a creer que un caballero de Nurgon traicionase a sus hermanos de la Orden.

–Los caballeros fueron exterminados –replicó Denyal con aspereza–. A mí me parece más que un simple rumor.

Alexander no respondió. Se había quedado mirando la Fortaleza, alerta de pronto y con el ceño fruncido.

–Kevanion no solo era un caballero de la Orden –prosiguió el líder de los rebeldes–. También era, y sigue siendo, el soberano de Dingra. Y, por lo que se cuenta, nunca le sentó bien que Nurgon tuviera más prestigio e importancia que la capital del reino. Ni que, en la práctica, el Gran Maestre de la Fortaleza superara en autoridad a su propio rey. Por otra parte...

–Silencio –cortó Alexander con voz ronca–. ¿No notas eso?

–¿El qué?

–El frío.

–Es una trampa –susurró de pronto Allegra, apareciendo tras ellos en la cubierta–. Los sheks nos han tendido una emboscada en la Fortaleza.

–No es posible –murmuró Denyal, pálido–. No podían saber...

–No les hace falta saber –replicó ella–. Les basta con pensar... deducir... y sacar conclusiones.

–A las armas –ordenó Alexander–. Preparaos para luchar.

El movimiento de la cubierta no pasó desapercibido a la criatura que se ocultaba en las ruinas de la Fortaleza. Antes de que los rebeldes pudieran reorganizarse, Ziessel se elevó sobre lo que quedaba del castillo, cubriendo el río y la barcaza con la inmensa sombra de sus alas, y lanzando un chillido que les heló la sangre en las venas.

Se decía de Ziessel que era la más bella y letal de las hembras shek. Extraordinariamente inteligente, incluso entre los de su raza, Ziessel se había ganado por derecho propio un puesto entre las jerarquías más altas de las serpientes aladas, a pesar de su juventud. Aunque nadie hablaba de ello, tampoco era un secreto entre los sheks que había sido cortejada nada menos que por Zeshak, el señor de las serpientes aladas; pero ella se había permitido el lujo de rechazarlo, y por el momento no parecía que necesitase un compañero. El propio Zeshak le había encomendado la tarea de acabar con la amenaza de los caballeros de Nurgon, y ella la había cumplido con creces. Era lo bastante hábil, además, para gobernar Dingra sin necesidad de someter al legítimo rey bajo amenazas o incómodas cadenas mentales. Pocos sabían, de hecho, que ella era la causa de la traición del rey Kevanion. Sí, ciertamente el monarca estaba resentido con la orden de Nurgon; pero había sido Ziessel quien, a través de promesas de eterna gloria, lo había llevado a dar el paso de vender a los caballeros y rendir pleitesía a Ashran. Había sido tan sencillo engañar a Kevanion que Ziessel hasta se había sentido decepcionada. Ahora, el rey vivía confiado en su triunfo, creyendo ser una figura imprescindible del imperio del Nigromante, sin saber que, cuando dejara de ser útil a Ziessel, ella se libraría de él sin ningún remordimiento. Por el momento lo mantenía con vida porque para gobernar un país de humanos resultaba muy práctico que hubiese un rey humano, aunque fuera solo de nombre. Pero todos en Nandelt sabían que era Ziessel, la hermosa y mortífera Ziessel, quien regía los destinos de Dingra.

Todos lo sabían... salvo el propio rey Kevanion.

Ziessel estaba al tanto del regreso a Idhún de la Resistencia. Sabía que en el grupo estaba Alexander, antes Alsan, príncipe heredero de Vanissar, un caballero de Nurgon que no se doblegaría ante la voluntad de los sheks. Un caballero que acudía a presentar batalla.

Tuvo noticias de la llegada de Alexander al reino de su hermano. Pero Vanissar dependía de Eissesh, y Ziessel sabía que no debía inmiscuirse en el territorio de otro shek. No obstante, tras la batalla del puente de Namre y la muerte de Kessh, el shek que lo guardaba, Ziessel supo que había llegado su momento.

Alexander, el renegado, uno de los últimos caballeros de Nurgon, había entrado en sus dominios.

Algunos sheks habían creído que se dirigía al bosque de Awa. No en vano, aquel había sido uno de los primeros destinos de la Resistencia, por no mencionar el hecho de que la maga Aile, la feérica, todavía los acompañaba. Pero Ziessel llevaba demasiado tiempo luchando contra caballeros de Nurgon como para no saber que cualquiera de ellos sentiría el impulso de regresar a la Fortaleza donde habían aprendido a ser lo que eran.

Aunque la Fortaleza ya no existiera.

De modo que, mientras otros sheks vigilaban Even, Ziessel aguardaba pacientemente en Nurgon. Y por fin su paciencia había sido recompensada.

Otras barcazas habían remontado el río rumbo a Aren, la capital del reino. Pero solo aquella había demostrado un especial interés en las ruinas de la Fortaleza. La mayoría de los barcos se alejaban de la orilla donde se había alzado el imponente castillo, como si sus tripulantes creyeran que su sola proximidad podía acarrearles el mismo destino que habían corrido los caballeros de la Orden. Pero aquella embarcación se había aproximado a la orilla, para divisar mejor las ruinas parcialmente ocultas por los árboles. Y Ziessel sospechaba que tenían intención de desembarcar.

El movimiento sobre la cubierta le indicó que los rebeldes habían detectado su presencia, y eso confirmó sus sospechas. No, aquellos no eran marineros corrientes.

Su aguda vista descubrió enseguida a Alexander sobre la cubierta del barco. Lo reconoció de inmediato. Se erguía con el porte y el orgullo de un caballero de Nurgon, pero sus ojos tenían un brillo extraño, un brillo salvaje que delataba en él la presencia del espíritu de la bestia. Veloz como un rayo de luna, Ziessel se lanzó sobre él, sin preocuparse por el resto de renegados. Sabía que contaba con la ventaja de la sorpresa, que Alexander era un rival al que debía tener en cuenta y que, si caía él, caerían los demás.

Y por un momento estuvo a punto de alcanzarlo, porque el joven se había quedado paralizado por la súbita aparición de la shek, que se alzaba en toda su grandeza.

Pero en aquel instante se oyó una voz potente y melodiosa gritando las palabras de un hechizo, y Ziessel chocó en el aire contra un escudo invisible. Rizó su largo cuerpo de reptil en un rapidísimo quiebro y buscó los límites del escudo. Aunque sabía que la maga Aile estaba detrás de aquello, y que era una hechicera poderosa, sospechaba que no habría tenido tiempo de cerrar el conjuro en torno a toda la barcaza.

No se equivocó. Allegra apenas había podido proteger con su magia el cuerpo de Alexander, que vio los letales colmillos de Ziessel peligrosamente cerca y solo fue capaz de reaccionar cuando ella viró con brusquedad y buscó su cuerpo desde otro ángulo. Alzó a Sumlaris justo cuando la shek encontraba de nuevo el camino para llegar hasta él, evitando la protección mágica. La serpiente atacó. Alexander lanzó una estocada, pero Ziessel fue más rápida. Alexander detectó, no obstante, el brillo calculador de la mirada de ella al centrarse en Sumlaris, y adivinó lo que estaba pensando. Aquella era un arma legendaria, una espada que había matado a un shek no hacía mucho. Ziessel era lo bastante inteligente como para saber que debía tener cuidado con ella.

Aprovechando esa breve vacilación, Alexander atacó de nuevo, con un rugido de rabia. Percibió, tras él, que Denyal y los otros rebeldes acudían en su ayuda. Pero Ziessel los ignoró. Para ella, solo Alexander, y tal vez Allegra, eran rivales a los que debía tener en cuenta. Sin perder de vista al joven, y mientras esquivaba su estocada con un ágil sesgo, se deshizo del primer atacante de un contundente coletazo, lanzándolo por encima de la borda.

Alexander sopesó sus posibilidades. Había cogido al shek del puente por sorpresa, pero aquella hembra estaba alerta, demasiado alerta. Mientras sostenía a Sumlaris con firmeza, se preguntó cómo iba a salir vivo de aquel enfrentamiento.

Súbitamente, una brusca sacudida le hizo perder el equilibrio. Y eso podría haber sido su perdición, de no ser porque también sorprendió a Ziessel, que dejó escapar un agudo siseo y clavó sus ojos irisados en la compuerta que conducía a la bodega de la barcaza.

Allegra entendió enseguida lo que estaba pasando.

–Kestra, no... –murmuró.

Hubo un nuevo golpe, y la compuerta saltó en mil pedazos.

Y un soberbio dragón rojo se alzó hacia el crepúsculo trisolar, con un rugido de libertad. Alexander se quedó sin aliento. Sabía que Fagnor no era de verdad, sabía que no era más que un armatoste de madera de olenko recubierto de magia y un ungüento hecho a base de escamas de dragón, y pilotado por una muchacha temeraria; pero parecía tan real...

Ziessel también lo sabía. Estrechó los ojos y siseó de nuevo al ver a Fagnor. Alexander detectó, sin embargo, el odio que palpitaba en su mirada, y casi sintió la lucha interior de la shek en su propia piel.

La razón le decía a Ziessel que aquel dragón no era real.

Pero su instinto la empujaba a abalanzarse sobre él para matarlo.

Kestra, en el interior de Fagnor, aprovechó muy bien aquel instante de vacilación. Dirigió su dragón hacia la shek y activó el mecanismo, mezcla de magia e ingeniería, que le hacía vomitar fuego por la boca. Con un chillido de terror, Ziessel se apartó con brusquedad de la trayectoria de la llama. Y el instinto ganó la batalla: la shek se precipitó sobre el dragón, loca de odio, con sus mortíferas fauces abiertas de par en par.

Kestra hizo virar a Fagnor para esquivar la embestida de Ziessel. El dragón rugió de nuevo y lanzó otra bocanada. Con un elegante movimiento, Ziessel evitó el fuego y rodeó a su rival con su largo cuerpo ondulante, esperando un descuido para cerrar sus anillos en torno a él.

Desde el interior de Fagnor, Kestra vio el movimiento de la shek y adivinó sus intenciones. Movió las palancas adecuadas e hizo que el dragón batiera las alas con más fuerza para elevarse aún más alto, mientras lanzaba una feroz dentellada hacia Ziessel.

Los rebeldes contemplaban la pelea desde la cubierta de la barcaza, sobrecogidos. Fue Denyal el primero en reaccionar.

—¡Rápido, arpones, arcos y ballestas! —ordenó.

En apenas unos minutos, un nutrido grupo de personas se había reunido en la cubierta. Cada uno de ellos portaba un arma de proyectiles, y fue el propio Denyal el encargado de ir prendiendo las puntas con una antorcha encendida.

—¡Tensad cuerdas! —gritó, y los arqueros, ballesteros y arponeros obedecieron todos a una, formando una temible hilera de llamas a lo largo de la cubierta del barco—. ¡Disparad!

Una lluvia de proyectiles ígneos surcó el cielo buscando los dos enormes cuerpos que luchaban sobre ellos, enzarzados en una pelea encarnizada. La propia Allegra colaboró lanzando un hechizo de fuego, que se elevó con los demás como una bola envuelta en llamas. Alexander temió por un momento por Kestra, encerrada en la panza de Fagnor, pero luego recordó que aquel dragón era un Escupefuego, fabricado con madera de olenko, que era inmune al fuego.

El joven se sintió de pronto fuera de lugar. Los Nuevos Dragones llevaban años luchando contra los sheks, habían desarrollado estrategias para pelear contra ellos. Sin embargo, él mismo no se sentía preparado para enfrentarse a aquellas criaturas. La lucha cuerpo a cuerpo que le habían enseñado en la Academia no servía en el caso de los sheks. Ni siquiera armado con una espada legendaria tenía posibilidades de derrotar a un shek, a no ser que lo cogiera por sorpresa y a traición.

Un poco aturdido, vio cómo Ziessel trataba de apartarse de la trayectoria del fuego lanzado contra ella... descuidando por un breve instante a Fagnor.

Kestra aprovechó la oportunidad. Hizo exhalar al dragón una última bocanada de fuego, aún más violenta que las anteriores.

Hasta Alexander sabía a aquellas alturas que el fuego de los dragones artificiales no era inagotable. Después de aquella llamarada, Fagnor no podría arrojar ninguna otra, no hasta que los hechiceros rebeldes no hubieran renovado su magia. Kestra se lo estaba jugando todo a una sola carta.

Por un momento, pareció que funcionaba. Con un chillido de pánico, Ziessel dio media vuelta y huyó del fuego que tanto odiaban y temían los sheks. Y la llama la habría alcanzado si no se hubiera detenido en seco para lanzarse en picado sobre el río.

La barcaza se bamboleó peligrosamente cuando el enorme cuerpo de Ziessel rompió las aguas para sumergirse bajo su superficie, a salvo del fuego. Denyal soltó una maldición por lo bajo.

—¡Arpones, arcos y ballestas! —gritó de nuevo.

Los rebeldes se prepararon para disparar. Su líder encendió otra vez las puntas de los proyectiles. Los arqueros tensaron las cuerdas, los arponeros y ballesteros cargaron sus armas. Todos aguardaron, intranquilos, a que el cuerpo plateado de Ziessel emergiera del río. Fagnor seguía suspendido sobre ellos, y Kestra le hizo lanzar un rugido de ira. «Con un poco de suerte», se dijo Alexander, «el shek no se dará cuenta de que ha perdido su fuego».

No se hacía muchas ilusiones al respecto, sin embargo.

Ziessel emergió del agua un poco más allá, y por un momento pareció un inmenso surtidor cristalino que se alzara hacia las primeras estrellas. Desplegó las alas y, aún chorreando pero mucho más segura de sí misma, se precipitó de nuevo contra el dragón artificial, con un siseo que les heló a todos la sangre en las venas.

—¡Disparad! —ordenó Denyal.

Nuevamente, la lluvia de proyectiles se abatió sobre Ziessel. En esta ocasión, la shek estaba preparada y los esquivó con cierta facilidad.

Después se volvió hacia Fagnor, con las fauces abiertas y la muerte brillando en sus pupilas irisadas.

Kestra no tuvo tiempo de maniobrar. De pronto se encontró con los anillos de Ziessel oprimiendo el cuerpo de madera de Fagnor; movió con desesperación las palancas que manejaban las alas, pero estas estaban firmemente enredadas en el cuerpo de la shek. Y Kestra supo que estaba atrapada, y que solo las alas de Ziessel los sostenían en el aire, a ella y a su dragón artificial.

Abajo, en la barcaza, los rebeldes lo comprendieron también.

–No puede ser –murmuró Alexander, anonadado. Si Fagnor caía, ellos caerían también, y si aquella barcaza no llegaba hasta la Fortaleza, ninguna otra lo haría. Su lucha habría terminado en el mismo momento de empezar.

De pronto, un potente grito se elevó sobre los árboles de la orilla:

–¡Suml-ar-Nurgon!

Y algo parecido a una enorme lanza brillante hendió el cielo en dirección a Ziessel. La shek se volvió con brusquedad, y sus ojos reflejaron la luz de aquella cosa que parecía buscarla a ella. Quiso alejarse de su trayectoria, pero cargaba con Fagnor, que entorpecía sus movimientos. Batió las alas con furia...

El proyectil le atravesó limpiamente un ala. Ziessel chilló, dolorida, y dejó caer a Fagnor.

Kestra logró tomar el control del dragón artificial justo antes de que cayera al agua. Una de sus alas se había quebrado en el asfixiante abrazo de Ziessel, de modo que cuando remontó el vuelo lo hizo de forma torpe e irregular; pero había remontado, y trató de alejarse de Ziessel... y de la barcaza.

La shek siseó y se dispuso a seguir al dragón; pero de nuevo se oyó aquel grito, que evocaba a Alexander tantas cosas, y desde la maleza alguien disparó media docena de aquellos proyectiles. Uno de ellos perforó el ala izquierda de Ziessel; otro desgarró su piel escamosa.

La shek vaciló un momento. Daba la sensación de que no sabía si investigar de dónde salían aquellas cosas o salir huyendo ahora que podía. Kestra aprovechó la oportunidad; volvió hacia Ziessel las fauces abiertas de Fagnor, le hizo moverse de manera que pareciera prepararse para lanzar una nueva bocanada de fuego sobre ella. En otras circunstancias, tal vez la shek no se habría dejado engañar; pero estaba herida y confusa, y se sentía acorralada. Con un chillido de ira, batió las alas para elevarse aún más alto, lejos del alcance de las lanzas de luz... y se alejó en la noche, hacia la más grande de las tres lunas, que ya pendía del cielo violáceo.

Hubo un breve momento de tensión.

Y entonces, Fagnor pareció dar un suspiro de alivio, y Kestra lo dirigió hacia la orilla y trató de hacerlo aterrizar en lo que había sido el patio de la Fortaleza. No fue lo que se dice un aterrizaje suave.

Cuando asimilaron que estaban a salvo, por el momento, algunos de los pasajeros de la embarcación lanzaron vítores en honor de Kestra y su Escupefuego. Pero Denyal los hizo callar rápidamente. Ordenó a los tripulantes dirigir la barca a la orilla y se reunió con Allegra y Alexander en la borda. Los dos parecían haber olvidado a Kestra y a la shek que los había atacado; tenían la vista fija en las sombras de los árboles de la otra orilla y conversaban en voz baja.

–¿Bien? –preguntó Denyal, inquieto de repente–. ¿Qué hay ahí?

–Aliados, suponemos –respondió Allegra–. Lo que hemos visto eran lanzas de madera de árbol de luz. Solo los feéricos saben dónde y cómo encontrar estos árboles. Y al otro lado del río se extiende el bosque de Awa.

–No, eso no es correcto –replicó Denyal, consultando un plano–. Al otro lado del río, más allá de esos árboles, hay una llanura que tardaríamos tres días en cruzar a caballo. Y después empieza el bosque de Awa.

Allegra rió suavemente.

–Las fronteras feéricas no son como las fronteras humanas. El bosque crece. Se expande hacia donde las hadas desean, y ni siquiera los sheks son capaces de frenar el avance del reino de Wina. Es nuestra manera de conquistar territorio en una guerra. Awa lleva quince años expandiéndose y, créeme, un bosque como este puede crecer muy, muy deprisa.

Por alguna razón, Denyal sintió un escalofrío.

–¿El bosque de Awa está llegando hasta el mismo Nurgon? Los caballeros jamás habrían permitido esto.

–Los caballeros se aprovechan de ello –respondió Alexander, con una feroz sonrisa–. Son miembros de la Orden quienes han disparado esas lanzas. Solo un caballero de Nurgon iniciaría un ataque con el grito de guerra de la Orden: ¡Suml-ar-Nurgon!

Su sonrisa se hizo aún más amarga al repetir aquellas palabras que, de alguna manera, sentía que no tenía ya derecho a pronunciar.

Suml-ar-Nurgon. Por la gloria de Nurgon. Alexander se volvió un momento para contemplar lo que quedaba de la Fortaleza, y sintió que aquellas ruinas silenciosas lo llamaban con ecos de lejana grandeza. Y decidió que, pasara lo que pasase, lucharía por ellas, por lo que había sido la Orden, aunque aquello fuera todo lo que quedara de ella.

Suml-ar-Nurgon.

Las palabras de Denyal le hicieron volver a la realidad.

–Fueran quienes fuesen, no parecen dar más señales de vida. Lo importante ahora es instalarnos en el castillo y levantar todas las defensas que sean posibles, físicas y mágicas. Con un poco de suerte, Tanawe y los demás llegarán antes de que regrese el shek con más refuerzos. Pero, por si acaso no fuera así, quiero estar preparado.

No había terminado de hablar cuando la barcaza tocó la orilla con una breve sacudida. Allegra y Alexander dirigieron una última mirada a la otra ribera del río; pero la espesura seguía en silencio. Sus misteriosos aliados no querían dejarse ver, por el momento.

Jack se despertó cuando las tres lunas ya iluminaban el firmamento, porque su instinto le dijo que estaban en peligro. Abrió los ojos, a duras penas, y miró a su alrededor.

Reconoció el desierto, el cadáver del insecto, a Victoria, que yacía aún sobre la arena, junto a él.

Y vio a las serpientes.

Una patrulla de szish. Unos veinte. Los tenían rodeados, y Jack sabía que, si ellos los habían encontrado, los sheks no tardarían en aparecer. Con un soberano esfuerzo, se levantó y echó mano a su espada para enfrentarse a ellos.

Se dio cuenta enseguida de que ni siquiera tenía fuerzas para transformarse en dragón, de que su fuego no se había restaurado por completo, de que apenas podía tenerse en pie. Se tambaleó y cayó al suelo, y eso le salvó la vida, porque una flecha que iba directa a su corazón se clavó en su hombro, un poco más arriba de su objetivo. Jack sintió el veneno szish penetrando en su sangre. Vio la sinuosa sombra de un shek aproximándose desde el cielo. Y supo que estaban perdidos. Se dejó caer junto a Victoria y lo último que pudo hacer, antes de perder el sentido, fue pasar un brazo en torno a su cintura, en un inútil esfuerzo por protegerla.

Victoria oyó un tumulto lejano, pero aquello no consiguió sacarla de su estado de inconsciencia. Percibió una fresca presencia junto a ella, y la recibió con alivio, porque calmaba el ardor que todavía sentía en la piel, abrasada por los tres soles y el calor del desierto. Era tan agradable que Victoria suspiró en sueños. Notó entonces que algo la levantaba, separándola de Jack; eso ya no era tan agradable. Gimió y trató de debatirse débilmente; pero la alejaban de Jack, y eso era tan doloroso que se despejó del todo.

Se encontró con la mirada de unos ojos azules que conocía muy bien.

–¿Chris... tian? –murmuró.

Lo miró, inquieta. Los ojos de él volvían a ser tan fríos como la escarcha.

–Me alegro de volver a verte, Victoria –dijo él, y la chica suspiró al descubrir un destello cálido detrás de aquella pared de hielo.

–Yo también –susurró ella, parpadeando para contener las lágrimas de alegría que acudían a sus ojos; se dejó caer en sus brazos, feliz, dejó que él la alzara y se la llevara consigo; pero mientras Christian caminaba, cargando con ella, Victoria vio, por encima de su hombro, el cadáver del swanit y el cuerpo que yacía junto a él, y que estaban dejando atrás.

–¡Espera! –le dijo a Christian–. ¡No podemos dejar a Jack!

El shek no dijo nada; solo siguió andando, con ella en brazos. Victoria comprendió al punto sus intenciones y, con sus últimas fuerzas, se revolvió hasta conseguir que la soltara.

–Yo no me voy sin Jack –dijo.

–Si te quedas aquí, morirás –replicó Christian con calma–. Así que voy a llevarte a un lugar seguro, te guste o no.

–No me iré sin Jack –insistió ella.

Christian la miró con una expresión indescifrable.

–No pienso salvarle la vida a un dragón.

Victoria respiró hondo. La simple idea de separarse de Christian ahora que se habían reencontrado le resultaba insoportable, pero no tenía alternativa.

–Entonces, no me salves a mí tampoco.

Christian avanzó hacia ella. Victoria retrocedió.

–No, Christian –advirtió–. Tendrás que llevarme por la fuerza.

En los ojos del shek brilló un destello acerado.

—Que así sea —dijo, y desenvainó a Haiass.

Victoria vio que el filo de la espada presentaba un débil resplandor sobrenatural. Se dio cuenta entonces de que el paisaje estaba sembrado de cadáveres de szish que parecían haber probado la gélida mordedura de Haiass.

Victoria apretó los dientes, pero aceptó el desafío. Alzó una mano y el báculo acudió a ella, obedeciendo a su orden silenciosa. Los dos se miraron. Victoria pensó que aquello era absurdo, que amaba demasiado a Christian como para enfrentarse a él de aquella manera, o siquiera imaginar la posibilidad de hacerle daño. Pero los ojos de él brillaban de forma extraña al mirar a Jack, y Victoria supo que debía luchar contra el shek para salvar la vida del dragón.

Christian atacó. Victoria detuvo su estocada con el báculo, y ambas armas legendarias centellearon un momento. Los dos cruzaron una breve mirada. Victoria pensó en Jack y, con las escasas fuerzas que le restaban, empujó para hacer retroceder a Christian. Él se movió con rapidez, y la muchacha lo perdió de vista. Lo sintió junto a ella y descargó el báculo en esa dirección.

Detuvo su ataque, lo empujó hacia atrás. Se estudiaron un momento. Victoria jadeaba, esforzándose por mantenerse en pie.

—No puedes más, Victoria —dijo Christian—. Estás tan débil que apenas puedes moverte.

—Pero pelearé —replicó ella—. Hasta el último aliento. Tengo que... tengo que ayudar a Jack, ¿no lo entiendes?

—Si vienes conmigo ahora, sin oponer resistencia, no lo mataré. Pero si me obligas a quedarme y a luchar, no puedo garantizarte que pueda reprimir mi instinto mucho más tiempo.

Victoria apretó los dientes.

—Si lo abandono, morirá de todas formas. Tengo que salvarlo...

—Morirás con él. No puedo permitirlo.

Se movió con rapidez y atacó de nuevo. Victoria giró sobre sí misma, enarboló el báculo... Pero se encontró con una poderosa estocada de Haiass, descargada desde un punto que ella no esperaba. La espada de Christian le arrebató el báculo de las manos. Instantes después, su filo acariciaba el cuello de Victoria.

Ella cerró los ojos un segundo, temblando bajo el helado poder de Haiass. Recordaba demasiado bien una escena semejante, dos años atrás. La primera vez que Christian y ella se habían mirado a los ojos...

En aquel momento, comprendió Victoria, había comenzado su historia juntos, aunque entonces ella no lo supiera. ¿Lo había sabido él? Victoria alzó la cabeza para mirarlo, serena y desafiante. No tenía miedo de Haiass. Esta vez, no.

Christian sostuvo su mirada con calma. Victoria descubrió un rastro de emoción en sus ojos azules, y comprendió que él también estaba recordando viejos tiempos. Pero entonces sintió la conciencia de él introduciéndose en su mente, y comprendió qué era lo que pretendía hacer.

–No –susurró, pero él no se detuvo–. ¡No! –gritó Victoria.

Se apartó de él, sin preocuparse por la espada, que se retiró sin hacerle daño, como ella sospechaba. Pero Christian la agarró del brazo y la retuvo junto a sí, y soltó a Haiass para cogerla con las dos manos y acercarla más a él.

–¡NO! –chilló Victoria, y, a pesar de que estaba tan débil que apenas podía tenerse en pie, la estrella de su frente brilló con más intensidad que nunca–. ¡No, Christian, no me apartes de él!

Estaba llorando, pero sus lágrimas no conmovieron al shek. Victoria sintió cómo un profundo sueño se apoderaba de ella, y luchó por resistir, luchó con todas sus fuerzas... pero lo único que pudo decir, antes de caer dormida en los brazos de Christian, antes de rendirse al poder de él, fue:

–Por favor...

XIII
Reuniones

Los rebeldes trabajaron deprisa. Exploraron las ruinas de la Fortaleza y establecieron la base en el sector sur, que era el que mejor conservado estaba. Descargaron las armas de la barcaza, levantaron barricadas, establecieron puestos y turnos de guardia. Allegra, por su parte, se encargó de las defensas mágicas que protegerían la nueva base de los rebeldes. Pronto se dio cuenta de que era demasiado para ella sola. Qaydar y Tanawe, los otros dos magos del grupo, viajaban en aquellos momentos en dirección a Nurgon, en sendas barcazas como la que los había llevado a ellos hasta allí. No tardarían en llegar, pero Allegra no tenía tanto tiempo. De modo que subió a lo más alto de la muralla más alta y dirigió la mirada de sus ojos negros hacia la otra orilla, donde se alzaban los límites del bosque de Awa, y escuchó la canción de los árboles, intentando captar en ella señales de su gente. Sabía que el escudo de protección del bosque de Awa todavía funcionaba; si los feéricos pudieran extenderlo un poco más, hacer que cubriera la Fortaleza con su manto protector, la Resistencia estaría a salvo una vez más.

Detectó entonces algo curioso en la otra orilla: una luz que se movía de un lado a otro, haciéndoles señas.

Más abajo, uno de los vigías también la había visto. Su grito de alerta resonó sobre las ruinas del castillo.

Allegra bajó al patio, donde se reunió con los demás. Denyal y Kestra llegaron juntos; la maga detectó enseguida la expresión sombría de la joven, y supo que el líder de los rebeldes la había reprendido por su temeridad. Al fondo, junto a una pared semiderruida, descansaba Fagnor. El hechizo se había roto, y ahora no parecía otra cosa que un extraño armatoste de madera. Uno de los armazones de las alas aparecía torcido en un ángulo extraño. Allegra supuso que Rown y Tanawe tendrían que trabajar mucho para volver a ponerlo a punto.

–¿Qué sucede? –preguntó Denyal, ceñudo; desde que los Nuevos Dragones habían abandonado su refugio en las montañas de Nandelt, su humor había empeorado mucho. Allegra no podía culparlo por estar tan preocupado. El plan de Alexander era tan arriesgado como lo había sido la maniobra de Kestra aquella misma tarde. Pero Denyal tenía autoridad sobre Kestra y podía reprochárselo, mientras que, como vanissardo que era, sentía que debía una lealtad ciega a Alexander.

–Nos hacen señas desde el otro lado del río –respondió Allegra–. Parece que por fin vamos a conocer a nuestros aliados.

No dejó de mirar a Kestra mientras hablaba. Se dio cuenta de que la muchacha se volvía a menudo para echar un vistazo a su Fagnor, sin prestar apenas atención a Denyal y a la hechicera. Pensó, de pronto, que no parecía una joven acostumbrada a recibir órdenes. Y empezó a plantearse si de verdad Denyal tenía tanto dominio sobre ella como pensaba.

No tuvo tiempo de seguir reflexionando, porque Denyal echó a andar a grandes zancadas hacia la ribera del río. Allegra lo siguió. Descubrieron ya la silueta de Alexander saltando de roca en roca, haciendo gala de su agilidad sobrehumana. Lo alcanzaron cuando ya se reunía con los vigías junto al lugar donde habían atracado la barcaza.

La luz seguía allí, vibrante, e inquieta, como si tuviera vida propia. Volaba de un lado a otro, nerviosa, iluminando con su tenue resplandor un grupo de sombras que estaban allí plantadas, entre la maleza, al otro lado del río.

–Eso es un fuego fatuo –dijo Allegra, sorprendida–. Es muy raro verlos tan lejos del corazón del bosque.

Se llevó las manos a ambos lados de la boca y emitió un sonido claro y agudo que sonó como el canto de un ave nocturna. Desde el otro lado del río, alguien le respondió en la misma clave.

–Son amigos –concluyó Allegra–. Pero quieren saber quiénes somos y qué derecho tenemos a pisar la Fortaleza.

–¿Eso te han dicho? –gruñó Alexander, frunciendo el ceño–. Extrañas palabras para un feérico. Déjame probar una cosa.

Avanzó un par de pasos y gritó a los que aguardaban en la otra orilla:

—¡Suml-ar-Nurgon, Nandelt camina bajo la luz de Irial!
—¡Bajo la luz de Irial defendemos a nuestra gente! —le respondió una potente voz masculina.

A Alexander le resultó familiar, pero no terminó de ubicarla.

—¡Por la gloria de Nurgon, hermano! ¿Quién eres?
—¿Quién lo pregunta?

Fue Denyal quien tomó la palabra en el lugar de Alexander:

—¡Estás hablando con Alsan de Vanissar, uno de los reyes de Nandelt!

Hubo un breve silencio.

—¡Alsan de Vanissar está muerto! —respondió la voz, y en esta ocasión Alexander sí supo reconocerla—. ¡Su cobarde hermano es quien reina ahora en su tierra!

—¡Por todos los dioses, Covan! —exclamó Alexander—. ¿Es esa manera de recibir a un amigo? ¿Predicando su muerte?

Se oyó un sonoro juramento.

—¡Alsan, muchacho! ¿Eres realmente tú?
—¿Por qué no vienes a comprobarlo?

Hubo un movimiento al otro lado del río. Pareció que el grupo conferenciaba. Al cabo de unos instantes, se oyó de nuevo la voz de Covan.

—¡Izad el puente!

Algo se movió entre la maleza, y las aguas se agitaron. Los rebeldes tardaron un rato en comprender lo que estaba pasando: los de la otra orilla tiraban de unas sogas que se hundían bajo el río. Y, según iban tirando, algo emergía a la superficie.

Alexander y los suyos contemplaron cómo tensaban las cuerdas hasta conseguir que las tablas del puente quedaran firmes sobre el río. Denyal buscó el sitio de donde partían las sogas en la orilla en la que ellos se encontraban, y las halló sólidamente amarradas a unas rocas, no lejos del lugar donde habían anclado su barcaza, ocultas entre la maleza de la ribera. Cuando en el otro lado terminaron de atar el otro extremo de las sogas en los árboles del lugar, el puente de tablas, todavía chorreando, unía ya las dos orillas.

—¡Covan! —gritó Alexander—. ¿Estás seguro de querer cruzar por ahí?

El hombre de la otra orilla rió.

—Llevo años haciéndolo, chico. Si de verdad eres tú, y no tu fantasma, no vas a librarte de un buen tirón de orejas.

Los rebeldes contemplaron, entre atónitos y recelosos, cómo Covan y los suyos cruzaban el puente con paso ágil. Eran cuatro: tres hombres y un silfo. Ante ellos revoloteaba el fuego fatuo, iluminándoles el camino. La aguda vista de Allegra detectó que había quedado más gente al otro lado del río, pero nadie lo mencionó.

Covan saltó a la orilla con gran agilidad, a pesar de que aparentaba edad suficiente como para ser el abuelo de Alexander. Pero su rostro enjuto parecía cincelado en piedra, y su cuerpo, duro y membrudo, había sido adiestrado en la Academia mucho tiempo atrás.

Bajo la luz del fuego fatuo y de las tres lunas, los dos se estudiaron mutuamente.

–Por el amor de Irial –murmuró Covan–. Si no eres el espectro de Alsan, te pareces mucho a él. Hace quince años que no sé nada de ti, pero no pareces haber envejecido mucho desde entonces. Y, sin embargo, eres muy diferente a como te recordaba.

–Han pasado muchas cosas, viejo amigo –sonrió Alexander con cansancio–. También yo me alegro de verte con vida. Me dijeron que todos los caballeros de Nurgon habían sido exterminados.

–Ziessel –escupió Covan–. Esa maldita shek se encargó de perseguirnos a todos y matarnos como a alimañas. Pero algunos sobrevivimos y nos ocultamos en los alrededores de la Fortaleza, como mendigos. Cuando no hay serpientes por los alrededores, cruzamos el río, como ahora hemos hecho, y regresamos a nuestro hogar.

–O a lo que queda de él –murmuró Alexander con pesar.

–¿Dónde has estado tú todo este tiempo? –quiso saber Covan, receloso de repente.

–Fui en busca de nuestra última esperanza. Para traerla de vuelta.

Covan movió la cabeza.

–No quise creer los rumores. Me parecieron demasiado fantásticos. Algo acerca de un dragón y un unicornio que sobrevivieron a la conjunción maldita... Pero hemos visto a ese dragón rojo esta tarde...

–No era un auténtico dragón –aclaró Alexander–. Ese no.

–Un dragón artificial, ¿eh? He oído hablar de ellos. No derrotarán a los sheks.

–Tal vez no, pero ayudarán. Hay un dragón de verdad, Covan, uno auténtico. Yo mismo lo encontré y lo traje de vuelta. Y pronto se reunirá con nosotros. Por eso hemos vuelto; para hacer de este lugar la base de la Resistencia, el punto desde el que reconquistaremos todo Idhún.

—Aunque eso fuera cierto... ¿qué puede hacer un solo dragón contra Ashran y todos sus sheks? Ya has visto lo que puede hacer uno solo de esos monstruos.

—Y tú has visto que uno solo de nuestros dragones puede hacerle frente —interrumpió una voz con orgullo.

Todos se volvieron hacia Kestra, que era quien había hablado. Exasperado, Denyal iba a mandarle callar, pero una exclamación ahogada de Covan lo interrumpió.

El viejo se había quedado mirando a la muchacha, pálido y desencajado.

—Dos fantasmas en un solo día —murmuró—. Niña, niña, ¿dónde te habías metido?

Avanzó hacia ella, pero Kestra retrocedió y le dirigió una mirada de advertencia.

—No —dijo—. Ya no soy la misma de antes. No pronuncies mi nombre. No recuerdes quién fui. Eso pertenece al pasado.

Dio media vuelta y se perdió en la oscuridad. Hubo un silencio desconcertado.

—Covan —murmuró entonces Alexander—. Maestro de armas de la Fortaleza. Esa chica estuvo a tu cargo, ¿no es cierto? Estudió en Nurgon.

El caballero negó con la cabeza y exhaló un suspiro pesaroso.

—No, Alexander, te equivocas. Han pasado quince años desde que la Fortaleza fue destruida. Ella es demasiado joven para haber estudiado en Nurgon. Pero su hermana mayor no lo era —clavó su mirada en él—. Coincidisteis en la Academia, pero es probable que no la recuerdes, porque ella acababa de entrar cuando tú ya casi te graduabas. Y quizá sea mejor que la hayas olvidado. Porque la hermana mayor probablemente esté muerta, y en cuanto a la más joven... tal vez tenga razón, y lo mejor para ella sea que su nombre y su historia no vuelvan a ser recordados. Como todo lo que existió una vez sobre el reino de Shia.

Alexander esperó a que siguiera hablando, pero el viejo maestro de armas se encerró en un severo silencio.

—Tenemos que darnos prisa —intervino entonces Denyal—. No nos queda mucho tiempo. Los sheks ya saben que estamos aquí y no tardarán en atacar.

—Necesitamos que ampliéis el escudo que protege al bosque —dijo entonces Allegra, dirigiéndose al silfo—. Sé que la Fortaleza es una construcción humana y que no está viva, pero os ruego que hagáis una excepción en este caso.

El silfo inclinó la cabeza.

—Eso podemos hacerlo. Pero tendréis que dar algo a cambio.

—¡En la lucha contra Ashran, todos debemos aliarnos! —casi gritó Denyal.

Allegra lo hizo callar con un gesto.

—Es lo justo, y es la manera de actuar de los feéricos —se volvió hacia Alexander, Covan y los demás caballeros—. Protegerán la Fortaleza a cambio de extender el bosque un poco más.

Ellos se removieron, incómodos.

—Durante todo este tiempo —dijo Covan— hemos mantenido una estrecha relación con los feéricos de la linde del bosque. Ellos nos acogieron y nosotros colaboramos con su lucha. Cedimos los terrenos al otro lado del río para que Awa fuera creciendo. Pero no podemos darles la Fortaleza.

—La Fortaleza, no —puntualizó Allegra—. Solo el terreno de alrededor. El pueblo de Nurgon no volverá a ser habitado por humanos; dejad que el manto verde de Wina recubra las ruinas. Dejad que el bosque crezca en las antiguas tierras de labranza. Respetarán vuestra Fortaleza y la protegerán con el escudo feérico, porque será, de alguna manera, parte del bosque.

Los caballeros aún dudaban.

Alexander fue el primero en ceder.

—El escudo feérico ha sido lo único que ha resistido a Ashran en estos quince años —señaló—. Ni siquiera los poderosos hechiceros de la Orden Mágica han sido capaces de defender su último bastión. La Torre de Kazlunn ha caído, pero el bosque de Awa sigue siendo libre.

Covan suspiró y asintió.

—Que así sea —dijo—. Espero que sepas lo que estás haciendo.

—Sabemos lo que estamos haciendo —sonrió Alexander—. ¿Oyes eso?

Guardaron silencio y escucharon entonces el chapoteo de los remos de una embarcación que remontaba el río.

—¡Dragones! —llamó una voz en la noche.

Denyal sonrió. Era la voz de Tanawe.

—Llegan los refuerzos —dijo solamente.

«Podrías haber sido mía. Solo mía. Para siempre», susurró una voz en su mente.

Victoria abrió los ojos, parpadeando. La voz había sonado muy lejana y, aunque aguardó un momento, ya no volvió a escucharla, por lo que supuso que habría sido solo parte de un sueño. Respiró hondo. Sentía la energía fluyendo por su interior, llenándola de nuevo, reparándola y reconfortándola. Estaba viva.

Entornó los párpados para proteger sus ojos de los rayos solares que se filtraban por entre las hojas de los árboles. ¿Qué había pasado?

Los recuerdos acudieron entonces a su mente...

«No pienso salvarle la vida a un dragón».

«No me iré sin Jack».

«Que así sea».

«Si te quedas aquí, morirás».

«Me alegro de verte».

«Tendrás que llevarme por la fuerza».

«Por favor...».

Se incorporó de un salto, con el corazón latiéndole con fuerza. Jack, tenía que ir a buscar a Jack; no importaba donde estuviese, debía regresar...

Un movimiento a su lado llamó su atención. Alguien yacía junto a ella, bajo el mismo árbol. Se le paró el corazón un momento cuando lo reconoció.

Era Jack.

Estaba en un estado lamentable, sucio, herido, inconsciente y muy pálido, pero vivo. Y ambos yacían sobre la hierba, el uno junto al otro. Con los ojos llenos de lágrimas, Victoria se abrazó a él y lo estrechó con fuerza, cubriéndolo de besos y caricias. Aún no se sentía del todo recuperada, pero no perdió tiempo e inició el ciclo de curación para aliviar a Jack. Solo cuando le pareció que él ya estaba mejor, que las heridas más graves habían sanado, que el veneno szish había desaparecido por completo de su cuerpo, se detuvo a pensar en lo que había pasado y en lo que ello significaba.

Christian había salvado también a Jack, a pesar de todo. Se estremeció solo de pensarlo.

Lo había detectado nada más mirarlo a los ojos. El exilio de Christian en Nanhai había dado sus frutos, y el joven había conseguido equilibrar su parte humana y su parte shek. Pero ahora había vuelto a reprimir su instinto para ayudar a Jack... y Victoria se preguntó cuánto daño habría hecho aquel gesto al shek que habitaba en el interior de Christian.

Se levantó, dispuesta a averiguarlo. Se aseguró de que Jack estaba bien, durmiendo un sueño profundo y reparador, y se alejó en busca de Christian. Sabía que no andaba lejos.

Más allá de los árboles discurría el cauce de un río. Victoria se olvidó por un momento de Jack y de Christian y contempló el agua con avidez. Corrió hasta la orilla y remontó el curso del río un rato hasta que encontró un remanso tranquilo y delicioso. Entró en el agua, sin quitarse las botas siquiera; bebió durante un largo rato y se lavó la cara, disfrutando de la frescura del agua.

Percibió entonces a Christian tras ella, aunque él no había hecho ningún ruido, y se volvió para mirarlo. El shek la observaba desde la orilla, serio.

El corazón de Victoria dio un vuelco de alegría y empezó a latir con fuerza. Sonriendo, avanzó hasta él, feliz de verlo y agradecida por lo que había hecho por ellos. Pero Christian retrocedió y la miró con frialdad.

—Apestas a dragón —dijo solamente, por toda explicación.

Victoria no dijo nada. Lo miró, desolada. Christian sabía que la había herido, pero no había podido evitarlo. Le dio la espalda para volver a internarse en el bosque.

Entonces oyó un chapoteo tras él y se dio la vuelta de nuevo.

Y vio que Victoria había saltado a la parte más profunda del agua. Inquieto, corrió hasta la orilla; ella volvió a asomar la cabeza fuera del agua y nadó hasta él. Christian le tendió la mano para ayudarla a salir del río, pero Victoria rechazó su ayuda y trepó sola hasta la orilla. Se alzó ante él, chorreando de pies a cabeza. Le dirigió una mirada intensa.

—¿Y ahora? —le dijo—. ¿Me he quitado ya el olor del dragón?

Christian la miró. El pelo le caía como una cascada por la espalda, chorreando agua hasta el suelo. La blusa mojada se pegaba a su cuerpo. El joven se preguntó si Victoria era consciente de esta circunstancia. Comprendió enseguida que no, y sonrió para sí. Los grandes ojos de Victoria lo contemplaban, suplicantes, esperando su aprobación y su permiso para acercarse a él, aunque solo fueran unos pasos más.

Christian tiró de ella hacia sí, sin una palabra, y la besó. Solo entonces se dio cuenta de lo mucho que la había echado de menos.

El gesto cogió a Victoria por sorpresa al principio; pero enseguida cerró los ojos y se abrazó a él, disfrutando del momento.

–Christian –susurró, cuando él apartó la cara para mirarla a los ojos.

Quiso decirle que lo había añorado muchísimo, que se sentía feliz de volver a verlo y aliviada de comprobar que estaba bien; quiso contarle muchas cosas, pero no encontró palabras. Lo intentó de nuevo.

–Christian, yo...

–Ssssh, calla –le dijo él en voz baja–. No hables.

Victoria obedeció, comprendiendo que las palabras estropearían el momento. Hundió la cara en el pecho de Christian, sintió los brazos de él rodeándola en silencio, sus dedos jugando con su cabello mojado. Cerró los ojos y dejó que su suave frialdad refrescara su alma y la llenara por dentro. «Cuánto te he echado de menos», pensó.

Notó que Christian respiraba profundamente. Fue su única reacción, pero la chica sabía que, por dentro, el shek estaba sintiendo lo mismo que ella. Y lo que ambos sentían era algo muy, muy intenso. Tragó saliva y se preguntó cómo había aguantado tanto tiempo lejos de Christian.

–Muchas gracias –susurró entonces.

Christian se puso tenso. Victoria sabía que había echado a perder el momento, recordándole a Jack, pero necesitaba decírselo.

–No lo he hecho por él. Sabes que lo quiero muerto.

–Lo sé –respondió ella con suavidad–. Por eso es tan importante para mí lo que has hecho hoy. Sé lo mucho que te cuesta.

Christian le dirigió una fría mirada.

–No –dijo–. No creo que lo sepas.

Le dio la espalda y se alejó de ella; pronto desapareció entre los árboles.

Victoria no lo siguió ni trató de retenerlo. Tiritó, consciente de pronto de que estaba empapada, y se dirigió de nuevo al lugar donde estaba Jack.

Dedicó el rato siguiente a cuidar de él, a limpiar la sangre seca de su piel, a verter agua sobre sus labios, a enfriarle la frente y las sienes, con infinito cariño. Se sentía feliz porque estaban de nuevo los tres juntos, y descubrió que cada vez le resultaba más sencillo querer a Jack y a Christian, a los dos a la vez. Pero no era tan ingenua como para no darse cuenta de que, ahora que Christian parecía haber recuperado su parte shek, su odio hacia Jack se había renovado igualmente. Pensó, inquieta, que también Jack era ahora más dragón que nunca.

Y supo que, si Christian se quedaba con ellos, los días siguientes iban a ser muy, muy difíciles.

Jack se despertó al cabo de un rato. Estaba aturdido, y Victoria no quiso hablarle de lo que había sucedido para no confundirlo más. Solo le dijo que estaban a salvo, le dio las gracias por haberse enfrentado al swanit para salvarla, pero también lo riñó por haber puesto su vida en peligro de aquella manera. Jack se dejó mimar, feliz de tenerla de nuevo junto a él. Pero, según fue despejándose, no tardó en preguntarse cómo habían salido del desierto.

Victoria desvió la mirada.

–Nos rescataron.

–¿Quién?

En aquel momento, la sombra de Christian surgió junto a ellos, de entre los árboles. Jack dio un respingo y trató de incorporarse, pero Victoria lo retuvo junto a ella.

El shek les dirigió una breve mirada y arrojó algo al regazo de Victoria.

–Descansad –dijo solamente–. Partiremos mañana al amanecer.

–¿Qué? –pudo decir Jack, receloso–. ¿Partir? ¿Adónde? No pienso...

Pero Christian ya se había marchado.

Victoria examinó lo que el shek le había dado. Era una bolsa que contenía víveres y un odre con agua. Había bastante para Jack y para ella.

–Haz el favor de ser un poco más educado, Jack –dijo con suavidad–. Christian nos ha salvado la vida a los dos. Si no fuera por él, estaríamos muertos.

Jack se encerró en un silencio enfurruñado. Victoria lo comprendía en el fondo. Habían pasado muchos días juntos, compartiéndolo todo, y el chico había tenido a su amiga solo para él. Por si fuera poco, acababa de jugarse la vida por ella, como un auténtico héroe, y Victoria no lo culpaba por esperar a cambio algo distinto a tener que soportar la presencia de su enemigo, a tener que asumir, de nuevo, la relación que existía entre Christian y ella.

Victoria se preguntó cómo resolverían aquel rompecabezas. Tiempo atrás, había elegido marcharse con Jack, pero ahora ella y Christian habían vuelto a encontrarse, y la chica había sabido, desde el mismo momento en que lo había mirado a los ojos en el desierto, que no era tan sencillo romper el lazo que los unía a ambos, que por muchas vueltas que dieran, por muchas veces que se separaran, siempre volverían a encontrarse, una y otra vez...

Brajdu se inclinó, temblando, ante Sussh, el shek. Ni siquiera un hombre poderoso como él osaba mirar a los ojos a la gran serpiente alada.

Sussh era uno de los sheks más viejos de los que habían llegado a Idhún. Había luchado contra dragones en el pasado. El día de la conjunción astral había sido el primero en seguir a Zeshak a través de la Puerta interdimensional que conducía a Idhún desde el oscuro mundo de las serpientes, una puerta que se había abierto de nuevo gracias al poder de los seis astros. Se había dado tanta prisa en cruzar el umbral porque deseaba encontrar a algún dragón con vida para matarlo. Y había tenido la satisfacción de luchar contra uno de ellos, una hembra verde bastante joven. Pero la pelea no había tenido emoción, ya que ella ya estaba medio muerta. El placer que sintió Sussh al matarla había sido solo momentáneo. Al fin y al cabo, comprendió, aquella hembra de dragón no habría sobrevivido mucho tiempo más al poder de la conjunción astral, de modo que la intervención del shek solo había acelerado las cosas.

Y ahora había un dragón, joven, fuerte, perfectamente sano, deambulando libremente por Kash-Tar. Se ocultaba en el interior de un cuerpo humano, por eso era difícil de localizar. Pero era un dragón, no cabía duda. Los sheks que vigilaban la frontera de Awinor lo habían visto caer al mar de Raden días atrás. Sussh sabía que, desde el mismo momento en que aquel dragón había caído al agua, estaba en su territorio y, por tanto, era su responsabilidad.

Sus szish lo habían encontrado moribundo en pleno desierto, junto al cadáver de un swanit. El shek entornó los ojos al recordarlo. Un swanit, nada menos. Aquel condenado dragón era un rival que debía tener en cuenta, no cabía duda.

Pero algo había salvado a aquel dragón y al unicornio que lo acompañaba. Sussh había recibido los confusos informes telepáticos de los hombres-serpiente, los últimos antes de que una sombra veloz y letal se cerniera sobre ellos. A Sussh le había parecido un shek.

No había logrado contactar mentalmente con aquel shek, ni tampoco con nadie de la patrulla, después de aquello. Se había desplazado hasta el lugar para averiguar lo que había sucedido. Había visto el cuerpo del enorme insecto y los cadáveres de los hombres-serpiente. Había reconocido en ellos la marca de Haiass.

Justo entonces habían llegado Brajdu y su gente, sin duda con intención de hacerse con el valioso caparazón del swanit. Las noticias corrían deprisa en el desierto, pero Sussh sabía que ni siquiera Brajdu podría haberse enterado tan pronto... a no ser que lo supiera de antemano.

Había informado a Zeshak de que el traidor Kirtash se había interpuesto en su camino, salvando la vida del dragón. Aquello era inconcebible y cualquier shek lo encontraría repugnante. Pero Zeshak no le había concedido importancia.

Sussh sospechaba que el Nigromante tenía algo que ver en ello, que seguía protegiendo a su hijo, por alguna razón que le resultaba desconocida. Podía entenderlo: al fin y al cabo, no era más que un débil humano, por mucho poder que la magia le hubiera conferido. Lo que no entendía... y jamás llegaría a entender... era que el gran Zeshak, rey de los sheks, le siguiera el juego, sometiéndose a su voluntad.

Ahora descargaba su mal humor sobre Brajdu. Sondeando su mente, había averiguado que el muy canalla había mantenido prisionera a la chica unicornio en lugar de entregarla a los sheks; que se había entrevistado con el dragón, aquel condenado dragón, a pesar de que había tenido la oportunidad de capturarlo a él también.

–Te pido perdón, mi señor –balbuceó el humano–. Solo soy un hombre débil, dominado por la codicia... Pero aún puedo serte útil...

«Has tenido una oportunidad de serme muy útil, Brajdu», repuso el shek. «Y la has dejado escapar».

–¡Puedo buscar a la chica por ti! –exclamó Brajdu, desesperado–. La semiyan que estaba con el dragón, ella...

Sussh no lo estaba escuchando. Acababa de recibir una llamada en su mente, una llamada de Zeshak, su rey. Entornó los ojos, ignorando al humano, y se concentró en el mensaje telepático que le enviaba el señor de las serpientes.

Eran instrucciones. El dragón y el unicornio se dirigían al norte, hacia Vaisel, y el traidor los acompañaba. «Bien», pensó Sussh, «entonces será fácil alcanzarlos y acabar con ellos». Pero, ante su sorpresa, Zeshak se lo prohibió. «No podréis acercaros a ellos», dijo. «La profecía los protege... a los tres, y esta es la razón por la cual nadie ha podido matarlos hasta ahora. Pero existe una manera...».

Sussh prestó atención. Lo que Zeshak proponía resultaba interesante y era muy posible que diera resultado. Pero eso significaba que él no tendría el placer de matar al último dragón personalmente.

Cuando Zeshak se retiró de su mente, el gobernador de Kash-Tar volvió a la realidad. Aquellas noticias lo habían puesto de muy mal humor.

Oyó aún la voz de Brajdu:

–... Todos mis hombres rastreando el desierto en busca de la semiyan...

Estas fueron las últimas palabras que Brajdu pronunció. El shek, irritado por el nuevo curso de los acontecimientos, descargó sobre él su poderosa cola, aplastando al humano como si fuera un molesto insecto.

Shail y Zaisei habían conseguido una pareja de torkas en los límites del desierto, y ahora bordeaban Kash-Tar en dirección a Kosh.

Al segundo día de viaje llegaron a un oasis, y allí se encontraron con una caravana que descansaba bajo los árboles antes de proseguir el viaje. Los dos recorrieron los puestos del rudimentario mercadillo instalado junto a la laguna, con intención de comprar algunos víveres. Mientras Zaisei examinaba el género que exhibía un vendedor de frutas, Shail inspeccionó el lugar, para asegurarse de que no había cerca ningún szish que pudiera reconocerlos.

Junto a ellos, una mujer yan explicaba algo en rápidos susurros a un grupo de personas que se habían congregado en torno a ella. Shail no estaba prestando atención a la conversación, pero en un momento dado, ella pronunció la palabra «unicornio», y el joven se volvió hacia el grupo como movido por un resorte.

–¿Cómo habéis dicho?

Ellos lo miraron con desconfianza. Shail se acercó hacia ellos, apoyado en su bastón, y habló con suavidad:

—Los unicornios se extinguieron hace tiempo, ¿no es cierto? Pero se cuentan muchas leyendas sobre ellos. ¿Estabais acaso contando un cuento? Me gustan las historias. ¿Os importaría que la escuchara?

—Eresunmago —dijo la yan.

Shail asintió.

—Vi un unicornio cuando era niño —respondió en voz baja—. ¿Tu cuento habla de unicornios?

—Habladeunadoncellaunicornio —dijo la mujer yan, clavando en él sus ojos de fuego—. Perotambiénhabladeunamujerdeldesiertoaquienellaentregósudon.

El corazón de Shail dio un vuelco.

—¿Qué cuenta la historia acerca de esa mujer del desierto?

—Quefuelaprimeraenllegaralaluzdespuésdemuchosañosdeoscuridad. QueemprendióunviajeportodoKashTarhablandoalosyandelaluz delunicornio. Queanunciabaquelamagiavolveríaalmundo. Yquenosotroslosyanllamados«losúltimos»fuimoslosprimerosestavezporquela doncellaunicornioentrególamagiaaunamujerporcuyasvenascorríasangredenuestraestirpe.

Shail tuvo que esforzarse mucho para entender todo lo que le estaba diciendo, pero captó lo esencial: que Victoria había empezado a consagrar magos, y que la primera había sido una mujer yan.

—¿Y qué fue de aquella que vio la luz en la oscuridad?

Ella le dirigió una mirada desconfiada y replicó:

—Noconozcoelfinaldelahistoria.

Shail abrió la boca para insistir, pero comprendió enseguida que no le respondería, así que se despidió con una inclinación de cabeza y se reunió de nuevo con Zaisei, que conversaba con el vendedor de frutas.

—Shail —dijo ella cuando el mago se situó a su lado—, dice este hombre que, si no se retrasa, al anochecer llegará al oasis la caravana que cubre la ruta de Lumbak a Kosh. Si nos unimos a ella podremos atravesar el desierto de forma segura y... —se interrumpió al ver el gesto de su amigo—. ¿Ocurre algo?

Shail se la llevó aparte para contarle lo que había averiguado. Estaba terminando de relatárselo cuando sintió que le tiraban de la manga, y se volvió.

Era la mujer yan.

—EstáenKosh —susurró en voz baja.

—¿Qué?
—EstáenKosh —repitió ella—. Laquehavistolaluzenlaoscuridad. Las serpienteslabuscanporquepredicalallegadadeldragónyelunicornioque salvaránIdhún. Talvezlahaganprisioneraperosuspalabrasyacorrenporel desiertoysumensajeprontoseráconocidoentodoKashTar.
—¿Cómo se llama? —susurró el mago con urgencia.
—LallamanKimaralasemiyan.
No dijo más. Se alejó de la pareja con la rapidez propia de los yan, evitando mirarlos, como si tuviera miedo de lo que había dicho.
Shail no dijo nada al principio. Luego alzó la cabeza para mirar a Zaisei.
—¿Una caravana hacia Kosh, has dicho?

Los rebeldes no perdieron tiempo. Mientras los feéricos expandían el bosque hacia los alrededores de la Fortaleza, y tejían sobre ella su escudo protector, Allegra y Qaydar se encargaron de reforzar con su magia la vieja muralla.

Rown y Tanawe ya se habían puesto a trabajar en más dragones artificiales. Habían traído tres contando a Fagnor, que se apresuraron a reparar en cuanto llegaron a Nurgon. Pero sabían que no sería bastante si los sheks contraatacaban. Los sótanos de la Fortaleza, relativamente intactos, resultaron ser un lugar perfecto para instalar el taller.

Alexander y Denyal, entretanto, organizaban las defensas del castillo. Entre todos levantaron una nueva muralla, un tanto improvisada y rudimentaria, pero que serviría por el momento. Repartieron las armas, apostaron vigías y discutieron diferentes estrategias de defensa.

Para cuando las primeras tropas llegaron, los rebeldes estaban listos para recibirlas.

Eran parte del ejército del rey Kevanion de Dingra, pero todos sabían que en realidad era Ziessel quien las había enviado.

No obstante, ella no las dirigía. Había enviado a otro shek en su lugar, un shek que estaba al mando de cerca de un centenar de humanos y de szish. Tal vez pensaron que aquello bastaba para reconquistar las ruinas de Nurgon y aplastar a los rebeldes, pero no contaron con los feéricos y su escudo. Los árboles de Awa, bendecidos por las sacerdotisas de Wina y regados con el poder feérico, crecían deprisa. Y las tropas de Ziessel se encontraron con una barrera vegetal que se alzaba entre ellas y lo que quedaba de la Fortaleza.

No pudieron pasar.

Alexander y los suyos contraatacaron. Los tres dragones artificiales atacaron al shek desde los cielos, los arqueros y ballesteros dispararon desde las murallas y desde las ramas de los árboles, y Allegra y el Archimago contribuyeron con su magia más mortífera.

Los caballeros, por su parte, atacaron todos juntos.

De la poderosa Orden de Nurgon ya solo quedaban cinco representantes: Covan, Alexander y otros tres caballeros, dos hombres y una mujer. Y ni siquiera tenían caballos.

Pero pelearon a pie, cubriéndose unos a otros, y pocos de los guerreros de Dingra los igualaban en el manejo de la espada. Capitaneaban un grupo de dos docenas de voluntarios, que no sabían luchar ni mucho menos tan bien como ellos, pero que estaban dispuestos a hacer lo que fuera por defender el bastión rebelde.

Al frente de todos ellos estaba Alexander. La lucha había desatado su furia animal, que había alterado sus rasgos, lo cual fue una sorpresa desagradable para muchos de sus aliados. Pero peleaba con ferocidad, abriendo una brecha entre las líneas enemigas, y la mayoría lo siguieron al corazón de la batalla.

De todas formas, sabían que ellos solos no iban a vencer a sus enemigos. Su mayor esperanza eran los dragones.

En el cielo, los tres dragones artificiales se concentraron en atacar al único shek del ejército contrario. Los soldados de uno y otro bando trataban de no prestar atención a la batalla que se desarrollaba sobre sus cabezas, pero resultaba difícil, puesto que la mayoría de ellos no había visto jamás nada semejante. Los dragones rodeaban al shek, volviéndolo loco de odio, vomitaban sus llamaradas sobre él, nublando sus sentidos, desgarraban sus alas con uñas, cuernos y dientes...

Cuando, finalmente, el shek se precipitó contra el suelo, muerto, dejando así a los soldados de Dingra sin su líder, todo fue mucho más sencillo. Los rebeldes habían perdido a uno de los dragones, pero los otros dos comenzaron entonces a hostigar a las tropas de tierra enemigas, planeando sobre ellas, exhalando su fuego y sumiéndolas en el más absoluto terror.

Amparándose en la muralla, en el escudo y en los árboles, y protegidos por los dos dragones que patrullaban el cielo, los rebeldes lucharon por defender Nurgon, su última esperanza de establecer una base que plantara cara a Ashran y los suyos.

Al anochecer, lo que quedaba de las tropas enviadas por Ziessel se retiró de nuevo hacia Aren, la capital del reino.

Los rebeldes habían vencido la primera batalla. Pero sabían muy bien que no sería la última.

Durante los días siguientes, Jack, Christian y Victoria avanzaron hacia el norte, siguiendo el curso del río Yul, que separaba Drackwen, el país del oeste, del territorio central del continente. Jack había supuesto que Christian los guiaba de vuelta a Vanissar, donde se reunirían con el resto de la Resistencia, y por eso no había comentado nada al respecto; al fin y al cabo, esos eran también sus planes, y de todos modos no le apetecía nada cruzar una sola palabra con Christian. La simple presencia del shek lo sacaba de sus casillas.

La primera noche se preguntó qué había sido de la camaradería que habían llegado a compartir ambos en el bosque de Awa, de aquella conversación que habían mantenido antes de separarse. El chico había llegado a pensar que eran amigos... todo lo amigos que podían ser, dadas las circunstancias.

Y, sin embargo, desde que él estaba de vuelta, Jack tenía que reprimir constantemente el impulso de desenvainar a Domivat y lanzarse contra él, o de transformarse en dragón y destrozarlo con sus garras (estaba muy orgulloso de sus garras; eran algo de lo que los sheks carecían, a pesar de ser parecidos a los dragones en otros sentidos). ¿Qué había cambiado en aquel tiempo?

Las cosas no mejoraron en los días siguientes. Jack y Christian no se hablaban y, si lo hacían, era solo lo imprescindible, siempre con palabras secas y cortantes; habían dejado de llamarse por sus nombres. Para Christian, Jack era «el dragón»; y Jack no podía olvidar que su compañero de viaje no era más que «la serpiente».

Victoria había acabado por hartarse de aquella situación. Tras comprender que no lograría hacerlos entrar en razón, se comportaba ahora con ellos de forma más fría que de costumbre. De nuevo, se acabaron los besos, los mimos y las caricias, para ambos. Se acabó el dormir abrazada a Jack, se acabaron los momentos a solas con Christian. A este no parecía importarle; seguía siendo atento con ella, seguía preocupándose por su seguridad, pero no hizo mención, en ningún momento, al sentimiento que los unía, ni al alejamiento de la muchacha.

A Jack le costaba más trabajo aceptar aquella nueva situación, aunque sabía de sobra que, con su actitud, Victoria estaba castigándolos a los dos por ser tan poco razonables.

El viaje se prolongó por espacio de varios días más. A ambas riberas del río crecía un ligero bosque que los ocultaba de la mirada de los sheks que pudieran sobrevolar la zona. Por si acaso, Victoria insistió en seguir llevando la capa de banalidad. Ella había perdido su capa al caer al mar días atrás, pero Jack aún la conservaba, puesto que, durante el vuelo, todas sus cosas habían permanecido guardadas en la bolsa que llevaba Kimara. Hubo una breve discusión acerca de quién debía protegerse bajo la capa. Jack insistía en ponérsela a Victoria.

–No, dragón, eres tú quien debe llevarla –intervino Christian–. Eres más fácil de detectar que un unicornio. Además, cuando la llevas puesta me resultas menos desagradable.

Jack se había llevado la mano al pomo de su espada, y Christian había hecho también un gesto parecido.

–¡Basta ya, los dos! –cortó Victoria, exasperada–. Jack, estoy de acuerdo con Christian: creo que eres tú quien debe utilizarla.

Jack había terminado por ceder, de mala gana.

No se trataba de una tierra deshabitada. A veces encontraban pequeños poblados a la orilla del río, y, aunque normalmente los evitaban, por si acaso había vigilancia szish, Victoria advirtió desde lejos que las gentes que vivían en ellos eran humanos y celestes en su mayoría, y también, a veces, algún semiferico.

Una tarde sucedió algo que hizo aún más profunda la antipatía que Jack y Christian se profesaban.

Ocurrió cuando atravesaban un terreno algo más accidentado. El río producía saltos, rápidos y pequeñas cascadas junto a ellos, y los tres jóvenes trepaban por las rocas, remontando su curso. En un momento dado, Christian se volvió para tender la mano a Victoria con el fin de ayudarla a subir, y ella la aceptó de manera mecánica.

Los dos se estremecieron y cruzaron una mirada.

Hacía días que no se tocaban. El contacto despertó intensas sensaciones en su interior. Se quedaron un momento quietos, perdidos en los ojos del otro.

–¿Subís ya, o qué? –los llamó Jack desde arriba, gritando para hacerse oír por encima del estruendo del agua.

Christian y Victoria volvieron a la realidad. Se apresuraron a llegar hasta Jack. Victoria miró al shek de reojo, pero él seguía tan impasible como siempre.

Jack se había detenido en lo alto de una roca y miraba a su alrededor, sombrío.

–¿Qué pasa? –preguntó Christian.

–Apesta a serpiente por aquí.

–Jack, no empieces otra vez... –protestó Victoria, pero Christian la cortó con un gesto.

–No, espera. Tiene razón.

Antes de que pudieran detenerlo, Jack saltó de la roca y corrió hacia el río, mientras desenvainaba a Domivat con un entusiasmo siniestro. La espada de fuego llameó ante él.

Christian y Victoria se apresuraron a ir tras él. Siguiendo su instinto, Jack fue directo a una pequeña oquedad entre las rocas. Christian frunció el ceño.

–¡Ahí no cabe un shek! –exclamó Victoria, extrañada.

Pero se oyó un siseo, y Jack, sin dudarlo, alzó su espada sobre la serpiente.

La mano de Christian detuvo su brazo, con autoridad.

–¡Suéltame! –protestó el muchacho–. ¡Es un shek!

–Míralo otra vez –dijo Christian con calma.

Jack se sacudió la mano de su compañero, exasperado, y miró con más atención a la criatura que se ocultaba entre las piedras.

Era una serpiente, fluida como un arroyo, de escamas plateadas como rayos de Erea, no más grande que una pitón terrestre. De su lomo nacían dos pequeñas alas membranosas. Siseaba, furiosa, mientras las agitaba, esforzándose por alzarse en el aire, sin conseguirlo.

–Es un shek –concluyó Jack, alzando la espada de nuevo.

–¡Es un bebé! –intervino Victoria–. Jack, es muy pequeño, no puede hacernos daño.

–Seguro que estos bichos son venenosos ya desde que salen del huevo. No es más que un proyecto de serpiente gigante asesina...

No había terminado de hablar cuando la cría se abalanzó sobre él e hincó los colmillos en su brazo. Jack se la sacudió de encima, con un grito, y descargó su espada sobre ella, furioso.

El filo de Domivat chocó contra la gélida Haiass.

Jack retrocedió un paso, temblando de ira. Christian se había interpuesto entre él y el pequeño shek, y parecía muy dispuesto a defenderlo. La serpiente se había enroscado en torno a su pierna, y desde allí, sintiéndose algo más segura, enseñaba a Jack sus colmillos, siseando amenazadoramente.

—¿Quieres pelea? —dijo Jack, sombrío—. Muy bien; por mí, encantado.

—No seas estúpido —repuso Christian con calma—. Solo es una cría. Además, conviene que te cure Victoria, o se te hinchará el brazo y pronto no podrás usarlo.

—¡Pero me ha mordido!

—¡Lo has asustado! ¿Qué esperabas que hiciera si lo amenazas con esa espada?

Jack, temblando de rabia, se sobrepuso a duras penas. Envainó la espada y se apartó de Christian y el pequeño shek, para ir a sentarse sobre una roca. Desde allí les dirigió una mirada asesina.

Sintió que Victoria se colocaba tras él, sintió las manos de ella sobre sus hombros, y cómo la energía fluía a través de su cuerpo. Cerró los ojos para disfrutar del momento. Una parte de él hasta agradeció a la cría de shek aquel oportuno mordisco, que le permitía ahora compartir un momento íntimo con Victoria. Porque ser curado por ella era como recibir una dulce caricia.

Además, la curación vino acompañada por una caricia de verdad. Cuando Victoria terminó su trabajo, sus manos rozaron, al retirarse, el cuello de Jack, con cariño.

El muchacho sonrió. Se sentía mucho mejor.

Echó un vistazo a Christian y se topó con una escena curiosa.

El joven se había sentado junto al río. La pequeña serpiente a la que había salvado había trepado por su brazo, y ahora se alzaba ante él, mirándolo fijamente a los ojos. Jack se dio cuenta de que ambos estaban compartiendo algún tipo de información telepática. Eso lo inquietó.

—¿Estás seguro de que es prudente mirar a esa víbora a los ojos, shek? —le preguntó cuando rompieron el contacto visual.

—Es demasiado pequeño para estar unido a la red telepática de los sheks adultos —contestó Christian—. Solo quería saber cómo ha llegado hasta aquí.

—¿Y...? —preguntó Victoria.

—Se ha perdido. Su nido está muy lejos de aquí. Está solo y confuso...

—No me digas que quieres adoptarlo —soltó Jack.

Christian sostuvo su mirada, pero no dijo nada.

—¡Por favor, si es una serpiente!

Christian se levantó y reemprendió la marcha, sin una palabra. La cría de shek descansaba sobre sus hombros, y había enrollado su cola en torno a su brazo izquierdo. Parecía sentirse cómoda y segura allí.

Jack gruñó por lo bajo. Victoria se rió.

—Solo es un bebé.

—¿Y si vuelve la madre, qué?

—No lo entiendes, dragón —le llegó la voz de Christian un poco más allá—. La madre no volverá nunca más.

Shail y Zaisei encontraron Kosh sumido en el caos. Parecía que uno de los caudillos locales, un tal Brajdu, había sido ejecutado por el shek que gobernaba la región, y todo lo que había levantado en aquellos años se estaba viniendo abajo. La gente que había trabajado para él asistía, con creciente confusión, a las luchas entre los que habían sido los lugartenientes de Brajdu, que ahora se disputaban su puesto.

Entretanto, los szish estaban trabajando duro para poner orden en la ciudad. Se rumoreaba que los aspirantes a heredar el pequeño imperio de Brajdu estaban luchando en vano, porque sería Sussh, el shek, quien acabaría por asumir el mando de manera definitiva.

Kosh nunca había sido una ciudad especialmente acogedora, pero en aquel momento era incluso más hostil que de costumbre. Se decía también que, bajo la aparente intención pacificadora de los soldados szish que recorrían la ciudad, se ocultaba en realidad una búsqueda, la búsqueda de La-Que-Ha-Visto-La-Luz-En-La-Oscuridad.

En aquellos días, Shail había asistido, con sorpresa, al nacimiento de una leyenda entre los yan. Los rumores acerca de la mujer mestiza a la que se le había entregado la magia se conocían ya en todo Kosh. Nadie se atrevía a contar la historia en voz alta, por temor a los szish; pero, aun así, se relataba en rápidos susurros por las esquinas, en el mercado o en la taberna, cuando no había ninguna serpiente cerca.

Y cada vez se conocían más detalles. Cualquiera habría pensado que eran debidos a la imaginación de los que relataban aquellos hechos, que cada narrador añadía un elemento de su cosecha; pero Shail sabía que todas las cosas que contaban eran verídicas: la descripción de la chica unicornio y del báculo que portaba, así como del joven dragón que la acompañaba... eran demasiado precisas y se ajustaban tanto a la realidad que Shail entendió que era cierto que la mujer mestiza, la nueva hechicera consagrada por Victoria, continuaba en la ciudad y, a pesar de que las serpientes la estaban buscando, seguía relatando su historia a quien quisiera escucharla.

Y era una historia llena de esperanza y de fe en el futuro, algo que los yan jamás habían tenido. Acostumbrados desde tiempo inmemorial a habitar en el tórrido desierto que era su hogar, los yan solo se preocupaban del presente, y desconfiaban de todo lo que el futuro pudiera depararles. Pero el mensaje de La-Que-Ha-Visto-La-Luz-En-La-Oscuridad decía con claridad que la magia había vuelto al mundo, que un unicornio seguía vivo, que la profecía podía cumplirse... y que Kash-Tar había sido el lugar que aquellos elegidos habían escogido para manifestar su poder por primera vez.

Shail no quería pasar la noche en Kosh, ya que incluso la posada más honrada de la ciudad era un lugar poco recomendable, y le hubiera gustado ofrecer a Zaisei un lugar mejor donde pernoctar. Pero ella insistió en que era importante que permanecieran en Kosh hasta poder entrevistarse con Kimara, la semiyan, a quien las gentes del desierto llamaban La-Que-Ha-Visto-La-Luz-En-La-Oscuridad. La primera maga en Idhún después de quince años.

Tardaron un tiempo en averiguar que Kimara recibía, de cuando en cuando, a aquellas personas que quisieran escuchar su historia de sus labios. Y les costó todavía más que alguien les revelara la hora y el lugar de la siguiente cita. Fue una anciana semimaga humana quien accedió a darles aquella información; y lo hizo porque sabía que Shail era un mago y, por tanto, ellos dos compartían con Kimara el secreto que solo conocían aquellos que, alguna vez en su vida, habían visto un unicornio.

Por lo que habían oído, cada reunión se celebraba en un sitio diferente; y en aquella ocasión la cita tuvo lugar en las ruinas de un templo antiquísimo, dedicado al dios Aldun, a las afueras de la ciudad.

A Shail le sorprendió la cantidad de gente que acudió aquella noche a escuchar a Kimara. Todas aquellas personas estaban jugándose la vida en aquella reunión, y solo para que la mujer mestiza, La-Que-

Ha-Visto-La-Luz-En-La-Oscuridad, hiciera renacer la llama de la esperanza en sus corazones.

Shail y Zaisei se sentaron en un rincón, el uno junto al otro, y escucharon la historia que Kimara había ido a contar a aquel lugar. Llena de entusiasmo, la joven de los ojos de fuego contó una vez más cómo había conocido a Jack y Victoria en un campamento limyati; cómo los había acompañado a través del desierto, evitando a las serpientes, en dirección a Awinor. Relató todos los detalles del viaje, sí, pero también habló del carácter y la determinación del muchacho dragón, de la serenidad y la valentía de la chica unicornio, y del intenso amor que los unía a ambos.

Shail y Zaisei cruzaron una mirada y sonrieron. A la sacerdotisa no se le escapó el brillo de nostalgia que iluminaba los ojos de Kimara cuando hablaba de Jack. Y ella, que podía leer con facilidad los sentimientos de las personas, supo que Kimara tenía el corazón roto, pero que no guardaba rencor a Jack, que la había tratado siempre con cariño y con respeto; y tampoco a Victoria, que, a cambio de haberse llevado al joven lejos de ella, le había entregado lo más valioso que alguien, en aquellos tiempos, podía poseer.

La mano de Shail buscó la de Zaisei durante la narración, y la estrechó con fuerza. La joven celeste sonrió con dulzura.

–Jack me pidió que acudiera al norte, a Nandelt –concluyó Kimara–, para decir a todo el mundo que el dragón y el unicornio han regresado y que pronto se enfrentarán a Ashran y a los sheks. En Nandelt, el príncipe Alsan ha iniciado una rebelión para reconquistar los reinos humanos. Muy pronto viajaré hasta allí para unirme a él. Pero antes –añadió, clavando en la concurrencia la intensa mirada de sus ojos rojizos– quería decir a mi gente, a las gentes de Kash-Tar, las gentes del desierto, que la magia ha regresado al mundo, y ha sido aquí, en nuestra tierra. Que, por una vez en la historia, los yan, los hijos de Aldun, no hemos sido los últimos... sino los primeros.

Al final de la reunión, Shail y Zaisei se acercaron a hablar con Kimara y le contaron quiénes eran y qué estaban buscando. La semiyan sonrió, contenta de encontrar a alguien que conociera a Jack y Victoria. Les relató lo que no contaba en las reuniones, y era que Brajdu había apresado a Victoria, y acto seguido había enviado a Jack a realizar una tarea imposible para salvarla.

—Sé que Victoria escapó —concluyó—, porque Sussh ha ejecutado a Brajdu. No lo habría hecho si ella estuviera muerta o la hubiera entregado a los sheks. Por otro lado, me he enterado también de que alguien está haciendo un gran negocio con placas de caparazón de swanit en el mercado negro —añadió—, así que creo... quiero creer... que Jack consiguió matar a una de esas criaturas. No sé si fue por eso por lo que Brajdu decidió liberar a Victoria... pero lo dudo mucho.

—No —dijo de pronto una voz a sus espaldas—. No fue por eso.

Se volvieron, con un ligero sobresalto, y vieron allí al anciano mago que había asistido a la reunión.

—Me llamo Feinar —dijo el mago—, y doy fe de que la muchacha escapó de Brajdu. Yo mismo le abrí la puerta. No sé si es verdad que esos chicos tienen poder para desafiar a Ashran y los sheks, y soy demasiado cobarde como para unirme abiertamente a la rebelión. Pero sí tengo clara una cosa, y es que... —vaciló un momento antes de añadir, en voz baja— no podía quedarme quieto viendo morir al último unicornio que queda en el mundo.

Christian se despertó de madrugada, inquieto. Miró a su alrededor, buscando aquello que lo había sacado de su sueño, pero todo parecía estar en orden. Las lunas iluminaban suavemente la noche, la hoguera se había apagado hacía rato y Victoria dormía en un rincón; temblaba de frío, pero no había querido acercarse a Jack.

El dragón.

Christian frunció el ceño al ver que no estaba con ellos. Se levantó de un salto y se deslizó entre los árboles, como una sombra, dispuesto a encontrarlo.

Vio a Jack algo más lejos, en un lugar donde el bosque se abría un poco. Las lunas iluminaban su figura, y Christian vio el fuego que llameaba en sus ojos cuando se volvió para mirarlo.

El joven supo que él lo estaba esperando. Y tenía claro para qué.

Desenvainó a Haiass y sintió que su parte shek se estremecía de alegría. Todo su cuerpo, su alma, su ser, le exigían que luchase contra el dragón. Jack extrajo a Domivat de la vaina y plantó cara, con una sonrisa siniestra. Los dos sabían que tenían que matarse el uno al otro, era irremediable. Y ahora que Victoria no estaba para interponerse entre ellos, nadie iba a impedir el enfrentamiento que sus respectivas naturalezas les estaban exigiendo a gritos.

Fue una lucha breve, pero intensa. El dragón era poderoso, no cabía duda. Pero Christian llevaba demasiado tiempo esperando aquel momento, soñando con él, y no pensaba dejarlo escapar. Cuando, con un grito de triunfo, hundió a Haiass en el corazón de Jack, los ojos de su enemigo se abrieron un momento, sorprendidos... y su sangre bañó el filo de Haiass, que palpitaba, complacida.

Con una sonrisa, Christian sacó su espada del cuerpo de Jack, y contempló cómo caía al suelo, sin vida. Sintió la vibración de su espada, exultante de poder y de energía. Se miró las manos y las vio cubiertas de sangre.

Sangre de dragón.

Christian se despertó, con el corazón latiéndole con fuerza, y se miró las manos. Estaban limpias.

Respiró hondo y se sobrepuso. Solo había sido un sueño.

Miró a su alrededor y vio a Victoria, dormida, acurrucada sobre sí misma, temblando de frío, lejos de él y lejos de Jack, que también dormía cerca de los restos de la hoguera. El odio palpitó de nuevo en su interior, pero se esforzó por reprimirlo y volvió a tumbarse.

Cerca de él, el pequeño shek al que había rescatado se alzó un momento desde su rincón, al abrigo de una roca, y sus ojos relucieron hipnóticamente en la oscuridad.

XIV
EL ÚLTIMO DE LOS DRAGONES

—¿LE vas a poner nombre? —preguntó Victoria.

Christian miró la cría de shek, pensativo. Se había hecho un ovillo en el regazo de la muchacha, parecía estar a gusto allí. En cambio, a Jack no lo soportaba, y el sentimiento era mutuo.

—Llámala «serpiente» —sugirió este, malhumorado.

—Entonces se llamaría Kirtash —dijo Victoria, casi riendo—. En todo caso, tendríamos que llamarlo Kirtash junior.

Jack no captó el chiste, pero Christian le dedicó a la chica una media sonrisa. El pequeño shek los miraba, a unos y a otros, con un brillo de inteligencia en los ojos.

—¿Entiende lo que decimos? —preguntó Jack, un poco inquieto.

—Todavía no, pero está aprendiendo —respondió Christian—. Aún tardará un tiempo en averiguar cómo llegar a vuestras mentes. De momento, os está estudiando.

—Qué mal rollo —comentó Jack con un escalofrío.

—Para comunicarse con vosotros, no para controlaros. Para comunicarse con Victoria, más bien. Imagino que, cuando crezca, lo único que se le ocurrirá hacer contigo es intentar matarte.

—Pues qué bien.

—No lo entiendo —intervino Victoria, alzando a la cría para mirarla de cerca; ella clavó sus ojos tornasolados en los suyos, con un suave siseo, y la muchacha percibió sus débiles intentos por alcanzar su mente, como los primeros balbuceos de un bebé—. ¿Ya odia a los dragones? ¿Tan jovencito?

—El odio a los dragones no es una cuestión de educación o de cultura, Victoria. No es algo que se nos enseñe cuando somos pequeños. Es parte de nosotros, igual que los dragones odian a los sheks. Es un impulso que nos lleva a luchar hasta la muerte unos contra otros, tan natural para nosotros como lo es beber cuando tenemos sed, o dormir cuando estamos cansados.

–Es horrible –opinó Victoria, sombría.

Christian no respondió. La chica lo miró.

–Llevas todo el día muy serio –le dijo–. ¿Hay algo que te preocupe?

Christian alzó la cabeza y les dirigió, a ambos, una mirada fría como el hielo.

–El instinto, precisamente. Me preocupa que nos matemos el uno al otro antes de llegar a nuestro destino.

No les habló de su sueño. No les dijo que, cada vez que se recordaba a sí mismo hundiendo su espada en el pecho de Jack, le hervía la sangre y tenía que hacer grandes esfuerzos para no llevar la mano a la empuñadura de Haiass. Había sido diferente, muy diferente a pelear contra aquel gólem en las heladas tierras del norte. Porque sabía que el gólem no era el verdadero Jack. Y, sin embargo, aquel sueño le había parecido tan real que había tenido la seguridad plena de que estaba matando al dragón. Y había disfrutado del momento.

Sabía que Jack también deseaba matarlo; pero Christian dudaba de que fuera consciente de la importancia de controlar aquel impulso asesino. Hasta la noche anterior, el shek había creído que él mismo podría dominar su instinto mucho mejor que Jack, que siempre le había parecido irritantemente irreflexivo.

Ahora, después de aquel sueño, ya no estaba tan seguro.

–¿Y no se puede hacer nada para evitarlo? –dijo Victoria.

Christian le dirigió una breve mirada. También él se lo había estado preguntando, y creía tener una respuesta.

–Tal vez –contestó enigmáticamente.

Se acercó a ella, y Victoria lo miró, interrogante, tratando de adivinar cuáles eran sus intenciones. Pero no se esperaba lo que sucedió a continuación: Christian la cogió con suavidad por los hombros, la acercó a él y la besó. Victoria ahogó una exclamación de sorpresa, pero todo su cuerpo respondió a aquel beso, y cuando quiso darse cuenta, había cerrado los ojos y le había echado los brazos al cuello, mientras sentía que se derretía entera. Los besos de Christian solían producir aquel efecto en ella.

Trató de volver a la realidad y se separó de él, con un jadeo.

–¿Qué... por qué has hecho eso? –pudo decir.

Christian enarcó una ceja y se volvió para mirar a Jack, que los miraba, fastidiado.

—Qué, ¿habéis disfrutado?

—Eh, eh, un momento —protestó Victoria, levantándose de un salto; la cría de shek abandonó su regazo con un siseo sobresaltado—. ¿Se puede saber qué pretendes, Christian? ¿A qué clase de juego retorcido estás jugando?

Siempre se había esforzado mucho en no mostrarse cariñosa con Christian cuando Jack estaba delante. No pretendía ocultarle a Jack lo que sentía por el shek; él lo sabía de sobra, pero tampoco era necesario restregárselo por la cara. Christian nunca se había mostrado celoso; Jack, sí. Y Victoria no quería hurgar más en la herida. Había supuesto que Christian lo entendía y la apoyaba. De hecho, siempre había mantenido las distancias con ella cuando Jack estaba presente. Aquel súbito beso había sido un golpe inesperado para los dos.

—No, déjalo, me voy y os dejo intimidad —cortó Jack, molesto.

—Espera —lo detuvo Christian—. ¿Tienes ganas de matarme ahora?

Jack se volvió hacia él, con cierta violencia.

—¿Me estás provocando, o qué?

—Piénsalo. ¿Serías capaz de matar a alguien... por celos?

Jack se detuvo un momento, sorprendido por la pregunta. Se lo planteó en serio.

—Claro... claro que no. No, por celos no. Eso no un es motivo para matar a nadie. Pero te daría un buen puñetazo —añadió, ceñudo—. De eso sí que tengo ganas.

—Una reacción muy humana y muy natural —asintió Christian—. Es tu parte humana la que se ha molestado ahora. Es lo que sentimos hacia Victoria lo que nos hace más humanos, así que, por nuestro bien, creo que no deberíamos reprimirlo.

—Sí, ¿y qué más? —protestó ella—. ¿Ahora soy parte de una especie de experimento?

Jack miró al shek, sombrío.

—Has pensado mucho en ello, ¿verdad?

—Llevo semanas pensando en ello.

«Pero hoy más que nunca», añadió en silencio. Miró a Jack un momento, muy serio, antes de añadir:

—Soy muy consciente de que lo único que nos mantiene con vida ahora es lo que sentimos por ella. El amor y los celos están incluidos en el lote de emociones humanas que controlan nuestra otra parte, esa parte que nos lleva a atacarnos el uno al otro, a pelear hasta la muerte.

El equilibrio entre nuestras dos naturalezas, los lazos que nos unen a los tres, son algo muy delicado. Si ese equilibrio se rompe, jamás venceremos a Ashran.

Jack no dijo nada más.

Aquella noche, se acercó a Victoria y ella no lo rechazó. Durmieron juntos, abrazados, como antes de que regresara Christian. Hablaron en voz baja, reiteraron sus sentimientos, intercambiaron palabras dulces, palabras de amor. Eso hizo que Jack se sintiera un poco mejor.

Un poco más allá, Christian dormía, con el sueño ligero que era propio de él.

Y soñaba, de nuevo, que Jack y él se enfrentaban en un combate a muerte. Y disfrutaba asesinando al dragón, y su parte shek aullaba de alegría en sueños.

Antes del amanecer, se desató una fuerte tormenta. Buscaron resguardo, pero el terreno era completamente llano, y Jack hizo notar que no debían quedarse junto al río, por si se desbordaba. Reemprendieron la marcha, en mitad de la noche, calados hasta los huesos y soportando sobre ellos una lluvia inmisericorde.

Hasta que vieron a lo lejos la sombra de una pequeña cúpula, y cuando se acercaron más descubrieron que se trataba de una vivienda celeste.

Christian pareció indeciso.

—Solo hasta que pase la lluvia —dijo Victoria, y el joven acabó por asentir.

Una casa celeste era un buen lugar para descansar. Su propietario no los traicionaría, porque sería incapaz de hacerlo. De todas formas, Christian dejó a la cría de shek resguardada en el cobertizo que había junto a la casa, antes de reunirse con sus compañeros en la puerta.

Los dueños de la casa eran una pareja joven, celestes, como los tres chicos habían supuesto, y, aunque se quedaron sorprendidos de recibir visitas a aquellas horas de la noche, los acogieron enseguida.

Jack y Victoria se acercaron rápidamente al fuego. Victoria estornudó.

—Tendrías que quitarte esa ropa mojada, muchacha —dijo la mujer celeste—, o enfermarás. Ven conmigo, creo que tengo ropas que pueden servirte.

Su compañero, entretanto, preparaba una infusión caliente para los chicos. Jack alzó las palmas de las manos sobre el fuego de la chimenea, disfrutando de su calor, pero Christian se mantuvo en un rincón en sombras, y solo sacudió la cabeza para apartarse el pelo mojado de la frente. Observaba a Jack con un brillo sombrío en la mirada.

—Mala noche para andar al raso —comentó el dueño de la casa.

—No hay ninguna ciudad cerca —murmuró Christian.

—Es cierto, pero una vez crucéis el río que separa Kash-Tar de Celestia, encontraréis muchas más poblaciones. Vaisel no está ya muy lejos, y hay un pueblo a menos de media jornada de camino de aquí.

Christian asintió, sin una palabra. El celeste les tendió sendos tazones de infusión. Jack la aceptó agradecido. El líquido caliente le hizo sentir mucho mejor.

Regresó la mujer celeste, con mantas para cubrir los hombros de los chicos. Tras ella entró Victoria, pero se detuvo en la puerta, con timidez y colorada como un tomate.

Jack se volvió hacia ella y se quedó sin respiración. Claro, no había pensado que le darían ropa celeste.

Los celestes solían vestir coloridas prendas hechas de un tejido muy liviano que, contra todo pronóstico, resultaba que abrigaba bastante. Pero era tan fino como una gasa. Los celestes encontraban aquello perfectamente natural, estaban acostumbrados a revelar sus cuerpos debajo de sus vestidos, al igual que para los humanos era normal ir con la cara descubierta, algo que, por ejemplo, los yan no comprendían, ya que ellos solo mostraban su rostro a la gente en la que confiaban. Jack había visto algunos celestes en el bosque de Awa, y todos, excepto Zaisei y el Padre, que, como sacerdotes, vestían las túnicas propias de su oficio, llevaban aquellas prendas tan ligeras que chocaban a aquellas personas habituadas a tapar sus cuerpos.

Y Victoria vestía una de aquellas túnicas en aquellos momentos, una fina túnica de color verde que revelaba muchos detalles de su figura, más detalles de los que ella estaba acostumbrada a mostrar.

La chica no sabía hacia dónde mirar. Jack enrojeció también y desvió la vista, azorado, pero Christian alzó una ceja y la miró de arriba abajo con interés. Victoria se puso todavía más colorada; quería taparse, pero temía ofender a su anfitriona si lo hacía.

—Nirei —le dijo entonces el celeste, con una alegre carcajada—, por el amor de Yohavir, mira qué nerviosos se han puesto estos chicos.

Ella se sonrojó delicadamente.

—Perdonad, qué tonta he sido... Olvidaba que las costumbres humanas son diferentes de las nuestras. Pero, Victoria, ¿por qué no me lo has dicho?

Victoria sonrió, y aceptó, agradecida, la manta que ella le tendió. Se la echó por encima de los hombros y se sintió mejor, pero aún no se atrevía a mirar a sus compañeros. Percibió entonces la voz de Christian, que susurró en su mente:

«No tienes nada de qué avergonzarte».

El corazón de Victoria se puso a palpitar alocadamente. Alzó la cabeza y miró a Christian, que se había sentado en un banco junto a la pared y la observaba con una media sonrisa. Se preguntó qué había en él que la alteraba de aquel modo. Apenas un par de semanas atrás, cuando viajaba junto a Jack, los dos solos, había llegado a pensar que, tal vez en un futuro, podría olvidar a Christian y ser feliz para siempre con el que era, y siempre había sido, su mejor amigo. Pero ahora, Christian había vuelto, y su voz, su mirada, su contacto, su sola presencia, la confundían y hacían que el corazón le latiera con tanta fuerza que parecía que se le iba a salir del pecho.

Poco antes del mediodía, la lluvia cesó; Victoria volvió a ponerse su ropa, que ya estaba seca, y, después de almorzar, los tres prosiguieron su camino.

La pareja de celestes los vio marchar desde la puerta de su casa. Cuando los jóvenes estuvieron ya lejos, ella dijo:

—¿Lo has visto?

Su compañero asintió.

—Lo he visto. Jamás habría imaginado que existieran lazos tan fuertes entre tres personas.

—No son humanos corrientes. No pueden serlo, y esos lazos... son mucho más que vínculos de amor y de odio. Son sentimientos mucho más intensos, más sólidos que los que puede sentir un humano, o un celeste. Oh, pobres muchachos, ¿qué será de ellos?

El celeste negó con la cabeza, entristecido. No tenía respuesta para aquella pregunta.

Una noche en que se había alejado un poco del campamento para reconocer el terreno, Victoria acudió a su encuentro.

Christian se dejó encontrar. La percibió mucho antes de que ella se reuniera con él al pie del árbol bajo el cual se había detenido un momento.

—Tengo que hablar contigo —dijo ella con suavidad.

Christian asintió sin una palabra. Intuía de qué quería hablar; se sentó sobre la hierba y la invitó con un gesto a sentarse a su lado.

Victoria lo hizo. Lo contempló unos instantes en silencio antes de preguntarle:

—¿Por qué?

El joven sonrió.

—Deberías saberlo ya.

Victoria dudó. Parecía estar luchando contra el impulso de acercarse más a él. Christian la miró con intensidad. Había sido así desde que se habían reencontrado en el desierto. Victoria estaba profundamente enamorada de Jack, pero había algo que la arrastraba sin remedio hacia el shek.

Por fin, con un suspiro, Victoria se acercó un poco más, casi con timidez. Cerró los ojos, con un estremecimiento, cuando los dedos de Christian acariciaron su cuello, sus mejillas, su pelo. Se entregó a su beso, bebiendo de él, disfrutando cada instante. Los dos se acercaron aún más el uno al otro, pero cuando los labios de Christian ya recorrían su cuello, despertando sensaciones insospechadas en ella, Victoria dijo con suavidad:

—Para, por favor.

Y Christian paró. Victoria apoyó la cabeza sobre su hombro, cerró los ojos y respiró hondo, intentando sobreponerse a lo que él había provocado en su interior.

—Pensaba que podía dejar de quererte —dijo ella en voz baja.

—¿Lo pensabas de verdad? —sonrió Christian.

—No —confesó Victoria tras un breve silencio—. Pero quise convencerme de que era posible.

—De modo que quisiste elegir. ¿Todavía quieres renunciar a una parte de ti?

—¿Eres una parte de mí?

—Sí, lo soy. Igual que Jack. ¿No lo sabías?

—¿Es por la profecía?

—No lo sé. Y no me importa. Sé lo que siento por ti, y eso no va a cambiar, con profecía o sin ella. ¿Sabes tú lo que sientes, Victoria? ¿Lo tienes claro?

—Siempre lo he tenido claro. Pero la razón...

—La razón te dice que no puedes amar a dos personas al mismo tiempo. Pero lo estás haciendo, Victoria. ¿Por qué tu sentido común no acepta los hechos?

Ella sacudió la cabeza.

—¿Y por qué me dices todo esto?

—Estoy intentando ayudarte, eso es todo.

Victoria no preguntó nada más. Se recostó contra él, apoyando la cabeza en su pecho. Ambos disfrutaron de la presencia del otro, durante unos momentos en los cuales Victoria sintió que su amor por Christian la inundaba de nuevo por dentro, con más intensidad que nunca.

—Te quiero, Christian —susurró.

—Lo sé —sonrió él.

—¿Crees que Jack lo aceptará algún día?

—Tendrá que hacerlo. Tendrá que aceptar lo nuestro o renunciar a ti. Lo que sientes por mí es tan tuyo como tu mirada, como tu sonrisa, como tu voz. No puedes deshacerte de ello como quien se despoja de una vieja capa. Y no sigas intentándolo, porque solo os causará dolor a los dos.

Victoria calló un momento. Después, alzó la cabeza para mirar a Christian.

—¿Y tú? ¿Qué piensas de todo esto? Dime, ¿qué soy yo para ti?

El joven respondió sin dudar:

—Luz.

Victoria esperó que añadiera algo más, pero Christian permaneció en silencio.

—No lo entiendo —dijo ella.

—No es necesario que lo entiendas. Por el momento, me basta con que lo sepas.

Tras unos momentos de silencio, Victoria habló de nuevo:

—Es extraño. Nos aguarda un destino que tal vez acabe con todos nosotros, y sin embargo yo no puedo dejar de pensar en lo mucho que te he echado de menos, y en cómo voy a encontrar una solución a lo que siento.

Christian la miró con una media sonrisa.

—¿Por qué lo haces tan complicado? Nos quieres a los dos, y punto. ¿Qué tiene eso de malo?

—¿Me estás diciendo que podríamos convivir los tres juntos? —replicó Victoria, casi riéndose—. ¿Teniendo en cuenta lo bien que os lleváis Jack y tú?

—En ningún momento he dicho que yo pueda convivir con vosotros, Victoria. De hecho, dudo mucho de que pudiera convivir con nadie; ni siquiera contigo. Y que te quede bien clara una cosa: a pesar de lo que crea Jack, no eres tú quien nos tiene enfrentados; al contrario. Si no fuera por ti, nos habríamos matado el uno al otro hace ya mucho tiempo. ¿Lo entiendes?

—Creo que sí. Y sé lo que siento, sé que es hermoso y que debería aceptarlo como un regalo, y alegrarme de compartir algo tan especial con dos personas que para mí significan tanto. Pero, entonces, ¿por qué me siento culpable de estar ahora contigo?

—Porque Jack te hace sentir así con esos estúpidos celos suyos. Y lo peor de todo es que, en realidad, una parte de él lo acepta y lo comprende. Pero me odia por instinto, y como tiene que buscar una explicación racional a ese odio, te utiliza a ti como excusa para justificarlo. Y no es así. Si alguna vez luchamos el uno contra el otro, criatura, quiero que sepas que tú no tendrás la culpa en ningún caso. De hecho, que yo sepa, con tu amor has logrado algo que nunca nadie había conseguido antes: que un shek y un dragón pudieran luchar en el mismo bando.

Victoria lo miró fijamente durante un momento antes de preguntar:

—¿Por cuánto tiempo, Christian?

Él vaciló, y la chica supo que había dado en el clavo.

—Te has dado cuenta —murmuró el shek.

—Has vuelto más poderoso, más frío y más seguro de ti mismo que cuando te marchaste del bosque de Awa —dijo ella en voz baja—. Has recuperado tu parte shek. Y todavía quieres matar a Jack. Ahora más que nunca.

—Sí, lo deseo con todo mi ser —confesó Christian, y en sus ojos brilló un destello de odio—. Casi tanto como deseo amarte a ti —añadió, y de nuevo clavó en ella su mirada de hielo, con tanta intensidad que Victoria jadeó y retrocedió un poco, el corazón latiéndole con fuerza.

Pero no se movió cuando él se acercó a ella para besarla, sino que se quedó esperándolo, temblando como una hoja. También ella deseaba con toda su alma dejarse llevar. Y seguramente no habría tenido fuerzas para resistirse a Christian, si él no se hubiera apartado de ella para mirarla con su serena sonrisa. Comprendió entonces que él seguiría controlándose por los dos, y lo agradeció para sus adentros. Le aterraba la simple idea de que la presencia de Christian la alterara hasta el punto de hacerle perder el dominio de sí misma.

—Si sobrevivimos a esto —dijo él, devolviéndola a la realidad—, si sobrevivimos al odio, y a Ashran, y a los sheks...

—¿Qué? —susurró ella.

—No me importará que permanezcas junto a Jack. Que vivas con él, si es eso lo que deseas. Pero —añadió, con una sonrisa— mientras siga viendo en el fondo de tus ojos que sientes algo por mí... acudiré a verte de cuando en cuando. A veces buscaré el calor de tu cuerpo, la suavidad de tu piel... otras veces necesitaré solamente hablar, o mirarte a los ojos, o simplemente estar contigo y disfrutar de tu compañía... Aceptaré siempre lo que tú quieras darme. No necesito más. Pero tampoco voy a conformarme con menos.

La miró intensamente, y Victoria sintió que enrojecía. Sacudió la cabeza, con una sonrisa entre perpleja, azorada y divertida.

—¿Te hace gracia? —prosiguió él, muy serio—. Una parte de tu corazón me pertenece. Y no pienso renunciar a ella, ¿comprendes? Podrías elegir, es cierto. Pero ya te pedí en una ocasión que vinieras conmigo, y tus sentimientos por Jack te impidieron aceptar. No creo que las cosas hayan cambiado, y sé que no van a cambiar en el futuro.

»O podrías pedirme que me alejara de ti para siempre, para no estorbar tu relación con Jack. Y lo haré, si es lo que deseas. Pero no es eso lo que quieres, ¿no es cierto?

Victoria desvió la mirada, confusa.

—No, no es lo que quieres —prosiguió Christian—. Y Jack sabe en el fondo que, aunque renunciaras a mí, jamás serías completamente suya. Mírame.

Victoria giró la cabeza, pero él la obligó, con suavidad, a mirarlo a los ojos. Los dos compartieron de nuevo una mirada intensa, profunda.

—¿Lo ves? —susurró Christian—. Una vez te dije que no me perteneces. Puedes hacer con tu vida y con tus sentimientos lo que te plazca, y jamás te exigiré que te ates a mí. Pero en el fondo de tu alma hay algo que sí es enteramente mío. Y regresaré a buscarlo... mientras siga ahí. Y no me importa cuántos Jacks haya a tu lado, no me importa cuántas veces trates de negarlo, o de alejarme de ti. El día que dejes de amarme desapareceré de tu vida, pero mientras siga viendo ese sentimiento en tus ojos cuando me miras, volveré a buscar aquello que es mío y que me pertenece solamente a mí.

Victoria dejó escapar un suave suspiro. Dejó que él la besara de nuevo. «Mientras siga ahí», pensó. Le echó los brazos al cuello y se acercó más a él, esta vez sin dudas, sabiendo que no podía negar el hecho de que seguía amándolo, y que, de todas formas, nunca podría engañar a Christian al respecto.

–Un unicornio y un shek –murmuró el joven, rodeando con los brazos la cintura de Victoria–. Resulta extraño, ¿no crees? Y, sin embargo... de alguna manera era inevitable, a pesar de todo lo que ha pasado.

–Sé lo que eres y lo que has hecho –susurró ella–. Y aun así... no, no puedo evitarlo, no soy capaz de dejar de sentir lo que siento. Tienes razón: no puedo negarlo. Y seguiré queriéndote siempre, Christian. Por mucho daño que puedas llegar a hacerme. Solo hay una cosa que jamás podría perdonarte. Sabes qué es, ¿verdad?

–Sí –respondió él con suavidad–. Lo sé.

Victoria enterró el rostro en su hombro, con un suspiro, pero no llegó a ver la sombra que cruzó fugazmente la expresión de Christian.

Alexander no perdió el tiempo en celebraciones. Habían tenido muchas bajas, y sabía que pronto llegarían más batallas. Que Ziessel movilizaría a todo el ejército de Dingra, y que probablemente pediría ayuda a los otros sheks; a Eissesh, por ejemplo. Si sus superiores le daban permiso, el gobernador de Vanissar no dudaría en enviar a Nurgon todo el ejército del rey Amrin. Eissesh todavía recordaría cómo la Resistencia se le había escapado en las montañas, cómo la gente de Denyal lo había engañado con un dragón artificial, el dragón que había pilotado Garin. Y no perdonaría fácilmente la ofensa.

Por otra parte, la noticia de que el príncipe Alsan había vuelto y estaba iniciando una rebelión había corrido por todo Nandelt y seguía extendiéndose con rapidez. En los días siguientes acudió más gente a Nurgon para unirse a los rebeldes. La mayoría eran refugiados del bosque de Awa, que respondieron al llamamiento del pueblo feérico. Pero también acudió mucha gente de la arrasada Shia, que había sido duramente castigada por su revuelta contra los sheks; muchos de sus habitantes habían emigrado a otros reinos y, aprendida la lección, se habían integrado en la vida cotidiana de las naciones sometidas por los sheks. No obstante, en los corazones de otros muchos ardía aún el deseo de venganza, y estos fueron quienes vieron en Alexander y su grupo de rebeldes la oportunidad de luchar por la memoria de su tierra y de sus gentes.

Se presentó también gente escapada de Dingra, e incluso de Nanetten y Vanissar; en menos de una semana, la Fortaleza era un hervidero de gente.

Los sheks tardaron bastante tiempo en dar señales de vida, y los espías de Alexander le informaron de que su hermano, el rey Amrin, estaba preparando a sus ejércitos para la batalla.

–Es cruel –opinó Denyal cuando lo supo–. Los sheks envían a los hombres de Vanissar y Dingra a luchar contra nosotros. Quieren enfrentarnos en una guerra fratricida.

–No es cruel –repuso Alexander con calma–. Es práctico. Muchos de los sheks que vigilaban Nandelt están ahora en Awinor, buscando al dragón y al unicornio. Eissesh y Ziessel no pueden reunir a un ejército de sheks, pero pueden dirigir a uno formado por humanos y szish.

Alexander, por su parte, también se preocupó de buscar aliados en otros lugares. Tiempo atrás, antes de abandonar Vanissar, había enviado a un par de emisarios a tratar con los bárbaros de Shur-Ikail. Los mensajeros había regresado con una oreja menos cada uno, y la respuesta de Hor-Dulkar, el más poderoso señor de la guerra de la región: los bárbaros no unirían sus fuerzas a las de un príncipe extranjero, a no ser que este les demostrase que de verdad era un digno aliado contra las serpientes. Aquellos emisarios habían acudido a proponerles una alianza con las manos vacías, y aquello suponía una tremenda ofensa para los bárbaros; pues si alguien se consideraba lo bastante poderoso como para osar pactar con Hor-Dulkar, debía presentarle antes un brillante historial de victorias que avalara sus méritos.

Los mensajeros habían tenido suerte de regresar con vida; si Hor-Dulkar se había contentado con cortarles una oreja en castigo por su atrevimiento, era porque en el fondo sentía curiosidad hacia Alexander y estaba dispuesto a esperar a ver qué hacía.

Alexander sabía muy bien lo que se jugaba, y había dejado bien claro que era peligroso tratar con los bárbaros; los mensajeros que habían acudido a Shur-Ikail eran conscientes del riesgo que corrían y se habían presentado voluntarios para la misión. Pero Alexander no se habría molestado en tratar de ganarse a los bárbaros si no hubiera sabido que estos, tras la caída de la Torre de Kazlunn, se hallaban en una situación muy delicada. Hasta entonces habían conseguido mantener cierta independencia ante la invasión shek. Al fin y al cabo, no eran más que un conglomerado de tribus que pasaban el tiempo luchando unas contra otras, a causa de antiguas rencillas cuyo origen se había olvidado hacía siglos, demasiado disgregadas como para formar un ejército que peleara contra las serpientes y supusiera para ellas algo más que una pequeña molestia. Por otra parte, a pesar de que nunca habían confiado del todo en los magos, hasta Hor-Dulkar reconocía, aunque a regañadientes, que la cercanía de la Torre de Kazlunn les había otorgado cierta protección; pero ahora que Kazlunn había sido conquistado por los sheks, y su nueva dueña era leal a Ashran, la independencia de los bárbaros corría serio peligro.

Hor-Dulkar estaría más receptivo que de costumbre a una posible alianza con un príncipe de Nandelt. Y, dado el talante que solía gastar habitualmente, perder una oreja no era lo peor que les podía haber pasado a los mensajeros.

Alexander estaba dispuesto a darle al jefe bárbaro lo que le había pedido. Así, cuando juzgó que la noticia de la reconquista de Nurgon se había extendido suficientemente a lo largo y ancho de Nandelt, envió nuevos mensajeros a Shur-Ikail, para parlamentar con el jefe bárbaro.

Sabía que, en esta ocasión, regresarían con las dos orejas en su sitio.

Una noche que Christian se había perdido en la oscuridad para pasar unos momentos a solas, como era su costumbre, dejándolos a ambos junto a la hoguera, Jack no pudo aguantar más y le dijo a Victoria:

—Algún día tendrás que tomar una decisión, ¿no?

Ella alzó la cabeza y lo miró largamente. Por un momento, a Jack le pareció que sus ojos eran tan profundos como la noche que los rodeaba.

—No lo entiendes —dijo la muchacha con suavidad—. Ya hace mucho tiempo que tomé una decisión.

Jack parpadeó, un tanto desconcertado.

—¿Ah, sí? Primera noticia.

Pero el corazón le latía con fuerza. Tal vez ella quería decir que había elegido en el bosque de Awa, y que al decidir acompañarlo hasta

Awinor le había entregado su corazón... a él, y no al shek. No obstante, algo en la mirada de Victoria le hizo sospechar que no era eso lo que ella tenía en mente.

—Ya hace tiempo que tomé mi decisión —repitió ella—. Ahora eres tú quien debe decidir.

—¿Decidir, el qué?

—Si la aceptas o no. Estás en tu derecho de no estar conforme. Yo respetaré tu decisión, sea cual sea. Solo te pido que respetes tú la mía.

Jack comprendió, de golpe, lo que ella le estaba diciendo: que ya había elegido. Y los había elegido a los dos.

Se quedó sin habla.

—No, no, eso no puede ser. No puedes quedarte con los dos.

—No he decidido quedarme con nadie, Jack. He decidido amaros a los dos, estéis o no estéis conmigo, porque es lo que me dice el corazón. Si correspondéis o no a mi amor, es cosa vuestra. Christian me quiere de todas formas. ¿Y tú?

Jack se llevó las manos a la cabeza, mareado.

—No puedes pedirme que te comparta con un shek.

—No te lo he pedido, Jack. Puedes hacer lo que quieras; yo te querré igualmente, lo aceptes o no. Pero comprendería que tú no soportases esa situación.

—Sin embargo, de alguna manera nos obligas a estar los tres juntos.

—Porque hemos de luchar juntos. Si nuestro vínculo se rompe, seremos vulnerables.

—¿Vulnerables? —repitió Jack—. ¿Quieres decir, ante Ashran? ¿Por la profecía?

Pero Victoria no contestó.

Jack comprendió que, en la situación en la que se encontraban, era mucho más importante planear su estrategia contra Ashran que solucionar su complicada relación amorosa. A regañadientes, reconoció que necesitaban al shek en su bando para salir vivos de allí, y se propuso hacer lo posible por llevarse bien con él.

Al día siguiente, sin embargo, ya estaban discutiendo otra vez.

—¡Te has vuelto loco! ¿Es que quieres matarnos, o qué?

—Jack, cálmate...

—¡No, no me pidas que me calme, Victoria! ¡Este condenado shek ha vuelto a traicionarnos!

—Deja al menos que se explique, ¿no?

—¿Necesitas más explicaciones? ¡Nos lleva derechos a Ashran!

—Por supuesto que voy a llevaros ante Ashran. ¿Adónde si no pensabais que os conducía?

—Pero...

—¿Lo ves, Victoria? ¡Sabía que no podíamos fiarnos de él!

—Nunca te he pedido que te fíes de mí, dragón. Pero si tu limitado cerebro es incapaz de comprender por qué tenemos que ir a Drackwen, entonces no voy a perder el tiempo intentando explicártelo.

—¡Ya he aguantado suficiente, shek!

Con un rugido, Jack se transformó en dragón y se volvió hacia Christian, en medio de una violenta llamarada. El joven mantuvo su forma humana, pero desenvainó a Haiass, con un destello acerado brillando en sus ojos.

La cría de shek, que los observaba, siseó al ver a Jack bajo su otra forma, y se ocultó tras una roca, sin dejar de mirar al dragón con los ojos cargados de odio.

Victoria se interpuso entre Jack y Christian. No llevaba el báculo, no blandía ningún arma. Solo su cuerpo entre las garras y el aliento del dragón, y el gélido filo de Haiass. Pero no titubeó ni un solo momento, ni bajó la mirada, ni le tembló la voz cuando dijo:

—Si os matáis el uno al otro, me mataréis a mí también.

Christian la miró un momento y, con un soberano esfuerzo de voluntad, envainó de nuevo su espada. Jack emitió algo parecido a un gruñido y volvió a transformarse. Respiró hondo varias veces, para calmarse, pero en sus ojos todavía llameaba el fuego del dragón.

—¿Y bien? —preguntó entonces Victoria, volviéndose hacia Christian—. ¿Por qué nos has hecho cruzar el río? ¿A qué viene este cambio de ruta?

—Yo no he cambiado la ruta —repuso el shek—. Desde el principio he tenido la intención de llevaros hasta la Torre de Drackwen, y eso es exactamente lo que estoy haciendo.

—¡Para entregarnos a Ashran! —acusó Jack.

—Para enfrentarnos a él —corrigió Christian—. Vais a hacerlo tarde o temprano, así que, cuanto antes, mejor. Vuestro amigo Alexander ha iniciado una rebelión en el norte, y con un poco de suerte los sheks todavía os buscarán en el sur. Es el mejor momento para atacar a Ashran.

—Tan pronto... —murmuró Victoria.

Christian la miró.

–Hemos de hacerlo antes de que sea demasiado tarde, Victoria. Mi padre espera de mí que mate al dragón; por eso me devolvió a Haiass, por eso se encargó de resucitar mi parte shek. Y si esto continúa así, terminaré haciéndolo...

–¿De verdad crees que ganarías en una pelea contra mí? –replicó Jack, ceñudo; pero Christian no le hizo caso.

–... así que lo mejor es acabar con esto cuanto antes. Matar a Ashran antes de que nos matemos los unos a los otros.

Victoria se estremeció. Jack iba a replicar, pero se detuvo un momento, consciente de pronto de las palabras de Christian.

–¿Estás hablando de matar a tu propio padre? ¿Harías eso de verdad? Christian se volvió hacia él.

–La otra salida que tengo, y es muy tentadora, créeme, es matarte a ti y acabar con esa condenada profecía. Entonces Victoria estaría a salvo. Los sheks no tienen nada contra ella, y mi padre tampoco.

»Pero si te mato, dragón... una parte de Victoria morirá contigo. Y, lo creas o no, me importa de verdad lo que ella siente. Esa es la única razón por la que sigues vivo todavía.

Jack abrió la boca para replicar, pero no le salieron las palabras.

–¿Te importan a ti sus sentimientos, te importa ella, más que tu odio hacia mí? –prosiguió el shek–. ¿O es que resulta que ese amor que dices que sientes no es más que un cúmulo de palabras sin sentido?

Jack le dio la espalda, malhumorado. Christian recogió al pequeño shek, se lo cargó a los hombros y se puso en marcha de nuevo. Al pasar junto a Jack, este oyó su voz en su mente:

«No, no la estoy enviando a la muerte. Te juro que mataré y moriré para protegerla, y si Victoria ha de morir, yo moriré con ella».

Jack no dijo nada. La cría de shek le lanzó un furioso siseo, enseñándole los colmillos, cuando Christian pasó junto a él, pero el muchacho no reaccionó hasta que Victoria llegó a su lado y le cogió de la mano.

–Yo estoy preparada –dijo ella con suavidad–. ¿Y tú?

El chico la miró a los ojos, y Victoria no leyó en ellos el miedo a la muerte. No; lo que abrumaba a Jack, lo que le hacía dudar, era un profundo pánico a perderla. Y la joven se dio cuenta de que ella sentía exactamente lo mismo, el mismo miedo que había tenido en el desierto, cuando Christian había estado a punto de llevársela consigo, dejando atrás a Jack. Sintió que una cálida emoción la inundaba por dentro al darse cuenta, una vez más, de lo mucho que la querían los dos.

Jack se sobrepuso y le devolvió una afectuosa sonrisa; y por un momento pareció el Jack de siempre, el muchacho cariñoso y agradable que era cuando no lo nublaba su odio hacia el shek.

Los tres prosiguieron, pues, su viaje, aunque en esta ocasión ya no marchaban hacia el norte, sino hacia el oeste.

«Vienen hacia aquí», dijo Zeshak, entornando los ojos.
–Bien –respondió Ashran, sin alterarse.
«No era eso lo que esperábamos», objetó la serpiente.
–Subestimas a Kirtash. Es listo, sabe que no le queda mucho tiempo. Por muy obstinado que sea, por mucho que le importe esa muchacha, no tardará en sucumbir a su instinto. Lo sabe perfectamente.

«Si fuera un verdadero shek, habría matado a ese dragón hace mucho tiempo», opinó Zeshak con desprecio.
–Sin duda. Pero una parte de él sigue siendo un shek. Aún les queda un largo viaje hasta la Torre de Drackwen. ¿Cuánto tiempo crees que podrá resistir?

Les perdieron la pista en Vaisel.

Aquella era la ciudad más importante de Celestia, después de Rhyrr, la capital. Shail, Zaisei y Kimara, que los había acompañado en su viaje hacia el norte, esperaban obtener allí noticias de Jack y de Victoria. Días antes, en un pequeño pueblo junto al río Yul, un celeste les había dicho que había alojado a la pareja en su casa una noche de tormenta. Solo que no eran dos, sino tres.

–Christian va con ellos –dijo Shail, inquieto; por un lado se alegraba, ya que el joven shek era un aliado valioso, y si luchaba a su lado tendrían más posibilidades de salir con vida. Pero, por otra parte, sabía que Jack era ya un dragón. Y Christian, si no se equivocaba, había abandonado la Resistencia para volver a ser un shek.

El celeste les dijo que los tres chicos iban hacia el norte, hacia Vaisel; pero ellos llevaban ya un par de días en la ciudad, y nadie parecía haber visto allí a ninguno de los tres. Esto desconcertaba a Shail; si viajaban hacia Nandelt siguiendo el río Yul, a la fuerza debían haber pasado por Vaisel. Aquella noche, en la posada, examinando un mapa del continente y señalando con el dedo la ruta que habían seguido, Shail comprendió que, si no iban a Nandelt, solo quedaba una posibilidad.

—La Torre de Drackwen —murmuró, horrorizado—. Han cruzado el río y van al encuentro del Nigromante.

Trató de levantarse, olvidando por un momento su incapacidad, y cayó al suelo con estrépito, haciéndose daño en el codo. Zaisei lo ayudó a incorporarse y, por una vez, él no la rechazó con dureza.

—Tenemos que alcanzarlos antes de que sea demasiado tarde. No es así como debe suceder, no pueden atacar la torre ellos solos.

—Puede ser que ese shek los lleve directos a una trampa —dijo Kimara, frunciendo el ceño.

—Se dejaría matar antes que entregar a Victoria.

—A Victoria, tal vez no. Pero ¿qué hay de Jack?

Shail no quería esperar un minuto más, de modo que abandonaron la posada aquella misma noche. Y a pesar de que sabía que era más seguro viajar por tierra, Shail pidió a la sacerdotisa que llamara a las aves doradas.

No había nidos de pájaros haai cerca de la ciudad, pero no importaba. Las aves podían oír cuándo las llamaba alguien, por muy lejos que estuviera.

Cuando dos magníficos pájaros dorados se posaron en tierra, junto a los viajeros, Shail se volvió hacia Kimara.

—¿No vienes con nosotros?

La semiyan vaciló. La idea de volver a ver a Jack le resultaba tentadora; pero no olvidaba las últimas palabras que él le había dirigido, y supo que no podía fallarle.

—No; seguiré mi camino, rumbo a Nandelt. He de entregar un mensaje.

Shail comprendió. Asintió, pero no dijo nada más.

Kimara se quedó mirando un momento cómo las dos aves doradas se alejaban hacia el horizonte, dando la espalda a la aurora, y envió un beso tras ellas.

—Para ti, Jack —murmuró—. Recuerda tu promesa: recuerda que me dijiste que volverías vivo.

Los sueños siguieron repitiéndose cada noche.

Todas las mañanas, Christian se despertaba con una sola idea en la cabeza: matar a Jack. Cada día era un poco más difícil resistir aquel impulso.

Tenía un modo de hacerlo, sin embargo. Lo primero que hacía al despertarse era volver la cabeza para mirar a Victoria.

La encontraba, siempre, dormida en brazos de Jack. Desde aquella noche en que Christian les había dicho que no debían reprimir sus sentimientos, ellos dos estaban siempre muy juntos, como si aquellos días de distanciamiento hubieran sido insoportables para ambos y ahora quisieran recuperar el tiempo perdido.

A Christian no le molestaba. Los celos nacen de las dudas, de la inseguridad, y Christian, que leía con tanta claridad los pensamientos de los demás, era incapaz de sentirse celoso. Porque no tenía más que mirar a los ojos de Victoria para saber con absoluta certeza lo que ella sentía por él, para ver en su mirada un amor tan intenso como inquebrantable. Y con eso le bastaba.

Además, también ellos dos tenían sus momentos íntimos. Jack lo sabía, pero no decía nada cuando ambos se adelantaban para reconocer el terreno, o cuando iban juntos a buscar agua al río. Sabía de sobra que Christian y Victoria aprovechaban para compartir besos, alguna caricia, y aquello lo enervaba pero, a su vez, calmaba el odio en su interior. Porque en aquellos momentos veía a Christian más humano que shek, solo un joven enamorado de una chica, igual que él. Y, aunque de buena gana se habría desahogado a golpes con él, no encontraba motivos para matarlo. Desde su conversación con Victoria, además, había dejado de preocuparse por los sentimientos que ella profesaba al shek, para plantearse qué sentía él mismo en realidad. Victoria ya le había dejado claro que los amaba a los dos, y seguiría haciéndolo, pasara lo que pasase. Ahora él debía decidir si aceptaba o no aquella situación. Si se conformaba con compartirla con Christian o, por el contrario, prefería renunciar a sus sentimientos por ella y esperar a encontrar otra mujer a quien no tuviera que compartir con nadie. Y pensaba en Kimara, y se dio cuenta entonces de que también él tendría que elegir.

Sin embargo, las cosas no habían cambiado desde aquella noche, en Hadikah, en que Jack había rechazado a la semiyan.

No, no habían cambiado. Le gustaba Kimara. Pero no la amaba. Y a Victoria, sí.

Era muy confuso y complicado, así que por el momento decidió aplazar su elección y simplemente disfrutar de los instantes que pasaba con Victoria, y hacer como que no sucedía nada cuando ella desaparecía con Christian. Jack intentaba mirarlo por el lado bueno: ella seguía durmiendo a su lado todas las noches. Seguía dedicándole más tiempo a él que al shek, así que, en principio, salía ganando...

Christian, por su parte, se obligaba a sí mismo a mirar a Jack y Victoria cuando estaban así, dormidos, el uno en brazos del otro. No solo para mantener viva su parte humana. También porque aquella imagen le ayudaba a recordar lo duro que había sido para él salvar a Jack en el desierto, y, sobre todo, la razón por la que lo había hecho: porque, según se alejaba, con Victoria a cuestas, había sentido el intenso dolor de ella, había sabido que, si la apartaba de Jack, algo en su interior moriría sin remedio.

Y evocaba, una vez más, la mirada de los ojos de Victoria cuando le había suplicado que la dejase con Jack. No debía olvidar nunca lo que había visto en aquellos ojos, no debía olvidar que, si Jack moría, Victoria acabaría por morir con él.

No debía olvidarlo, porque, en el momento en que lo hiciera, mataría a aquel dragón... igual que en sus sueños.

Le intrigaba que el deseo de acabar con su enemigo lo obsesionara hasta el punto de soñar con lo mismo todas las noches. Al principio había pensado que se debía al hecho de que los dos habían vuelto a encontrarse y pasaban todo el día juntos. Pero Jack no parecía tener sueños similares, y Christian empezó a preguntarse si su odio se manifestaba de forma diferente... o había algo extraño en todo aquello.

Pronto divisaron en el horizonte la cordillera conocida como los Picos de Fuego.

Era un espectáculo sobrecogedor, porque se trataba de toda una larga cadena de volcanes que partían el horizonte con sus conos truncados. Algunos aún estaban en activo, y lanzaban volutas de humo al cielo anaranjado.

En cuanto vio las montañas, Jack se quedó mirándolas, con una extraña expresión en el rostro.

–¿Qué es? –preguntó Victoria, inquieta–. ¿Qué tienes?

–Drackwen –dijo Christian–. Los Picos de Fuego. Dicen las leyendas que aquí se vio al primer dragón, en tiempos remotos.

—Lo sabía —respondió Jack al punto—. Bueno, no lo sabía —rectificó—. Lo intuía.

—¿Vamos a tener que cruzar esas montañas? —preguntó Victoria.

—Podemos rodearlas, pero me parece más seguro atravesarlas. Dentro de cada uno de esos volcanes hay una caldera, por no hablar de la sima que recorre la cordillera de norte a sur, y por cuyo fondo corre un río de lava. Demasiado fuego para los sheks. Nunca vienen por aquí.

—¿Y no hará demasiado calor para nosotros? —inquirió Jack—. ¿Y el aire? ¿Es respirable?

—Victoria puede protegernos con la magia del báculo.

Ella asintió con la cabeza.

Aún tardaron dos días más en alcanzar la falda de la cordillera. Christian los guió a través de un estrecho paso entre dos volcanes. Les explicó que la enorme sima que partía en dos la cordillera comenzaba un poco más al norte, de forma que no tendrían que atravesarla.

Pero de todas formas, hacía calor, mucho calor. Christian avanzaba el primero, con Haiass desenvainada, y se esforzaba por transmitirle todo su poder a la espada, para que enfriara el ambiente en torno a ellos. La cría de shek estaba siempre con él, lo más cerca posible de la espada, y parecía claro que no lo estaba pasando bien. Pero había preferido seguir junto a Christian en lugar de abandonarlo al pie de las montañas, como él le había sugerido mentalmente. Tanto él como Victoria estaban aguantando el trayecto bastante bien.

Sin embargo, Jack se sentía cada vez más inquieto.

—Tengo una extraña sensación —dijo en un par de ocasiones—. Es como si estuviera rodeado de sheks por todas partes.

—Aquí solo estamos nosotros dos —repuso Christian con calma, refiriéndose a él y a la pequeña serpiente que había «adoptado».

—No, es mucho más que eso —insistió Jack—. ¿No lo notas?

Christian sacudió la cabeza.

—Sí, un poco, pero no le des importancia. Es el calor, que nubla nuestros sentidos. Si te concentras, te darás cuenta de que no hay serpientes aquí.

—No, es verdad —concedió Jack.

Pero, según fueron pasando las horas, se volvió cada vez más arisco y agresivo. Christian percibía su odio, sentía que crecía en su interior, como lo haría la lava de un volcán a punto de entrar en erupción.

Y sintió, no sin inquietud, que algo en él estaba deseando que el dragón lo provocara para iniciar una pelea a muerte con el más mínimo pretexto. «Es el calor», se dijo a sí mismo. Pero era verdad que se percibía algo extraño en el ambiente, algo que le recordaba a su gente, a los otros sheks. No era eso lo que le inducía a atacar a Jack, sin embargo; era su instinto, todas aquellas veces que lo había matado en sueños, todas las veces que había disfrutado con ello.

Se les hizo de noche, pero no se detuvieron porque la cordillera no les pareció un buen lugar para pernoctar. De modo que continuaron caminando toda la noche, y al amanecer habían salido ya de las montañas.

Se sentaron a descansar. Jack se dejó caer sobre el suelo agrietado, pero respiraba entrecortadamente, y sus ojos seguían fijos en la cordillera. Victoria detectó, inquieta, que de nuevo ardía en su mirada el fuego del dragón.

–Jack, ¿estás bien? –le preguntó con suavidad, pero él la apartó bruscamente de sí.

–No, no estoy bien –replicó de malos modos–. ¡Maldita sea! ¿Es que no sentís las serpientes? ¡Están en todas partes, o han estado aquí, o se acercan...!

Christian entrecerró los ojos y dirigió la mirada hacia las montañas. Ahora que el calor no era tan intenso, percibió que, en efecto, Jack tenía razón: había algo de la esencia shek en el ambiente, y parecía que era más acentuado un poco más al norte, donde comenzaba la sima de lava.

Pero eso no tenía sentido. Estaba convencido de que los sheks jamás se acercarían tanto a un lugar lleno de fuego. Y sin embargo, su instinto le decía...

–Es absurdo –declaró, sacudiendo la cabeza–. Hace demasiado calor para un shek.

Jack lo miró, irritado. Incluso Victoria notó cómo el fuego del dragón se hacía cada vez más intenso en su interior.

–¡Tú estás aquí! ¡Y esa repugnante serpiente en miniatura! ¿Me vas a negar que no hueles a los otros sheks? ¿O es que me tomas por idiota?

Christian le dirigió una mirada gélida.

–Siento esa presencia –admitió–. Pero...

Jack no lo dejó terminar.

–¡Lo sabía! –gritó, furioso–. ¡Maldita serpiente! ¡Entonces lo reconoces! ¡Nos has traído hasta una trampa!

Desenvainó a Domivat, que relució con una violenta llamarada.

—Estúpido —siseó Christian, con helada cólera.

También él extrajo a Haiass de su vaina. Jack se lanzó contra él, con un grito. Las dos espadas chocaron, y el aire se estremeció.

Fue Christian quien contraatacó primero. Jack acudió a su encuentro.

Pero una vara tan luminosa como el alba se interpuso entre ambos. Se produjo un intenso chispazo cuando los filos de las dos espadas toparon con el Báculo de Ayshel. Los dos chicos retrocedieron solo un poco.

—¿Os habéis vuelto locos? —estalló Victoria—. ¡Guardad eso inmediatamente! ¡No tenemos tiempo para...!

Jack no la escuchó. La furia del dragón latía en sus sienes, el instinto asesino dominaba sus actos y lo empujaba hacia el shek. Para él no existía nada más en aquel momento.

Ni siquiera Victoria. La apartó de su camino, sin ceremonias, para volver a embestir a Christian. El shek respondió a su estocada con siniestra determinación.

—¡Basta! —gritó Victoria.

Se interpuso entre los dos; sabía que se jugaba la vida, pero no le importó. Jack apartó el báculo con la espada, impaciente, dejando escapar un rugido de furia. Pero Victoria seguía allí, entre ambos, serena y segura de sí misma. Jack entrecerró los ojos, retrocedió unos pasos y arrojó la espada a un lado. Victoria respiró hondo...

... Pero su alivio duró poco. Porque los ojos de Jack seguían sin verla, seguían sin ver otra cosa que el shek al que debía matar. El muchacho rugió de nuevo, y su poder se desató de pronto, transformándolo en dragón. Echó la cabeza atrás para lanzar un poderoso rugido, extendió las alas, batió la cola contra el suelo y se lanzó sobre Christian, saltando por encima de Victoria, con las garras por delante.

—¡JACK! —gritó Victoria—. ¡Jack, NO!

Christian tampoco lo dudó un solo momento, y llevó a cabo su propia metamorfosis, con oscuro placer. No se acordó de Victoria, no pensó en nada más que en matar al dragón cuando arremetió contra él, con un siseo amenazador, los colmillos destilando su mortífero veneno.

Victoria gritó, corrió hacia ellos, les suplicó que pararan; pero las dos formidables criaturas no la escucharon. Era demasiado pequeña, demasiado insignificante, comparada con el odio ancestral que los devoraba por dentro. Una parte de Christian sabía que había sucumbido a los planes de su padre; pero en aquel momento no le importaba.

El dragón alzó el vuelo, y la serpiente lo siguió. Se encontraron en el aire. El dragón trató de atraparlo entre sus garras, pero el sinuoso cuerpo del shek era demasiado escurridizo, y no lo consiguió. Kirtash se revolvió e hincó los colmillos en el cuerpo dorado de Yandrak; este rugió, furioso, y le lanzó una bocanada de fuego. La serpiente chilló cuando, a pesar de su intento por esquivarla, la llamarada la alcanzó en un ala. Yandrak trató de morder a Kirtash, que voló en torno a él, rodeándolo. Cuando el dragón quiso darse cuenta, la serpiente lo asfixiaba entre sus anillos.

Yandrak perdió el equilibrio. Kirtash batió las alas, pero no podía sostener el peso de ambos.

Los dos cayeron al suelo, sus cuerpos enredados, mordiéndose, destrozándose al uno al otro, con siniestro placer, como si hubieran nacido para aquel enfrentamiento y su vida no tuviera ningún sentido sin él.

Victoria creía estar en medio de una pesadilla. Seguía llamándolos por sus nombres, tratando de hacerse escuchar. Pero los bramidos del dragón y los silbidos de la serpiente ahogaban su voz. Victoria no se dio cuenta, pero estaba llorando. Ver en aquella situación a los dos seres que más amaba en el mundo le destrozaba el corazón.

Yandrak se desasió del agobiante abrazo de la serpiente y levantó el vuelo de nuevo. Y Kirtash fue tras él.

Victoria supo que no podría alcanzarlos. Ahora sobrevolaban los volcanes, persiguiéndose el uno al otro, atacándose, hiriéndose... matándose.

–¡Victoria! ¡Vic!

Entre un velo de lágrimas, Victoria vio dos formas doradas que descendían hacia ella desde el cielo anaranjado. Apenas les prestó atención. Su corazón, todo su ser, estaba pendiente de la pelea que mantenían Yandrak y Kirtash, el dragón y la serpiente, sobre los Picos de Fuego.

Por eso apenas se percató de que los dos pájaros haai aterrizaban junto a ella. Apenas fue consciente de la voz de Shail, que le decía:

–¡Vic! Gracias a los dioses que estás bien. ¿Qué ha pasado?

Victoria volvió a la realidad.

—¡Se van a matar, Shail, se van a matar! ¡Tenemos que detenerlos!
—¡Sube a uno de los pájaros, vamos!

Zaisei desmontó para cederle su lugar, y Victoria trepó al lomo del ave de un salto, agradecida.

Pronto, los dos sobrevolaban los Picos de Fuego, el extremo del báculo de Victoria encendido como una estrella, en dirección a las dos criaturas que, ajenas a todo, seguían tratando de matarse mutuamente.

A sus pies, la sima serpenteaba como una culebra de fuego; era un espectáculo sobrecogedor, pero Victoria apenas se percató de su existencia. Solo tenía ojos para los dos seres que, momentos antes, habían sido Jack y Christian.

Kirtash logró, por fin, hincar sus colmillos en el cuello del dragón, que lanzó un bramido de dolor. Sintió entonces una lejana llamada.

«Ah, Haiass», pensó.

Se separó del dragón y allí mismo, sobre el abismo de lava que se abría a lo lejos, a sus pies, se transformó en humano de nuevo.

La espada se materializó en su mano en cuanto la llamó. Con una sonrisa de satisfacción, Kirtash la hundió en el pecho del dragón, que dejó escapar un rugido de sorpresa y de dolor.

Brotó sangre. Roja, brillante, que envolvió el filo de Haiass. La espada de hielo bebió, ávida.

Kirtash la extrajo del cuerpo del dragón...

... que ahora era el cuerpo de un sorprendido muchacho de quince años...

Kirtash vio cómo Jack, herido de muerte, se precipitaba a la sima, cómo caía, con un pesado chapoteo, al río de lava, que sepultó su cuerpo en su abismo de fuego.

Oyó el grito de infinito dolor de Victoria, y solo entonces fue consciente de lo que había hecho.

Todo había sucedido muy rápido: la transformación, el golpe de gracia... pero el poder de Christian solo podría mantenerlo unos segundos en el aire bajo forma humana, de modo que, cuando empezó a caer, se transformó otra vez en shek.

Una sola idea martilleaba en su cabeza.

«He matado al dragón. He matado al último dragón que quedaba en el mundo».

En el fondo de su mente, oía las voces de todos los sheks del mundo, que celebraban, ahora sí, la extinción de todos los dragones.

«Por fin», dijo Zeshak.
Ashran sonrió, satisfecho.
–Hemos derrotado a la profecía. Hemos vencido a los dioses, amigo mío.
El rey de las serpientes respondió con una media sonrisa de triunfo.

Christian aterrizó, todavía aturdido, y se metamorfoseó de nuevo en humano. Haiass había caído al suelo, cerca de él. La recogió. Su filo había recuperado aquel suave resplandor blanco-azulado, que ahora no vacilaba, sino que se había vuelto más firme y seguro que nunca. Cerró los ojos. A pesar de estar herido de gravedad, se sentía poderoso, muy poderoso. Jamás se había sentido así, y disfrutó de su triunfo.

Pero entonces percibió que alguien lo miraba. Y era una mirada tan intensa que Christian la notó con tanta claridad como si le quemara en la nuca. Abrió los ojos y se volvió.

Era Victoria.

Pocas cosas podían impresionar a Christian, pero el rostro de Victoria en aquel momento, sus ojos, le estremecieron el alma.

La muchacha había bajado del pájaro dorado, tambaleándose, y ahora estaba de rodillas sobre el suelo, incapaz de tenerse en pie. Se había llevado las manos al pecho, como si le costara respirar... o como si le hubieran arrancado el corazón. Su rostro mostraba una grotesca mezcla del sufrimiento más profundo con el más patente desconcierto, como si no acabara de creerse lo que había sucedido.

Jack había muerto, lo sabía. Estaba tan unida a él que sabía cuándo estaba bien y cuándo estaba en peligro, cuándo se sentía feliz y cuándo, simplemente, había dejado de existir en el mundo. Lo sabía sin necesidad de anillos mágicos que la vincularan a él.

Y Jack ya no estaba. Se había ido. Para siempre.

Christian fue entonces consciente de que, si la hubiera matado, si la hubiera torturado hasta la muerte, no le habría hecho más daño del que acababa de hacerle ahora. Se odió a sí mismo por no haber podido controlar su instinto, se le rompió el corazón, quiso correr junto a ella y abrazarla, y pedirle perdón, y hacer lo que fuera para compensarla, para borrar aquel dolor tan profundo de su mirada, que estremecía hasta la última fibra de su ser.

Pero no había nada, absolutamente nada, que pudiera hacer para arreglar aquello.

La había perdido para siempre, igual que ella había perdido a Jack.

Sintió un siseo cerca de él, y se volvió. Allí estaba la cría de shek. Parecía contenta y satisfecha, y lo miraba con una expresión taimada que le sorprendió en una serpiente tan joven. Entonces, de pronto, se dio cuenta de a quién le recordaba aquella mirada, quién le había estado hablando en sueños todo aquel tiempo a través de aquella criatura.

–Zeshak –murmuró.

Sin una palabra más, sin una sola vacilación, descargó su espada sobre el pequeño shek, que se encogió sobre sí mismo con un siseo aterrorizado. Pero la punta de Haiass se clavó en el suelo, cerca de él, congelando la tierra de alrededor bajo una fría capa de escarcha que era un reflejo de la ira y la impotencia que sentía su propietario.

«Vete», dijo el joven solamente. «Vete, antes de que te mate por atreverte a manipularme».

Sabía que había sido Zeshak quien le había hablado en sueños a través de la mente de aquella cría, que no tenía la culpa de lo que había sucedido. Pero no pudo evitarlo.

La pequeña serpiente entornó los ojos y se alejó de él, reptando a toda velocidad. Pronto la vieron desaparecer entre las rocas.

Victoria contempló la huida de la cría de shek sin que variara lo más mínimo la expresión de su rostro. Estaba ida, incapaz de moverse, de hablar, de reaccionar. Christian la miró. Había dolor en los ojos de él, un dolor profundo, pero Victoria no lo notó. Le devolvió una mirada ausente.

Christian comprendió, en aquel preciso instante, que matando a Jack la había matado a ella también. Cerró los ojos, pero no pudo evitar que un par de lágrimas rodaran por sus mejillas.

No era capaz de recordar la última vez que había llorado. Le resultó una sensación muy extraña, pero no alivió su dolor.

Había matado al último dragón. Estaba feliz, contento, satisfecho. Los sheks lo aceptarían de nuevo entre ellos, regresaría junto a su padre; había, de nuevo, un lugar en el mundo para él.

Pero había perdido a Victoria. Habría soportado perderla de cualquier otra manera; que ella desapareciera para siempre con Jack, por ejemplo, o incluso su muerte, no habrían sido tan horribles como lo que le había pasado ahora a la muchacha.

Victoria estaba viva, pero por dentro estaba muerta. No sobreviviría a la pérdida de Jack. Christian sabía que ni siquiera él podría llenar aquel vacío, y mucho menos después de haber sido el causante de su dolor.

La chica se levantó entonces, y Christian la miró, sorprendido. Dio un paso hacia ella, pero no avanzó más. No se atrevió.

A trompicones, como si no fuera más que una marioneta movida por hilos invisibles, Victoria avanzó hasta el lugar donde había quedado, abandonada, Domivat, la espada de fuego. La cogió.

No se quemó.

Porque la espada se había apagado, estaba muerta, igual que su propietario. Victoria se quedó contemplándola, con la mirada perdida, sin verla realmente.

Seguía sin hacerse a la idea. Simplemente, no podía.

Entonces, la muchacha alzó de nuevo la cabeza para mirar a Christian. El joven vio el inmenso vacío de sus ojos, el dolor, el desconcierto. «No comprendo», parecía decir su mirada.

–Criatura –susurró él–. Lo siento. Te juro que lo siento... muchísimo. No quería hacerte daño, créeme. Nunca quise hacerte daño.

Victoria no lo oyó. Estaba demasiado lejos.

Christian dio media vuelta y se alejó, caminando con el paso sereno que lo caracterizaba, con Haiass brillando en su mano derecha, en dirección a la Torre de Drackwen.

Victoria le vio marchar, sin comprender todavía lo que estaba sucediendo.

Y entonces perdió el sentido.

Y cayó al suelo, con suavidad, como una hoja de árbol, las manos todavía aferrando la empuñadura de Domivat.

Shail no pudo más y echó a correr hacia ella. Hasta entonces no se había atrevido a interrumpir aquel momento tan importante, el intercambio de miradas entre Victoria y Christian, el asesino de Jack. Algo había estremecido el ambiente cuando aquellos dos jóvenes, seres extraordinarios, criaturas sobrehumanas, se habían mirado a los ojos.

La muleta del mago tropezó en un hoyo del suelo, y él cayó cuan largo era, haciéndose daño. Zaisei acudió a su lado para ayudarlo.

Llegaron junto a Victoria. La joven seguía desmayada en el suelo, pálida.

–Oh, Vic –suspiró Shail, con los ojos llenos de lágrimas.

La estrella de su frente brillaba con suavidad, transmitiendo, de alguna misteriosa manera, un dolor tan intenso que Zaisei se llevó las manos al corazón y ahogó un sollozo.

AGRADECIMIENTOS

Desearía dedicar un recuerdo especial a algunas personas que han contribuido, de una manera o de otra, a la creación de *Tríada*.

A Andrés y Sergio, nuevamente, por leer el original, por ayudarme con sus comentarios y consejos y por soportarme en mis etapas de idhunitis aguda.

A Guillermo, experto en asuntos feéricos, por ilustrarme sobre las costumbres bélicas de las hadas y contribuir, con sus ideas y comentarios, a dar forma a la batalla del bosque de Awa.

A todos los lectores de *Memorias de Idhún*, especialmente a aquellos a los que esta historia les ha llegado al corazón, y así me lo han hecho saber. Gracias a todos por vuestros ánimos y vuestras palabras de aliento. Gracias, también, a los autodenominados «frikifans», que contagian la «idhunitis» por dondequiera que pasan. Ya sabéis que no me olvido de vosotros.

Gracias, en definitiva, a todos aquellos que cruzaron la Puerta a Idhún y, al igual que yo, todavía de vez en cuando sienten ganas de regresar.